| 光明社科文库 |

小说阅读面面观

王克章◎著

光明日报出版社

图书在版编目（CIP）数据

小说阅读面面观 / 王克章著 . -- 北京：光明日报
出版社，2023.5

ISBN 978－7－5194－7196－5

Ⅰ.①小… Ⅱ.①王… Ⅲ.①小说研究—中国—当代
Ⅳ.①I207.42

中国国家版本馆 CIP 数据核字（2023）第 078141 号

小说阅读面面观
XIAOSHUO YUEDU MIANMIANGUAN

著　　者：王克章	
责任编辑：史　宁	责任校对：许　怡　李　兵
封面设计：中联华文	责任印制：曹　净

出版发行：光明日报出版社

地　　址：北京市西城区永安路 106 号，100050

电　　话：010-63169890（咨询），010-63131930（邮购）

传　　真：010-63131930

网　　址：http://book.gmw.cn

E - mail：gmrbcbs@gmw.cn

法律顾问：北京市兰台律师事务所龚柳方律师

印　　刷：三河市华东印刷有限公司

装　　订：三河市华东印刷有限公司

本书如有破损、缺页、装订错误，请与本社联系调换，电话：010-63131930

开　　本：170mm×240mm	
字　　数：314 千字	印　　张：17
版　　次：2023 年 5 月第 1 版	印　　次：2023 年 5 月第 1 次印刷
书　　号：ISBN 978－7－5194－7196－5	
定　　价：95.00 元	

序 言

与诗歌、戏剧相比，小说是文学家族中的后生，然而，小说历史虽短，但它却是目前文学作品中拥有读者最多的文学样式。为什么起步较晚，而发展却能如此迅速呢？这是由小说的内在逻辑所决定的。小说用自己的逻辑来构筑和表意，其内在逻辑最主要表现为三点，即故事性、创造性与启迪性。

故事性。小说写作的最初动机与表达热情，在于讲述与告知，无论是写实还是虚构，本质上都在宣讲故事。无论故事能给读者带来何种心智启迪，阅读小说，读者首先从小说中获取了实实在在的故事信息。尽管有些现当代小说存在淡化情节的现象，但作为小说，其本质还是在讲故事，只不过其故事的起承转合被淡化，不像传统小说的故事情节对人的思维充满挑战，难以让人津津乐道。

创造性。创作本就有创造之意——作家在讲述故事中，不仅要考虑讲什么故事，还要考虑如何讲故事，如何把故事讲出新意讲出个性，这个讲出新意讲出个性的做法就具有创造性。不要说中外文学经典中的典型形象与经典故事，就是普通的小说，要想获得读者的认可并留下深刻的印象，作家在讲述中就一定会有个性化的表达。萨特说："小说中任何东西都是作者操纵的表现。"这个"作者操纵的"，就体现作者的创造性。王安忆认为，好小说绝对是由一个人独立创造出来的，是作家一个人的心灵景象。这个独立创造应涵盖故事本身、文本结构、语言个性等立体式的各个方面。

启迪性。小说走出故事性与创造性的内置构设，则就与外部世界发生了联系，而这个联系的核心就是启迪性。鉴赏小说，并不在于每个读者都要向作家学习创作技法，以增益自我创作。对于广大读者来说，阅读小说最主要的目的，是获得心智启迪。布罗茨基说，文学是人的辨别力之最伟大的导师，它无疑比任何教义都更伟大，如果妨碍文学的自然存在，阻碍人们从文学中获得教益的能力，那么，社会便会削弱其潜力，减缓其进化步伐，最终也许会使其结构面临危险。从这个意义上说，小说对外部世界的核心价值，就是具有启迪性。无论是让读者会心一笑，还是含泪思考，总之，都要让读者开拓精神空间，构筑精神宫殿。

在此逻辑基础上，不同作家再借助各种修辞，对不同题材不同主题进行深度开掘，从而创作出形态各异的文学作品。当这些作品呈现在读者面前，一方面激发读者的阅读探究兴趣，但另一方面，当不具备深厚文学理论修养的读者面对不同类型的小说，则又产生很大的阅读困惑，即对文本信息读不全，读不懂，读不透。导致读不全、读不懂、读不透的原因很复杂，其中最为主要的应是：读者头脑里没有建构系统的小说理论，没有找到打开小说文本那扇门的钥匙。虽然，中外文学批评史上，有众多的文学理论和批评经验，只是这些理论大多概念化、抽象化，对于中等阅读能力和初等鉴赏水平的读者来说，一时难以消化；有些书籍时有小说的鉴读知识介绍，但又呈零散化碎片式，缺少集中性与系统性。因此，对小说的基础理论做系统性梳理，用理论讲解和实例分析相结合的方式，为具有中等阅读水平的广大读者梳理小说理论和鉴赏规程，则显得尤为必要。

在阅读了大量的中外小说理论书籍及查阅大量现当代研究文章基础上，本书的写作上以三个部分呈现：上篇，基础理论；中篇，知人论世；下篇，专题品鉴。

上篇"基础理论"。梳理小说创作、小说鉴读中必备的理论知识，按照小说写作与阅读中最受关注的要素，分八章依次展开：环境、人物、情节和主题等四章，即小说三要素与主题，是读懂小说的核心知识；语言、叙述视角、叙述节奏等三章，关涉作品的写作技法，是读深读透小说的重要切入点；第八章中外小说创作中通用、常用的经典理论，有的侧重选材组材，有的侧重情节编排，有的侧重人物塑造，有的侧重主题表达，还有的指向线索、结构等等，是鉴读小说中通用且必备的理论框架。

中篇"知人论世"。第九章时代背景侧重于"论世"。某种意义上说，小说都是现实世界的产物。既如此，读懂小说，就必须知晓小说写作的时代背景。尽管有些小说，时代背景的特征不是很突出，尽管本书所列举的某些时代背景只是整个历史的某个点，但此处示例性讲解，意在提醒读者，"论世"是阅读小说必不可少的切入点。第十章名家论语，就"知人"层面展开，意在强调了解作家的写作个性。这部分内容站在作家的视角，用访谈形式展开。作家的写作个性复杂，既涉及选材喜好，也包括章法布局和表达习惯等，成熟的小说家，总有对小说创作的个性理解。本章按照小说理论相关的几个方面，选取中外作家中较有代表性的作家，分节予以介绍。

下篇"专题品鉴"。综合小说题材与主题，梳理出常见的十个专题，每个专题中精选两到三篇具有代表性的中外名家作品，按照上篇、中篇所提供的小说基础理论和知人论世的相关知识，对二十余篇小说做细致的随文剖析；文末的"总体鉴赏"，主要是针对总体风格或随文评注中未涉及的要点，做一些概括性或补充性的鉴赏。一千个读者心中有一千个哈姆雷特，对文学作品的鉴读，本就见仁见智。读者不同，视角不同，所观察到的小说现象及内涵肯定有所区别。但不能就此走向盲目或虚无，毕竟对文学作品的鉴赏有其常规的路径。也基于此，下篇的写作，意在通过鉴赏实例，给读者提供鉴读参照。

本书的作者为高中语文教师，三十年来一直从事高中一线语文教学，深知中等阅读层次的读者在鉴读小说时的茫然与无措，也曾以此为切入点，先后主持审美阅读、专题阅读、项目化阅读等三项省部级的阅读研究课题。因此，本书是基于当前的阅读现状及相关的研究思考而写作的。期待本书能帮助中等水平的鉴读者，打开鉴读小说的窗口，哪怕是在墙上凿个洞透出一线光亮也行。

本书的写作，涉及的文学理论、社会史料、作家观点等，肯定非本作者的主观独创，写作中参阅了大量的中外文学理论专著和相关的研究文献，对原作者及各位专家一并致以崇高的敬意。书稿审校过程中，我的同事历史学科名教师金秋荣先生对有关历史背景材料进行了认真的审核与指正；全书整体书稿，尤其是文学基础理论和专题品鉴部分，陈磊、张梦雯、岳东洋等几位青年才俊，做了大量的校订工作，并提出了诸多宝贵建议，在此也一并致以真挚的谢意。

二〇二二年十一月三十日于江苏苏州

目　录
CONTENTS

上篇

01

基础理论

第一章

环　境

　　小说是时间的艺术，也是空间的艺术。情节是时间的截取，环境则是空间的截取，情节展现的是人物怎样做，而环境展现的则是人物在怎样的情境下这样做。可以这样说，环境是人物性格存活的理由和条件，它决定了一个人的行为方式、行为特点等。所以我们在解读小说时，环境是理解人物一个很好的切入口。

　　人物、环境和情节是小说的三要素。三要素的地位和重要性，好比人体中的微量元素，孰轻孰重，无法分辨它们各自的重要性。

　　就时间而言，在"人"诞生之前的洪荒时代，自然界中的日月星辰、风雨雷电、山川湖泊、花草树木、飞鸟走兽等等，尽管物种有更迭，但这一切中的一切，早已超现实地客观存在，只不过没有"人"去做出主观性的观察，当然更没有进入到富有创造性的文字里。就空间而言，小说是以塑造人物形象来反映生活，这里的"生活"，主要指"人物"所处的特定"时空"下的社会生活，也就是说，"反映生活"本就包含时间与空间因素。因此，从这个角度而言，小说中的环境应先于人物而存在。无论"人"是主动还是被动进入某个"时空"，该"时空"就像一间早已建好的房子或如一个个有着各自特色标记的座位，等待着各色人物的进入，有序就座。

　　就小说创作而言，其写作目的和创作主题早已先于人物而存在，作者在具体的写作中，会根据写作需要，给作品中的"人物"有选择地安排活动环境。当作家把毫无头绪的现实融进小说，环境便成了一个很好的载体，因此而呈现出一定深刻的意蕴。他们总是通过对特定时代、特定地域的环境描写，展示出独特的世态风情，为读者提供一幅幅社会生活的图画。

　　从作品中的"人物"角度来看，其在进入某个环境时，也会根据自身的情绪状态、情感好恶对周围环境做出主观的观察、过滤。茅盾说："作品的环境描写，不论是社会环境或自然环境，都不是可有可无的装饰品，而是密切地联系着人物的思想和行动。"因此，与其说我们是在分析环境，不如说是在分析小说中人物的思想或生存状态。

第一节 环境描写分类

小说中人物总是生活在一定的环境里，小说里的主题故事，也总是在一定的社会背景下发生和发展。就小说环境描写的类别而言，常分成两类：自然环境和社会环境。

一、自然环境

社会学类别的"自然环境"，是指环绕在人们周围的各种自然因素的总和，如大气、水、植物、动物、土壤、岩石矿物、太阳辐射等。这种"自然环境"，是独立于人的客观存在，是与人类相并列的独立的外部世界，也是人赖以生存的物质世界。

文学作品里的自然环境，其显然是源于上述社会学类别的"自然环境"，但二者在外延和内涵上相差较大。就小说而言，其自然环境，外延上远远小于社会学的"自然环境"，作品中只是就人物刻画、情节发展或主题表达的需要，选取周边自然环境中的某个点进入作品；内涵上，小说里的自然环境，貌似"自然的"，其实，各种景物早已融入了作品中"人"的主观情感。于此而言，社会学的"自然环境"，即人们常说的"大自然"，小说乃至所有的文学作品中的自然环境，已是"小自然"。

在小说的行文中，自然环境描写有其独立的意义。自然环境的描写同小说中情节叙述一样，是情节发展、人物塑造的需要，而不是小说的附属物。

小说中自然环境描写同故事情节叙述一样，是作品中的人物塑造和主题表达的途径或载体，即自然环境描写本身就蕴含着作者塑造人物或表达主题的目的。表层上，它表现为小说中的具体存在状态，往往是情节叙述中的一个环节，或者是对情节发展做一下自然环境方面的交代；深层上，它与故事情节叙述一样，同时肩负着表达或传达的重任。从读者角度看，其对自然环境描写的接受也是直接的。特定自然环境给作品中的人物和读者带来的感受往往也容易相通。诸如任何人在看到阴风怒号时，都会感觉让人心颤不已。作家只不过是利用这种感受与主体情感相契合的一面，用文字形式把它移到作品中，读者在接受时，当然也就会产生相同的感受。

比较而言，小说中的自然环境描写的文字，少于社会环境描写的文字。这是因为纯粹的自然环境描写没有实际意义，而有意义出现的有关自然环境描写的文字，显然又有"以我观物"的原因。也正因如此，有限的自然环境描写的文字里，往往渗透着作者显著的"匠心"：从景物意象的选取、细节的描写等，从而使其产生强烈的表达效果。

1. 意象选取

"意象"是中国古代文论中的一个重要概念。古人以为意是内在的抽象的心意，象是外在的具体的物象；意源于内心并借助于象来表达，象其实是意的寄托物。意象通常是指自然意象，即取自大自然的借以寄托情思的物象。有时，文章中所咏叹的社会事物，所刻画的人物形象，所描绘的生活场景，所铺陈的社会生活情节和史实，也是用来寄托情思的，这便是意象。即相对于物象的事象，相对于自然意象的社会意象。

选取典型的物象、事象，并借助这些物象、事象来达成写作意图，这样的物象、事象就成了成功的意象。如欧·亨利的《最后的常春藤叶》中的"一片常春藤叶子"，若小说里选择其他的叶子就达不到这样的效果了，落叶类藤蔓植物便于窗口观察，又符合"树叶下落"的情节需要，另外"常春"本身就有一定的意味。

鲁迅的《药》，结尾写两位母亲上坟的场景，作品中"乌鸦"意象的选取，颇有深意。一是渲染坟场凄清阴冷的场景，二是能更好地凸现主旨。夏四奶奶以为花环就是儿子的阴魂"显灵"，并希望由乌鸦飞上坟头得到验证，而乌鸦却"远走高飞"，这就暗示了夏四奶奶相信的因果报应、乌鸦显灵等迷信思想的破产，从而也就更鲜明地表现出要唤醒民众的主题。

再如汪曾祺的短篇小说《晚饭花》，晚饭花就是我们俗称的野茉莉，作者写到晚饭花很普通，繁衍能力很强，经常被乡间医生拿过来当作药材。而小说的主人公是王玉英，一个普通的农家姑娘，死了母亲，承担着家务，后来嫁了一个品行不太好的人，默默地承受着生活、命运压给她的一切。文章中以花衬人，人花相映，衬托王玉英这个朴实的乡下姑娘，野茉莉再好不过了。当然如果这里直呼"野茉莉"，效果也并不十分好，汪曾祺先生巧妙地取其俗称"晚饭花"，使得物象迅速生成意象，然后，全文即以此意象来衬托人物，非常巧妙。

2. 细节描写

描写人物时，常会有生动传神的细节刻画。同样，自然环境描写如果处理好细节描写，也会增强表现力。仍如《最后的常春藤叶》的两句话："经过了漫漫长夜的风吹雨打，仍旧有一片常春藤的叶子贴在墙上。""靠近叶柄的颜色还是深绿的，但是锯齿形的边缘已染上了枯败的黄色。"这里"贴"这个形态细节和"深绿"这个色彩细节好像在给我们传达着这片叶子不同寻常的信息，其实这两处细节描绘对后面"这片叶子是贝尔曼画上去的"这个情节也起到伏笔作用。同样是《晚饭花》中，汪曾祺在写陈家的时候是这样说的："他家有好几棵大石榴树，比房檐还高，开花的时候，一院子都是红通通的"。写夏家的时候他这样写："去看院子里还开着的荷花，几盆大桂花，缸里养的鱼。"白描性的语言，初看甚是平淡，可细细咀嚼，着实不凡，就说这两句中的"大"，"大石榴""大桂花"，如果说晚饭花（野茉莉）衬托王玉英的普通、王玉英家境的清贫，则这两个虎虎生气的"大"字，正是想说明这两家的境况要好得多。再如英国小说家大卫·洛契弗特的小说《魔盒》的开头片段：

在一抹缠绵而又朦胧的夕照的映衬下，我四周高耸着的伦敦城的房顶和烟囱，似乎就像监狱围墙上的雉堞。从我三楼的窗户鸟瞰，景色并不令人怡然自得——庭院满目萧条，死气沉沉的秃树刺破了暮色。远处，有口钟正在铮铮报时。

这每一下钟声仿佛都在提醒我：我是初次远离家乡。这一年，我刚从爱尔兰的克尔克兰来伦敦碰运气。眼下，一阵乡愁流遍了我全身——这是一种被重负压得喘不过气来的伤心的感觉。

这是我一生中最沮丧的时刻。接着突然响起敲门声。

我们看，"夕照"是"缠绵而又朦胧的"，"房顶和烟囱"似乎就像"监狱围墙上的雉堞"，庭院是"满目萧条"，秃树是"死气沉沉的"，等等。显然，这些从天空到地下周围的景物，所有的细节都传达出是一种封闭压抑、阴沉死寂的氛围。可见，作品中的自然景物描写不是作者随手涂抹，其中有限的几处细节描写，都隐藏着作者深刻的匠心。

3. 景物关系

自然环境描写的语句或语段中，意象与意象之间，景象与景象之间，作者很多时候会进行某种关系的巧妙搭建，通过这些关系的搭建，传达较深层次的信息，进而引发读者去思考和发现。仍以汪曾祺的《晚饭花》为例，陈家的是石榴，夏家的是桂花、荷花，而属于王玉英的则是晚饭花。尽管晚饭花盛开景象中的王玉英形象很是美好，但仍难掩家境的清贫和人生的无奈。这里面的几处花的描写，明显地构成对比关系，体现了作者的良苦用心。峻青的《党员登记表》中一处描写更是绝妙："听得见寒风掠过雪地扬起的烟雾般的雪粒的沙沙声，听得见沟底下水在冰下流动的丁冬声，听得见不远的地方狗子们为争吃死尸的咆哮声，也听得见四面村落里雄鸡报晓的喔喔声……"这种有着冲突矛盾的景象在同一时刻出现，让我们感受到表面的残酷和恶劣，但又隐隐地感到了背后的力量和希望。这些都是作者的"匠心",这样的关系搭建,使自然景象明显地具备了丰富地表达。这里谈的主要是对比关系,另外还有并列、递进、时空等多种关系。

4. 位置安排

环境描写所处的位置不同,在作品中所起的作用自然也就有所区别。比如首段的环境描写大致能起到交代地点、渲染气氛、明确基调等作用,处在文本中间的环境描写大致能起到承上启下、转换情节等作用,处在末段的环境描写大致能起到呼应前文、营造余韵等作用。

如欧·亨利的小说《二十年以后》,有关"一阵冷飕飕的风"的环境描写,在文中出现两次,这两处完全相同的景物描写,两相映照,但其作用是不相同的。第一次出现在首段,烘托出幽冷的环境、凄清的夜晚,情节就此展开;第二次出现在鲍勃和吉米一番对话之后,渲染了一种沉寂、尴尬的气氛,这是情节转换的标志。因此,归纳来说,第一次环境描写的作用是,烘托环境,展开情节;第二次环境描写的目的是,渲染气氛,转换情节。

小说中的自然环境描写,也有可能形成多处语句穿插文章之中。较典型的当属小说《林教头风雪山神庙》。从小说标题可看出,对风雪的描写,是自然环境描写的重点。作品中对风雪的描写,虽着墨不多,但确实给人以"风大雪紧"的印象;更重要的是,对风雪的描写穿插在作品中,同时也层层推动着情节的发展:正因为风大雪紧,林冲才要喝酒御寒,才会在沽酒途中见到山神庙;正因为风大雪紧,草厅才被摇撼、压倒,林冲才被迫到山神庙安身;正因为风大雪紧,林冲进了山神庙,才用巨石顶住大门……直到暗中听到仇人陆谦等人的谈话,林冲才奋起杀敌复仇,在性格上出现了质的飞跃。再如《最后的常春藤叶》多次描写的穿插既能表现人物又能推动情节发展;《边城》结尾处"到了冬天,那个圮坍了的白塔,又重新修好了",放在结尾,含蓄蕴藉,能引人唏嘘和遐想。

二、社会环境

社会环境描写,是指人物活动、事件发生、情节展开的社会背景、历史条件、地方的风土人情、时代风貌、社会关系、政治、经济等状况的描写,主要是交代人物的生存环境、社会关系等。它包括的范围很广,小至房间住所,一街一巷,大至城市地区,历史时代。对社会环境的描写,要努力画好"风俗画"。高尔基说过:"不可忘记,除风景画之外还有风俗画"。人在社会中生活与活动,总是处于一定的社会阶层,而作为具体的人,其一举手一投足都含有该阶层的特征。社会对人来说总是个具体的存在，社会群体的活动，都会在人的性格和心理上产生影响。小说中的社会环境描写就是将人们置身于真实的形成人物思想性格的特定环境，它对于人生价值的形成都会产生长久的作用。

有无完整的社会环境的描写，以及能否充分展示历史真实和民俗真实，从而成为一幅真实的风俗画是区分小说艺术价值的试金石。如《孔乙己》：咸亨酒店的小伙计"我"因工作的单调、无聊和生活的苦闷而特别记起给自己带来笑声的孔乙己。只有孔乙己到店，才可以笑几声，所以至今记得。孔乙己还未出场，我们就从中知道，孔乙己之所以被人记得，之所以存在，之所以有存在的价值，就因为他是人们单调、无聊和苦闷生活的一个笑料，能够给人们一点"笑"的满足。所以"笑"的本身含有孔乙己深刻的寂寞和悲哀，反映了他在鲁镇微不足道的地位和人们对他的侮蔑，也暗示了他悲剧性的一生：科场失意，穷困潦倒，悲惨地死去。具体说，文学作品中对社会环境描写，常有以下几个角度：

1. 侧重于时间

社会环境中侧重时间的，主要是时代背景。一般来说，小说的开头，多有时代背景描写，如"三国时代""抗战时期"等。交代事情发生的背景，既增加故事情节的真实性，也能推动情节的发展。如《三国演义》开头选段《曹操献刀》，写司徒王允以过生日为名，把众位官员邀约到家中，忽然掩面大哭：

"今日并非贱降，因欲与众位一叙，恐董卓见疑，故托言耳。董卓欺主弄权，社稷旦夕难保，想高皇帝诛秦灭楚，奄有天下；谁想传至今日，乃丧于董卓之手。"

这段话借王允之口，向读者传达了"曹操献刀"这段故事的时代背景：董卓废少帝为弘农王，立留王刘协为皇帝，即汉献帝，引得朝野震怒。乱世出英雄，为曹操的出场提供了社会环境。

再如木桦的小说《剃刀侠》开头片段：

清朝嘉庆年间，北京正阳门（俗称前门）外，已是相当繁华的集贸市场。几十丈高的城门楼子，威严如皇帝老子，注视着熙来攘往的人流。

这天，朗日晴空，集市正值繁华热闹时间。

一匹枣红大马，上骑一员佩刀武官，后跟几个步行兵卒，像一股浪头把人流冲得七零八落。门楼下老摊贩认得，这是乾清门蓝翎侍卫，这些蓝翎宠儿每隔几日便会出宫耀武扬威找便宜。

小说开篇两段的环境描写，交代了时间与地点，时间包含历史朝代（清朝嘉庆年间）和具体时间（"朗日晴空"的白天），地点也包含大都市（北京）与小街坊（集贸市场）。这样的特殊时代背景和繁华热闹的场面描写，不仅渲染了气氛，同时也为后文出场的人物做铺垫，烘托了剃刀侠艺高人胆大的形象。

2. 着眼于空间

（1）人物所处的周边环境

作品对人物的生活环境进行详细描写，既创造了故事发生的特定场合氛围，增强故事的真实性，同时又为人物的活动创造了条件。如何晓的小说《东坛井的陈皮匠》的开头选段：

一个地方只要历史长了，就会产生些离奇的故事。

古城就是这样一个地方。当你花费了比去欧洲还要多的时间，从大城市曲里拐弯地来到这里时，疲惫的身心会猛然因眼前远离现代文明的古奥而震颤：唐宋格局、明清街院，这化石一样的小城里，似乎每一扇刻着秦琼尉迟恭的老木门后面，都有一个传承了五千年的大家族在繁衍生息……而每一个迎面过来的人，他穿得越是普通，你越是不敢小瞧他，因为他的身上自然地洋溢着只有在这样的古城里生长的人才有的恬静和自信，哪怕他只是一个绱鞋掌钉的小皮匠。

沿袭着"食不过午"老规矩的，似乎只有传统小吃。但古城里曾经严格遵守另一种做生意"时不过午"老规矩的，却还有一个人，那就是东坛井的陈皮匠。

选文的第二段的环境描写，重在突出了古城具有鲜明的中国传统文化色彩和丰厚的历史底蕴的特点，为"东坛井的陈皮匠"的人物出场，设定了特殊的生活氛围，也为后文塑造"陈皮匠"鲜明的性格特征，提供了真实的环境依据。

（2）人物贴身的器物陈设

小说中人物性格、喜好以及故事发生、发展，总是有其自身的特定场景。比如说，每个家庭喜好、生活方式不一样，各自的家庭陈设与物品摆放就有相应的区别。对于文学作品而言，作者在创作时，显然在细小的环境布局、室内陈设等方面的描写，已有某种预设在里面。从读者来说，我们也应可以通过室内细小的环境描写，来反向把握人物的性情、喜好。如《红楼梦》中《林黛玉进贾府》的选段：

正房炕上横设一张炕桌，桌上磊着书籍茶具，靠东壁面西设着半旧的青缎靠背引枕。王夫人却坐在西边下首，亦是半旧的青缎靠背坐褥。见黛玉来了，便往东让。黛玉心中料定这是贾政之位。因见挨炕一溜三张椅子上，也搭着半旧的弹墨椅袱，黛玉便向椅上坐了。王夫人再四携他上炕，他方挨王夫人坐了。

这段文字，借林黛玉初进贾府的视角，描写荣国府的布局陈设："桌上磊着书籍茶具"说明主人的生活情趣；从靠背坐垫等陈设看，这是富贵之家；陈设都是半旧的，说明主人家富贵已久，暗示贾府已由盛转衰。

再如鲁迅在小说《祝福》里，对鲁四老爷书房的布局陈设的描写：

我回到四叔的书房里时，瓦楞上已经雪白，房里也映得较光明，极分明地显出壁上挂着的朱拓的大"寿"字，陈抟老祖写的；一边的对联已经脱落，松松的卷了放在长桌上，一边的还在，道是"事理通达心气和平"。我又无聊赖的到窗下的案头去一翻，只见一堆似乎未必完全的《康熙字典》，一部《近思录集注》和一部《四书衬》。无论如何，我明天决计要走了。

鲁四老爷书房的布局陈设，虽寥寥几笔，但别具匠心，体现作者深刻的用意：大红的"寿"字和祥林嫂的死状形成对照；"《康熙字典》，一部《近思录集注》和一部《四书衬》"，表现鲁四老爷是一位儒学老监生的身份；"事理通达心气和平"与鲁四老爷和"我"见面时即大骂新党、大骂祥林嫂是一个"谬种"形成鲜明对照，这样言行不一，对鲁四老爷起到嘲讽批判的作用，也表现了鲁四老爷的虚伪、反动和保守。

3. 侧重人物间关系

小说中往往会有不同人物的描写，而作者往往也就是通过不同人物的同时出现，用他们之间的"关系"对比，来表达人物的性格、遭遇。如《孔乙己》中开头：

"鲁镇的酒店的格局，是和别处不同的：都是当街一个曲尺形的大柜台，柜里面预备着热水，可以随时温酒。做工的人，傍午傍晚散了工，每每花四文铜钱，买一碗酒，——这是二十多年前的事，现在每碗要涨到十文，——靠柜外站着，热热的喝了休息；倘肯多花一文，便可以买一碟盐煮笋，或者茴香豆，做下酒物了，如果出到十几文，那就能买一样荤菜，但这些顾客，多是短衣帮，大抵没有这样阔绰。只有穿长衫的，才踱进店面隔壁的房子里，要酒要菜，慢慢地坐喝。"

这段环境描写，貌似在直接写鲁镇酒店的格局，其实质是赋予了人物活动以特定的空间，通过不同人物间"关系"对比，揭示顾客贫富悬殊，阶级明显对立。这咸亨酒店正是当时黑暗社会的缩影，具有鲜明的时代特色。作者刻画这样一个势利、冷酷、虚伪的社会环境，渲染了一种冷漠悲凉的社会气氛，孔乙己生活在这样的社会环境里，遭逼迫、受侮辱、得不到温饱、没有人同情与怜悯，最后悲惨地死去。

再如鲁迅《祝福》的最后一段，通过"我"的感受描写了一个祝福景象：

"我给那些因为在近旁而极响的爆竹声惊醒，看见豆一般大的黄色的灯光，接着又听得毕毕剥剥的鞭炮，是四叔家正在'祝福'了，知道已是五更将近时候，我在蒙眬中，又隐约听到远处的爆竹声连绵不断，似乎合成一天音响的浓云，夹着团团飞舞的雪花，拥抱了全市镇……"

在这里，作者拿有钱人的祝福活动和祥林嫂的惨死做了一个鲜明的对比。一边是鲁四老爷之流兴高采烈地为自己来年好运祝福，一边是被压迫者在寒冬腊月、大雪纷飞的祝福声中惨死在雪地里。这样，就把"凶人的愚妄的欢呼"和"悲惨的弱者的呼号"鲜明地摆到读者的面前，形成了强烈的对比，增强了祥林嫂遭遇的悲剧性，加强了对旧社会杀人本质的揭露，深化了小说的主题。

第二节　环境描写的作用

小说中，环境是历史时代、社会现实及其发展趋势的具体体现，也是形成人物性格，烘托人物心情，推动情节发展及深化小说主题的重要凭借。我们用几个关键词来对环境描写的作用进行分析。

一、交代

交代，即明确地告知。很多小说故事发生之初，作者都会明确地写出故事的相关环境，以增加故事的真实性。

交代故事发生的自然信息。这类自然信息包括时间、地点、天气、季节等。如鲁迅的《一件小事》开头，"这是民国六年的冬天，大北风刮得正猛……不一会北风小了……"这几句自然环境描写交代了"一件小事"发生的时间。叶圣陶的《多收了三五斗》，开头着力描写"河埠头""敞口船""仅容两三个人并排走的街道"和太阳光照射下的"旧毡帽"，向读者展示了一幅江南水乡的风俗画，同时也告知了故事发生的地点——江南水乡的一个小镇。

交代人物身份。沙皇专制统治下的俄国社会一片萧条、冷落，沙皇统治者为了挽救其必然灭亡的命运，为了强化反动统治，豢养了一批趋炎附势、见风使舵、狡诈多变的奴才。在"四下里一片沉静，广场上一个人也没有。商店和饭馆的门无精打采地敞着……"（契诃夫《变色龙》）的环境里，警官奥楚蔑洛夫"穿着军大衣，提着小包，穿过广场"。其耀武扬威、不可一世的姿态跃然纸上，这正形象地交代了奥楚蔑洛夫的"鹰犬"身份。

交代场景，为人物活动提供背景。如小说《孔乙己》中的开头：

鲁镇的酒店的格局，是和别处不同的：都是当街一个曲尺形的大柜台，柜里面预备着热水，可以随时温酒。做工的人，傍午傍晚散了工，每每花四文铜钱，买一碗酒，——这是二十多年前的事，现在每碗要涨到十文，——靠柜外站着，热热的喝了休息；倘肯多花一文，便可以买一碟盐煮笋，或者茴香豆，做下酒物了，如果出到十几文，那就能买一样荤菜，但这些顾客，多是短衣帮，大抵没有这样阔绰。只有穿长衫的，才踱进店面隔壁的房子里，要酒要菜，慢慢地坐喝。

我从十二岁起，便在镇口的咸亨酒店里当伙计，掌柜说，样子太傻，怕侍候不了长衫主顾，就在外面做点事罢。外面的短衣主顾，虽然容易说话，但唠唠叨叨缠夹不清的也很不少。他们往往要亲眼看着黄酒从坛子里舀出，看过壶子底里有水没有，又亲看将壶子放在热水里，然后放心：在这严重监督下，羼水也很为难。所以过了几天，掌柜又说我干不了这事。幸亏荐头的情面大，辞退不得，便改为专管温酒的一种无聊职务了。

我从此便整天地站在柜台里，专管我的职务。虽然没有什么失职，但总觉得有些单调，有些无聊。掌柜是一副凶脸孔，主顾也没有好声气，教人活泼不得；只有孔乙己到店，才可以笑几声，所以至今还记得。

人物的行动，总是在一定场合进行的。《孔乙己》开头交代了鲁镇酒店的格局：曲尺形的大柜台，温酒的习惯。然后又介绍了喝酒的人群，并把喝酒的人分为站着喝酒的短衣帮和坐着喝酒的穿长衫两类。这样就把人的活动场合及人物身份和盘托出，人物活动和场所就固定在了酒店里。可以说酒店虽小，却是社会这个大舞台的缩影，折射出整个社会的世态人情。当然，这个小说开头的环境同时也预示着孔乙己的悲惨命运。

二、暗示

"暗示"与前面的"交代"相反。"交代"是明确告知，"暗示"是含蓄表达。小说中关于环境描写的"暗示"分两方面。

暗示时代背景。优秀的作家，总是通过对特定的自然环境的描写，来展示独特的世态风情，为读者提供一幅社会历史图画。所以，小说中的自然环境，一般都带有作家的感情色彩，被当作是社会环境的暗示。如茅盾的《子夜》开头选段《吴老太爷进城》的描写：

"汽车发疯似的向前飞跑。吴老太爷向前看。天哪！几百个亮着灯光的窗洞像几百只怪眼睛，高耸碧霄的摩天建筑，排山倒海般地扑到吴老太爷眼前，忽地又没有了；光秃秃的平地拔立的路灯杆，无穷无尽地，一杆接一杆地，向吴老太爷脸前打来，忽地又没有了；长蛇阵似的一串黑怪物，头上都有一对大眼睛放射出叫人目眩的强光，啵——啵——地吼着，闪电似的冲将过来，准对着吴老太爷坐的小箱子冲将过来！近了！近了！吴老太爷闭了眼睛，全身都抖了。他觉得他的头颅仿佛是在颈脖子上旋转；他眼前是红的，黄的，绿的，黑的，发光的，立方体的，圆锥形的，——混杂的一团，在那里跳，在那里转；他耳朵里灌满了轰，轰，轰！轧，轧，轧！啵，啵，啵！猛烈嘈杂的声浪会叫人心跳出腔子似的。"

这段社会环境描写，借吴老太爷的所见所闻，暗示了故事的时代背景——20世纪30年代的上海，与纽约一样，既是天堂也是地狱。吴老太爷却觉得自己被送到了"魔窟"，上海在他看来满街是"怪兽"。

暗示情感主题。作者不直接表达写作目的，而是通过环境描写，含蓄委婉地表达写作意图。如《荷花淀》中对荷花淀正午风光的那段描写：

"她们奔着那不知道有几亩大小的荷花淀去，那一望无边际的密密层层的大荷叶，迎着阳光舒展开，就像铜墙铁壁一样。粉色荷花箭高高地挺出来，是监视白洋淀的哨兵吧！"

这段文字不仅突出了水乡游击战的特点，而且暗示了一场激烈的战斗，将在这清香四溢的环境中展开；不仅如此，对荷花的形象传神、充满寓意的描写，暗示着白洋淀妇女的成长前途——粉色的荷花都成了"监视白洋淀"的哨兵，昔日粉妆的女人们，也将成为保卫白洋淀的战士。

又如江慧妍的《夕阳爱情》以自然环境描写的结尾：

"晚霞从盘缠的葡萄藤缝隙里细碎地筛落下来，洒在父亲和母亲的身上。远处田野的麦穗金黄灿烂，仿佛和夕阳连成了一体。"

盘缠的葡萄藤象征父母间无法割断的感情，金黄灿烂的麦穗隐喻父母在晚年收获爱情，以景物描写收束全文深化主旨，表达了"我"对父母晚年相依相伴的欣慰之情。

三、渲染

一般来讲，每篇小说都有一种感情基调，每篇作品也有一种特定的氛围，作家往往用生动的自然环境描写，来渲染故事的气氛，从而增强故事的真实性，感染读者。如鲁迅先生的《故乡》开篇这样写道：

"时候既然是深冬，渐近故乡时，天气又阴晦了，冷风吹进船舱中，呜呜地响，从蓬隙向外一望，苍黄的天底下，远近横着几个萧索的荒村，没有一些活气。我的心禁不住悲凉起来了。"

深冬、阴晦、呜呜、苍黄、萧条的自然环境写出了故乡的荒凉与冷落，而

"横着"更是写出了故乡随着时间的推移,在那个时候的社会影响下显得不堪一击。小说一开始就借用昏暗、压抑的色调营造出悲凉的氛围,奠定了全文的情感基调。

再如鲁迅的《药》开头的环境描写:

"秋天的后半夜,月亮下去了,太阳还没有出,只剩下一片乌蓝的天;除了夜游的东西,什么都睡着。"

这段文字勾勒出黎明前最黑暗时刻的突出特征:阴暗、凄清,还有几分恐怖,从而渲染了夏瑜就义时沉寂而肃杀的气氛。还有该文结尾一段通过景物描写展现了一幅凄凉的画面:时令虽已是清明,然而天气仍"分外寒冷","歪歪斜斜"的路旁是"层层迭迭"的丛冢;这里没有生机,只有"支支直立"的枯草发出"一丝发抖的声音";这里没有啼鸣的黄莺,只有预兆不祥的乌鸦,而且"缩着头,铁铸一般站着"。所有这些文字,都渲染出了坟场阴冷、悲凉的气氛。

再如《西游记》中《孙悟空大战红孩儿》选段:孙悟空离开了乌鸡国,夜住晓行,半月有余,忽又见一座山,真个是摩天碍日。接着有一段景物描写:

"高不高,顶上结青霄;深不深,涧中如地府。山前常见骨都都白云,屹腾腾黑雾。红梅翠竹,绿柏如松。山后又千万丈挟魂台,台后有古古怪怪藏魔洞。……"

险山恶水、白云黑雾、挟魂台、藏魔洞等景物,共同营造了一个光怪陆离、神异奇幻的境界,渲染了神秘诡异、变幻莫测的气氛。接下来作者将这奇境与奇人、奇事熔于一炉,构筑成了一个统一和谐的艺术整体,展现出一种奇幻美,演绎出惊心动魄的故事。而所有这些,都笼罩在这借助于环境描写渲染出来的神秘诡异、变幻莫测的气氛里,增强了故事的真实性和立体感,达到了引人入胜的艺术效果。

四、烘托

环境既是人赖以生存的必要条件,也影响着人的性格和气质。因此,作品中出现什么样环境,往往也会暗示或烘托人物的性格特点。山明水秀,杨柳依依,则人物秀丽可爱;茫茫林海,朔风呼啸,则人物剽悍刚猛;天高地广,牛羊肥壮,则人物豪爽开朗。正所谓"人有其性情,人有其气质,人有其形状,人有其口声"(金圣叹语),我们可以说:"人有其环境"。生活中环境造就人物,小说里环境烘托人物。

《水浒》选段《李逵负荆》的开头写道:"此处草枯地阔,木落山空,于路无话。"这句话描写的自然环境显得寥廓苍劲,烘托出主要人物李逵的粗犷豪放、勇猛胆大、"风风火火闯九州"的高大威猛形象。尽管文字不多，但精炼生动传神。再如《平凡的世界》中的一段描写：

"现在没办法拒绝了，少平只好跟着润叶姐起身了。他一路相跟着和润叶姐进了县革委会的大门。进了大门后，他两只眼睛紧张地扫视着这个神圣的地方。县革委会一层层窑洞沿着一个个斜坡一行行排上去，最上面蹲着一座大礼堂，给人一种非常壮观的景象。在晚上，要是所有的窑洞都亮起灯火，简直就像一座宏伟的大厦。"

就像《红楼梦》里的林黛玉进贾府一样，孙少平跟润叶进县革委会大门到她二爸家，两只眼睛紧张地扫视着这个神圣的地方，县革委会"像一座宏伟的大厦"，非常壮观，这段描写烘托了少平的身份——农家子弟，未见过世面的，其特征性格是腼腆、拘谨的。

又如郭凯冰的小说《招牌菜》里的描写：

"这老板娘穿着虽朴素，却耐看得紧，心里便也会暗暗颤一颤，抖一抖。同样的，颤了抖了，心也就静了。那水兰耐看的眉眼里透着一份端庄，可是观音模样。客人转头看看窗台，那水仙或者滴水观音正挺着水清的叶子，吐着幽幽的清香呢。"

寥寥几笔的景物点缀，烘托出酒店老板娘水兰朴素端庄美丽的人物形象，为下文表现水兰的高尚品质做铺垫。

环境描写有时也能烘托人物丰富的心理，凸显人物心理活动。仍如《平凡的世界》，孙少平做客回来，插了一段景物描写：

"天开始模模糊糊地黑起来了。城市的四面八方，灯火已经闪闪烁烁。风温和地抚摸着人的脸颊。隐隐地可以嗅到一种泥土和青草芽的新鲜味道。多么好呀，春夜！"

这段景物描写当来自孙少平的目光，似乎暗示了一个下午的经历如此地紧张，让人喘不过气来，现在终于可以长舒一口气了。因此，这司空见惯的夜晚和泥土、青草的味道竟然也这么美好。这里的环境描写成为人物心理活动的契机，并映衬着人物的心理——从最初的惶恐，到后来的紧张，再到最后的心情舒畅，其中既有物质的富足带来的威压，又有超越地位阶层的无微不至的关怀，作者细致地描绘了孙少平内心的扰动，把他的敏感、自尊而又自卑的心理描绘得淋漓尽致。孙少平的这次做客经历，是一次精神的历练，既丰富了他的人生阅历，又使他感受到了人间的温情。

五、推动

推动，主体是和情节相关联。小说的情节发展与环境描写往往是相互依存、相互制约的，环境描写以情节为依据，而情节发展又离不开环境描写。上文所举的《林教头风雪山神庙》中对"风雪"的描写，环境对情节起推动作用就是个典型例子。再举《边城》中一例：

"天已快夜，别的雀子似乎都休息了，只杜鹃叫个不息。石头泥土为白日晒了一整天，草木为白日晒了一整天，到这时节各放散出一种热气。空气中有泥土气味，有草木气味还有各种甲虫类气味。翠翠看着天上的红云，听着渡口飘来生意人的杂乱声音，心中有些儿薄薄的凄凉。"

情窦初开的翠翠"在成熟中的生命，觉得好像缺少了什么"，"好像眼见到这个日子过去了，想要在一件新的人事上攀住它，但不成"。翠翠渴望爱情而还没有着落，有孤单失落之感。这时祖父在渡船上忙个不息，顾不上她，杜鹃叫个不息，泥土、草木、各种甲虫类气味，生意人的杂乱声音，更增添了翠翠内心的纷乱和孤独之感，因此她"心中有些薄薄的凄凉"。这里的环境描写成为人物心理活动的契机并映衬着人物的心情，还有推动故事情节发展的作用。

凯特·肖班的小说《一小时的故事》，女主人公马拉德夫听闻丈夫的死讯后放声大哭，悲痛欲绝，但是当她看到：

"房前场地上洋溢着初春活力的轻轻摇曳着的树梢。空气里充满了阵雨的芳香。下面街上有个小贩在吆喝着他的货色。远处传来了什么人的微弱歌声；屋檐下，数不清的麻雀在喊喊喳喳地叫。对着她的窗的正西方，相逢又相重的朵朵行云之间露出了这儿一片、那儿一片的蓝天。"

这个场景的出现，使女主人公情绪发生了转变，她感到全身的温暖、松快，感到前所未有的自由，自然巧妙地推动了小说情节的发展，对小说主题的揭示起到必不可少的作用。

六、深化

通过对小说中的人物和情节分析与探究，可以把握小说主题。但不可忽视，小说中的环境描写，对小说主题的"深化"，有至关重要的作用。

鲁迅《祝福》的最后一段，通过"我"的感受描写了一个祝福景象：

"我给那些因为在近旁而极响的爆竹声惊醒，看见豆一般大的黄色的灯光，接着又听得毕毕剥剥的鞭炮，是四叔家正在'祝福'了，知道已是五更将近时候，我在蒙眬中，又隐约听到远处的爆竹声连绵不断，似乎合成一天音响的浓云，夹着团团飞舞的雪花，拥抱了全市镇……"

在这里，作者拿有钱人年终热闹的祝福活动和祥林嫂的寂然死去做了一个鲜明的对比：一边是鲁四老爷之流兴高采烈地为自己来年好运祝福，一边是被压迫者在寒冬腊月、大雪纷飞的祝福声中惨死在雪地里。这样，就把"凶人的愚妄的欢呼"和"悲惨的弱者的呼号"鲜明地摆到读者的面前，形成了强烈的对比，增强了祥林嫂遭遇的悲剧性，加强了对旧社会杀人本质的揭露，深化了小说的主题。

自然环境不仅仅是交代人物活动的场所，还能孕育人的气质，涵养人的精神，从而揭示出人物性格形成的原因，进而深化小说的主题。如老舍在《骆驼祥子》中，为了刻画人力车夫祥子的辛苦，揭示旧社会劳动人民的悲惨，作者极力刻画了日烈雨暴的情景。当日头烈到人不能忍受的程度，祥子也不得不拉车挣钱；当风雨暴到人不能行走的程度，祥子也不得不在雨中挣命。通过这样的环境描写，展现了祥子吃苦耐劳、勤劳的本性，从而揭示了旧社会劳动人民生活的疾苦和悲惨的主题。

莫言在《红高粱》中，写罗汉大爷在他愤怒地打算报复骡子时的景物："东方那团渐渐上升的红晕在上升时同时散射，黎明前的高粱地里，寂静得随时都会爆炸。"这句描写，在渲染恐怖气氛的同时，传达出罗汉大爷的反抗力量不断积聚的过程。黎明前的日子是最黑暗的，"沉默啊，沉默啊！不在沉默中爆发，就在沉默中灭亡！"罗汉大爷铲完骡子后，"天亮了，从东边的高粱地里，露出了一弧血红的朝阳，阳光正正地照着罗汉大爷半张着的黑洞洞的嘴。"这表现了罗汉大爷在报复骡子后的快感，也暗示了他将会遭到"骡子"的报复，从而起到深化主题的作用。

从《红高粱》整篇小说来看，红高粱和血是贯通全文的线索，读者都无法抗拒红高粱与血海的吸引力。它们都以红色的色彩刺激着人们的感官，但更重要的是，它们在本文中宽广的覆盖能力使读者不得不将它们作为阅读与理解的重要窗口：无边无际的高粱地，红如血海，为人物提供英勇抗敌的活动天地，也激发人物去爱、去恨、去生、去死，尽最大可能张扬自己的生命。

第二章

人　物

　　人物是小说的三要素之一。刻画人物形象是小说的基本任务，通过人物及其遭遇，来反映社会生活是小说的基本手段。有些小说，诸如科幻小说、寓言小说等，虽然有的没有"人物"，但小说着力刻画的科幻物体和寓言对象，其实已完全富有"人"形，因此，其也应归属于人物。

　　小说中的人物，按形象特点、职业身份、悲喜境遇等来分，可谓千人万相。对于小说中人物的常规解读，按人物的性格类型分，有圆形人物与扁平人物；按人物在小说中的地位与作用分，有主要人物与次要人物；按人物刻画的方法分，有写实性人物与漫画式人物。

　　小说艺术的伟大之处在于，小说家通过塑造人物形象而感动读者、引发泪水，最终揭示"关于人的真理"。法国著名作家安德烈·纪德说，一部小说是否成功，主要看人物形象是否真实可信；虚构的人物源于现实生活，作品中的人物形象在作家动笔之前就已经存在，因此，这种人物也应视为是真实，小说家仅仅是倾听人物自己的诉说而已。

第一节　圆形人物与扁平人物

　　英国小说家福斯特根据他于1927年在剑桥做的系列演讲，编著《小说面面观》，这部书对后世的文学创作和文学批评产生了重要影响。书中，福斯特把小说中的人物按照性格分成圆形人物和扁平人物。

一、圆形人物

　　圆形人物主要是指在文学作品中复杂性格的人物，通常随着情节发展变化，人物的性情也发生变化，在处理一些事物时的观念与情节刚开始时存在很大的转变。这样的角色打破了人物性情一成不变的格局，这是根据生活人物变化对文学作品中的人物进行刻画，这样使得圆形人物在整个作品当中更明显，个性和形象更为突出。

圆形人物基本特征是：人物塑造打破了好的全好、坏的全坏的简单分类方法，按照生活的本来面目去刻画人物形象，更真实、更深入地揭示人性的复杂、丰富，具有更高的审美价值。这种塑造人物的方法给读者一种多侧面、立体感的印象，往往能够带来心灵的震动。

圆形人物好比一个立方体，你会看到它有六个面，有许多不同的面呈现。《红楼梦》中林黛玉的性格就是多面的。她与人相处时时小心谨慎，又总是去揣度别人话里、行动里是否有对她的讥讽和轻视。如周瑞家的送宫花，最后一个送给她。本来是抄便道，不分高低贵贱，偏偏黛玉认为是把别人挑了不要的给了她，这是她极强自尊心的体现。当史湘云说唱小旦的戏子与她有点像时，她更是震怒了："拿我比戏子取笑？"这些情节让读者看到一个既小心谨慎又自尊心极胜的林黛玉。大观园里，她将史湘云和薛宝钗当成了情敌，总不免对她们酸言冷语，显得小家子气；但从另一方面来说，她也是从来毫不遮掩地表露自己的情感想法，锋芒毕露地直陈己见，这也只是就事论事，说过论过也就丢在一边。这种待人以诚的直率又让人不得不对她心生喜爱。对宝玉她既关心却又不喜欢听他的表白，让我们看到一个大家闺秀对爱情执着却又矜持的一面。细细分析，林黛玉这个人物有血有肉，时而令人嗔怨时而惹人怜爱，多面的性格让读者将这个人物形象不自觉地铭记于心。

《飘》中的女主角思佳丽也是这种典型人物。她很任性自私，她视善良纯洁如天使般的梅兰妮为情敌，深爱的艾希利娶了梅兰妮后，她恼怒之下嫁给根本不爱的查尔斯，查尔斯死时她一点也不关心还去跳舞。但是当艾希利把梅兰妮托付给她后，她又尽一切努力保护她，坚守承诺；经过战火洗劫，在家人都无助哭泣，不知该怎么活下去的时候，她毅然挑起大梁，甚至亲自下地去干活使得手上长满了粗茧。这些是她无私有责任心的美好品质的展现。后来她为了钱去骗瑞德，为了钱又抢走了亲妹妹的未婚夫，为了钱她非法雇佣黑奴，似乎是一个嗜财如命、不择手段的女人。但是这一切的背后是因为她要保住庄园，保护家人，照顾梅兰妮。为别人她宁愿牺牲自己，其实又很伟大……很多这样的情节让我们看到这个人物身上有多重矛盾，她是一个让人捉摸不透的人，但绝对是一个活生生的人。

《三国演义》中的曹操也是这样的形象。他身上矛盾重重，人物性格也很复杂，难以捉摸。比如他本是一个求贤若渴、任人唯贤的人，但是杀杨修一事又让人看到他也有妒才忌能的一面。他这个人聪明透顶，又愚不可及（比如错杀蒋干）；狡猾奸诈，又坦率真诚；豁达大度，又疑神疑鬼；宽宏大量，又心胸狭窄。可以说是大家风范，小人嘴脸；英雄气概，儿女情怀；阎王脾气，菩萨心肠。而恰恰正是这么多矛盾对立面才能让读者意识到曹操就该是这样一个人——像大海一样，能容纳一切的人。

圆形人物的塑造大多就是源自生活，但凡你看到的小说人物几乎都可以在生活中找到原型。圆形人物变化莫测，如同生活本身一样叫人难以预料。通常我们看的电视剧中，好人永远完美无瑕且正义凛然，连偶尔的一点坏念头都不会有的；而坏人则是坏事干尽无所不为。这时我们会产生错觉，觉得剧中的好人就是观音转世，佛祖的化身；坏人就是恶魔的灵魂附体，撒旦投胎。现实中其实并不存在这样的人，这只不过是一种理想罢了，也只能当是场戏一样去看看而已。真正的现实中人物性格都是矛盾的，所谓善恶一念间，好人也会有选择恶的时候的。所以优秀的小说家在塑造人物的时候都会顾及这一点的。

二、扁平人物

扁平人物主要指文学作品中性情处于静态，性格比较单一、突出、鲜明的人物，即无论故事情节进展到哪个阶段，出现何种情形，人物在思想和行动方面都不会出现大的变化。这种人物的某一种性格特征被突出地强调出来，其他性格侧面则往往被压倒、吸收，似乎仅仅成了表现这一种性格特征的方式。这样的人物在整个作品当中性格单一，与圆形人物能形成鲜明的对比，进而彰显出两种性格的迥异，从中能体验到人性的变化。

扁平人物的优点是，不管他们在小说里的什么地方出现，都能让读者一眼就认出来——读者用的是感情之眼，不是用只注意人物的姓名重复出现的那双视觉之眼；读者容易在事后把他们回想起来。他们在读者的记忆里历久常新，因为他们并不随着环境的改变而有所变化。如狄更斯《大卫·科波菲尔》里的米考伯太太，无论米考伯如何穷困潦倒，她总是说："我永远不会抛弃米考伯先生。"并且在故事发展过程中，我们可以始终看到她的确言行如一，始终未变。福斯特认为，绝对意义的"扁平人物"在行为模式和心理活动方面的单纯特点有利于读者很快辨认，并可以用一句话概括人物特性。

就塑造人物的成就来说，扁平人物本身并不和圆形人物一样巨大。扁平人物在 17 世纪被称为"幽默性的"，有时指代类型化人物，有时指代夸张性手法所塑造的人物。一般来说，扁平人物被塑造成为喜剧性角色的时候最为出色。

相较于圆形人物，扁平人物性格会单一些，作者在刻画的时候是为突出人物某一方面的性格，其他的性格基本不会呈现。好人就是好人，坏人就是坏人，绝对界线分明。比如《变色龙》中的奥楚蔑洛夫，文中围绕他对一条狗时而夸赞，时而辱骂的变化，来表现这个人物见风使舵、阿谀拍马、趋炎附势、欺下媚上的丑态。他的这一性格被夸大，被渲染，很有典型性，就像是一个标签一样贴在他的脸上。因此奥楚蔑洛夫就成了见风使舵、趋炎附势的一类人的代表。

再如《欧也妮·葛朗台》中的葛朗台，他是个吝啬鬼、贪婪、狡诈，爱钱胜过一切。他身上没有一点人性闪耀的地方，哪怕是对他的亲人。他做起生意来是个行家里手，常装口吃耳聋，诱使对方上当受骗而自己稳操胜券。他家财万贯，但节省开销，每顿饭的食物，每天点的蜡烛，他都亲自定量分发。为了钱他六亲不认，克扣妻子的费用；幽禁女儿时，只给她吃冷水和面包；用卑劣的手段骗得了女儿的财产；弟弟破产他无动于衷；侄儿求他，他置之不理。金钱是他唯一崇拜的上帝，独自观摩金子成了他的癖好，临终前都不忘嘱咐女儿看住金子。这个人物身上没有矛盾，一切言行都是为了凸显他的吝啬，因此，葛朗台成为文学史上著名的"吝啬鬼"形象。莫里哀最擅长塑造扁平人物，这类人物非常具有喜剧性和批判性。

相反，《三国演义》里的关羽，则是一个忠心不二，一心为主的正面人物形象。不论他的高强武艺，还是他的坦荡为人，都是为忠心护主服务。还有张飞、赵云等都是这样的扁平人物。他们是正义的化身，绝对不会有小人之心，不做苟且之事，不犯不伦之罪。

最纯粹扁平人物只围绕单一的理念或性格特征构建，若是有了一个以上的要素，就有点趋向圆形的曲线。

圆形人物性格是有空间感的，扁平人物是平面化的。空间感即是说人物性格不是一成不变的，随着情节的发展，时间的流动，人物的性格会一起发生变化。

《西游记》中，孙悟空的性格也是在成长变化的。刚开始大闹地府和天庭，在众人眼里这就是一只顽猴儿，他身上的兽性远远多过人性。后来被如来压了五百年，让他有了教训；于是他接受了护送唐僧取经的重任，只不过希望能早点完成任务然后回花果山做他的大王。这时的他遇到妖魔和坏人时，自然是痛下杀手。杀人对生性顽劣又艺高胆大的孙悟空来说简直如踩死一只蚂蚁。偏偏师父就是一个连蚂蚁也不会踩死的人。师徒的矛盾就这样在"三打白骨精"中爆发。最后虽然圆满会师，但是孙悟空以后再也不是杀人不眨眼的"畜牲"，他变成了做事也是会讲究方法，顾及他人感受的有情有义的"人"。

《红与黑》中于连也是这样一个有空间感的人物形象，而《高老头》中的拉斯蒂涅则更明显。他本是一个刚毕业的大学生，纯朴善良，只是想在巴黎谋一个前程。最后在巴黎的花花世界的腐蚀下，在社会的大熔炉里历练一番，摇身一变，成了一个冷酷无情不择手段的野心家。巴尔扎克也正是借助这个人物的成长发家史来深刻展示了法国上层社会的罪恶。扁平人物则是不具空间感的，因为其性格是稳定不变的。《西游记》中的沙僧，从一开始到最后，他就是一个老实本分的人，作为三师弟，他永远会听从师父、师兄的话，不会叫苦喊累。纵使经过了那么多年，经过那么多事，他自始而一。相比较于孙悟空，这个人物形象会单一得多。

对于一个圆形人物的检验，要看他是否令人信服地给人以惊奇之感。如果他从来就不使人感到惊奇的话（即每个关于人物的情节发展都在意料之中），他就是个扁平人物。一部内容深刻的小说，往往既需要圆形人物，也需要扁平人物。小说家运用圆形人物——有时单独运用他们，但在更多的场合里，则是把他们和扁平人物结合在一起——使人物和小说里别的那些"面"融合在一起，成为一个和谐的整体。

第二节　主要人物与次要人物

一、主要人物

文学作品中的主要人物，是作者着力刻画的一个或多个居主导地位的中心人物，是矛盾冲突的主体。判断小说的主要人物，主要看人物在小说情节、结构、矛盾冲突中是否占据中心地位，是否通过他来表现小说的主题。判定一个人物是否为主人公有三个角度，首先看作品对人物着墨的多少，其次看人物在小说中的地位和作用，第三看作家的创作意图。

1. 主要人物着墨多

一般来说，正面描写较多、情节叙述偏重的人物多为主要人物。

所谓正面描写，即直接通过肖像、行动、语言、心理等细节描写的诸多方式，来揭示人物思想品质和性格特点，从而反映作品的主题。鲁迅的《故乡》，就用了较多的笔墨对闰土进行肖像描写："十一二岁，紫色圆脸，项带银圈，有一双红活圆实的手，手捏一柄钢叉，向一匹猹尽力刺去。"这写出的是一个活泼、勇敢、英俊的少年闰土。"身材增加了一倍，脸色灰黄，很深的皱纹，眼睛周围肿得通红，头戴破毡帽，身上只有一件极薄的棉衣，浑身瑟缩着，手提一个纸包和一只长烟管，手又粗又笨，而且开裂，像是松树皮了"。这是一个饱经忧患、历经沧桑，已变得麻木迟钝而又非常自卑的中年闰土。肖像描写的作用不只是在于勾画出闰土的外部特征，作者用较多文字描写闰土的肖像，目的在于表现他性格的巨大变化，进而表现小说的主题。

再如小说《守财奴》，作品不是像《故乡》那样来描写守财奴葛朗台的肖像，而是用较多的文字来描写葛朗台的个性化语言和夸张动作："咱们中间可有些小小的事情办一办。对不对，克罗旭？""是呀，是呀，小乖乖。我不能让事情搁在那儿牵肠挂肚。你总不至于要我受罪吧。""我觉得更满意。我按月付你一百法郎的大利钱。这样，你爱做多少台弥撒给谁都可了！""克罗旭，你这些话保险没有错吗？可以对一个孩子说吗？""老头儿身子一纵，扑上梳妆匣，好似一头老虎扑上一个睡着的婴儿。"作品用大量文字来描写葛朗台的语言和动作，把一个贪欲十足的守财奴形象刻画得淋漓尽致，使人如见其形，如窥其魂，把一个嗜金狂形象塑造得栩栩如生。

2. 主要人物是作品重心

"重心"非"中心"。借用物理学上的概念：重力场中，物体各部分所受重力之合力的作用点。规则而密度均匀物体的重心即中心，不规则的物体重心，不一定在物体上。对于文学作品而言，采用常规的正面描写的方式来塑造人物，着墨多的可谓主要人物，着墨少的多为次要人物。如《三国演义》中曹操、刘备，《红楼梦》中的贾宝玉等人物，都是贯穿作品始终的人物，着墨较多，是主要人物。当然，判断是否为主要人物，还要顾及小说的整体与局部的关系，比如虽然说贾宝玉是《红楼梦》的主要人物之一，但若就"刘姥姥进大观园"的几个章节来看，显然刘姥姥又是这几个回目的主要人物——尽管她在全书中是个"跑龙套"的配角。

此外，对于采用非常规手段来塑造人物，如采用侧面烘托、抑扬手段等来刻画人物，则不能简单根据着墨多少，而是还要深入观察作者的写作动机和意图，然后做出判断。

正面描写只是常见方式，也有一些作品采用侧面描写的方式来表现人物。汉乐府《陌上桑》的秦罗敷是作品的主角，但作品中却大段地对行人、观者的表现进行描写，采用侧面烘托的方式来表现主要人物秦罗敷的形象。《葫芦僧判断葫芦案》中，对门子的言行细节描写占了很大篇幅，从而刻画出门子是个狡猾刁顽、心怀鬼胎、手段恶毒的人。似乎门子是这篇小说的主人公了。然而纵观全篇分析发现，门子在贾雨村面前是小巫见大巫，不但没捞到半点油水，反而被贾雨村利用，最终"充发"了。这说明贾雨村的歪本事绝非门子可比，用门子来衬托出贾雨村更阴险、更狡猾、更恶毒、更卑鄙。分析至此可见门子不是主人公，而是在这里起衬托作用，用来凸现贾雨村的，贾雨村才是这篇小说的"重心"。

再如列夫·托尔斯泰《战争与和平》中，对出身于贵族家庭的娜塔莎的描写。娜塔莎是一位充满浪漫与幻想且又多愁善感的女性，她纯真善良，渴望生活、爱情与幸福，是托尔斯泰笔下的经典形象。小说在塑造娜塔莎的过程中，就大篇幅地采用了侧面描写的方式。如别人不太在意她，说明她还不是风情万种的成熟女性，尤其是写别素号娃伯爵夫人和副官跳舞时的完美表现，小说本来可以直接写娜塔莎"几乎要哭"的失望之情，但小说却用大段文字来描写正在跳舞的别素号娃伯爵夫人曼妙的舞姿，越是这样写，就越能烘托出娜塔莎的焦虑不安，越能写出她的争强好胜，希望在别人的眼睛里看到自己的美丽。安德莱与娜塔莎跳舞后，"觉得自己活泼年轻了"，可见，娜塔莎是真正活泼年轻的，有着很强的感染力，可以感染他人，这也是一处侧面烘托。

这种从"他人"角度入手，形式上就是"喧宾夺主"，但我们洞察作者的写作目的，就会发现这是作者刻画人物的一种手段，一种技法。唯有"拨云见日"，我们才能真正走进小说的内部世界。

3. 主要人物紧扣作品主题

小说的主题思想是指通过对社会生活的描绘和艺术形象的塑造所显示出来的，并贯穿于全篇的主要思想。由于小说的主题是通过艺术形象生动、具体地显现出来的，所以我们在寻找主人公时，就要思考理解一下小说的主题思想，看看表现主题思想涉及了谁，涉及的人物，一般来说就是小说的主人公了。

《我的叔叔于勒》，有人认为主人公是于勒，因为文题是于勒，并且本篇情节和人物活动都是以于勒作为枢纽和基点的，对文中刻画菲利普夫妇对亲兄弟前后截然不同的态度，是为了更好地衬托出于勒这个悲剧性的人物，所以主人公应该是于勒。真的是这样吗？首先，从着墨多少上来看，本文抓住神态、语言细节刻画的是菲利普夫妇，而对于勒进行的则是略写和虚写，他的出现只是在海轮上卖牡蛎那短短的一瞬。其次，于勒只是一种观察视角，观察视角只是一种见证视角，小说是借于勒的贫富变化和"我"的眼睛来观察和见证一对市侩小市民的——观察者不等于主人公。最后上升到小说的主题：小说描写了菲利普夫妇对待亲兄弟于勒的前后态度的变化，深刻揭露了资本主义社会人与人之间的关系纯粹是金钱关系的本质，无情鞭挞了小市民的势利贪鄙、冷酷自私的丑恶灵魂。可见，小说的主题思想涉及了所鞭挞的对象——菲利普夫妇。小说正是通过刻画菲利普夫妇的贪婪、自私、势利的性格特征，从而揭示全文的主题思想。因此，本文的主人公应是菲利普夫妇。

前面所说的《故乡》，小说的主题重在揭示劳动人民走向灾难的根源：多子、饥荒，沉重的苛捐杂税，以及"历史遗留的阶级观念造成人与人之间的不了解，甚至是隔膜"（茅盾语）。因此，闰土对表现小说的主题起到决定性作用。当然闰土就是《故乡》的主要人物，而"我"只是个线索性的次要人物。

二、次要人物

叙事文学作品，在故事发生与发展中，与主要人物发生不同关系、起着不同作用、配合主要人物以形成形象体系的人物，即为次要人物。次要人物是情节的构成和表现主要人物性格不可缺少的因素。具体而言，次要人物在作品中具有如下作用。

1. 侧面烘托

一部小说中，主要人物是红花，次要人物是绿叶。通过次要人物的活动来烘托主要人物的形象，达到塑造主要人物形象的效果。也就是说，通过次要人物的塑造与刻画，凸现次要人物个性，从而使主要人物形象愈加鲜明清晰。恩格斯曾倡导"把各个人物用更加对立的方式彼此区别得更加鲜明"。通过次要人物的活动来衬托主人公的活动和形象，从而达到塑造人物形象的效果。

《我的叔叔于勒》中，莫泊桑对次要人物的着墨非常少，但他们却起了很好的衬托作用。文中的"我"面对穷困潦倒的于勒，还给了他"十个铜子的小费"，这说明"我"是一个有同情心、正义感的人。在这里通过对次要人物"我"的简单描写，就把菲利普夫妇冷漠无情、虚伪自私的特点充分地衬托了出来。

《变色龙》一文中，火红色头发的巡警叶尔德林也起到了很好的衬托作用。从端着一个"盛满了没收来的醋栗"的筛子到报告"好像出乱子了"，从给警官脱穿大衣到两次对狗的来历进行判断，既表现出他忠实而驯服，又从侧面衬托了警官的专横多变、媚上欺下、见风使舵的性格。这样，通过次要人物的衬托来表现人物性格特点，使文章更含蓄、更客观、更有力。

海明威的小说《老人与海》，主人公是一位名叫圣地亚哥的老渔夫，而那位名叫马诺林的小男孩在作品中起着不可或缺的烘托作用。如果从年龄、语言、心理和行为方式上比较这一老一小的异同点就会发现：孩子自五岁开始跟随老人上船学习捕鱼，他的个性特征就是从另一个侧面反映老人的性格。孩子虽小，却是一个小版的"硬汉"，稚嫩的肩膀早已习惯了早晨出门打鱼的生活磨砺，纵然"走路还打瞌睡"，却说"这算什么，男子汉就得这样"。他从老人那里学到的不仅是打鱼的本领，还有自尊自强的精神，并且懂得了生活的艰辛和男人的责任。因此，写了马诺林的品质，其实也就烘托出主人公圣地亚哥的"硬汉"特点。

2. 牵线搭桥

"人物是情节的制造者"，大多作品中的次要人物，在"情节"方面都起着线索作用，人物的一举一动、一颦一笑，常常要从次要人物的眼睛里看出来。对人物的感受、评论，常常也要从次要人物的嘴里说出来。经过次要人物的见闻，把故事相关的情节自然地交融在一起，推进情节的开展。因此，看似轻描淡写的次要人物，其实都是在积蓄力量，厚积而薄发、穿针引线、推波助澜，使小说呈大张大合的态势，从而使读者获得与众不同的审美感受。换句话说，作者利用他们不一定是为了塑造一个艺术典型，而是让他们承担某个特定的角色，完成一定的叙事任务。

《孔乙己》里，次要人物"我"，在酒店这样一个场景中，充分发挥了小伙计的作用，经过"我"的耳闻、目击和感受，从不同方面来描写了孔乙己的个性和凄惨遭遇。经过"我"的眼睛，描写孔乙己在酒店里的几个生活片段，塑造了他那陈腐可笑、屈辱自尊的性格。又经过"我"的耳朵，听人家在背后里谈论他，写出了孔乙己的屡试不第、偷书挨打，概括地引出了孔乙己的身份、遭遇、嗜好，并点明他性格构成的缘由。"我"的确是个关键人物，总是在关键时刻被呈现出来，说出至关重要的话，做出至关重要的事，然后掀起轩然大波，再把事情推向高潮。

刘姥姥是《红楼梦》中的一位次要人物，正如作者所言："千里之外，芥豆之微，小小一个人家。"可见其地位之低、身份之微。但作者在安排《红楼梦》结构时，却精心找来与贾府地位极大悬殊的这么一个小人物、小村妇，通过"刘姥姥三进荣国府"引出贾府的一系列事件，让她穿针引线，推动情节的发展，揭开这个贵族家庭的面纱，把它外在威严、势派和内部的奢靡、腐朽展现在读者面前。刘姥姥一进荣国府，作为整部《红楼梦》故事的开端，表现出贾府之大，引出了当权者王熙凤，而王熙凤给其救命钱为刘姥姥二进荣国府报恩埋下了伏笔；为报恩，刘姥姥携着自家产的新鲜蔬菜二进荣国府，引出了贾府内部衣食住行等方面的描写，让我们看到了鼎盛时期贾府的奢华，而二进荣国府意外受到众人喜爱、厚待和馈赠，自然引出其在贾府落败时，知恩图报，三进荣国府探病王熙凤；三进荣国府写出了贾府的萧索凄凉，而凤姐的病中托孤，又为巧姐以后的出路埋下了伏笔。可以说，刘姥姥既是《红楼梦》整个故事的一个引子，又是贯穿全文的一条线索，通过她的活动展现了贾府由兴盛到衰败的变化过程。

3. 渲染氛围

很多小说会出现一些大众场面，这些场面中的大众，大多都是不重要的次要人物。但又正是因为这些次要人物的呈现，为主要人物的活动提供了详细的环境，起到了渲染氛围、提升感情基调的作用。

《孔乙己》中对一群人即次要人物进行了细致入微的描写。孔乙己生活在众人的哄笑中，他在人们的笑声中出现，在人们的哄笑声中扮演一个小丑，最后也在人们的笑声中走向了死亡。"笑声"贯串着全篇，这阵阵笑声中显露了孔乙己凄惨的遭遇和伤痛，也显露出人们给予他的不是同情和眼泪，而是无聊的逗乐和取笑。只要孔乙己到了店里，则"店内外充溢了快活的空气"，外表上衬托了欢乐的氛围，实际上是以乐写哀，更令人悲痛，这使孔乙己的悲剧更笼上了一层令人悲凉的意味，进而深入地揭露了封建社会的黑暗和冷漠。

《变色龙》一文中，围观者先是起哄看热闹——"还有人叫喊：'别放走它！'有人从商店里探出头来，脸上还带着睡意。木柴厂四周很快就聚了一群人，仿佛一下子从地底下钻出来的。"当厨师把狗领走后，他们竟然一下子对着首饰匠赫留金哈哈大笑。他们不敢嘲笑警官的多变，而只敢嘲笑倒霉的人——这样既让他们非常开心，又无丝毫的危险性。这样一群小市民，虽然脸谱各异，性情有别，但有一点是完全相同的，那就是麻木不仁、愚昧无知、荒唐无聊、奴性十足。他们既为奥楚蔑洛夫出尔反尔、反复无常的性格提供了典型场面，也展示了 19 世纪 80 年代俄国社会生活中一幅真实的画面，深刻地反映了当时俄国的社会现实。

4. 升华主题

小说中的次要人物不只和主要人物息息相关，也和作品的主题思想血肉相连。也就是说，次要人物的设置是为塑造主要人物效劳的，更是为突显小说主题效劳的。小说对次要人物的描写貌似平淡轻松，实则包含着厚重的力气，既添加了小说的艺术感染力，又起到深化主题、画龙点睛的作用。

《我的叔叔于勒》中写到了菲利普的两个女儿和女婿。在对这些次要人物的描写里，阐明了在资本主义社会中金钱权力无孔不入，连爱情也渗入了铜臭。

《范进中举》中对次要人物的描写更是活灵活现，中举前乡亲们对范进漠然置之，中举后乡亲们拿来鸡蛋、酒、米等物品款待报录人，又到集市上寻觅范进，悉心照顾他。小说经过对次要人物的描写，能够看出当时的人们对有钱有势的人竭力巴结，对无钱无势的人冷漠无情，从而有力地升华了主题。而在《找朋友——战争与和平》中描写了 C 国众多科学家为 C 国人民寻找生命体星球而日夜不分的工作，这样的奉献精神体现了千千万万工作人员高度的事业心和责任感，在这个新型社会中这样的精神将所有人凝聚在了一起。这是两种完全不同的主题，通过对次要人物的描写淋漓尽致地展现出来。

小说中次要人物常常充当绿叶以陪衬主要人物。用他们的形象相似性或相对性来对主要人物陪衬或补充。主次人物在小说中常常先后出现，一主一次，一正一侧，一详一略。读者可以将他们的外貌、语言、动作、心理等一一勾连起来，即可直观地看出人物间的相互联系，从而发现次要人物不是可有可无的存在，而是作者匠心的安排。

小说中的次要人物，往往以"闲人"的身份出场，是小说的背景式人物，在主角的光环照耀下若有若无，但随着小说的深入，"闲人"逐渐不闲，又似乎慢慢跑到主角的位置。

第三节　写实性人物与漫画式人物

一、写实性人物

写实性人物，即按照生活的本来样子，客观理性地塑造出来的人物。写实性人物，在现实生活里具有典型性与代表性，他们身上所体现的特征从很大程度上来说就是一个时代特征和一个类型的缩影，他们是作者"真实地再现典型环境中的典型人物"时树立起来的形象。《三国演义》里狡猾奸诈、狠毒残忍、豁达自信、知人善任的曹操，《水浒传》里爱憎分明、重义疏财、率直粗犷、有勇无谋、胆大心细的李逵，《祝福》里勤劳、善良、顽强而又遭践踏、受迫害、被毁灭的祥林嫂，《阿Q正传》中自私卑怯、自欺欺人、愚昧投机的阿Q，等等，这些人物身上，都有那个时代的印记。曹操是风起云涌的三国征战背景下有谋略政治家的代表，李逵是昏宦政、民不聊生背景下对除暴安良、行侠仗义的豪杰呼唤，祥林嫂、阿Q是旧中国劳动人民的集体塑像的缩影。

写实性人物的一切，包括他的语言行动、为人处世、情感变化，都是一个统一的、完整的整体，他们就统一在人物的性格或命运之下。"写实性"描述手法，说到底就是写真正的"人"，从生活出发，从人物的客观实际出发，肯定中有否定，否定中有肯定。写实性描述追求的是"写实性"，要求所描写的对象既真实，又客观。别林斯基说："我们要求的不是生活的理想，而是生活的本质。"即如鲁迅所说，小说中的人物是"杂取种种，合为一个"而得来，如祥林嫂、阿Q、闰土、杨二嫂、九斤老太等等，所有的人物，原不是生活里某个具体人物的"人物志",而是综合了诸多人物性格、生平遭遇,从而刻画出一个新的形象,但这一个个祥林嫂、阿Q、闰土、杨二嫂、九斤老太等,我们读过之后,无不从这些人物的背后,看到了生活本真的样子,甚至,看到了当下我们自己的形象或影子,也似乎嵌在里面。

鲁迅先生在《我怎么做起小说来》中所说,"所写的事迹,大抵有一点见过或听到过的缘由,但决不全用这一事实,只是采取一端,加以改造,或生发开去,到足以几乎完全发表我的意思为止。人物的模特儿也一样,没有专用过一个人,往往嘴在浙江,脸在北京,衣服在山西,是一个拼凑起来的脚色。"但人物仍然具有极强的现实意义。

写实性人物形象的塑造,往往带有作者的理性思考,即作家想通过自己塑造的小说人物,间接告诉或回答读者,世界怎么样,生活现状如何,人应该怎么办,我们应有怎样的思考等。

莫泊桑的《项链》塑造了玛蒂尔德这一典型人物形象,她是一位庸俗鄙陋的小资产阶级妇女,出身于小职员家庭,在当时的法国算是中层阶级。19世纪后半期法国各阶层的面貌是:高层富贵高雅、骄奢享乐,中层梦想富有、浮躁难耐,下层质朴真诚、贫困艰辛。而玛蒂尔德正是梦想富有、不安现状、爱慕虚荣的中产阶级代表,她参加舞会接触的那些人是上层阶级代表,她丢失项链后又一转而成贫困艰苦的下层阶级。小说对她生活情境的描写并不是简单地表现她个人的生活状况和性格,而是要通过她映射出由资本主义进入帝国主义的法国社会状况和社会风貌。她只是一个时代符号而已,她身上所体现的虚荣、浮躁的典型特征正是法国大众的真实写照。她身上承载着作者对社会价值观的理性思考,也引发了广大民众的深思。这正是传统现实主义小说在塑造人物时想要达到的目的,要从审美变形的折射中看到现实生活中直观看不到的东西,即人们之间的现实生活。

二、漫画式人物

《辞海》把漫画解释为:"一种具有强烈的讽刺性或幽默性的绘画。画家从政治事件和生活现象中取材,通过夸张、比喻、象征、寓意等手法,表现为幽默、诙谐的画面,借以讽刺、批评或歌颂某些人和事。它是政治斗争和思想斗争的一种工具。"《西方文化批评术语辞典》对漫画手法定义为:"指一种通过夸张来突出角色的某些特征而使读者或观众达到一目了然的人物塑造手法。"漫画最主要的艺术手段是夸张和变形,而小说中漫画式人物,即运用夸张、变形、象征等艺术手法对人物进行粗线条勾勒,或对人物处境进行夸张变形,突出人物的某个特征和内在特性，反映出严肃的生活逻辑和深厚的思想认识，在幽默诙谐中反映真实。

漫画式人物描写运用简单而夸张的手法来描绘人物的肖像，在描写中总是抓住一点，来突出放大力求传神。一般运用变形、夸张乃至较深层的比拟、象征等手法来处理人物肖像，以期获得某种特殊的审美效果。它笔法简略，但简略中有突出，突出里传达出人物之"神"；手法上有夸张、变形、扭曲或者缺损，与原人物似而不似，不似而似。简言之，就是追求一种神似的效果。

俄国小说家契诃夫，其幽默诙谐的艺术风格很大程度上应归功于漫画式人物的塑造，作品对所描写的人物进行夸张变形，简单勾勒，达到神似的效果。

《装在套子里的人》中，有这样的描述："他所以出名，是因为他即使在顶晴朗的天气也穿上雨鞋，带着雨伞，而且一定穿着暖和的棉大衣。……他的脸也好像蒙着一个套子，因为他老是把它藏在竖起的衣领里面。他戴黑眼镜，穿羊毛衫，用棉花堵上耳朵眼；他一坐上马车总要叫马车夫支起车篷来。总之，在这人身上可以看出一种经常的、难忍难熬的心意，总想用一层壳把自己包起来，仿佛要为自己制造一个套子，好隔绝人世，也不受外界影响。"寥寥数笔，一个套中人的形象就跃然纸上，晴朗天穿雨鞋带雨伞把头藏在竖起的领子里，塞上耳朵，读完这段文字，我们脑海中就出现一个套中人的漫画形象，作者没有描写他的相貌和表情，但读者已抓住了套中人的胆小谨慎、惧怕迫害的精神特质。文字诙谐幽默，具有很强的讽刺性，我们在嘲笑套中人时，会发现我们自己也是一个装在套子里的人，这个形象虽然夸张变形，却具有普遍性和典型性，给人以深思和回味。

又如《第六病室》对看守人尼基达的肖像描写："他的脸严厉而枯瘦，眉毛下垂，这给他的脸平添了草原看羊狗的神情。他鼻子通红，身量不高，外貌干瘦，青筋嶙峋，然而气度威严，拳头粗大。"作者仅仅抓住看守人的"干瘦""下垂的眉毛""鼻子通红""拳头粗大"这些特点，就传神地传达出人物的特征和内在气质。下垂的眉毛，显出看羊狗的神情，反映出看守人的阿谀奉承、趋炎附势，对上级摇尾乞怜。"粗大的拳头"则反映出他对精神病人的粗暴残忍。在描写漫画式的人物的外貌特征时，就反映出其内在特质，这也是漫画式人物的魅力所在。

再如《苦恼》中，"车夫吧嗒着嘴唇叫马往前走，然后像天鹅似的伸长了脖子，微微欠起身子，与其说是由于必要，不如说是出于习惯地挥动一下鞭子。那匹瘦马也伸长脖子，弯起它像棍子一样的腿，迟疑地离开原地走动起来了。"其中"像天鹅似的伸长了脖子""弯起像棍子一样的腿"给人一种画面感并渲染出孤单凄凉的环境，偌大的城市车水马龙，约纳和他的瘦马却被遗忘了，无人问津，无人倾听他丧子苦恼，而他只能向他的马倾诉，反映出现代社会人与人之间深深的隔膜。

契诃夫在漫画式人物的塑造中，寄予了强烈的褒贬与爱憎感情，鲁迅在评论契诃夫时说道，"这些短篇，虽作者自以为'小笑话'，但和中国普通之所谓'趣闻'却又截然两样。它不是简单的只招人笑。一读自然往往会笑，不过笑过后总还剩下些什么——就是问题"。读者在为夸张变形所带来的幽默诙谐而发笑时，却深刻感受到其背后的沉重，契诃夫是一个人道主义作家，对于笔下的人物更多是同情和爱抚。特别是他后期的作品随着社会形势的改变，他的写作风格也变了，亚历山大三世即位，大行暴政，民气颓丧，他的作品呈现灰色调，更多了阴惨之气，但其作品中的滑稽诙谐依然存在，如《苦恼》《怕》等作品。普希金把果戈理称作"快乐的忧郁症患者"，这个鉴定同样适用于契诃夫。

中国现代作家沙汀创作在 20 世纪 40 年代的短篇小说《在其香居茶馆里》，其中的人物也可视为漫画式人物。不但主要人物方治国和邢幺吵吵以漫画式写法带来其个性鲜明，连次要人物如张三监爷、黄毛牛肉等人也各有各的个性，没有出场的新县长也给人以一个鲜明印象——小说主要是通过旁人插话两次刻画新县长的形象。第一次小商人说："新县长怕难说话，看样子就晓得了；随常一个人在街上串，戴他妈副黑眼镜……"给人以高深莫测的神秘之感。第二次米贩子介绍："起初都讲新县长厉害，其实很好说话。前天大老爷请客，一个人老早就跑去了：戴他妈副黑眼镜……"描写他戴一副黑眼镜，活灵活现地勾画出了新县长这一人物形象极其虚张声势、故弄玄虚的特点。

小说最后，方治国和邢幺吵吵两个打得鼻青眼肿、牙齿出血，米贩子蒋门神从城里回来了，报告着邢幺吵吵的二儿子已被放出的消息，还问两个体面人物怎么搞的，"你牙齿痛吗？你的眼睛怎么肿啦？"这一结局具有强烈的讽刺性——两位体面人物相互打架本来已经是笑料了，而相互打架之后发现原来是白打了一场，那就更是显得滑稽可笑了。更主要的是，讽刺锋芒最后指向了县一级政权，新县长的整顿兵役只是说说而已——官绅勾结、没有法制、没有是非原则，这便是国民党政权的本质特征。小说的这一结局是对国民党政权本质特征的揭露与讽刺。

漫画式人物，其实也可算作是写实性人物的一种。从人物的造型角度来说，它用了夸张与大胆想象的手法，但从反映生活、揭示主题的目的与态度上说，它仍然是一种写实。

第三章

情　节

小说除环境、人物外，其第三个要素即情节。对于情节，习惯地说成"故事情节"未尝不可，其实，"故事"与"情节"所指不同。

故事，是以时间为序，以事件为对象，带有寓意的事件。情节，则是叙事性文学作品内容构成的要素之一，是叙事作品中表现人物之间相互关系的一系列生活事件的发展过程，是从形式上对故事内容进行的艺术处理与安排。进一步区分：故事强调客观事件本身，情节强调事件内部的因果关系；故事小到可以是个"点状"，情节着眼于线性发展；故事可以存在于任何人或物身上，情节则主要针对文学创作而言。英国的福斯特说："国王死了，接着王后也死了"，这是故事；"国王死了，王后悲伤过度，也死了"，这是情节，其时间顺序仍在，但更突显的是其中蕴含的因果关系。仍以"王后之死"为例，如果着眼于故事，我们应问，"然后呢？"如果着眼于情节，我们则应该问，"为什么？"情节是无法讲给那些只会张大嘴巴的穴居人听的，情节还要头脑和记忆的参与。情节是小说中偏于逻辑理性的一面。

第一节　情节的要素

情节有叙述者主观因素的介入，有其存在的逻辑理性，而情节内部有其自身的构成要素，揭示这些要素，又有助于我们对文学作品做深度的解读，因此，我们就可从叙述者主观因素及情节存在的逻辑理性入手，探求情节内部的构成要素。

一、秘密

英国作家福斯特在《小说面面观》说：秘密是情节必不可少的要素，而没有理解力便不能够加以欣赏。①

小说家构思情节，往往先要系上一个或者若干个"结"，"结"又可以叫作"扣子"，也就是"秘密"。然后，小说家会把"结"一步一步打开，把秘密给读者宣示。系结和解结的过程可以是长河直泻，更可以是九曲回环，总之，是要让读者瞠目屏气、提心吊胆，不把作品读完不得安宁。

每个对小说阅读有过深刻体验的人，都有这样的体会，无论是经典名著，还是网络玄幻，阅读时往往会像被念了咒语一样，钻进故事里不可自拔。小说对读者的诱惑力，与其内部存在着系结、解结的技巧大有关系。打个比方说，《红楼梦》我们阅读十遍百遍，还想重新阅读反刍，并不是我们对其中的某个章节内容不够熟悉，也不一定是对某个人物命运结局不了解，其实，我们在反复阅读中，更多的是在不经意间寻求小说的内部的秘密——作者是如何一步步系结、解结。福斯特认为，缺乏鉴赏力或者漫不经心的读者，只是看故事，高素养的读者才对情节所蕴含的秘密加以深思。

许多官场小说，往往着笔于官员们的玩弄权术，敛财攫色，而作家杨少衡的《喀纳斯水怪》，却独出蹊径。小说一开始是副市长袁传杰在北京主持一个仪式后消失了，蒸发了，无影无踪——小说在此打了一个"结"。身为省辖市的副市长，不同于平民百姓，想要玩失踪是很困难的。小说开端的这个"结"里，隐藏着秘而不宣的"秘密"，吊起读者的好奇心，作者却不慌不忙，让情节慢慢延宕，交代袁传杰怎样巧妙躲开体制的管束制约，精心策划自己的消失。因为他多年担任领导职务，官员的风度、气派少不了，而他对所接触的陌生人只承认自己是一个研究员，研究鱼，"领导"鱼，不领导人。——这一部分摇曳生姿，有情有味，从"秘密"来看，则既有"解结"也有"系结"。

歌德夸奖莫里哀善于"玩弄各种各样的延宕花招"。只有始终通观全局而且沉得住气的作家，才能够把情节的延宕和推进的关系处理得恰到好处。接下来，杨少衡的"花招"之一，就是把故事安排在特色风光背景上。《喀纳斯水怪》挖空心思在山洪暴发的情况下穿越新疆北部，制造双重悬念：旅行社提供的老式桑塔纳车能不能在到处塌方的公路上继续前进，袁传杰究竟为什么非要冒险去喀纳斯湖。读者心中最大的疑问是后一点，袁传杰这样一个人，究竟为什么要自我消失，既不像是逃避罪责，也不像是躲避灾祸，那是为什么呢？这就是秘密。小说结尾，主人公袁传杰说，"事情这么多，责任这么大，偏偏又是这些人，还有什么办法？"他接近崩溃了。用主人公之口"解结"，揭示秘密。原

---

① 福斯特.小说阅读面面观［M］.杨蔚，译.天津：天津人民出版社，2022.

来作者杨少衡探讨的是现代体制机制下，一些领导干部心理的失衡。激烈的社会竞争，与亲情友情的养育维护的矛盾，是现代各个国家普遍的弊端，也是各行各业普遍存在的弊端。小说让我们看的秘密，不是喀纳斯湖怪，而是如何追求人性的和谐。

二、因果

"因果"是小说情节内部人、事间关联的逻辑基础。这里讲的因果，不是佛家所言的因果报应，而是指小说内部前后情节间存在的前因后果的逻辑推演。除非现代开放性小说，其情节在"因果"关系的设置上表现不是太强，大部分传统小说，甚至包括后来兴起的意识流小说，其情节都存在着或多或少、或强或弱的因果关联。

传统小说情节受因果必然性制约，有其自身的开端、发展和结构情节的因果必然性，作品除了开头的因和最后的果之外，每个环节的任何一个因都是前一环节的果，任何一个果都是后一环节的因，每个环节都是因果相环相扣。现实性题材小说大部分遵守这种因果联系。如《水浒传》讲述林冲的故事：先是妻子受辱，后发生高衙内父子陷害、误入白虎堂、刺配充军、野猪林险些被害、看守草料场一连串事件，直到风雪山神庙，最终走向与朝廷对抗的梁山。前后情节存在较强的因果关系，每一环节都为下一环节的发展做了铺垫，使情节引人入胜，环环相扣的情节使林冲的命运发展，变成了连作者也控制不了的因果必然。这一方面使得林冲的故事真实可信，同时又让人深切体会到当时"官逼民反"的黑暗现实。

传统的小说，特别是长篇小说，其情节结构中的开端、发展、高潮和结局等之间的因果关系，往往是表现在人物的行为、事件等外部的"结"上。现当代文学在文本叙述形式方面展开新探索，其中"意识流小说"，出现了淡化情节甚至无情节现象。它们也有开头、结尾和中间部分，不同的是话语的情节已不是故事的情节，故事情节进入叙事文本，成为叙事文本的一个组成部分，故事情节的开头、中间和结尾出现了位移和倒错。如什克洛夫斯基所说："故事不断被打散，又不断重新组合，都遵循着特殊的尚未为人知晓的情节编排规律。"鉴赏这类小说时，虽不能固守传统故事情节的开头、中间和结尾的文体方法，但就"意识流动"的前后关系而言，尤其是从文本情节的总体角度去观察，很多作品也往往仍存着弱性的"因果"。

《喧哗与骚动》是福克纳第一部成熟的作品，小说大量运用多视角叙述方法及意识流手法，是意识流小说乃至整个现代派小说的经典名著。小说讲述美国南方没落地主康普生一家的家族悲剧。老康普生游手好闲、嗜酒贪杯，其妻自私冷酷、怨天尤人。长子昆丁绝望地抱住南方所谓的旧传统不放，因妹妹凯蒂风流成性、有辱南方淑女身份而恨疚交加，竟至溺水自杀。次子杰生冷酷贪婪，三子班吉则是个白痴，33 岁时只有 3 岁小儿的智能。全书通过三个儿子的内心独白，围绕凯蒂的堕落展开，最后由黑人女佣迪尔西对前三部分的"有限视角"作一补充，归结全书。虽然"意识流小说"总体表现为动态性、无逻辑性、非理性，但从《喧哗与骚动》中的多重主题与颓废书写上看，其内部仍然存在着"因果"：正是南方的衰落、童真的丧失、人类历史的衰退与轮回，才导致了康普生一家的家族悲剧。且这三重主题由浅入深，由个别到一般，在心灵伤痛中编织了个体成长与人类历史这样极具普遍性的话题。

三、真实

情节的真实有两种，现实的真实和艺术的真实。

情节的真实性，是作品最基本、最重要、最起码的要求。真实是第一位的，没有真实就没有艺术，无论是现实主义还是浪漫主义的表现方法，都离不开真实。不过，这里所说的真实是艺术的真实，它与生活中发生的真实并不是同一个概念。生活中的真实不一定全能搬入作品，它需要提炼加工，需要典型化，需要艺术加工。艺术的真实，也离不开生活的真实。生活中的真实只要体现了真、善、美，就应当被借鉴到作品中来。《红色娘子军》中吴琼花的形象，就是作者根据海南三个女红军战士的素材创作的。

1. 现实的真实

现实的真实，并非是指对真实生活做有闻必录式的"刻板描写"，而主要指的是恩格斯所说的"伦勃朗的强烈色彩"，把生活中一些司空见惯的细琐的东西加以提炼，加工和剪裁，使它们更加突出，做到创作上常说的典型化，即如用鲁迅所说的"杂取种种，合为一个"的方法，而创造出来的人与事。即如阿Q，谁都是阿Q，但阿Q又谁都不是。这是因为阿Q集中了中国农民的劣根性，是那个时代农民中的一个典型人物，从他身上表现出的东西，在每个人的身上都有影子，这恰恰说明了典型性有极强的概括力，贴近生活而又高于生活。

有人把现实的真实的情节称之为"经验情节"，此"经验"并非指在自身上发生，而是指现实里存在着类似的"经验"。当然，现实的真实，并不排斥对真实生活作如实的描绘。有些自传体小说或纪实性小说，其选材本身就是基于真人真事而创作的。如短篇小说《克洛德·格》就是以真人真事为基础创作的。克洛德·格是一个穷苦的工人，因生活所迫偷了几块面包，被判入狱做苦工，狱中受到种种虐待凌辱，在忍无可忍的情况下，愤然反抗，杀死监狱长，最终被判死刑。小说对克洛德的境遇、命运、性格、心理写得真实可信，细致入微，引起了读者的同情，同时对资本主义社会不公正的法律表示了抗议。这篇小说之所以取得这样的效果，是因为它的情节和细节的真实。作者正是运用了真实的情节表现手法，对真、善、美进行了歌颂，对假、恶、丑进行了鞭笞。

2. 艺术的真实

艺术的真实与现实的真实，二者之间没有明显的界线。艺术的真实，是指艺术家在真切的人生体验基础上，通过艺术的创造力，以虚幻的形式揭示出来的实际生活的本质与真谛。

理解"艺术的真实"，可简单地从两个维度来把握：第一，文学的艺术真实是作家提炼、加工、改造过的真实，比实际生活更集中、更典型、更强烈、更鲜明——这指的是事真。上面的"现实的真实"里很多作品，其实也是这一点的"艺术的真实"，如阿Q的形象塑造及其身上发生的故事。第二，作家对生活主观评价和主观情感的真实。文学是对生活形象化的反映，是观念形态的东西，必须凝聚着作家的真情实感。而且这种主观的情感与评价，同实际生活必须相一致，或大体一致。情感与评价的真实，不等于这种情感、评价同实际生活一致，凡是符合历史发展规律的情感与评价就是一种艺术真实——这指的是理真与情真。

对于这里第二点的"理真与情真"类的"艺术真实"，说白了就是作品中的"人物""故事"在现实生活里是根本不存在的，但作者通过虚构，创造"合乎情理"的故事情节，从而表达现实生活里存在并可以表达的"情"与"理"。这类作品，典型的要数寓言小说、神怪小说、科幻小说、玄幻小说等题材，如文言短篇小说集《聊斋志异》中的《瑞云》即是这方面的典型。小说中点额成墨，而后洗之艳丽如初，是一种幻想，生活中不可能存在。但像瑞云那样重才轻利，注重人品的反抗性格，在当时社会中是存在的。黑暗的封建娼妓制度是真实的，瑞云被侮辱损害的形象也是真实的。这一情节真实反映了人们的愿望，顺应了人们对美的追求，人们从感情深处接受了这一情节的幻想真实。

四、线索

相较于秘密、因果、真实，小说中情节中的线索要素则相对外显与物化。所谓线索，即贯穿于整个作品中的情节发展的脉络。"脉络"，本是医学用语，这里借以比喻"线索"如血管，连贯而成系统。苏联作家阿·托尔斯泰曾说，材料有了，写作目的也明确了，创作愿望也产生了，但还不能算是万事俱备，还必须去寻找线索,合适的线索"能把那杂乱无章的一大堆想法、观察到的东西以及所获得的知识编织起来""它可以作为一种起组织作用的酵母"。

可作为线索的,常见的有人物线索、事情线索、物品线索、地点线索、时间线索、情感线索等。一般而言,每篇小说都有一条或一条以上的线索,作家则凭借它把用以显示人物性格的各种材料编织起来,形成一个有机的整体。但主要线索往往只有一条,其他线索则要围绕主线来展开。由于作家本身内在素质的差异和生活素材所提供的可能性,对小说故事情节的发展线索的表现形式,常分为两种类型,即连贯性线索和非连贯性线索。

1. 连贯性线索。小说里描叙的一系列生活事件,具有因果联系或承前启后的关联,它们循序发展,环环相扣,始终一贯,形成一条连续不断的情节发展线索。

马克·吐温的短篇小说《百万英镑》,堪称线索一贯的范例。英国两位富翁兄弟打赌如果把一张一百万英镑的钞票交给一位外地来的诚实的穷光蛋,他的命运会怎样。富翁老大说他会饿死,富翁老二说他无论如何可以靠那一百万生活 30 天。这样,一位名叫亨利的年轻美国人就成为两兄弟打赌的对象。而穷汉拿着巨额钞票将有何行动、命运如何就成为作品的主线,贯穿始终。它联结着大大小小的生活事件,组成一个有吸引力的整体。它好比一条大河,从源头出发,途中联络着许许多多的小河汊,尽管河汊纵横交错,曲折迂回,但终于百川汇一,奔流入海。这种线索一贯的小说,往往结构都比较严谨,故事性也比较强,具有引人入胜的艺术魅力,因而也是比较受读者欢迎的。《药》《变色龙》《项链》《麦琪的礼物》《马铁奥·法尔哥尼》等世界名篇,都是线索一贯的典范。

2. 非连贯性线索。小说里描叙的某些生活事件,其间没有明显因果联系或承前启后的关联,也即情节发展缺乏一贯到底的线索。但非连贯性的线索,说到底,线索还是连贯的,不过是小说发展过程中,线索有分有合,或线索明断暗联,只是不像连贯性线索那样明显。如《水浒传》《三国演义》《儒林外史》,情节是由许多主要人物的故事构成的,其间没有一贯的线索。一个主要人物的故事说完,线索就暂时中断,而另一个人物的故事接着开始,又形成另一条新的线索;几经周折,最后几条线索再扭成一股。全书情节发展线索有分有合,这是我国古典长篇小说一种具有民族色彩的情节安排方式。它的优点是,小说的容量大,便于布置曲折的情节增强小说的故事性。它不受单一线索的某些局限,必要时线索分开,扩展社会生活的反映面,丰富小说的内容;关键时线索汇拢,保持故事情节的完整性和结构的严密性。

第二节　情节的模式

情节是一个链条式的纵向存在，按照常态的情节结构切分，往往有序幕、开端、发展、高潮、结局、尾声等几个板块。这种情节结构，是一种常规型且故事独立情况下所可能具有的结构模式。如果小说内部是多个人物、复杂故事的交织，如果作者故意不按这种常规结构编排小说的内部情节，当然，其情节结构、情节模式就超出了常态型。事实上，很多小说在创作时，为了艺术技巧呈现富有个性，为了主题表达更为突出，往往都会在情节编排上做一点手脚，于是就产生了诸多情节的模式。

小说，人不在多少，场面不在大小，篇幅不在长短，关键在于情节本身及情节编排上应具有逻辑动机，有了逻辑动机，才可能是有情节的好小说。

一、渐进式

小说情节按照"开端""发展""高潮""结局"顺序依次展开，在横向的时间轴线上匀速推进，故事虽有波动，人物命运虽有变化，但情节基本上在预期的范围内发展。小说情节的轨迹，形如一个抛物线，这是一般小说常见的情节模式。

"开端"和"发展"部分，往往是为后面情节发生蓄势或做铺垫；"高潮"部分往往也就是前面"开端""发展"等部分蓄积的能量的集中爆发，是人物性格形象的集中展示，或是人物命运的质性转变；"结局"是对故事情节最终走向的交代，对人物命运的最后呈现。在有些小说中，尤其是中长篇小说里，往往前后还可能分别有"序幕"与"尾声"。如鲁迅小说《孔乙己》即按照情节的开端、发展、高潮、结局来布局情节结构。开端是介绍咸亨酒店，交代环境；发展是介绍孔乙己的经历和性格；高潮部分是孔乙己被打折腿的悲惨遭遇；孔乙己的悲惨结局为小说的结局部分。

再如都德的小说《最后一课》，也是按照这种情节结构安排的：开篇写上学途中，以乐写哀，为韩麦尔的出场提供特定的环境，渲染了气氛，巧妙交代了背景；接着写上课之前，学校不同往日的景象，为下文"最后一课"做很好的铺垫，这是情节的开端；第三部分写韩麦尔的"最后一课"，这是对前文伏笔的揭晓，是情节的发展；最后写下课之时，这部分是故事情节的高潮和结局，从小说的主题表达来说，这是升华部分。

渐进式小说的这种情节结构，"序幕""开端"，直至"尾声"，各部分没有严格或明显的分割线，其分界点一般结合场景的切换、事件的变化或人物命运的转折来综合性确定。

根据写作构思的安排，有些小说，可能将"高潮"和"结局"两部分连缀起来，或"高潮"后直接跳到"尾声"，甚至还有"高潮"部分戛然而止，给读者无尽的思索。如丹麦小说家约翰尼斯·延森的作品《安恩和奶牛》。这篇短篇小说，前两段是小说情节的开端，交代故事发生的地点、人物，叙说了朴素、年老、贫穷、善良、节俭、有自尊、无私奉献、有爱心、坚定的安恩老太太，像尊重自己的同类、老朋友、亲人一样尊重、关心奶牛；中间的主体部分是故事情节的发展，写安恩三次回绝想要买她的牛的顾客，明确表示这头奶牛是不卖的；最后九个段落，是故事的高潮，写安恩解释不卖牛的缘由，但小说至此戛然而止，因此，此处故事的高潮和结局相连在一起。当然，这篇小说结尾的写法，也颇为出人意表，大有突转式的特点。

二、摇摆式

与"渐进式"小说情节一样，"摇摆式"小说的情节发展，也是"在横向的时间轴线上"发展。但不同的是，"摇摆式"的情节不是匀速、平稳推进，而是节奏上时快时慢，人物命运时起时落。小说的情节发展的轨迹，就像一幅上下震动的曲线，一波三折，因此，这种情节结构又称"一波三折式"。

精彩的小说，情节大多一波三折，乃至多折，小说中的转折有的感人，有的出乎我们的意料，有的又在情理之中。正是有了一波三折，小说才展现出独特的艺术魅力。

不仅是小说的情节构思，现实生活里人生及事物发展，大多也是"摇摆式"发展的，正所谓"前途是光明的，道路是曲折的"。当然，小说是艺术作品，作者在艺术构思时，为了强化其艺术感染力，往往会在特定的艺术空间里，高度浓缩人物命运或事件发展的起伏变化，让"波折"更多或更突出。

小说中"一波三折"，"波"与"折"是情节发展峰谷"曲线"，也是人物命运变化的"拐点"。这个"曲线"变化的幅度，或"拐点"的密度，与小说篇幅长短有一定关系，更与作者对情节的构思和处理的意图相关。相对来说，中长篇小说，因故事发展的时空长远，跨度大，情节呈现"一波三折式"，也即人物命运跌宕起伏式的发展更为常见；中短篇小说，甚至是微型小说中，情节为"摇摆式"的，虽时常见到，但相对较少。像鲁迅的小说《阿Q正传》《祝福》等，人物命运或情节发展，都具有"一波三折式"的特点。我们具体来看一篇田双伶的微型小说《凤凰眼》，小说虽短，但在"波折"构思上却非常典型。

《凤凰眼》这篇千余字的短篇小说，可谓一波三折的典型。茶人老陆"仓库里囤积了一百多吨普洱茶"，从而"让他这几年的日子艰难起来"，这是小说的序幕或开端，也是情节的"折"。此"折"的叙写，也为后文的主人公老陆的"艰难"及大家认为他"发了财"等情节叙写进行了蓄势。小说情节的发展部分："普洱开始热销，价格扶摇直上"，"茶城的人都知道老陆发了财"，是情节中的"波"；但老陆又囤货不卖，这是又一"折"；再然后，"几家茶庄的人恨巴巴地"认为"老陆这次还要囤积，等着卖高价"，这是又一"波"；但结果是"有几家老客户收到了老陆的凤凰沱，价格没变"，老陆把双眼皮普洱茶与单眼皮普洱茶同价出售了，这是情节中再次的"折"。小说的高潮部分，借老陆之口，揭示谜底——"单眼皮双眼皮的，那是印刷时的错影"，情节再次出现"波"。如此"一波三折"的小说，读者阅读时，心思也容易随着情节的推进而产生波动。

摇摆式的小说，就其摇摆的情节来说，不是作者刻意创造的，而是承载情节的作品中的人物自身造成的。就像《凤凰眼》中的"一波三折"情节，可以认为是小说中的老陆自身的性格及为人处世的品质，让他在经销"凤凰眼"茶叶中，产生了"摇摆式"的遭遇。

当然，"摇摆"的幅度也有大小之分。日常生活里，人们经历的事情大多都有波折，正所谓"道路是曲折的"，因此，这种常态性的小波折、小摇摆在文学作品中也应随处可见。而"摇摆式"的小说情节，应是指"摇摆幅度"相对较大、较典型的。

三、突转式

突转式，又称"欧·亨利笔法"，即小说的结尾处，情节出人意料地发生突转。

欧·亨利是美国短篇小说家、美国现代短篇小说创始人，其主要作品有《麦琪的礼物》《警察与赞美诗》《最后一片叶子》等，他的小说人为构思痕迹很明显。其小说的情节发展，明明朝着一个方向在推进，却在结果处来个"意外结局"。整个小说的前面的大部分情节，就像一则谜语的谜面，小说只在结尾的最后一刻，才把具有"意外结局"的"谜底"解开。其意外结局一般说来是比较令人宽慰的，即便是悲哀的结局，也常包含着某种光明之处，即所谓"带泪的微笑"的结局，形成富有特性的"欧·亨利式结尾"。人们也常把具有这种小说情节特征的艺术构思技法称之"欧·亨利笔法"。

欧·亨利的《警察与赞美诗》作为经典篇目，多次选入中小学教材。小说讲述一个穷困潦倒，无家可归的流浪汉苏比，因为寒冬想去监狱熬过，多次故意犯罪：去饭店吃霸王餐，扰乱治安，偷他人的伞，调戏妇女等。可他总是"背运"，一直没有如愿进监狱；最后，当他在教堂里被赞美诗所感动，想要改邪归正，重新开始的时候，事情却突转，警察以"莫须有"的罪名将他投入了监狱。荒诞离奇的情节，出人意料，意在批判美国社会现实黑白颠倒。

牟喜文的短篇小说《鸳鸯石》，其情节结构也具有典型的"欧·亨利笔法"的特点。小说主人公于祚麻是江城的一个地产商，通过不正当手段参与本地地产竞标与开发；于正是本地新来的市长，因"不解风情"，对于祚麻想再次进军本地地产的竞标可谓软硬不吃，这是小说故事的整体背景。小说开篇，具体从于祚麻的行为表现——"只看了一眼，于祚麻就惊呆了"写起，颇有一点悬念。接着站在于祚麻角度，用回忆的倒叙写法，介绍一点于祚麻近来地产事业受阻的原因，然后迅速回到现实，让于祚麻和市长因石头而"走到一起"；然后，于祚麻飞车回家取"一模一样"的另一块"鸳鸯石"，"并排"在水盆里，于是"好一幅莲花出水图"，以致"于祚麻看得呆了"，这是小说的情节的发展。市长于正介绍他们都是于谦的后裔，"但愿后人也能像莲花一样，出淤泥而不染"，"于祚麻挥汗如雨"，这是小说的高潮。小说最后，情节突转："三年后，欧亚新城竣工"，于祚麻的工程"比预计的多花了两千多万"，但他"从没像今天这样底气十足"，"鸳鸯石"也被"分别捐募给了江城廉政博物馆"。这里突转的情节与前文大段的铺叙来说，显得极其突然，尤其是对于祚麻这样一位建了很多劣质工程、"没有比自己的手更大的巴掌"的江城地产商来说，结尾很是出人意料；但如就于正的"于谦后裔"一说的教育，则结尾情节又在情理之中。

"欧·亨利笔法"的小说，总体看构思的痕迹明显，若想在整体的情节安排上不露痕迹，其"意外结局"则常常依赖于某种偶然性，而太多的偶然性又往往容易与小说揭示的"真实的现实"有距离，所以，"欧·亨利笔法"的结局的"转折处"的构思尤为关键。若"转折"不当，则容易使小说缺乏深度，甚至给人虚假或败笔之感。

四、悬念式

事物发展总是按照"因—果"的逻辑关系展开，按说，用从"因"到"果"的时间顺序来介绍事件或叙述故事，才是遵从事物发展的固有逻辑。但任何一件事情一旦跳出事物发展的原初时空，进入人们口头表达或文字表达中，讲述者往往会对"原生态"材料有选择地做出局部"调整"（而不一定是"取舍"），因为人有一种天生的好奇和内在的"求知"本能，越是迷惑不解的事情就越想探个究竟，因此，叙述者把故事中最能吸引听者或读者的"局部材料"做优先讲述，就更能引起听者或读者的浓厚兴趣。对于小说情节构思来说，即有"悬念式"的情节类型。

悬念式小说，即小说作者在叙事过程中，摆出一种足以引起读者疑问、关注、忧虑和迫不及待了解真相的姿态，而又故意不马上挑明、说穿，使读者的疑虑、关注、期待、渴望等心理不断持续和强化。按照美国戏剧理论家贝克的说法，悬念就是兴趣不断地向前延伸和欲知后事如何的迫切要求。小说中巧设悬念，可以使构思更加精巧、新颖甚至奇特，使情节更加复杂。

悬念式小说，就题材而言，一般以侦探故事与冒险故事等混合体的惊悚故事以及武侠小说较为常用。中国古代小说《水浒传》《聊斋志异》及公案小说等也常采用"悬念式"构思小说，甚至像《红楼梦》这种描写日常生活化的小说，也常采用"悬念"来设置部分情节，不过这种情况不常见。

1. 结局预述式。即采用倒叙法，提前透露故事结局，或按照时间顺序发生于故事中后部的某重要情节，使听者或读者对于导致这一故事结局或重要情节的发展过程或原因，产生强烈的好奇心与探究欲。当然，并不是任何按照这一方式来叙述的故事都会获得同等强度的悬念。应该说，被提前透露的内容本身是什么，以及叙述者如何具体处理这一"透露"方式，都对"悬疑"度产生决定性影响。如一篇题为《富豪只借一美元》的微型小说，小说题目本身就具有悬念，开篇以"一位富豪走进一家银行，来到贷款部前，举止得体地坐下来"，向贷款部只借"一美元"而开篇，悬念立现。接着又写该富豪用"50万美元的股票、债券"作抵押担保，从而更加强化了小说情节的悬疑性。最后在行长"大惑不解地问"之后，最终才揭示谜底——富豪用50万美元作担保，目的是规避租借银行保险箱而要付出的高额的租金。"行长恍然大悟"——这其实也是读者的恍然大悟。

悬念式小说，悬念的"点"选择，颇有讲究，超前或靠后，都不能很好地带来较好的悬疑性。如本篇《富豪只借一美元》，若超前设疑，用"富豪"为"50万美元的股票、债券"犯难，或靠后设疑，用"终于贷款了一美元"来开篇等，前者已经揭示谜底，后者则仅是事实描述，所以，就都没有较强的悬疑性。

2. 场景截取式。即小说截取生活里某一与周边事物格格不入或不相协调的场景，进行详细描述，以引起人的疑惑或好奇。就小说自身而言，该截取的场景，既可能是情节发展中的某种特殊环境，如某种特定的自然环境、社会环境，或人物活动场景等，也可能是小说中矛盾的集中交织与碰撞处。与"结局预述式"一样，在"场景截取"中，作者对场景的截取方式与角度，很有讲究。优质的场景截取，不仅仅是为吸引读者，还能营造氛围，从而推动情节的发展，如美国作家奥莱尔的微型小说《在柏林》。

在柏林

（美）奥莱尔

一列火车缓慢地驶出柏林，车厢里尽是妇女和孩子，几乎看不到一个健壮的男子。在一节车厢里，坐着一位头发灰白的战时后备役老兵，坐在他身旁的是个身体虚弱而多病的老妇人。显然她在独自沉思，旅客们听到她在数着："一，二，三，"声音盖过了车轮的"咔嚓咔嚓"声。停顿了一会儿，她又不时重复起来。两个小姑娘看到这种奇特的举动，指手画脚，不假思索地嗤笑起来。一个老头狠狠扫了她们一眼，随即车厢里平静了。

"一，二，三，"这个神志不清的老妇人又重复数着。两个小姑娘再次傻笑起来。这时那位灰白头发的战时后备役老兵挺了挺身板，开口了。

"小姐"他说，"当我告诉你们这位可怜的夫人就是我的妻子时，你们大概不会再笑了。我们刚刚失去了三个儿子，他们是在战争中死去的。现在轮到我自己上前线了。在我走之前，我总得把他们的母亲送往疯人院啊。"

车厢里一片寂静，静得可怕。

这篇微型小说仅三百来字，结构布局安排巧妙而精致。全篇由三个部分组成。开篇两段，截取车厢的一个场景：写老妇人奇怪的神情以及反复数"一，二，三"的声音，写小姑娘无知而天真的动作，写一个老头的狠狠的眼神等，款款写来，节奏徐缓，在狭小的篇幅里显得那样从容不迫，游刃有余，占了二分之一篇幅的文字，好像都是闲笔。却是设置了一个悬念——车厢里为何"几乎看不到一个健壮的男子"？老妇人怎么啦？

小说后面高潮及尾声部分极短。第二部分情节高潮，后备役老兵一开口就笔锋陡转，仅用四句话，把情节推向顶峰，虽寥寥数笔，却力透纸背，读者的情绪也被激发震动起来。最后一部分只用一句煞尾，车厢里是"静得可怕"，干脆利落，读者的思绪却是激荡不已。

本则小说对一个火车车厢里的看似不经意的一个典型场景的描写，是截取二战中一个生活片段，背后却承载着法西斯侵略战争给人民造成的沉重灾难的主题。这种"此时无声胜有声"的静场描写，凝聚着多么深广的社会内容，显示着作品言外言、意外意的艺术魅力，产生了摄人魂魄的艺术威力，表达了作者深广的忧愤。

3. 理解误会式。即利用故事中人物双方，或听者读者对讲述者讲述内容的不正确判断，让原本平淡的情节产生某些波澜。用误会设置悬念，能使文章情节曲折离奇，吊起听者、读者的胃口，从而使故事妙趣横生。

如刘黎莹的小说《夜色下的玫瑰》，讲述女主人公"她"，丈夫因救落水儿童而献出生命，后来"她"的工厂也垮了，"她"和上小学的儿子日子过得就不易。热心肠邻居给"她"介绍一个丧偶的男人，那个男人给了"她"一条披肩。可当"她"稍后征求儿子意见，儿子却坚决反对。"她"只好把披肩悄悄收藏起来，私下经常拿出来看看。后来，儿子学校老师带话来，反映儿子最近上课时精力不集中，怀疑早恋。母亲再观察儿子言行，发现孩子近来也是"神神秘秘地写个没完没了"，后来老师告诉"女人"，儿子在校和某女生来往过多。"她"打算悄悄约那位女生出来谈谈，可不慎被卡车撞倒，从此再也没有起来。可就在"她"出事的那晚，儿子还准备约邻班的女同学，约她来看看那条披肩以及他描绘母亲看披肩失魂落魄样子的文字，想让那位女生回家告诉她那位油漆手艺的父亲——"他的一条披肩，一直被一个女人完好地保存着"。

这篇小说运用了误会法，情节上安排了两重误会。为了抚养儿子，母亲有心答应亲事，年轻不懂事的儿子一时冲动表示反对。但事后感到后悔，试图暗地里促进母亲和同学父亲的婚姻。年轻人的行事却让老师和母亲产生了误会。母亲以为儿子反对自己改嫁，以为儿子不理解母亲的牺牲而过早地陷入早恋。为了"挽救"儿子，母亲准备找女孩谈话，却不幸遭遇车祸去世。这种误会揭示了一种无可奈何的命运观，写出了人生的一种误会和命运的误会，令人扼腕叹息。

4. 抑扬错位式。抑扬错位，原是一种人物描写技巧。"扬"，是指褒扬、抬高。"抑"，指按下、贬低。作者想褒扬某个人物，却不从褒扬处落笔，而先是按下，从相反的贬抑处落笔。用这种方法，使情节多变，形成波澜起伏，造成悬念，容易使读者在阅读过程中，产生恍然大悟的感觉，留下比较深刻的印象。如《战国策》中"冯谖客孟尝君"，文章的开头写冯谖既无爱好，又无能耐，还爱闹待遇、发牢骚，简直是成事不足，败事有余，作者把他贬抑到最低处。读到这里，读者不禁要问：这样一个一无是处的人，孟尝君为什么还要礼遇他呢？悬念即如此产生了。接着，作者笔锋一转，写冯谖为孟尝君设计"三窟"、孟尝君如何经营"三窟"，冯谖的藏才不露，初试锋芒到大显身手与孟尝君的轻视、重视、存疑和折服互为衬托对比，先抑后扬，波澜重生，引人入胜。虽然这只是人物传记，但其"抑扬错位式"的写作技法，当与我们说的小说里悬念式的效果是一致的。

如刘浅的微型小说《好钢》，以第一人称"我"的叙述人视角，讲述"我"的战友李柏安的故事。李柏安和"我"是同年兵，各方面都不错，就是有个毛病："抠"——吃穿用度，能省则省，"一分都舍不得花，能把钱攥出汗来。"李柏安说，他攒钱是为了回家娶媳妇。至此，小说前面一半以上的篇幅都在戏谑、嘲讽李柏安的"抠"——这是小说对人物的"抑"。接着，后面的情节不经意间发生了变化。这年秋天，连队开赴辽西山区修筑战备路，"我"和李柏安所在的班去营农场帮忙护秋和秋收，某天夜晚，突遇地震，村民急需送医缺钱，正在大家犯愁时候，李柏安爽直地"撕开衣袖里密密麻麻缝好的"一百八十元，交给了村民——这后面一部分是"扬"。

很明显，这篇微型小说构思上采用了"抑扬错位式"的悬念法：题目"好钢"，开始即激发了读者的阅读兴趣，启人深思——什么是"好钢"，怎样才能成为"好钢"？先写李柏安的"抠"，后面写他在关键时刻的慷慨大方的"扬"，先贬后褒，明贬实褒。这样的构思和行文情节推进，既解答了题目中"好钢"的双关义，又增添了人物内涵的丰富性及形象的立体感。

五、淡化式

传统小说注重情节，主要体现在：完整性，情节的安排遵循时间的线性流程，很受读者的欢迎；曲折性，情节的选择着眼于生活中的矛盾冲突，让人物事件在动态中激荡变化；紧凑性，情节的设置不仅要求波澜起伏，而且讲究一环扣一环，环环相扣。传统小说的情节太强调因果关系，而情节链之间显得脆弱的地方较多，往往经不起寻根究底的推敲。

随着社会生活的发展，受各种文艺思想的影响，有些小说家认为创作主体应该更好地表现自我，显示个性。创作者不应局限于政治学和传统价值观念下的人和事，而应从更广泛深入的意义上去立体地展现生活；小说的功能不仅仅是善的教化作用，更主要的是真善美的辩证统一。在此思想的引导下，以散文化小说和心理小说为代表的一批情节淡化的小说应运而生。特别是现代微型小说，其情节的淡化情况很普遍。这种小说要求写出生活的本真，主张散文化、抒情化、诗化，正如汪曾祺说的："我也不喜欢太像小说的小说，即故事性很强的小说。故事性太强了，我觉得就不大真实。"①

情节淡化的常见方式有：一是选材开放多元，不追求情节独立与完整。小

---

① 汪曾祺. 汪曾祺短篇小说选［M］. 北京：中国青年出版社，2000.

说中所选的某些生活现象不一定是具有因果关系的情节链，而往往是生活流程中一个有特色的横断面，或一个细节、一丝感触、一种情调等。这种题材本身的情节性就不强，作者创作时也不是从情节上进行加工扩展，而是从其他方面进行开掘发挥。二是跳跃省略、计白当黑的表现手法超越了密密实实的情节网，把读者的思绪延伸到了文本之外，使作品的意义胜过情节。三是结尾省略情节。完整的情节模式，一般有开端、发展、高潮、结局等几个环节，有的故事在前后还分别有序幕或尾声，那就更完备了。但有些作品由于表达的需要，不宜写出结局或故意不写结局，留下空白，让读者去进行再创造，造成结尾不完整。四是叙写中穿插的非情节因素，如议论、说明、抒情及写景状物等等，冲淡了小说的情节，呈现出一种文体混杂、兼容散淡的样态。

如香港作家周粲的小说《梯子》，写的是父子二人在一起玩耍时父亲要儿子从梯子上跳下来时的一场对话，通过父亲的口，道出了为人处世的教训与经验，"我要给你一个教训，连你爸爸的话都靠不住，别人的话，更不用说了。""爸爸要让你知道，即使是别人的话，有时也是可以信任的。"与人交往，必须是防范与信任并存。这样的小说，有限的情节仅仅是一点依托，在作品中处于很次要的地位，但它传达出的人生哲理却很经得起推敲。

情节淡化的小说不仅表现形式多样，而且具有独特的审美功效。同时，尊重生活的自然形态的写作观念，及"天然去雕饰"式处理情节的方式，增强了作品的真实感，让人感到不做作，显得自然、可信。

从读者的阅读取向来看，情节淡化的现代派小说，除了搞研究的和搞文学创作的人以外，一般的读者是很少去问津的。从创作实际来看，情节淡化的小说虽然在中外都有人认同，但并没有让作家们迷失了视野。

其实，强化或淡化情节都不是目的，只是一种手段一种表现方式而已。在这些方面都处理得好，而且很能说明问题的是汪曾祺。一方面他倡导小说的散文化、情节淡化，并且在这些方面有成功之作。另一方面，他的许多传世的微型小说名篇，都有精心构造、隽永耐读的故事情节。如《陈小手》《窥浴》《水蛇腰》等。像《窥浴》写乐团一位乐手偷窥女人洗澡被打而又被一女教师保护并让他看见自己的故事，不但选材富有传奇色彩，而且叙述得张弛有度，引人入胜。

第四章

主　题

　　小说的主题，是小说家在作品中通过描绘现实生活图画、塑造艺术形象显示出来的，贯穿一部小说始终的基本思想。如果说环境是小说的衣着，情节是小说的躯干，人物是小说的血肉，那么，小说的主题则是小说的灵魂，是小说的核心。主题的深浅决定着作品价值的高低，欣赏小说必须欣赏小说的主题。某种意义上说，只有读出小说的主题，才能算基本读懂小说。

　　就作者创作而言，促使作者产生写作冲动的初始原因，或许只是某一方面，但在作品创作过程中，尤其是长篇小说的创作，随着相关的环境、场景、人物、情节的介入，作品可能会衍生出更多的主题。当作品诞生、作者退出创作现场，则不同读者就会站在不同的视角，读出不同的主题，其中《红楼梦》就是典型。但这并不等于说，读者对小说的主题就可以自由解读任意发挥，读者鉴读的落脚点必须是作品本身。

　　东西方文化背景不同，社会历史进程有阶段性差异，不同作家作品所表达的主题，应各有差，不同时代的作品主题，也总呈现紧贴时代的规律性演变。因此，就读者来说，或许只有做到知人论世，才能具备读懂某些小说的基本功。

第一节　母题与主题

一、母题

　　母题是一个颇有争议的文学术语，学者对其的定义各不相同。一种认为，母题是最小的叙事单位；还有一种认识，母题是文学历史进程中，不断被书写、表现的共同主题，即永恒的主题。后一种观点更具普遍性。

　　文学母题在某个历史时段中原创成形，由于其思想情感的基点和指向具有某种代表性，以后便不断衍生，为后代文学反复借鉴、展示。在这个过程中，它既有微观的局部的更新变化，但又保持着宏观的整体的一致性。草蛇灰线，绵延不绝，在文学发展的纵向上形成一道道特别的文学风景线。

对文学作品的母题的概括，有不同的维度，有以"人"为中心，分类为"人与自我""人与社会""人与自然"三个母题；有从"人"的生命存在状态分，分为"生""死""情"三个母题。还有人按照叙事题材的类别，把西方小说归为常见的孤儿、丐帮、偷情和孤岛寻宝等四大叙事母题，或将其归为灾变、死亡、情欲、英雄、撒旦等五大叙事母题。对中国的文学作品的母题归纳，民国初年管达如《说小说》提出，"英雄、儿女、鬼神，为中国小说三大元素。"而成之的《小说丛话》则将中国的小说母题切分成更细致的九类，即武事、写情、神怪、传奇、社会、历史、科学、冒险、侦探。

不同的视角，对母题的分类显然不同，若按照不同的经纬度来划分，则各母题间，一定是既有并列又有交叉；各个母题，既可独立存在，也可切分出更为细小而具体的次母题。如以"死亡"母题为例，《红楼梦》《祝福》《活着》《俄狄浦斯王》《哈姆雷特》《罗密欧与朱丽叶》《安娜·卡列尼娜》等这些中外经典著作，都涉及人的死亡，都在人物走向死亡的过程中，把复杂的人性表现得淋漓尽致。但显然，这个"死亡"母题，还可继续切分出责罚、抗争、爱恨、轮回、背叛、永生等下一层级的"次母题"。

若对文学作品的母题归纳较为粗线条，则东西方的母题应极为相似或为相同，即如上面的"生""死""情"的三个母题。若对母题进行切分细化，东西方由于文化背景的差异，则文学作品中的"次母题"，就出现了差异。西方常见的文学次母题有自然、性爱、自由、命运、神圣、死亡等，中国常见的文学次母题有爱国、思乡、悲秋、伤别、春恨、闺怨、怀古、复仇、抗恶、报恩等等。其中，生死、兴衰、爱恨、美丑、善恶等次母题，无论古今中外的作品中都会反复出现。

二、主题

所谓主题，是作者在说明问题、发表主张或反映生活现象时，通过全部文章内容所表现出来的基本观点或中心思想，是作者从作品题材结构中抽象出来的带有作者主观情感色彩的观点倾向。

母题与主题之间的关系：母题与主题是母与子、上位与下位的关系；母题界定范畴，主题确定观点表达；母题是客观的存在，主题是作者对母题的个人阐述与主观表达。如母题"生死"，王羲之提出"固知一死生为虚诞，齐彭殇为妄作"，既是对"生死"母题的具体表达，同时更有作者个人对生命与同时代很多人截然不同的个性认知；而同样是"生死"这一母题，在萧红的中篇小说《生死场》中，作者却是表达生死场上农民们的混沌、蒙昧的生存状态及女性无以言状的痛苦和哀号；而当"死亡"母题再现到王筠的抗美援朝战争长篇小说《长津湖》中时，则主题即被作者表述为至死不渝的坚定意志和青春报国的热血情怀。

再如，"爱"是文学艺术家苦苦追求的创作母题。只要世上有人类存在，就会有"爱"的情感的存在。但"爱"的母题可以切分次母题"友情""亲情""爱情"等。只要存在父母家庭人伦，就有亲情；只要人在社会上不是孤独存在，就有友情；只要人类不绝于男女两性，就会有五彩的爱情。再进一步，同样是"爱情"这一次母题，又可切分为下一层级的更多的"次母题"，"负心"次母题，如元稹的《莺莺传》；"团圆"次母题，如李朝威的《柳毅传》英雄救美而最终大团圆；也有"毁灭"次母题，如莎士比亚写的《罗密欧与朱丽叶》中的爱情悲剧；等等。

母题也不是永恒不变的，而是发展的，随着生活的发展，文学作品中就会出现新的母题。但文学作品之间总有一定的渊源和继承关系，后起的作品的创作者，有时是自觉地，有时是不自觉地接受了以往作品的影响，"集体的无意识"常常成为一种文化积淀潜隐在后代作家的头脑里并在他们创作时发挥作用。即使是后代作家从生活出发创作新的作品时，他们也还是自觉或不自觉地受到前代作品"母题"的影响。从这个角度讲，母题有先后，分大小。

主题作为思想和情感的综合体，它必须建基于社会生活的客观性之中，无论思想的抽象方式还是情感的体验方式，都离不开作为前提的现象，即事物的客观实在性。从这个意义上看，主题在作品中的表达，一定是具体的，真切而实在的。

第二节　主题的演变

一、中国小说主题的演变

小说母题在演变，小说主题的表达更是常变常新。同样是"生、死、爱"的母题，随着社会的发展，显然，主题变化更大。以"爱情"这一母题为例，除去前面讲的《柳毅传》《罗密欧与朱丽叶》的东西方不同的主题之外，还可逐步衍生出"爱是奉献""爱是彼此成长"等主题。当然，主题的演变，不是作者凭空玄想，它是建立在广阔的社会背景和特定的时代发展节奏之上的。

自秦至1840年鸦片战争，绵延两千多年的中国社会，较之于西方，中国还处在完全封闭的封建社会阶段，中国传统的儒家积极入世思想和遇到挫折困难时自我修复的道家思想，指导人们的社会生活和个人修为，于是，在文学创作中也表现出如下五类常见主题：

政治历史类，如《东周列国志》《三国演义》《水浒传》等。

侠义公案类，如《燕丹子》《风俗通义》《虬髯客传》《施公案》等。

神鬼志怪类，如《搜神记》《酉阳杂俎》《西游记》《封神演义》等。

博物轶闻类，如《世说新语》《开元天宝遗事》《阅微草堂笔记》等。

男女恋情类，如《李娃传》《莺莺传》《离魂记》《金瓶梅》等。

这五个主题，前两类主题以忠孝仁义为中心，都是以儒家入世思想为主；后三类混杂以道佛出世思想，偏向超脱与玄怪。鲁迅曾把中国古代文学，形象地概括为廊庙文学与山林文学。当然，《三国演义》《水浒传》是典型的忠君仁义的儒家思想文化小说，而《西游记》尽管有道、佛、神怪，有山林文学成分，但骨子里还是封建忠君思想，还是儒道思想文化的主题。

当然，两千年间的中国古代小说中也有《儒林外史》《聊斋志异》《红楼梦》等具有反封建伦理道德复杂成分主题的小说，或者说在许多中国古代小说中也有不少反封建伦理道德思想的成分和因素，它们在客观上起到暴露封建黑暗的作用，但这种小说不占主流。

鸦片战争后，伴随社会变革和西学东渐的文化潮流，接着出现了以谴责为主题的小说，如《官场现形记》等，成为中国古代小说向现代小说的主题演变的过渡阶段。五四新文化运动和五四文学革命前后，以科学与民主为两大旗帜的思想启蒙运动开启，西方的各种文化思潮开始涌入中国大地，文学主题也开始由传统的压抑人性的伦理道德主题，逐步向现代的人的觉醒的主题转变。中国现代新文学中小说的主题又大体转变为以下五大类。

社会改造与人生探索类，如鲁迅的《狂人日记》《药》等，冰心的《超人》等。

个性解放与妇女解放类，如鲁迅的《伤逝》《祝福》，凌叔华的《花之寺》等。

反映农民疾苦与农村陋习类，如鲁迅的《故乡》、许杰的《赌徒吉顺》等。

非战类，如叶绍钧的《潘先生在难中》、王鲁彦的《柚子》等。

反帝类，如郭沫若的《牧羊哀话》、老舍的《小铃儿》等。

中国当代新时期小说主题更为丰富，出现伤痕主题，如刘心武的《班主任》；反思主题，如王蒙的《蝴蝶》；改革开放主题，如蒋子龙的《乔厂长上任记》、张洁的《沉重的翅膀》；寻根主题，如韩少功的《爸爸爸》；新历史主题，如黎汝清的《皖南事变》；等等。总体来说，新时期小说大多从人本主义文学本体论出发，或者表现人格独立思想、科学启蒙思想、性爱解放思想或者关注生命意识、生存境遇、存在本位。概括起来，中国当代新时期小说的总的主题是人性大解放，是人道主义的主题。当然，也开始有对人类的终极关怀的主题倾向。

二、西方小说主题的演变

西方小说从 14 世纪文艺复兴到 19 世纪末，近 600 年间的西方近代小说的主题，大致有以下十几类。

反禁欲反教会反封建类。如薄伽丘的《十日谈》、拉伯雷的《巨人传》、赛万提斯的《堂吉诃德》等。

浪漫爱情类。如歌德的《少年维特之烦恼》、福楼拜的《包法利夫人》、简·奥斯汀的《傲慢与偏见》等。

流浪汉类。如无名氏的《小癞子》、菲尔丁的《汤姆·琼斯》、高尔基的《切尔卡什》等。

航海冒险类。如笛福的《鲁滨孙漂流记》、斯威夫特的《格列佛游记》、凡尔纳的《格兰特船长的儿女》等。

启蒙哲理类。如孟德斯鸠的《波斯人信札》、伏尔泰的《老实人》、卢梭的《爱弥儿》等。

政治历史类。如莫尔的《乌托邦》、司汤达的《红与黑》、狄更斯的《双城记》等。

废奴类。如果戈理的《死魂灵》、斯托夫人的《汤姆叔叔的小屋》等。

女权类。如夏绿蒂·勃朗特的《简·爱》、爱米莉·勃朗特的《呼啸山庄》等。

反战与爱国主义类。如都德的《最后一课》、莫泊桑的《羊脂球》等。

小人物或多余人类。如契诃夫的《小公务员之死》、赫尔岑的《谁之罪》、屠格涅夫的《罗亭》等。

农村破产类。如哈代的《德伯家的苔丝》等。

社会百科与探索类。如巴尔扎克的《人间喜剧》、雨果的《悲惨世界》、托尔斯泰的《安娜·卡列尼娜》等。

劳资矛盾和无产阶级革命类。如萨克雷的《名利场》、左拉的《萌芽》等。

如对以上主题做一个总体概括，则一类大主题是从人性人欲的解放的要求到发财享乐、幸福在人间的追求。第二类大主题，是对社会人生的孜孜不倦的探索，对人类存在的苦苦深沉的思索。但总的说来，两大主题归根结底又是一个主题，即人道主义的主题。

马克思主义崛起，使社会主义从空想走向科学。与此同时，也产生了叔本华、尼采等否定现存世界的非理性哲学思想。所以，在文学上也经历了几个大的阶段，即文艺复兴—古典主义—浪漫主义—批判现实主义。19世纪后期还同时出现自然主义、唯美主义、象征主义几种思潮流派。从20世纪初开始，西方现当代小说的主题大致有以下十几类。

无产阶级革命和社会主义建设类。如绥拉菲莫维奇的《铁流》、富尔曼诺夫的《恰巴耶夫》、法捷耶夫的《毁灭》、肖洛霍夫的《静静的顿河》《被开垦的处女地》、高尔基的《母亲》、奥斯特洛夫斯基的《钢铁是怎样炼成的》等。

批判资本主义与社会现实类。如斯坦贝克的《愤怒的葡萄》、黑塞的《荒原狼》、毛姆的《刀锋》、加西亚·马尔克斯的《百年孤独》等。

反帝反战类。如雷马克的《西线无战事》、茨威格的《象棋的故事》、法捷耶夫的《青年近卫军》等。

历史类。如亨利希曼的《亨利四世》、阿·托尔斯泰的《彼得大帝》等。

航海冒险或荒岛类。如康拉德的《"水仙号"的黑水手》、如威廉·戈尔丁的《蝇王》。

黑色幽默或死亡类。如海勒的《第二十二条军规》、托马斯·品钦的《万有引力之虹》

现代人生探索与人性探索类。如莫里亚克的《给麻风病人的吻》、劳伦斯的《查泰莱夫人的情人》、西蒙娜·波伏瓦的《女客》等。

表现迷惘的一代或垮掉的一代类。海明威的《太阳照常升起》《永别了，武器》、菲茨杰拉德的《了不起的盖茨比》、威廉·巴勒斯的《吸毒人》等等。

人生荒谬与存在主义类。如乔伊斯的《尤利西斯》、卡夫卡的《形记》《城堡》、加缪的《局外人》、萨特的《自由之路》等。

道德反思类。如肖洛霍夫的《一个人的遭遇》、瓦西里耶夫的《这里的黎明静悄悄》等。

思维—哲理类。如列昂诺夫的《俄罗斯森林》、艾特玛托夫的《一日长于百年》等。

以上这些西方现当代小说的主题之间，具有连续性和交叉性，如果对其做总体概括归类，可分为两个：其一是传统的人道主义主题，具体内容为反对帝国主义战争，呼吁人类和平及经济建设，歌颂英雄，同时也注重探索人性；其二是反传统的个性主义主题，具体内容为表现局外人、流亡者，反英雄、反社会，表现人的孤独、失落、人生的荒谬与虚无。这两大主题还可以提炼为一个大的主题，即对人的终极关怀。

宏观比较研究中西方小说主题演变的文化现象，可以得出如下结论。

1. 小说主题及演变与特定的文化背景和社会现实紧密相连。小说是现实生活的观照。小说内容总是对现实生活直接或间接地反映，因此，小说内容就大多和特定时代相关联。有些小说，虽不能从内容上直接看出与现实背景直接关联，但触动作者创作小说的，一定有现实生活的某种影子。

2. 中国古代近代小说与现代当代小说的总主题间有一个巨大的断裂，即从政治伦理的总主题转变为人的解放的总主题；而西方现当代小说与近代小说的总主题是持续发展的，即西方小说的前后总主题始终与人的解放联系在一起。

3. 人的解放与人道主义主题，西方早在 14 世纪中叶（中国元代末期）即开始成为近代小说的总主题，而中国直到 20 世纪初才开始成为现代小说的总主题。这是由于西方属海洋型开放型文化，而中国早期属大陆型封闭型文化。

4. 中国小说有政治历史主题的传统。这充分显示了中国传统儒家思想文化潜移默化的强大力量。随着社会的发展和文化交流与融合的推进，东西方小说主题似乎会慢慢靠近，但植根于中华大地，受几千年中国文化的熏陶与影响，中国小说在很大程度上关联历史与政治的传统，将仍然表现得很明显。

第三节　主题的形态

随着小说创作的发展和繁荣，小说主题的形态发生了变化，传统的、占统治地位的单一主题被打破，小说主题从单一演化为多义，有的淡化，甚至出现了"无主题"的作品。"主题"的定义再也难以囊括"全部文章内容"，难以"一言以蔽之"，小说主题的内涵更为丰富，形态更为多样化。

一、单一主题

单一主题，即一篇小说只有一个中心意思，它凝聚、集中，不零乱、不分散。这是人们在长期创作实践中形成的相对稳定的观点，也可以说是传统的主题形态，它讲求小说主题的思想含义，体现着作者的某种思想观念，犹如一条"思想红线"贯穿着全篇。

主题单一，首先要求主题集中。主题集中，是指主题在小说中起着灵魂、核心的作用，它是小说的统帅，即古人所说的文"以意为主""意犹帅也"。一篇小说材料的取舍、结构的安排、语言的运用等，都要服从于主题的统领，全文要紧扣住这个核心写作，一切都围绕着它旋转。《水浒传》就属于主题集中的写法，在前七十回，集中写"逼上梁山"这一中心，作品先写高俅，为突出后面的"官迫"这一主题做铺垫，接着写王进，引出九纹龙史进，前七十回紧紧地环绕着史进、鲁智深、林冲、晁天王、杨志、宋江、武松、花荣、李逵等一百零八将"逼上梁山"的故事展开，尽管在叙述上有不同程度的铺垫，但最终还是收拢、集中于一个主题。小说创作中，主题集中的例子比比皆是，如《西游记》排除艰险，战胜困难，表现出一种不屈不挠的精神；《祝福》揭露了旧社会中国封建统治给妇女带来的悲惨命运；《李双双》反映了随着经济制度的变化，妇女地位的提高，新的家庭关系和道德风尚形成；等等，其主题都集中凝聚于一个核心，能"一言以蔽之"。

主题单一，还要求将主题写得深刻。鲁迅指出"选材要严，开掘要深"，是要求作家选择题材要严格，此外，还必须要在题材蕴蓄的基础上向深层开掘，题材不同，其自身蕴含的意义也就不同。即使是相同的题材，开掘的角度、深浅不同，发现也就不同。鲁迅的小说《祝福》，主题就非常深刻。祥林嫂是一个受尽封建礼教压榨的穷苦农家妇女。丈夫死后，狠心的婆婆要将她逼卖，她被迫出逃鲁镇做佣工；被抓回去后强嫁给贺老六，贺老六又死，儿子阿毛被狼叼走；走投无路的她再次投奔鲁镇，千辛万苦积钱捐了门槛后，依然摆脱不了人们的鄙视、戏侮；沿街乞讨，最终在"祝福"的鞭炮声中惨死在鲁镇街头。小说不是在于讲述祥林嫂命运的可悲，也不仅在于批评人们的麻木和世态炎凉的社会现状，而是在于对捆束祥林嫂的封建思想和封建礼教的无情揭露与批判，以指出彻底反对封建的必要性。

二、多义主题

多义主题是在单一主题的基础上衍生的，即指一篇小说存在两个或多个主题，或者说，某小说是由具有多义主题构成的一个有机整体。小说的主题多义，源于小说本体的复杂，主要从如下四个方面表现出来。

内容复杂。多义的主题，其内容往往是包罗万象、复杂多变的，如有"封建社会百科全书"之称的《红楼梦》，其内容涉及政治、经济、文化、宗教、艺术、风俗、伦理、道德、历史、神话、传说、医药、食品、情爱梦境、幻觉等等，内容庞杂、人物众多、线索纷繁。因此，对《红楼梦》的主题也就众说纷纭、莫衷一是，不同的读者从不同的角度阅读就有不同的理解：或曰表现了宝、黛、钗的爱情悲剧；或曰表现了四大家族的兴衰；或曰两者兼而有之。正如鲁迅先生指出的"经学家看见《易》，道学家看见淫，才子看见缠绵，革命家看见排满，流言家看见宫闱秘事"。《红楼梦》内容丰富、复杂，是导致主题多义的原因之一。

事件复杂。多义主题的小说，往往是许许多多复杂的事件交错在一起，错综复杂，枝蔓横生。在托尔斯泰的《战争与和平》中，时而历史，时而现实，时而农村，时而城镇，时而旷野，时而战争，时而和平纷争，歹毒、肆虐、残杀、温情、眷恋、侠义、懦弱、壮志、忏悔……其事件大大小小、林林总总，错杂在一起，集于一体，熔于一炉，内容驳杂，主次难辩，主题多义。

人物复杂。人物复杂主要是指人物性格的复杂，复杂的人物性格往往由二元或多元的性格因素组合而成，在这二元或多元的性格因素中，又包含着各种矛盾成分。如肖洛霍夫的《静静的顿河》中的主人公葛利高里就是复杂的人物，在他的性格中包含着各种矛盾对立的成分：既纯朴善良，又狡诈残忍；既真诚团结，又凶猛好斗；既热爱生活，又悲观绝望。在他十年悲剧性的生涯中，曾尽忠于沙皇，倾向于革命，参加过哈萨克的叛乱，投身于白军，与红军进行疯狂的厮杀，曾畏罪外逃，但又迷途知返。他既具有人格的魅力，又体现了哈萨克民族的本性。这是一个复杂多变、矛盾重重的人物，也是一个引起多方争议的人物，他性格中蕴含着丰富的意义，不同的读者从不同的角度去理解，也就导致了主题的多义。

而刘索拉的《你别无选择》则是一部集内容复杂、事件复杂、人物复杂于一体的小说，这是一部描写艺术学院师生生活画面的小说，内容丰富、情节散乱、人物纷繁、心态躁动，像破堤而出的洪水，铺天盖地而来，显现出一个躁动不安的青春世界。由于作品没有主要的内容、主要的情节、主要的人物，所以显得分散、零乱，甚至于给人以支离破碎的割裂感，缺乏外在的统一，但作品的内容、人物、事件却有内在的联系，因而又显得色彩斑斓。在这个多棱角的世界里，你可以寻找到蕴含着多种意义的主题，也可以从中得出不同乃至绝对相反的结论，多义的主题显得富有特色。

使用"空白"技法。讲究艺术"空白"，是小说创作中一种常用的手法。英国著名理论家伊格尔顿明确指出，任何一部作品，不论多么严密，对接受理论来说，实际上都是由一些空隙构成的……，作品充满了"不确定"性，充满了一些看来靠读者去解释的成分。路东之的《！！！！！！》就是这一类型。作品首先在标题上就给我们留下了"空白"。全文的内容是写"我"在一棵老树旁等车，车还没来，因而看孩子们在做一个古老的游戏："我们都是木头人，不会说话不会动。一不许笑，二不许动，三不许交头接耳。看谁的意志最坚定。"游戏重复了六次，"我"也因此产生了多次不同的感受："欣然""陶然""哑然""惘然""慨然""愕然""怆然"。这种感受的变化与孩子们所做的古老游戏有关，与"我们都是木头人"的内容有关，与"车依然不来"有关，但作者没有交代为何有此感受，而是留下了"空白"，由读者根据自己的理解去"领悟"，去"填空"，并从这"空白"中开掘出含义深刻的主题，读者不同，"领悟"和"填空"的内容也不同，引发出的主题也不一样，所谓的有"一千个读者就有一千个哈姆雷特"，从而产生多义的主题。

需特别说明的是，许多小说蕴含多义主题，对于读者来说，只有站到某个角度，或者学识、阅历等达到一定阶段，或许才能读出小说的某层意思来，《红楼梦》就是这样的典型。当然，有些作品，创作者未必赋予某种含义，而读者却读出来了新义，未必就是读者穿凿附会，可能就是外部的社会背景或时代发展有了变化而造成的。

三、淡化主题

小说主题的第三种形态是淡化。主题的淡化主要是出现在现代派的一些小说，尤其是在意识流的一些小说中。尽管这类小说在文学创作中不是主流，与读者传统的审美接受心理相去甚远，但它毕竟作为一种形态存在着。这类小说淡化主题或无主题的现象十分明显，它试图打破传统小说中主题、立意、主题思想、中心思想等概念，销熔主题灵魂和统帅的作用，瓦解主题的"中央集权制"，将小说主题淡化，甚至于把主题淡化至无，成为"无主题"的作品。

主题的淡化，往往在小说中构建一个朦胧的境界，也可以称之为"朦胧小说"。它没有情节，没有明确的人物，意念模糊，或描写感官视觉、听觉对事物形态变异的感受，或描写迷蒙的心境和幻觉，或仅仅是描写一种光的折射。如何立伟的《空船》，写了大河的浪涛、老屋的灯影、沙诸的柳烟、细细的一阵风、小小的一片云、残月如慈眉、水鸟叫得人心别别地跳、河滩上老渔夫阔大的脚印、细伢子掏出一线尿来，还有一男一女的窃窃私语。但小说通篇无主要人物，没有连贯的情节，只用过分雕琢的文字勾勒出一幅似隐似现的画面，带出一男一女若露若藏的简短对话，小说追求的是一种难以言明的境界，其主题思想朦朦胧胧，很难归结。又如王蒙的《焰火》抒写女主人公在国庆节夜晚的典型感受与情绪，作品把色彩缤纷、变幻莫测的焰火与主人公们流动的感觉、思绪交织在一起，借焰火的变形诱发出人物的回忆、幻象，造成一种朦胧神秘、内蕴深广的境界。

也有人认为，主题的淡化是主题多义而带来的主题不确定。不断变更着的现实生活有着无限的丰富性与复杂性，文学艺术家有充分理由应给以多声、多色的表现与描写。作品中未被净化、纯化的艺术形象应该宛若一个多棱晶体，多面受照，闪耀着五光十彩。导致文学作品的主题意义，很难用几句政治学或社会学的语言加以概括的，进而以主题的多义性来呈现小说主题。这种因主题的多义性而带来的主题不是传统意义上的某种确定性，也会被认为是主题的淡化。

主题淡化绝不是作品思想的被忽略或削弱，而是主题的扩散与放大，因为主题淡化后作者有可能在创作中不为主题所缠、所累，便于对生活做多角度的透视，多方位的开掘，多侧面的展现，使形象大于思想，使作品产生丰厚感、深邃感、立体感等复合的效果，从而扩展了思想与艺术的容量，增强了作品的光彩与活力。因此，主题的淡化实则是主题表层、外部轮廓的"淡"，换取深层、内部核心的"浓"。

第五章

语　言

文学是语言的艺术，语言是文学艺术的材料。每一件文学作品常只是一种特定语言中词汇的选择，诗歌有诗歌的语言符码，戏剧有戏剧的语言特点，同样，小说的语言也有其内在机理。

评价小说的创作艺术，语言是一个核心指标，语言艺术是小说的价值基础。对于小说作者来说，语言艺术特征也具有界定身份的意义。汪曾祺说，写小说就是写语言，应该把语言提高到内容的高度来认识，语言是小说的本体，不是附加的。对于一个作者及一部作品而言，无论作者观察多么细微，感受多么细腻，构思多么巧妙，最终能否恰到好处地写出来，要取决于作者的语言功力。所以，高尔基说，语言是"文学的第一要素"。

小说类作品的语言，主要由人物语言和叙述语言两部分构成。

第一节　人物语言

人物语言，即作品中人物所说的话。小说是以塑造人物形象来表现生活主题的，而人物形象的塑造，必要赋予人物言行举止。如果说，作品中人物的"行"是通过作者叙述描写而呈现出来，可归属于叙述语言范畴，那么，作品中的人物语言，虽然也是作者通过创造而赋予人物说话的权利，但我们完全可以认为，作品中人物的语言内容及表达方式，就是人物自身生活处境、学识修养或性格特征等的直接表现。阅读小说过程中，哪怕还不能知晓后续的相关情节，甚或不理解作品的主题，但在阅读的某个"点位"上，我们则是在第一时间观察到人物的语言，人物间的对话。

人物形象鲜活，性格鲜明，能给读者留下深刻印象，而实现这个目标的艺术手段有很多，其中最好的艺术手段，就是写好人物的语言。人物语言，一般不是指作品中某人的自言自语，而更多的是指人物间有个性色彩的对话。读者大多是通过对话，通过人物的语言，走近人物，了解人物并记住人物。

数十万字的《史记》虽非小说，但至少它有"无韵之离骚"文学作品的风采：读《陈涉世家》，我们记住了陈涉的"苟富贵，无相忘"和"燕雀安知鸿鹄之志哉！"的宏远之志；读《高祖本纪》，我们记住了刘邦"分我一杯羹"的无赖之语；读《项羽本纪》，记住了项羽的"无颜面江东父老"的愧疚诉说。

再如小说，《三国演义》中曹操的"宁教我负天下人，休教天下人负我"，鲁迅的《风波》中九斤老太反复说的"真是一代不如一代"，《阿Q正传》里的"我们先前——比你阔得多了！你算是什么东西！""我总算被儿子打了，现在的世界真不像样……"，契诃夫的《装在套子里的人》中别里科夫的"千万别出什么乱子"等等，正是这些经典的语言，让这些名篇成为永恒的记忆。

是小说的语言让我们记住了小说中的人物，记住了经典，但写小说的语言并非终极目的。小说作品通过人物语言来塑造人物，书写人物语言，其目的主要表现为两个方面。

一、通过人物语言，展现人物性格或修养

作品中人物形象的典型，是源于人物个性的突出，而人物的个性是知、情、意的结合体，这种知、情、意结合体虽然有时也会通过外在如举止、着装等来表现（如《装在套子里的人》中的别里科夫的穿着），但更多时候，是借助作品中人物语言来表现人物的性格特征。

《儒林外史》中的《范进中举》一节写得非常漂亮，但写得漂亮的不是范进，而是范进的岳父胡屠户的语言。来看范进要去参加科举考试时，其岳父胡屠户的话：

不觉到了六月尽间，这些同案的人约范进去乡试。范进因没有盘费，走去同丈人商议，被胡屠户一口啐在脸上，骂了一个狗血喷头，道："不要失了你的时了！你自己只觉得中了一个相公，就'癞蛤蟆想吃起天鹅肉'来！我听见人说，就是中相公时，也不是你的文章，还是宗师看见你老，不过意，舍与你的。如今痴心就想中起老爷来！这些中老爷的都是天上的'文曲星'！你不看见城里张府上那些老爷，都有万贯家私，一个个方面大耳？像你这尖嘴猴腮，也该撒抛尿自己照照！不三不四，就想天鹅屁吃！趁早收了这心，明年在我们行事里替你寻一个馆，每年寻几两银子，养活你那老不死的老娘和你老婆是正经！你问我借盘缠，我一天杀一个猪还赚不得钱把银子，都把与你去丢在水里，叫我一家老小嗑西北风！"

范进被岳父骂得摸不着门，只得瞒着胡屠户偷偷前去赶考，回家后胡屠户知道，又被骂了一顿。然而，当范进考中举人后，胡屠户的嘴脸一下子就变了，再来看这次胡屠户的语言：

胡屠户道："我那里还杀猪！有我这贤婿，还怕后半世靠不着也怎的？我每常说，我的这个贤婿，才学又高，品貌又好，就是城里头那张府、周府这些老爷，也没有我女婿这样一个体面的相貌。你们不知道，得罪你们说，我小老这一双眼睛，却是认得人的。想着先年，我小女在家里长到三十多岁，多少有钱的富户要和我结亲，我自己觉得女儿像有些福气的，毕竟要嫁与个老爷，今日果然不错！"说罢，哈哈大笑。

这里，胡屠户没有过多的动作，作者完全通过情境中人物的个性化语言，把胡屠户前倨后恭的情状，鲜活地表现出来。

《红楼梦》中人物众多，无论宝玉、黛玉、宝钗还是凤姐，掩盖字面，通过声音即可判定人物。如凤姐第一次出场，"一语未发，只听后院中有笑语声，说：'我来迟了，不曾迎接远客！'"未见其人先闻其声，一开口就显示出她的身份和性格：管家奶奶的高调泼辣，善于应变。

再如《红楼梦》二十六回，薛蟠生日，程日兴送他几样时新的食材，于是他让焙茗把宝玉骗出来，说是"老爷"叫唤，等到宝玉出来后，我们来看这个薛蟠的语言：

"要不是我也不敢惊动，只因明儿五月初三日是我的生日，谁知古董行的程日兴，他不知哪里寻了来的这么粗这么长粉脆的鲜藕，这么大的大西瓜，这么长一尾新鲜的鲟鱼，这么大的一个暹罗国进贡的灵柏香熏的暹猪。你说，他这四样礼可难得不难得？那鱼，猪不过贵而难得，这藕和瓜亏他怎么种出来的。"

你看，薛蟠是个不学无术的主儿，他在形容这些新鲜食材时，连续多句的"这么粗这么长""这么大"等语句，足以形象逼真地表现了他的不学无术、胸无点墨的文化修养。

外国文学作品中同样也塑造了有很多典型人物，那些典型形象的背后，同样凝练了不少独具个性的人物语言。

契诃夫《变色龙》中的奥楚蔑洛夫，当巡警说这不是将军家的狗时，他先问"你拿得准吗？"；当听到肯定的回答之后，他赶紧表态："我自己也知道。将军家里都是些名贵的、纯种的狗；这条狗呢，鬼才知道是什么玩意儿！毛色既不好，模样也不中看，全是个下贱货。"而当厨师证实这是将军哥哥家的狗时，他又这样说："这小狗还不赖，怪伶俐的，一口就咬破了这家伙的手指头！……好一条小狗……"通过这些语言，把奥楚蔑洛夫见风使舵、谄上欺下、趋炎附势的奴性淋漓尽致地展现出来。

巴尔扎克的小说《守财奴》，作家通过诸多经典语言，如"那简直是抹自己的脖子！""这么多的金子！有两斤重。……这交易划得来，小乖乖！"等，刻画了守财奴葛朗台贪婪、吝啬的性格。

比较而言，借助人物语言，表现人物性格、修养等，是小说写作中最常用的一种手段。好的语言，是来自生活的。个性化的语言更有力量，能创造性地写出人物的语言，才是小说家中的高手。从这个意义上说，文学不是忠实地表现生活，而是背叛生活，背叛生活的平庸性、公共性。公共性语言，就是没有性格特色的语言，其在文学意义上，没有丝毫价值，而文学作品，恰恰就是要选择有色彩的、个性化的语言来塑造人物，刻画人物，使之鲜活起来。如果文学作品中人物的对话，人物的语言没有个性，读者自然也就记不得。

二、借助人物语言，表现人物处境与命运

人物的言行举止，反映一个人的思想与性格。但并不是说，作品中的人物语言，都能表现人物性格。一般来说，人物语言中那些相对典型的言论，才能更好地展现人物性格；在情节推进中人物的大部分语言，都是服务于情节及人物的现实境遇的。如鲁迅的《孔乙己》一文中，主人公孔乙己所说的话并不多，有些句子，如"对呀对呀……回字有四样写法，你知道吗？""不多不多！多乎哉？不多也！"等，显然可以表现孔乙己的"迂腐可笑而不失斯文"的性格。而后文的"这……下回还吧，这回是现钱，这回酒要好"一句，则更多的是体现孔乙己现实的处境及想法：现实窘迫无法还清所欠酒账；酒店老板对酒质会暗中做手脚；过去赊酒，酒质偏差，本次现钱，给的酒要好。

文学作品里的人物，尤其是主要人物，不可能像很多配角那样一闪即逝，而会在作品中反复出现，因此，我们还可通过人物前后语言的不同变化，来观察人物的处境与命运。如鲁迅小说《故乡》中，少年闰土的语言是："这不能。须大雪下了才好。我们沙地上，下了雪，我扫出一块空地来，用短棒支起一个大竹匾，撒下秕谷，看鸟雀来吃时，我远远地将缚在棒上的绳子只一拉，那鸟雀就罩在竹匾下了。什么都有：稻鸡，角鸡，鹁鸪，蓝背……""我们沙地里，潮汛要来的时候，就有许多跳鱼儿只是跳，都有青蛙似的两个脚……"等，这些语言反映出少年闰土是一个朴实健康、活泼机灵、聪明能干、见多识广的农村少年。而中年时的闰土，在与"我"重逢时的神情变化，"现出欢喜和凄凉的神情"，"他的态度终于恭敬起来"，完全符合彼时彼地彼人的身份。特别是那一声"老爷！……"，更是将彼此间的身份地位一语道破。通过语言的前后不同，少年闰土的活泼能干、朝气蓬勃此时都已荡然无存，剩下的是中年闰土作为底层生存者的无奈和凄凉。

有些人物的语言，一方面表现了性格，但深层思考，或许也表现了人物的现实的境遇。如《红楼梦》中，薛姨妈让周瑞家的把宫花带去分给各位姑娘，分到黛玉时，黛玉便问道："还是单送我一人的，还是别的姑娘们都有呢？"当周瑞家的回复："各位都有了，这两枝是姑娘的了。"你看黛玉此时是这样说的："我就知道，别人不挑剩下的也不给我。"这一方面反映了黛玉的狭隘，计较，心胸不开阔，同时，再深层次分析，黛玉不是计较这两朵花，而是计较她在荣国府的地位，这是由她的身世处境决定的。

第二节 叙述语言

作品中的人物语言固然很重要，但对于一个小说作者来说，关键还在于叙述语言。比较成熟的小说家，其艺术个性和风格，很大程度上就是从叙述语言的运用上得到体现的。艺术家们意识到，不同的叙述方法能产生不同的艺术效果，叙述本身具有无穷的意义，叙述语言是一座开采不竭的宝藏。

就表达方式说，叙述、描写、抒情、议论、说明等都可以是小说常用的语言手段，但比较来说，叙述和描写，则是小说叙述语言中最基本的表达方式。小说的叙述语言，主要就是叙述与描写相结合，在描写基础上的叙述，在叙述过程中的描写。

叙述，即讲述故事，它是通过叙述性的语言，用某种特殊的程序，把人物的心理、言行、人物间互动关系、事件之间的联系和环境场景等联结成一个整体，构成完整的艺术图景。叙述侧重表现宏观性、纵向性、动态性的情节脉络。

描写，即描绘摹写，它是通过描写性的语言从细微处刻画人物、铺陈环境，并在人物与环境的交织中讲述每一个事物，以达到惟妙惟肖、生动逼真的效果。描写侧重微观的、横断面的、静态的细节特点。

为便于理解，我们或可用一个简单的公式，对上面的表述做一个清晰的界定：叙述语言＝叙述性的语言＋描写性的语言（抒情、议论、说明等表达方式也有，在叙事类的小说中偏少）。下面，我们来分别探究叙述性语言与描写性语言的特点。

一、叙述性语言：简洁、直白、适切

叙述性语言，就是在小说文本内部的特定时空里，把故事的发展脉络叙述出来，其核心目的是把故事讲清楚。

显然，人物语言是作品中人物在说话。叙述语言中的描写性语言，可视为站在作品中人物的主观视角或创作的客观视角进行的描写；而叙述性语言，某种意义上说，就是隐身在小说中的作者的语言。换句话说，小说的核心任务是塑造人物形象，人物语言是人物形象自身的、内部的，当然也就是和人物是最紧密的，甚至可看作是重叠的；描写性语言，是围绕人物的，距离是贴近的；叙述性语言，它是站在人物形象的外部或远处，站在近于旁观者的角度在叙说。既如此，小说对叙述性语言的常规要求，则主要为简洁、直白、适切。

简洁，即叙述不拖拉，把事情说清楚即可；直白，叙述的核心是推进情节，而推进情节进展的语言应比较直白，一般不要含蓄；适切，即叙述的语言风格、节奏，要能与人物性格、场景氛围等相表里，相适应。如高晓声《陈奂生上城》开头的叙述性语言：

"漏斗户主"陈奂生，今日悠悠上城来。

一次寒潮刚过，天气已经转好，轻风微微吹，太阳暖烘烘，陈奂生肚里吃得饱，身上穿得新，手里提着一个装满东西的干干净净的旅行包，也许是力气大，也许是包儿轻，简直像拎了束灯草，晃荡晃荡，全不放在心上。他个儿又高、腿儿又长，上城三十里，经不起他几晃荡；经常挑了重担都不乘车，今天等于是空身，自更不用说；何况太阳还高，到城嫌早，他尽量放慢脚步，一路如游春看风光……

这段文字中，"轻风微微吹，太阳暖烘烘""简直像拎了束灯草，晃荡晃荡，全不放在心上"等，分别是环境描写、心理描写等描写性语言，剥离这些描写性文字，则剩下主要就是叙述性的语言："漏斗户主"陈奂生，今日悠悠上城来；天气已经转好；陈奂生肚里吃得饱，手里提着旅行包；他尽量放慢脚步，一路如游春看风光。

这段叙述性文字，语言直白；叙述不紧不急，悠悠荡荡，给作品定下了一种从容不迫、轻松舒缓的调子，为的是让读者从陈奂生上城这件小事，去冷静地思考那隐藏在背后的东西，因此，其节奏和人物的心境及作品的主题也相适切。

二、描写性语言：陌生新奇，生动形象

严格说来，世上有万事，却无万物。意思是说，世界上每个人都有"故事"，即便是同一个"故事"，发生在不同人身上，"故事"也就成了不一样的故事。说"无万物"，并非是说地球上没有万千种生物，而是指能够进入文学类作品的"物"，无非就是人们生活里素常可见之物，既是素常可见之物，虽不能说仅有些许，但能够进入文学作品、为读者接受并能为表达主题服务的物，也绝谈不上有"万千"。既"无万物"，那么，进入文学作品中的各类"物"（当然也包括人、景等），则主要就应通过作家的描写性语言，来决定"物各有差"。

说得通俗点，同一朵花，是通过不同作家的不同描写，才体现出"花"的区别。

前面讲过，描写性语言，主要是围绕作品中的人物而展开的，它和作品中的人物距离比较近；但跳出作品来说，描写性语言毕竟是作者创造的（哪怕是模仿的），因此，从另一方面来说，描写性语言又是作者的。为能充分表现作品中的人物个性及作家的写作风格，小说中描写性语言，往往要具有陌生新奇、生动形象的特点。

"怎么说"表现了一个作者的风格与创造力，文字上要显示出作家的风格。老舍先生说，"经典性的描写，往往能吓人一跳，让人记住。"这"吓人一跳，让人记住"，其实也就是"语言的创造"，就是描写追求陌生化、反常化，以给人新奇感、形象感。否则，落套之语累牍连篇，会让人意懒心灰。

1. 描写性语言的创造性，表现在用字的反常规上。

创造是从无到有，是人类特有的对世界进行的探索性的活动。因此，作品"描写性语言的创造性"，就应指的是作者在对相关事物的描写中，打破常规，用一个或若干神来之笔的字，去描写人物的言行或事物的状态，近似于诗词中的炼字之功，给人新奇之感。如《红楼梦》第十四回有这样一段精彩的对话：

宝玉因道："怎么咱们家没人领牌子做东西？"凤姐道："人家来领的时候，你还做梦呢。我且问你，你们这夜书多早晚才念呢？"宝玉道："巴不得这如今就念才好。他们只是不快收拾出书房来，这也无法。"凤姐笑道："你请我一请，包管就快了。"宝玉道："你要快也不中用，他们该作到那里的，自然就有了。"凤姐笑道："便是他们作，也得要东西，搁不住我不给对牌，是难的。"宝玉听说，便猴向凤姐身上立刻要牌，说："好姐姐，给出牌子来，叫他们要东西去。"

整段语句是叙述性的对话，阅读的体会自然惯常，但语段结尾，句子"便猴向凤姐身上立刻要牌"中的"猴"字，将名词活用为动词用，以表现"纠缠""攀附""撕扯"等惯常之意，近乎神来之笔，体现宝玉的率性与无赖，更透露出宝玉与凤姐人物之间的关系，可谓一字传神。再如鲁迅作品《高老夫子》：

我没有再教下去的意思。女学堂真不知要闹成什么样子。我辈正经人，确乎犯不上酱在一起……

"酱在一起"的"酱"字在这里做了活用，所传达的意味，已远离其常规的约定所指，它所传达的意味几乎是不能用常规语言描写出来的，读者可以通过体验把握到其中的意味。

阿城的《棋王》也如此。写他们为棋王王一生找来一个对手，一个上海知青，外号"脚卵"的一个性格拘谨的人，其中写"脚卵"坐态的句子是——

"脚卵把双手捏在一起端在肚子前面"，这姿态其实有个现成的词，就是成语"正襟危坐"，但阿城不用，他是用"捏""端"字，把"脚卵"的端庄严正的坐态写了出来。

2. 描写性语言的创造性，表现在艺术技巧的使用上。

文学作品用某种艺术技巧来描写事物，很常见。相较于没用艺术技巧的常态性写法，作品描写中用了某种艺术技巧，那只能叫形象生动，连新颖都谈不上，更称不上是创造。就像把人比作花儿一样，这不是创造。其实，艺术技法就那么几种，选取什么样的技法来描写都谈不上"创造性"，真正能够做到有"创造性"的，重点在于其选取作描写的"替代性"之"物"，应具有超越常规的观察与选取视角。如鲁迅作品中的两例描写：

柳妈的打皱的脸也笑起来，使她蹙缩得像一个核桃……（《祝福》）

只有小栓坐在里排的桌前吃饭，大粒的汗，从额头滚下，夹袄也贴住了脊心，两块肩胛骨高高凸出，印成一个阳文的"八"字。（《药》）

"核桃"原是一个极平常的词，鲁迅在《祝福》中却能把它作为"替代物"（比喻的喻体），来形容一个饱经风霜的老妇人的笑脸，不仅准确生动，更有首开先河的特点，因而具有创造性。同样，"八"字是一个常用的数字，作者用"印成阳文的'八'字"来描绘小栓的背影，运用形象摹写，妙肖如绘，令人称奇。

再看下面补丁的《故乡三题》中的一段文字：

时令上的春天到了，内容上的春天还未到。不管怎样，犁铧已插到了田地中，有气无力的牛懒洋洋地拉着犁，甩动的尾巴应和着农人的鞭梢。队长王二麻子斜背着一只背包，鼻子里喷出的烟味让春天直打咳嗽。

"有气无力的牛懒洋洋地拉着犁，甩动的尾巴应和着农人的鞭梢"，用了比拟的手法；"鼻子里喷出的烟味让春天直打咳嗽"，不仅用了比拟，且在句法表达及语义关联上，采用了"强制关联"，给人出乎意表之感。

3. 描写性语言的创造性，还表现在语言的链条上。

一般来说，常用的字词就那么多，但有的作家却能用那么几个常用的字词，就可以创造出优秀的作品。在小说的描写性语言里，除了注重炼字与艺术技法的使用，语言的创造性，还可从语言表达的链条上体现出来。所谓语言的链条，即单看某词句的表达，其新奇的创造性或许表现不够明显，但若从多句或整体的语言逻辑、语言链条上去观察，则可以发现作者极具语言艺术的创造力。如阿城小说《棋王》中的一段：

说着就在床上坐下，弯过手臂，去挠后背，肋骨一根根动着。我拿出烟来请他抽。他很老练地敲出一支，舔了一头儿，倒过来叼着。我先给他点了，自己也点上。他支起肩深吸进去，慢慢地吐出来，浑身荡一下，笑了，说："真不错。"

这个一百余字的段落里面，都是简单的语言，是一些公认的字和词，而越是这样普遍而又具体的词汇，就越是具有创造的能量。字词的含意虽少，但它对事物的限制也就越少，连接起来，就不是我们常见的形态了。"肋骨一根根动着"，用一个"动"字，就把手伸到后背挠痒，肋骨在皮肤下面耸动的情形表现出来；新开封的烟填塞得非常紧密，要抽出其中一支，很费劲，而大家常常会倒着烟盒，借助惯性将烟支凸显出来，一般也是老烟杆儿才有的动作；"舔"字凸现出王一生在很久没有抽烟时得到一根烟的珍视。"支"一方面显得王一生的瘦，另一方面表现其重心压在胳膊肘上吞云吐雾；浑身"荡"了一下，就是哆嗦、抽筋的一瞬间，活灵活现表现在眼前，让人对这种舒爽的感觉会心一笑。

再看当代作家阎连科的中篇小说《中士还乡》中的一段细节性描写：

早上，太阳不圆，像鸡蛋硬在东天，光线七扭八歪弯到村头。亮倒还挺亮。中士起床后，揉着睡眼这么觉得。他站在门口，瞟一眼太阳，挤下眼，又慌忙把目光招回。

通常人们感觉到的太阳都是圆的，可在此处，偏偏"太阳不圆"，而且又冷又硬。作家不用"悬""浮""挂""映"这些惯常用语，把太阳"硬"在了东天。太阳怎能"硬"在东天？作家硬是让它"硬"在了那里，而且硬出了味道。悖理的配置反而生出意想不到的效果：阳光不很暖，此时的阳光于主人公不温暖不亲切。下一句更妙，"他站在门口，瞟一眼太阳"，正因为不喜欢，他才只是"瞟一眼"，而且用了一个不属于目光左右的"招回"，把目光收了回来，日子于中士——多么的无聊无奈且无趣。

再如胡学文的中篇小说《麦子的盖头》开头的一个描写片段：

那风确实很怪，先是沿着地面无声地奔走，之后突然转向，泼辣辣地卷过来。正在窖口拣土豆的麦子猛地打了个寒噤，脸一下紫白紫白，鼻梁上那几粒雀斑几乎要跳起来。她下意识地拽了拽头巾，头巾才没有飞走。……日光青得发黑，轻轻一触，就纷纷扬扬落到脚面。

"（风）泼辣辣地卷过来""鼻梁上那几粒雀斑几乎要跳起来""日光青得发黑，轻轻一触，就纷纷扬扬落到脚面"，均使用比拟的手法——比拟手法的特点是反理性、反逻辑，它跳出了常规思维的逻辑链条，句面上似乎在描写彼形象。这种反常的"陌生化"描写，表面上似乎使语言变得"佶屈聱牙，不知所云"，实则能带来生动鲜活，令人击节的效果。

归纳来看,用语言的链条来体现语言创造性的描写性语言,大多与一个连贯性的情节有关,某种意义上说,它既有描写,有时更兼有叙述——是在叙述中进行的细节性描写。

第三节 语言风格

汪曾祺说:"一个作家算不算作家,能不能在作家之林中立足,首先决定于他有没有自己的语言,能不能找到一种只属于他自己,和别人迥不相同的语言。"这种"和别人迥不相同的语言",其实就是一个作家长期积淀下来的语言风格。

西方小说史上,凡是优秀的小说家都有自己独特的个性化的语言,狄更斯的幽默,海明威的简洁,托尔斯泰的厚重,艾特玛托夫的诗意,等等。

中国古典小说中的话本,某种意义上是集体智慧的凝聚,到了写《红楼梦》的曹雪芹,其语言集朴素简洁与铺陈华美于一体,自成一家。到了现当代,沈从文的朴讷野茂;钱钟书的犀利机智;王蒙的举重若轻,涉笔成趣;邓友梅的十足"京"味;汪曾祺、孙犁用散文语言写小说,如行云流水,恬淡旷远;等等。鲁迅的作品语言,重叙述,少铺张,人物刻画和场景描写也往往简单勾勒;阿城则将语言中最没有个性特征,最没有感情色彩,最没有表情的动词,作为基础建设性的叙述而最大限度地使用;等等。每位作家都因其语言具有自身的情趣、神思、韵味,而形成独特魅力的语言风格。即如每个人都具有与众不同的个性一样,作家的语言风格也应有千差万别。

上面,我们只是对部分作家的语言风格进行举例,我们无法对所有作家的语言风格进行全部归类。但是,若按语言自身的特点做总体观察,我们仍可从几个维度上对语言风格做简单归类。

按照语体,语言可分口语、书面语。口语的特点是,自由活泼,结构简单,平易朴素,通俗易懂;书面语的特点是,庄重凝练,表意严谨。在具体的写作中,口语还包括方言、俚俗之语的使用。当代作家韩少功,其作品语言是风土化的风格较典型。如他的小说《爸爸爸》的很多情节,是以人物对话来表现,人物对话则操纵着当时当地人的口语进行。而《红楼梦》则是生活化语言、口语化语言与书面语(如诗词及服饰器物等的描写语言)共生共存,相得益彰的典范。

按照句子长短,可分为长句、短句。长句结构复杂,表意精确严谨;短句结构简单，表意简洁有力。一说作家的语言，多用长句写作，倒不一定有；但擅长用短句来写作的，却不少。村上春树的语言，句子非常短小精悍；阿城的文字，善用白描，少修饰语，简洁明快，用词精当。同是句子短小，村上春树会时不时蹦出个很有趣的比喻，而阿城则钟情素描勾勒，字少意深。

按照语言技法，分为平实朴素与擅用技法。小说写作中的艺术技法，有修辞和表现手法两个方面。修辞包含比喻、比拟、夸张等，表现手法包含联想、衬托、情景交融等。对作家的语言风格按语言技巧进行分类，也是相对而言的。钱钟书的《围城》，善用比喻、象征等技法，语言诙谐幽默；路遥的《平凡的世界》，一如书名一样，他在用最老实本分的语言写平凡的世界、平凡的劳苦大众，语言平实质朴。

从表达方式上，分叙述描写式与抒情议论式。小说是叙述性为主的文学体裁，叙述描写为主要表达方式，但并不排斥抒情议论。鲁迅的语言，多叙述少铺张，多勾勒少夸饰，重叙述描写的写实性；沈从文的创作则注重意蕴和情致，语言具有写意性和抒情性，近于抒情议论式。

一个成功的小说作者形成自己独有的风格，有其内在的成长路径：一是融情，一是积淀，而且这两条路实际上是一种相辅相成的关系。

融情。小说家的创作并非是为了东涂西抹以炫人耳目，而是通过小说创作来表达自己的所悟、所思、所感。创作时，作者内心的感情很自然地就会落到能够寄情的载体——语言上。苏童说，小说应是灵魂的灵光，"你把灵魂的一部分注入作品从而使它有了你的血肉。你在每一处都打上某种特殊的印记，用自己的探索方法和方式组织每一个细节每一句对话，然后按自己的审美态度把小说这座房子构建起来。"

作家会从丰富的语言宝库中去挑选适合自己的词汇、修辞、语法、句法等，使之和自己的心灵完全融合。这些东西一旦融入作者的感情，语言便会闪着不可思议的灵光，情感和心境像水一样使一个词语改变了原来的印象，浸润在一派鲜活之中。这自然就形成了一种风格。而真正感动读者的已经不再是文字本身，而是通过文字而形成的一种风格。

沈从文先生将《边城》写得精美绝伦，具有一种远离尘世的空灵的美，但这份美中却又带有深深的怅惘。那明朗秀丽的山光水色、风俗人情都略带些沉郁感，隐隐有点强颜欢笑。那冥冥中不可知的命运的阴影，若有若无地笼罩着边城的人和事，使作品始终透出淡淡的寂寞悲凉和伤感忧郁。沈先生在谈《边城》的创作目的时说，他是怀着一种对"优美、健康、自然而又不悖人性的人生形式"的追求，给读者营造出一份和谐美的，他是带着自己的审美理想去叙述那山、那水、那人的。

积淀。融情固然重要，但这只是问题的一个方面，要想形成风格，还必须提高语言表达能力。既然写小说就是写语言，一个作者若不具备相当的语言功底，即使胸中有万马奔腾，激情如滔滔江河，也不可能以言辞传达出来。表达好，绝非指一般的表情达意，而是指举重若轻，起落裕如，移步生莲。达到这种能力，绝非一朝一夕之功，它需要长期积淀，包括文化的积淀和语言的积淀。

文化的积淀。语言的背后是文化，一个人的文化修养越高，他的语言所传达的信息就会越多，并能贯穿在作品的全部精神内涵——情致、神态、气韵、风骨中。这里的文化素养是个较大的概念，包括一个人对本国、本民族文化的精通，也包括作者的思想修养，独到的鉴别力及相当的文学功底等。

语言的积淀。凡小说大家首先应该是语言大家，因为语言是小说创作的唯一工具。所以，小说作者不仅要词汇量丰富，而且要对修辞、句法、句式等运用得相当娴熟。否则，想形成自己独到的风格显然是一句空谈。看小说家叶兆言两篇不同小说中的两段文字：

做婆婆的没想到这阵势，倒吓了一跳，担心她会冲上来打自己。想自己在状元镜里，打无对手，骂无接口，竟撞到这么个凶媳妇，因而示弱道："我骂了，你怎么样?"（《状元镜》）

丁老先生的小千金小妙刚过周岁，绕膝扶床当年事，老藤古木发新芽，丁老先生没想到，将近上寿之年，却还有弄璋添瓦之喜。（《追月楼》）

显然，《状元镜》里的语言是白描性语言，而《追月楼》中的语言却有很深的文化底蕴。不同的语言选择，表达不同的情景、不同的人生况味，明显人一眼就能看出前者的俗和后者的雅。倘使叶兆言没有相当的文化功底和语言功底，何以能够做到? 可见，在小说的创作中，文化的积淀和语言的积淀有多重要，稍有不足，就会时时显得捉襟见肘。

风格这东西是不可以刻意模仿的，模仿只会画虎不成反类犬。它只能是作者自身修养的一种水到渠成。正因为如此，它才成为一个作家是否成熟的标志。

第六章

节　奏

　　工作与生活，讲究张弛有度，这其实说的是节奏要适中，要匀调。对作为文学作品的小说而言，也讲究节奏的变化，也有节奏的表达。

　　叙事学把叙事作品划分为三个层面，故事、叙述和叙事。故事是叙述的内容，叙述的对象；叙述是故事讲述行为的本身，即讲故事的过程；叙事即叙述话语或文本，是故事的语言载体。从这个角度观察小说，则小说的节奏也就存在三种：故事节奏、叙述节奏和语言节奏。

　　故事节奏存在于故事层面，是故事本身存在一波三折、跌宕起伏的变化；叙述节奏存在于叙述层面，是叙述手段起承转合或错落有致的运动曲线；语言节奏是基于叙事层面而言，就是叙事语言的节奏性。

　　节奏是什么，是情绪的表现。也可以说，为了表现一种情绪来调整节奏。

　　好的语言要看整体，看是否表达出了人与事的情绪，而不在于它是否用了什么形容词。鲁迅的名句：窗外有两棵树，一棵是枣树，另一棵还是枣树。若平常看，这两句多啰唆。可通过这两句话，传达出作者的苦闷、无聊的情绪。

第一节　故事节奏

　　故事节奏，是吸引读者的第一要件。现实生活中很多人与事，虽然称不上都是跌宕起伏、一波三折，但严格意义上说，鲜有一帆风顺的，因此，作为对生活素材提炼加工后的小说，其故事节奏具有一波三折的特点还是比较常见。当然，这里的"一波三折""起伏跌宕"也是相对而言，就跌宕起伏的强度来说，未必很强烈；就波折的数量来说，也未必是"三折"，但波折一般总是会有。比如，鲁迅小说《阿Q正传》，阿Q从向往革命到被杀；曹雪芹的《红楼梦》，从开篇的贾府繁荣，到元春省亲时贾府的极盛，再到后来走向没落等，显然都是故事本身具有节奏性的说明。

　　蒲松龄的文言短篇小说《促织》，故事节奏的表现颇具代表性，全文始终围绕"促织"这一主线，从征促织，捕促织，卜促织，到得促织，然后又失促织，接着到化促织，斗促织，最后到进促织。故事节奏铺排张弛有度，一波三折，成名一家忽悲忽喜，喜而转悲，悲而复喜，读者在惊心动魄的陡转中体会到统治阶级的残酷。在众多的文言短篇小说里，这篇之所以成为经典，受到极大的关注，首先得益于故事节奏突出。

　　莫泊桑的短篇小说《项链》，是一篇比较典型的故事节奏富有变化的小说。

　　醉心奢华生活的小职员的妻子，即小说女主人公玛蒂尔德一直向往上流社会，可是接到教育部长的家庭晚宴的请柬后却懊恼发愁。正当苦恼时，女友居然同意把钻石项链借给她，让她在晚会上出尽了风头，深深陷入了自我陶醉之中。眼看要时来运转，却乐极生悲，丢了项链。为了赔偿项链，她饱尝十余年的还债艰辛，然而，最后得知项链是假的。

　　事件虽小，但可谓一波三折，扣人心弦。故事情节看似出人意料，却也在情理之中，合乎生活逻辑，十分可信。这与作者做了一系列铺垫是分不开的。一处是借项链时，她的女友表现得相当大方，没有任何犹豫，也没有任何叮嘱——贵重的东西借给人家，总要叮嘱一番，这是人之常情；二是当玛蒂尔德惴惴不安地去还项链时，女友竟"没有当面打开"，验明一下是否"调包"，这说明借出的项链本不是什么贵重首饰；三是当玛蒂尔德拿着空盒去买项链时，珠宝店老板"查了查账簿"以后说："只有盒子是在我这儿配的。"这说明项链与盒子不是原配的。所以，作者在结尾才说出项链是假的似乎很意外，但掩卷回思，却又在情理之中，并没有耍花招欺骗读者。相反，倒显出了作者构思的巧妙。

　　这则关于"项链"的故事，故事节奏不疾不徐，就如同一把折尺，"借项链""丢项链""还项链""赔项链""识（假）项链"等环节，就如同这个折尺上的每一段折尺，故事推进中基本是按等距离、匀速的节奏讲述的。

第二节　叙述节奏

　　故事节奏，更多来源生活素材，作者好比是裁剪师，重要的是做好取舍与提炼等加工工作，而叙述节奏和语言节奏，则体现小说作者的处理方式、写作技巧及表达水平。

　　叙述节奏，存在于叙述层面，即作者针对既有材料，在讲述过程中对轻重缓急、起承转合的节奏的处理与掌控。小说在讲故事，由于故事有一定的长度，叙述故事就有一个动态的过程和时间的流程，因此，全部的叙事话语，也就要一个句子接着一个句子展开。小说的叙述，因叙述内容、叙述目的的需要，其叙述节奏也就有一定的区别或变化。同样一件事，做快节奏的叙述与做慢节奏叙述，艺术效果自然不同，作者有其处理自由。当然，任何一个作者，一旦沉浸到小说的人物与情节创造中，其处理的自由度，往往都不是一时的主观兴致决定的，而是由小说的具体写作需要来决定的。

先来看一个慢节奏的叙述。《红楼梦》第十四回，通过王熙凤协理宁国府，铺写秦氏的丧事，以衬出贾府盛时的奢华和排场。在具体的情节中，曹雪芹用墨急急徐徐，舒缓有致。如下面一段：

一时贾珍尤氏遣人来劝，凤姐方才止住。来旺媳妇献茶漱口毕，凤姐方起身，别过族中诸人，自入抱厦内来。按名查点，各项人数都已到齐，只有迎送亲客上的一人未到。即命传到，那人已张惶愧惧。凤姐冷笑道："我说是谁误了，原来是你！你原比他们有体面，所以才不听我的话。"那人道："小的天天都来的早，只有今儿，醒了觉得早些，因又睡迷了，来迟了一步，求奶奶饶过这次。"正说着，只见荣国府中的王兴媳妇来了，在前探头。

凤姐且不发放这人，却先问："王兴媳妇作什么？"王兴媳妇巴不得先问他完了事，连忙进去说："领牌取线，打车轿网络。"说着，将个帖儿递上去。凤姐命彩明念道："大轿两顶，小轿四顶，车四辆，共用大小络子若干根，用珠儿线若干斤。"凤姐听了，数目相合，便命彩明登记，取荣国府对牌掷下。王兴家的去了。

凤姐方欲说话时，见荣国府的四个执事人进来，都是要支取东西领牌来的。凤姐命彩明要了帖念过，听了一共四件，指两件说道："这两件开销错了，再算清了来取。"说着掷下帖子来。那二人扫兴而去。

凤姐因见张材家的在旁，因问："你有什么事？"张材家的忙取帖儿回说："就是方才车轿围作成，领取裁缝工银若干两。"凤姐听了，便收了帖子，命彩明登记。待王兴家的交过牌，得了买办的回押相符，然后方与张材家的去领。一面又命念那一个，是为宝玉外书房完竣，支买纸料糊裱。凤姐听了，即命收帖儿登记，待张材家的缴清，又发与这人去了。

凤姐便说道："明儿他也睡迷了，后儿我也睡迷了，将来都没了人了。本来要饶你，只是我头一次宽了，下次人就难管，不如现开发的好。"登时放下脸来，喝命："带出去，打二十板子！"一面又掷下宁国府对牌："出去说与来升，革他一月银米！"众人听说，又见凤姐眉立，知是恼了，不敢怠慢，拖人的出去拖人，执牌传谕的忙去传谕。那人身不由己，已拖出去挨了二十大板，还要进来叩谢。凤姐道："明日再有误的，打四十，后日的六十，有要挨打的，只管误！"说着，吩咐："散了罢。"窗外众人听说，方各自执事去了。彼时宁国荣国两处执事领牌交牌的，人来人往不绝，那抱愧被打之人含羞去了，这才知道凤姐利害。众人不敢偷闲，自此就兢兢业业，执事保全。不在话下。

节选的这部分，重在表现王熙凤富有个性和"杀伐决断"的管理才能。但在故事情节的推进上，作者极好地控制着小说的节奏，用节奏来体现人物的形象和性格，用节奏来表达这部分小说的主题。

前面写道，凤姐一走马上任，很快就理出了事情的头绪，就抓住了问题的症结，然后命"钉造簿册"，按花名册编排事务，立下各种定规，"那一行乱了，只和那一行说话"，凡领物则都登记清楚，因而以往那些"无头绪、荒乱、推托、偷闲、窃取等弊，次日一概都蠲了"。凤姐治家严厉、有方，不愧是一个有魄力、有能力的"女强人"。

"威重"才能"令行"，要纠正风俗弊病，没有严厉的措施是不行的。节选的这部分专门写了凤姐处罚一睡迷迟到者，目的正是体现其"威重令行"的。按说，依照王熙凤泼辣的性格和雷厉风行的处事方式，对这位"睡迷了"的迟到者进行的处罚应快刀斩乱麻，但此时作者却一反常态，不是让王熙凤迅速处理完这件事（作者当然有这种安排的权利），而是中间穿插了多个人与事——"王兴媳妇""四个执事人""张材家的""那一个"，待这一切人与事逐一查验、记录与吩咐之后，接下来，小说才接着写道："凤姐便说道：'明儿他也睡迷了，后儿我也睡迷了，将来都没了人了。本来要饶你，只是我头一次宽了，下次人就难管，不如现开发的好。'登时放下脸来，喝命：'带出去，打二十板子！'一面又掷下宁国府对牌：'出去说与来升，革他一月银米！'众人听说，又见凤姐眉立，知是恼了，不敢怠慢，拖人的出去拖人，执牌传谕的忙去传谕。……凤姐道：'明日再有误的，打四十，后日的六十，有要挨打的，只管误！'"我们可以想象这是电影里的一个画面：王熙凤不疾不徐地处理中间来人禀报的事，然后双手端着茶杯，慢慢地拨弄着，转过脸来对"睡迷了"的迟到者怒色言语。

曹雪芹用穿插衔接其他情节的方式来控制主要情节的节奏，是否体现了王熙凤的性格特点和处事风格呢？毫无疑问，此处重点不是表现其泼辣，而是表现"威重令行"，一个"威重"者，自然用风风火火的方式"当机立断"不合适，而采用舒缓的方式——把事情写慢，拉长，或许更能体现人物的位尊、威重、矜持等性格或心理——王熙凤的"威重令行"得以精妙呈现。如同脂批所指出的："惯起波澜，惯能忙中写闲，又惯用曲笔，又惯错综，真妙。""接得紧，且无痕迹，是山断云连法也。"一件事情分成两截写，其间穿插了别样事情，这是"惯起波澜"；被截断的事情重又接上，且接得毫无痕迹，这是"山断云连"。这两种手法都值得我们借鉴。

再来看节奏快的，如《三国演义》第五十八回《马孟起兴兵雪恨 曹阿瞒割须弃袍》：

操进兵直叩潼关。曹仁曰："可先下定寨栅，然后打关未迟。"操令砍伐树木，起立排栅，分作三寨：左寨曹仁，右寨夏侯渊，操自居中寨。次日，操引三寨大小将校，杀奔关隘前去，正遇西凉军马。两边各布阵势。操出马于门旗下，看西凉之兵，人人勇健，个个英雄。又见马超生得面如傅粉，唇若抹朱，腰细膀宽，声雄力猛，白袍银铠，手执长枪，立马阵前；上首庞德，下首马岱。操暗暗称奇，自纵马谓超曰："汝乃汉朝名将子孙，何故背反耶？"超咬牙切齿，大骂："操贼！欺君罔上，罪不容诛！害我父弟，不共戴天之仇！吾当活捉生啖汝肉！"说罢，挺枪直杀过来。曹操背后于禁出迎。两马交战，斗得八九合，于禁败走。张郃出迎，战二十合亦败走。李通出迎，超奋威交战，数合之中，一枪刺李通于马下。超把枪望后一招，西凉兵一齐冲杀过来。操兵大败。西凉兵来得势猛，左右将佐，皆抵当不住。马超、庞德、马岱引百余骑，直入中军来捉曹操。操在乱军中，只听得西凉军大叫："穿红袍的是曹操！"操就马上急脱下红袍。又听得大叫："长髯者是曹操！"操惊慌，掣所佩刀断其髯。军中有人将曹操割髯之事，告知马超，超遂令人叫拿："短髯者是曹操！"操闻知，即扯旗角包颈而逃。后人有诗曰：

潼关战败望风逃，孟德怆惶脱锦袍。剑割髭髯应丧胆，马超声价盖天高。

曹操正走之间，背后一骑赶来，回头视之，正是马超。操大惊。左右将校见超赶来，各自逃命，只撇下曹操。超厉声大叫曰："曹操休走！"操惊得马鞭坠地。看看赶上，马超从后使枪搠来。操绕树而走，超一枪搠在树上；急拔下时，操已走远。超纵马赶来，山坡边转过一将，大叫："勿伤吾主！曹洪在此！"轮刀纵马，拦住马超。操得命走脱。洪与马超战到四五十合，渐渐刀法散乱，气力不加。夏侯渊引数十骑随到。马超独自一人，恐被所算，乃拨马而回，夏侯渊也不来赶。

节选这段是较为经典的"割须弃袍"成语典故的出处。曹操杀了马腾、黄奎之后，以为西凉无忧，便听从谋士陈群的意见再次讨伐东吴。东吴向荆州的刘备求助，于是诸葛亮修书给马腾之子马超，晓以大义。马超便与马腾结义兄弟韩遂商议兴兵报杀父之仇，于是带领八名武将二十万士兵杀奔长安。曹操派曹洪、徐晃把守潼关，期限十日，结果曹洪性急，到第九日失去了潼关，曹操亲自带兵与马超韩遂对峙，结果马超英勇，杀得曹操割须弃袍。

曹操"割须弃袍"，这是怎样的一些连贯动作，是怎样的一个狼狈？看上面节选中的文字，罗贯中一共写了多少个回合战斗？"两马交战，斗得八九合，于禁败走。""张郃出迎，战二十合亦败走。""李通出迎，超奋威交战，数合之中，一枪刺李通于马下。""超把枪望后一招，西凉兵一齐冲杀过来。""马超、庞德、马岱引百余骑，直入中军来捉曹操。"前后加在一起，也有数十回合的战斗，按常规，数十回合战斗也要半个乃至一个时辰，但作者不着眼于每个回合的详细描写，只一句带过，用文笔的快节奏推进，带动形势的急迫。接着，又用几次"大叫"——"只听得西凉军大叫：'穿红袍的是曹操！'操就马上急脱下红袍。""又听得大叫：'长髯者是曹操！'操惊慌，掣所佩刀断其髯。""超遂令人叫拿：'短髯者是曹操！'操闻知，即扯旗角包颈而逃。"表现曹操在形势紧迫中的狼狈。因此，此时叙述描写的节奏快，是情节推进的需要，是人物形象塑造的需要。

对叙述节奏的把握，常通过对环境、场景、对话、动作或心理等是否详细描写，或对故事是否详细介绍，或通过相关事件的穿插介绍等，来调节故事的推进节奏，如《老残游记》中的《明湖居听书》。

《明湖居听书》是描述说书艺人白妞精湛绝伦的说书技艺。作者刘鹗以其高超的驾驭语言节奏的能力和精巧厚实的铺垫，把一个民间说书艺人烘托成艺苑的一朵奇葩。在白妞出场之前，作者为其造足了声势。首先介绍说书场之大，再说听书人之多，再看听书人到场的时间之早，再者听书人的身份有差，等等，足见白妞说书艺术的无比魅力——"余音绕梁，三日不绝。"读完此处听书前场景的精心描写，读者和听众一样已迫不及待地等待白妞的出场了。接着就有下面一个片段：

停了数分钟时，帘子里面出来一个姑娘，约有十六七岁，长长鸭蛋脸儿，梳了一个抓髻，戴了一副银耳环，穿了一件蓝布外褂儿，一条蓝布裤子，都是黑布镶滚的。虽是粗布衣裳，倒十分洁净。来到半桌后面右手椅子上坐下。那弹弦子的便取了弦子，铮铮鏦鏦弹起。这姑娘便立起身来，左手取了梨花简，夹在指头缝里，便丁丁当当的敲，与那弦子声音相应；右手持了鼓棰子，凝神听那弦子的节奏。忽羯鼓一声，歌喉遽发，字字清脆，声声宛转，如新莺出谷，乳燕归巢，每句七字，每段数十句，或缓或急，忽高忽低；其中转腔换调之处，百变不穷，觉一切歌曲腔调俱出其下，以为观止矣。

这个说书的技艺真是了得——"歌喉遽发，字字清脆，声声宛转，如新莺出谷，乳燕归巢""百变不穷，觉一切歌曲腔调俱出其下，以为观止矣"，但就在大家感叹"白妞"的技艺绝妙时，忽又接着一段：

旁坐有两人，其一人低声问那人道："此想必是白妞了罢？"其一人道："不是。这人叫黑妞，是白妞的妹子。她的调门儿都是白妞教的，若比白妞，还不晓得差多远呢！她的好处人说得出，白妞的好处人说不出；她的好处人学的到，白妞的好处人学不到。你想，这几年来，好顽耍的谁不学她们的调儿呢？就是窑子里的姑娘，也人人都学。只是顶多有一两句到黑妞的地步。若白妞的好处，从没有一个人能及她十分里的一分的。"说着的时候，黑妞早唱完，后面去了。这时满园子里的人，谈心的谈心，说笑的说笑。卖瓜子、落花生、山里红、核桃仁的，高声喊叫着卖，满园子里听来都是人声。

原来前面出场的不是白妞，而是白妞的妹妹黑妞。通过黑妞出场的铺垫，吊足听众对白妞的期待。同时，作者又通过听众之口，又对白妞的技艺正面加以评述。这样的双重铺垫，逐层推进，为后面白妞的出场铆足了劲，蓄足了势。接着才有下面的片段：

正在热闹哄哄的时节，只见那后台里，又出来了一位姑娘，年纪约十八九岁，装束与前一个毫无分别，瓜子脸儿，白净面皮，相貌不过中人以上之姿，只觉得秀而不媚，清而不寒，半低着头出来，立在半桌后面，把梨花简了当了几声，煞是奇怪：只是两片顽铁，到她手里，便有了五音十二律似的。又将鼓棰子轻轻的点了两下，方抬起头来，向台下一盼。那双眼睛，如秋水，如寒星，如宝珠，如白水银里头养着两丸黑水银，左右一顾一看，连那坐在远远墙角子里的人，都觉得王小玉看见我了；那坐得近的，更不必说。就这一眼，满园子里便鸦雀无声，比皇帝出来还要静悄得多呢，连一根针跌在地下都听得见响！

王小玉便启朱唇，发皓齿，唱了几句书儿。声音初不甚大，只觉入耳有说不出来的妙境：五脏六腑里，像熨斗熨过，无一处不伏贴；三万六千个毛孔，像吃了人参果，无一个毛孔不畅快。唱了十数句之后，渐渐的越唱越高，忽然拔了一个尖儿，像一线钢丝抛入天际，不禁暗暗叫绝。那知他于那极高的地方，尚能回环转折。几啭之后，又高一层，接连有三四叠，节节高起。恍如由傲来峰西面攀登泰山的景象：初看傲来峰削壁千仞，以为上与天通；及至翻到傲来峰顶，才见扇子崖更在傲来峰上；及至翻到扇子崖，又见南天门更在扇子崖上：愈翻愈险，愈险愈奇。那王小玉唱到极高的三四叠后，陡然一落，又极力骋其千回百折的精神，如一条飞蛇在黄山三十六峰半中腰里盘旋穿插。顷刻之间，周匝数遍。从此以后，愈唱愈低，愈低愈细，那声音渐渐的就听不见了。满园子的人都屏气凝神，不敢少动。约有两三分钟之久，仿佛有一点声音从地底下发出。这一出之后，忽又扬起，像放那东洋烟火，一个弹子上天，随化作千百道五色火光，纵横散乱。这一声飞起，即有无限声音俱来并发。那弹弦子的亦全用轮指，忽大忽小，同他那声音相和相合，有如花坞春晓，好鸟乱鸣。耳朵忙不过来，不晓得听那一声的为是。正在撩乱之际，忽听霍然一声，人弦俱寂。这时台下叫好之声，轰然雷动。

这两段才是直接正面描写王小玉说书的片段。作者借助此前的场面描写、黑妞出场和听众议论等叙述，营造一种前松后紧的故事叙述节奏。暂不谈艺术技巧，上来就直接描写王小玉说书的高超技艺——表现在视觉、听觉等范畴的高超技艺，往往无法精准呈现——显然很难，用这种舒缓叙述节奏，显然更能给读者营造一种阅读中的"饥饿"。

对叙述节奏的把握，常借助环境场景、心理语言动作或穿插相关情节等使用的有无或多少，来调节其慢与快。如上面王熙凤协理宁国府一段，在王熙凤处罚那位"睡迷了"的迟到者中间，穿插其他相关事件，自然让主事件慢了下来。再如，蒲松龄的《促织》，中间借助对成名较多笔墨的心理描写——主人公成名听说儿子误毙促织则怒，得子尸于井则转而为悲，见子气息惙然则转而为喜，但顾蟋蟀笼虚则又转而为愁。忽闻门外虫鸣则既惊且喜，然见促织短小则认为它劣；视之，意似良，又转而为喜；将献公堂，不知能否合官老爷意，心中又恐——既使人物形象血肉丰满，又让叙述节奏协调，这样细致入微、曲折变化的心理描写与行动描写熔于一炉，才能让一只小小蟋蟀主宰着主人公的命运，让一只小小的蟋蟀牵动着读者的心，小说也才能耐看。

第三节　语言节奏

叙述节奏与语言节奏，侧重表现作者在小说创作中相对个性化的写作追求和写作特点。而语言是故事的载体，是叙事话语的物质形式，所以，相较于叙述节奏，语言节奏则侧重于语言表达特点与表现形式的方面，其主要是通过小说的语言轻重缓急来体现的，更能体现作者的语言个性与表达风格。如沈从文先生的质朴、诗意、含蓄、唯美的语言风格和表达节奏，熔铸着他独特的情感倾向和美学追求；巴金的语言节奏是热烈、明快、朴素的，在平白率真、热烈酣畅的文字中，常随情绪的起伏变化和延伸发展来安排句法的构造、修辞方式的搭配和音节的长短相间，让语言在热烈明快中自然跌宕成抑扬顿挫的节奏和旋律，产生一种流畅回环的音乐美感；被称为语言大师的老舍先生，是幽默风趣、俗白精致、饱含温情、富含潜台词、浓郁的北京风味、"谈话风"式的语言特色，则决定他的语言节奏是舒缓有致，等等。

稳定型语言节奏即叙述风格始终如一，它不以眼花缭乱的变化取胜，而是以稳定的语言表现方式派生出稳定的速度和力度。成熟的作家，往往都有其自带的语言节奏，也就是具备了自身的语言特点与语言风格，对一些语言节奏特点比较突出的作家，即便蒙上眼睛听一段文字，都能够体味到某个作家的语言节奏。

作家汪曾祺的小说语言，四音节的词组形式，是其常采用的一种小说语言节奏形式。在其作品中，四字句连用的叙述方式尤为引人注目。四音节的词组符合汉语习惯，自然和谐，是一种典型的稳定型语言节奏。吕叔湘先生说："从历史上看，四音节好像一直都是汉语使用者非常爱好的语言段落。"[①] 这种稳定型的语言节奏，如《螺蛳姑娘》通篇几乎全是四字句，仅看下面节选的两段即知：

有种田人，家境贫寒。上无父母，终鲜兄弟。薄田一丘，茅屋数椽。孤身一人，艰难度日。日出而作，春耕夏锄。日落回家，自任炊煮。身为男子，不善烧饭。冷灶湿柴，烟熏火燎。往往弄得满脸乌黑，如同灶王。有时急惰，不愿举火，便以剩饭锅巴，用冷水泡泡，摘取野葱一把，辣椒五颗，稍蘸盐水，大口吞食。顷刻之间，便已果腹。虽然饭食粗粝，但是田野之中，不乏柔软和风，温暖阳光，风吹日晒，体魄健壮，精神充沛，如同牛犊马驹。竹床棉被，倒头便睡。无忧无虑，自得其乐。

忽一日，作田既毕，临溪洗脚，见溪底石上，有一螺蛳，螺体硕大，异于常螺，壳有五色，晶莹可爱，怦然心动，如有所遇。便即携归，养于水缸之中。临睡之前，敲石取火，燃点松明，时往照视。心中欢喜，如得宝贝。

对四字句的连用，汪曾祺自己做了如下解释："我是主张适当地用一点四字句的。理由是：一、可以使文章有点中国味儿。二、经过锤炼的四字句往往比自然状态的口语更为简洁、更能传神。若干年前，偶读张恨水的一本小说，写几个政客在妓院里磋商政局，其中一人，'闭目抽烟、烟灰自落'。老谋深算，不动声色，只此八字，完全画出。三、连用四字句，可以把句与句之间的连词、介词、甚至主语都省掉，把有转折、多层次的几件事情贯在一起，造成一种明快流畅的节奏。如：'乃瞻衡宇，载欣载存。携幼入室，有酒盈樽'。（陶渊明《归去来兮辞》）"

这已经说得很清楚：富于古代文言文色彩的四字句的连用，"可以使文章有

---

① 吕叔湘 . 现代汉语单双音节问题初探［J］. 中国语文，1963（1）.

点中国味儿"，能"更为简洁，更为传神"。这些看法意味着汪曾祺在现代汉语框架中有限地重新复活文言传统，实现一种古为今用、古今交融的汉语形象；而作者本人的最高目标，则是在现代汉语与古代汉语的融会中创造出一种新的汉语节奏美，即"造成一种明快流畅的节奏"。

正是这样的紧凑型语言节奏，使得读者在作家平淡的描述中也能深受震撼，感受到一股冰冷的寒意穿透心胸。至于说语义方面，两个语段描述的都是主人公遭受不幸后的生活状况，没有荆轲式的慷慨悲歌，没有李清照式的懊恼伤神。生活中最平常的小事，如吃饭、织网、上街等，一件接一件，没完没了，意义由重到轻，语义由紧到松，点出了主人公在遭受不幸后的机械式的生活方式，在"堆砌"中给人造成一种压迫感。

汪曾祺还有一篇《石清虚》，如开篇一段：

邢云飞，爱石头。书桌上，条几上，书架上，柜橱上，多宝隔里，到处是石头。

无论从语音、语义、语法，还是从速度、力度、密度考察来分析《石清虚》的开篇，得出的语言节奏类型都一样：紧凑。由此可见，紧凑型语言节奏从语言材料的运动变化中呈现的节奏运动轨迹——速度从舒缓到急促，力度从轻扬到沉重，密度从松散到紧凑，集中体现了"连续进行的事件所具有的机能性"。

汪曾祺小说特别注重语言节奏的声律美，他曾说过："声音美是语言美的很重要的因素。"① 如《螺蛳姑娘》，通篇几乎全是四字句，而且上下句，虽不押韵，但平仄和谐，缓急有致。汪曾祺先生还有意识地将韵腹相同或相近的字词置于句末，使得他的小说为发音过程较为响亮和谐的重音所笼罩，由此生成稳定的语言节奏感。林斤澜说："名家之作都是可以朗读的，读比看更有味道，他们的语言可以咀嚼，耐人寻味，原因就在于他们懂得并善于掌握语言的节奏。"②

成熟作家有相对固定的语言节奏，但这并不是说，某个作家的所有语言节奏都是一样的，某个具体文本的语言节奏仍需由具体的内容决定。比如师陀作品擅长描摹世态人情，刻画社会风习，其语言节奏常常是叙述简约绵缈，文笔纤细，多流露出淡淡的哀愁与沉郁的情调，但其短篇小说《邮差先生》，文本节奏却稍反常态，来看文本中节选的一段：

你能怎么办呢？对于这个好老太太。邮差先生费了半天唇舌，终于又走到

---

① 汪曾祺. 汪曾祺文集：文论卷［M］. 南京：江苏文艺出版社，1993.

② 林斤澜. 论短篇小说［C］//林建法. 小说家讲坛. 沈阳：辽宁人民出版社，2014.

街上来了。小城的阳光照在他的花白头顶上，他的模样既尊贵又从容，并有一种特别风韵，看见他你会当他是趁便出来散步的。说实话，他又何必紧张，手里的信反正总有时间送到，又没有另外的什么事等候着他。虽然有时候他是这样抱歉，因他为小城送来——不，这种事是很少有的，但愿它不常有。

"送信的，有我的信吗？"正走间，一个爱开玩笑的小子忽然拦住他的去路。

"你的信吗？"邮差先生笑了，"你的信还没有来，这会儿正在路上睡觉呢。"

邮差先生拿着信，顺着街道走下去，没有一辆车子阻碍他，没有一种声音教他分心。阳光充足地照到街道上、屋脊上和墙壁上，整个小城都在寂静的光耀中。他身上要出汗，他心里——假使不为尊重自己的一把年纪跟好胡子，他真想大声哼唱小曲。

为此，他深深赞叹：这个小城的天气多好！

这段文字，就叙述节奏看，没有太强的故事性，叙述舒缓；就语言节奏看，文字平实简练，不疾不徐，没有紧张的节奏感。师陀之所以采用这样的文字节奏，这与本篇小说所要表现的主题有关：用舒缓的节奏表现小城人们的生活之态，祥和与安宁；以平凡的送信工作来表现邮差先生的人格美；用祥和宁静的画面，表达作者在历史大背景（日本侵华战争）下，对和平安宁的生活的向往之情。

一般来说，长句宜表达舒缓，短句表意略显急促，因此，人们常通过语句的长短，来辅助性调节叙述的节奏。阿城的小说，语言简练生动。《溜索》写驮队一行，跨越怒江顶上悬崖绝壁之间的溜索，面对"万丈绝壁垂直而下""一派森气"的险峻，心理是紧张恐惧的，描写紧张的氛围，显然短句易于表达。《溜索》全文，超过十个字的句子显然较少，一般意义上的长句几乎没有，这既表现牛与"我"的紧张心理状态，同时又相对体现领队及汉子们的轻松与矫健。

阿城善用动词。《溜索》在短句的基础上，又有大量极具个性的动词，如"心下大惑，就下马向前。行到岸边，抽一口气，腿子抖起来，如牛一般""晃一晃头，鬃飘起来""领队下马，走到索前，举手敲一敲那索""那牛软下去，淌出两滴泪，大眼失了神，皮肉开始抖。汉子们缚了它的四蹄，挂在角框上，又将绳扣住框，发一声喊，猛力一推。牛嘴咧开，叫不出声，皮肉抖得模糊一层，屎尿尽数撒泄""回身却见领队早已飞到索头，抽身跃下，走到汉子们跟前"，这些句子中加点的词，均为动词。如王安忆所言，这些动词，本身没有个性，没有表情，但一旦阿城把它们精准地镶嵌在句子里，不仅表意精准，而且让语言节奏，推进得快；用得多了，进而也就表现了阿城的语言节奏的个性。

第七章

叙述视角

叙述视角，是叙述中对故事进行观察和讲述的特定角度。简单地说，就是叙述者与他讲的故事间的关系，就是作家根据主观意图所确定的叙述主体及所选择的反映生活的观察点和立足点。

"视角"原是绘画透视学中一术语，画家写生常选择最佳视角。所谓"最佳视角"，就是指画家观察生活、描写人物、揭示人物的精神特征，掌握人物与景物的准确对比度和调整光线明暗关系的一个最恰当的角度。视角选择不当，会影响画稿的艺术质量。

作家创作小说，也要选择最佳叙述视角，否则也会影响小说的表达效果。叙述视角的选择和确定，不单是技巧问题、艺术形式问题，它与作品的内容和作家为表现这一内容所采取的整体构思都密切相关。

第一节 叙述视角的分类

叙述视角的分类，并没有统一的规定，历来说法较多。就叙述者的表现形态或与故事的关系而言，基本上采取三分法、四分法。就三分法而言，奥地利斯坦采尔提出全知作者方式、第一人称兼人物方式、第三人称人物视角式；我国星舟教授提出了高视角、平视角与内视角；北京大学陈平原教授提出全知叙事、限制叙事和纯客观叙事。就四分法来说，瑞典伯尔梯尔·隆伯格提出了全知作者叙述、第一人称叙述视角、视角叙述、客观叙述；北京大学申丹教授则提出无限制型视角、内视角、第一人称外视角、第三人称外视角，等等。在实际的写作及对作品的鉴赏中，有人根据叙述者的身份，还提出上帝视角、主人公视角、见证人视角；也有人根据作品中的人称使用，直接指认为第一人称叙述视角、第二人称叙述视角、第三人称叙述视角、上帝视角等。"视角"分类标准不一，导致分类的结果也差别很大。

目前普遍认同的是把叙述视角分为这样三类：全知视角、内视角、外视角。这种分类相对简单。小说作者可以占领全知视角，刻画人物内心；也可以将自己放在某一限知位置上，假装对作品中他人（或部分人）的心理动机一无所知，用限知性的内视角叙述；还可以站在外部描绘人物，扮演一个公正或不公正的旁观者，用限知性的外视角来叙述。当然，作者也可以据写作需要，采取介乎以上种种之间的某种态度，在具体写作中进行交替叙述。为便于直观理解，我们用一个简单的表格对普遍认可的视角三分法做分解，如下表：

视域范围	观察角度	叙述者身份	特点
全知视角	零视角	上帝（视角）	全知性
限知视角	内视角	主人公（视角）	部分知
		见证人（视角）	部分知
	外视角	作者（视角）	不知性

由表格可看出，普遍认可的三分法，即"全知视角""内视角""外视角"的表述也不在同一个纬度，它与其他二分、三分乃至四分的概念也有交叉重叠。若单按"叙述者身份"分，甚至可以继续分出更多的类别。下面，我们按照常规分类，对"全知视角""内视角""外视角"分别进行阐释。

一、全知视角

"全知全能"的叙事概念来自西方，与西方的宗教文化背景有着不可分割的联系，这个词的另一宗教意义就是"上帝"。上帝不仅俯视着世俗人生中的一切，而且是生命运动的强大动力，所以他既是全知者也是全能者。一个有着宗教倾向的西方古典小说的叙述主体，所以常常会选择全知全能的叙事方式。

全知视角（零视角），叙述者＞人物，也就是叙述者全知全觉，比作品中的任何人物知道的都多，而且可以不向读者解释这一切他是如何知道的。这种"讲解"可以超越一切，历史、现在、未来全在他的视野之内，任何地方发生的任何事，甚至是同时发生的几件事，他全都知晓。这种情况下，读者只是被动地接受故事和讲述。

全知叙述视角，很像古典小说中的说书人，只要叙述者想办到的事，没有办不到的。想听，想看，想走进人物内心，想知道任何时间，任何地点发生的任何事，都不难办到。因此，这种叙述视角最大最明显的优势在于，视野无限开阔，适合表现时空延展度大，矛盾复杂，人物众多的题材，因此颇受史诗性作品的青睐。其次是便于全方位（内、外，正、侧，虚、实，动、静）地描述人物和事件。另外，可以在局部灵活地暂时改变、转移观察或叙述角度，这既多少增加了作品的可信性，又使叙事形态显出变化从而强化其表现力。叙事朴素明晰，读者看起来觉得轻松，也是它的一个优点。

全知视角的叙述，对创作"全景社会"式长篇小说来说，是不可缺少的。托尔斯泰便在他的《战争与和平》《安娜·卡列尼娜》《复活》等长篇小说中，用全知全能视角，观察和揭示当时俄罗斯的社会状况，宏观地反映了整个社会的面貌。无怪乎列宁称他是"俄国革命的一面镜子"。有这样一个生动的比喻："一部小说的各个组成部分犹如交响乐队中的各个成员，而'全知全能'的作家便是这个交响乐队的总指挥，没有他任何美妙动听的乐曲都演奏不出来。"这里所言的"'全知全能'的作家"，就是指作品中使用了全知的叙述视角。

《战争与和平》是一部宏伟的作品，整部小说百万字以上，规模巨大，篇幅浩瀚，气势雄伟，包罗万象。从上层贵族、知识分子，到下层农民乃至敌我双方，都做了生动的艺术概括，堪称划时代的"全景社会"史诗式的鸿篇巨制。该小说以四大家庭为基础，以 1812 年莫斯科保卫战为主线，以 1805 年至 1820 年的历史事件为背景，展示了俄国各阶层社会生活的画卷：宫廷中的阴谋倾轧，贵族生活的骄奢淫逸，人民的苦难与彷徨。全篇分五条线索来组织，拿破仑与库图索佐夫的侵略与反侵略，这是一条主线，决定时代命运的政治主线；此外，还有四条副线：彼埃尔伯爵一家，保尔康斯基公爵一家，娜塔莎一家，库拉金一家，四个家庭每家一条线。环绕着这五条情节线索，出现了一系列个性鲜明、命运独特、内涵深邃的典型人物。通过这五条纵横交错的情节线索，写出了俄罗斯进步贵族知识分子在这一时代所经历的严峻考验。像这样规模宏大、线索纷繁、人物众多的巨著，如果没有作家的精心构思、主体意识的自觉介入，不用"全知全能"的视角来笼括全局，那是根本无法完成的。

全知视角类的小说，往往是以"他"为陈述的对象（"他"不是人称，而是与作者无关的"他人"），陈述"他"的故事，无论笔下的"他"是谁，作者都是站在"全知全能"的位置上冷静地观察"他"，叙述"他"。如《三国演义》中，作家叙述赤壁大战前，曹操在江边筑铜雀台，忽然笔调一转，跳到几百年后，唐代诗人杜牧写的那首咏铜雀台的七绝诗。这当然是三国时任何人物都不可能知道的。作家站在"高处"，全知全能地观察与讲述那些上下几千年、纵横几万里的"他"（他人）的事。

当然，这种叙述视角的缺陷也是相当明显的。它经常受到挑剔和怀疑的是叙事的真实可信性，亦即"全知性"。无所不知的作者不断地插入到故事中来，告诉读者知道的东西。这种过程的不真实性，往往破坏了故事的幻觉。除非作者本人的风度极为有趣，否则他的介入是不受欢迎的。因为这里只有作者的一个声音，一切都是作者意识的体现。再者，这种叙事形态大体是封闭的，结构比较呆板，时空基本按照自然时序延伸扩展或改变，缺少腾挪跌宕；加之是"全知"的叙事，留给读者的再创造的余地十分有限，迫使他们被动地跟着叙事跑，这显然也不符合现代人的口味。随着文学的发展，全知视角常被视为落伍，但因其有天生的优越性，所以，今天小说创作中其仍具有生命力。

相对于全知视角而言，限知视角则是完全不同的一种叙述方式。限知视角中，叙述者作为作品中的一个人物，无论是主角还是配角，都不再具有那种全知的可能性，他和其他人物生活在同一世界，同一时空，这时他的视角是个人化的，类似于现实生活中的个人视角，他无权超越其视角范围。

限知视角，按人称可分为第一人称叙述视角和第三人称叙述视角，按观察角度，可分为内视角和外视角。

二、内视角

内视角，作者不出面，叙述者即为故事里的人物，即叙述者＝人物，叙述者所知道的同人物知道的一样多，人物不知道的事，叙述者无权叙述。叙述者只借助某个人物的感觉和意识，从他的视觉、听觉及感受的角度去传达一切。让小说中的某个人物或某几个人物充当事件、生活、场景、故事情节的目击者和叙述者，叙述者本身并不游离于情节之外，而是溶化在情节之中，成为构筑情节的不可缺少的因素之一。

由于叙述者进入故事和场景，一身二任，或讲述亲历或转叙见闻，因此，内视角容易创造一个绘声绘色、并让读者感到真实、亲切的叙述文本，其话语的可信性、亲切性自然超过全知视角叙事。它多为现代小说所采用的原因也恰恰在这里。

但内视角在全面叙述人物的外部世界和内心世界时有较大的局限。叙述者不能像"全知全觉"那样，提供人物自己尚未知的东西，也不能进行这样或那样的解说，如《流浪人，你若到斯巴……》，叙述者是"我"，只写"我"看到听到想到的，凡是"我"看不见听不见想不到的都不写，让读者去想象。

内视角还可细分为主人公视角和见证人视角。

1. 主人公视角

主人公视角，就是在小说情节推进和观察事物的过程中，小说是站在故事的某个主人公角度，去感知、评判周围的世界，在主人公之外的任何人事与场景，作者或小说中的任何人，不做告知和评判。人物叙述的是自己的事情，因而自然而然地带有一种特殊的亲切感和真实感，便于揭示主人公自己的深层心理。

主人公视角，既可以用第一人称来叙述，也可以用第三人称来叙述。如鲁迅的《狂人日记》，"狂人"是小说中的主人公，作者借主人公用第一人称"我"的眼睛展现了一个吃人的社会，通过狂人的所想所感批判封建礼教吃人的本质。再如，英国作家伍尔夫的小说《达洛维夫人》，采用第三人称来叙述，叙述的焦点始终落在达洛维夫人身上，除了她的所见、所说、所为之外，着力展示了她的心理活动，其他人物都是作为同达洛维夫人有关的环境中的人物出现的，整部小说就是从达洛维夫人这一主人公视角展开的。

夏洛蒂·勃朗特的小说《简·爱》，属于自传体类型，这决定了作者用第一人称的内视角，也即主人公视角来叙述故事。小说以19世纪早期英国偏远乡村为背景，用女主人公简·爱的视角，以自叙方式讲述了一个受尽摧毁、凌辱的孤儿，如何在犹如儿童的人间地狱的孤儿院顽强地生存下去，成为一个独立、坚强、自尊、自信的女性的成长故事。作者以简·爱鲜明独特的女性视角和叙事风格娓娓道来，真实而有艺术感染力。特别是简·爱的独特个性和思想，在打动身为贵族的男主人公的同时，也紧紧抓住了我们读者的心。

《林黛玉进贾府》中，黛玉是初入贾府的客人，是此时见证贾府生活场景的主人公，小说借助黛玉的主人公视角的引导，让我们由远及近、由表及里、由浅入深、由陌生到熟悉去了解贾府。黛玉的眼睛就成了读者的眼睛，读者通过这双眼睛去了解贾府及众多人等，就显得自然真切、顺理成章了。读者和黛玉处于同一起点，同样的陌生感，同样充满了好奇，都想一探究竟。哪个新来乍到的不是非常关注留意周围的环境呢？假如同样的内容从作者的全知角度去叙述，必定会惹读者生厌；而通过其中人物的眼睛，就让读者觉得是理所当然了。

主人公视角的好处在于，人物叙述自己的事情，自然而然地带有一种特殊的亲切感和真实感，只要他愿意就可以袒露内心深处隐秘的东西，即使他的话语有所夸张或自谦，读者也许把这当作他性格的外现，而不会像对待"全知"视角那样百般挑剔质疑。另外，它多少吸收了全知视角全方位描述人物的优点，特别便于揭示主人公自己的深层心理，对于其他人物，也可以从外部描写，并运用一定的艺术方式接触到他们的内心世界。

主人公视角的局限也很明显。主要局限是受视点人物本身条件诸如年龄性别、教养熏陶、思想性格、气质智商等等的限制，弄不好容易造成主人公情况与其叙事话语格调、口吻，与其所叙题材的错位，结果就会像全知视角那样不可信。由此衍生出的另一缺陷是，难以用它来叙述背景复杂事件重大的题材，《战争与和平》不可能由娜塔莎·罗斯托娃来做总的叙述者。再者，很难描写充当视点人物的主人公的外部形象，勉强这样做就像照镜子，不免有些扭捏造作。

2. 见证人视角

见证人视角即由次要人物（一般是线索人物）叙述的视角，它的优越性要大于主人公视角。莫泊桑的《我的叔叔于勒》、鲁迅的《孔乙己》《祝福》都是有代表性的采用见证人视角进行叙事。

以《孔乙己》的叙述视角为例，鲁迅原可以有四种选择："孔乙己""掌柜、酒客""小伙计"与作者自己，都可以充当故事的叙述者"我"。可作者偏偏选择那个"小伙计"，这是因为"他们当中的任何一个人都是一个单一的独立的视角"，他们都有自身较大的局限性。而"小伙计"的身份的好处，就是他可以利用"职务之便"随意接近任何作者想让他接近的人，去窥探他们的心理世界和精神面貌，从而全方位多角度地反映出当时各个阶层形形色色人的心理状态，而且收放自如，较为自然。

另外，正因为"我"职业的便利才能确切地知道"到了年关，掌柜的取下粉板说'孔乙己还欠十九个钱呢'""到了第二年的端午又说"，真实地反映出"掌柜的"只惦记着钱，而对孔乙己生死漠不关心的心态。正是因为"我"这样特殊的身份，才能清楚地知道孔乙己每次受嘲弄的具体细节，更加让人感到真实。如果让"掌柜""短衣帮"或者"长衫主顾"来叙述，从他们的角度一定是片面的并带有感情色彩的，因此，只能让这个同任何人没有利害关系的"小伙计"来说才会让人觉得真实可信。

见证人视角的优点颇为明显。首先，采用见证人视角的写法，很多作品中的叙述者往往只是故事中的次要人物或旁观者，他的叙述对于塑造主要人物的完整形象更客观，更有效，如《孔乙己》里的"小伙计"。其次，必要时，叙述者可以对所叙人物和事件做出感情反映和道德评价，这不仅为作者间接介入提供了方便，而且给作品带来一定的议论色彩和抒情气息。如《我的叔叔于勒》中的"我"，是一个涉世未深、比较天真单纯、富有同情心的孩子。他与父母的自私冷酷形成对比，作者在他身上寄寓着自己的希望和理想。再者，叙述者通过倾听别人的转述，灵活地暂时改变叙事角度，以突破他本人在见闻方面的限制，如鲁迅的《祝福》中祥林嫂的故事有"我"亲见的，也有听鲁镇的人讲述的。最后，见证人在叙述主要人物故事的时候，由于他进入场景，往往形成他们之间的映衬、矛盾、对话关系，无疑会加强作品表现人物和主题的力度，有时则会借以推动情节的发展。如都德的《最后一课》由于采用一个小孩小弗朗士的视角来写，把人们对战争的厌恶之情、对祖国的热爱之情表现得淋漓尽致。

不过，见证人视角同样受叙述者性格、智力、见闻、身份地位等的局限，有些事情的真相以及主要人物内心深处的东西，只有靠上面提到的主人公自己的话语来揭示，如果这样的话语写得过长，就可能冲淡基本情节，并易造成叙事呆板等弊病。

内视角是一种建立在对等关系上的叙事作品，作者绝不比人物或主人公知道得多，而是以对等的权利参加对话。在当代小说中，以这种叙述视角叙述的作品大量存在，强化了作品的真实性，扩展了作品的表现力。

冯骥才的《高女人和他的矮丈夫》中，那个未知名姓的"高女人""矮丈夫"是小说的主人公，为了突显他们的神秘，于是作家选取了团结大楼的居民即见证人的眼光作为叙述视角。这种叙述视角一直难以窥破那对高低不成比例的夫妻之间的秘密。作家固执地坚持这种叙述视角，因而最终我们只是和团结大楼的居民一道得到几个画面：他们在外观上的不协调，他们挨了批斗并被迫生离，他们的重聚以至死别。小说不仅以这些画面有力地征服了读者，而且画面之间的空白还令我们的思绪萦绕不已。

三、外视角

外视角，即由作者以叙述者的身份做叙述，它是作者观察生活、体验生活，进行艺术构思、塑造人物、设计情节的出发点。它是这三种形态之中最为冷静、客观的一种，叙述者是旁观者，读者也是旁观者，就如同路人一般，偶然路遇了某一段故事、某一场喜悲。叙述者所知远远小于小说中的人物所知，因此，叙述者<人物。

外视角比起内视角来，有它自身的有利条件。外视角的视野比内视角开阔，有"广角镜头"之称。作者通过这种叙事方式，可以纵观全局，把小说中的各个部分、各个环节组合起来，成为一个有机的整体。尤其是生活容量大、线索较多、头绪纷繁的中长篇小说，外视角的叙述常常起到穿针引线、结构全篇的作用。外视角的运用，直接体现作者艺术构思的能力。在长篇小说中，有不少的场面和情景，不少作者会采用外视角的叙述方式来写。

外视角是对"全知全能"视角的根本反拨，因为叙述者对其所叙述的一切不仅不全知，反而比所有人物知道的还要少，他像是一个对内情毫无所知的人，仅仅在人物的后面向读者叙述人物的行为和语言，他无法解释和说明人物任何隐蔽的和不隐蔽的一切。它最为突出的特点和优点是极富戏剧性和客观演示性，叙事的直观、生动使得作品表现出引人入胜的艺术魅力。

鲁迅的《示众》则是纯客观的外视角叙述的代表。小说在短短的篇幅中为读者展现了一幅街头的客观景象，作者没有着意去写在场的每个人的心里想法，只通过不断地从现场人物的外貌及围观时众人的表情、语言等特征，进行刻画，并且隐去了真实姓名，以生动的比喻替代人物的心理也更加模糊，但把"看客"的心理描绘得真实而富有深意。

海明威的小说《白象似的群山》也是外视角叙述的典型。整篇基本上是由男人和姑娘的对话构成，开始的时候，两个人的气氛似乎有些沉闷，姑娘就采取主动的姿态，称远处群山的轮廓在阳光下"看上去像一群白象"。但男人有些心不在焉，他只关心一个话题，就是想劝姑娘去做手术。姑娘显得紧张和忧虑，男人就一再解释和安慰：那实在是一种非常简便的手术，甚至算不上一个手术。真的没有什么大不了，只要用空气一吸就行了。我以为这是最妥善的办法。但如果你本人不是真心想做，我也绝不勉强。姑娘终于急了：你再说我可要叫了。到这里小说的内在紧张达到了高峰，男人就去放旅行包等列车进站。回来问姑娘：你觉得好些了吗？姑娘向他投来一个微笑：我觉得好极了。小说就这样戛然而止。

这篇小说选用外视角叙述，以含蓄而戏剧性的对话贯穿始终，没有传统小说那种讲究前因后果、起承转合、层层交代的叙述方式。整篇小说运用的是客观的限知性的叙述视角，恰像一架固定的摄影机，它拍到什么，读者就看到什么，人物的思想感情只能通过叙述者的客观描述，靠读者自己去推测想象。

外视角的这种"不知性"，带来两个显著的优点。

其一，神秘莫测，既富有悬念又耐人寻味。如海明威的《杀人者》，两个酒店"顾客"的真实身份及其来酒店的目的，在开篇伊始除他们本人外谁也不知道，这必然造成悬念和期待，至于杀人的内幕在小说中只有那个要被谋杀的人晓得，可他又闭口不言。直至终篇，读者所期待的具体的、形而下的答案也未出现，然而这却使他们思索深层的、形而上的问题。结尾的对话好像做了些许暗示，其实仍无明确的回答，叙述者只是让尼克觉得"太可怕"并决定离开此地，从而激起有思想的读者对我们生存的这个世间的恐惧感——这也许正是作品的主旨所在。由于这一长处，它常为侦破小说所采用。

其二，读者面临许多空白和悬疑，阅读时不得不多动脑筋，故而期待视野、参与意识和审美的再创造力得到最大限度的调动。

外视角的优势能全面叙述人物的外部世界和内心世界，但这种叙述视角的局限性太大，它缺乏真实、亲切、抒情味浓郁的优势，很难进入人物内心，顶多做些暗示，因而不利于全面刻画人物形象，也就为一般心理小说所不取。又因为作者的"替身"言而不尽，作者直接明显的介入就十分困难，即使巧妙介入也不易察觉，这样用于写日常题材往往缺乏力度。当然，若处理得好，即使带些主观色彩，读者也不易察觉。

无论把叙述视角分得多么复杂，它们都共同表现叙述者与故事的关系。因为任何叙事文学作品都须具有两个最基本要素：故事、讲故事的人。对于小说文本来说，其中所包含的故事固然重要，但讲故事人的讲述方式同样重要。

小说家詹姆斯曾说"讲故事至少有五百万种方式"。这话虽不无夸张成分，但不同的讲述方式会产生不同的效果，却是不容否认的。抛开语言本身的艺术效果问题，我们认为讲述一个故事的最基本的问题是叙述者对叙述视角的选择和运用。

第二节　叙述视角的转换

最早发现作品中多视角也称"复调"的是巴赫金，他在研究陀思妥耶夫斯基的作品时，说："这些声调互不相让、互相争吵，作者的声音只能成为其中的一种声音，并和作品中的人物的声音发生争吵，作品中的人物也互相争吵。"

当然，作为不同的叙述视角，全知视角、内视角和外视角三者之间绝非孤立无援、互相排斥。恰恰相反，它们经常是互相渗透、复合交叠在一起，密不可分的。特别是随着小说艺术的不断发展，由作家安排的有头有尾、单纯单线发展的封闭式故事情节逐渐减少了，以揭示人物内心世界为主要内容，强化人物的主观内向性，在艺术形式上追求开放性、多元化，对传统艺术手法的大胆突破已在不断尝试中，并已成为势不可当的潮流。在叙述视角上表现为由单纯的叙述视角向丰富多彩、灵活多变的叙述视角转化，由以全知视角为主，向内视角、外视角以及多重视角交替运用的转化。这是小说艺术走向成熟期的标志。

鲁迅的小说《在酒楼上》，"我"是小说的主人公，小说在叙述中，就是站在"我"的角度，讲述了一个知识分子由觉醒反抗到退缩的人生故事。故事的主体，是"我"的叙述："我"到东南旅行，顺道回到故乡；在回乡的酒楼中，邂逅老朋友吕纬甫；添酒加菜，二人互聊，"我"听吕纬甫讲述别后事；酒客上楼打断谈话，"我"付账后与吕纬甫分手。但应注意，虽然《在酒楼上》主体部分是以主人公"我"角度讲述，但等到吕纬甫进入酒楼，二人互聊往事中，第一人称"我"已经悄悄由主人公切换成吕纬甫了，吕纬甫顶替了一个新的

"我"："我"为小弟弟迁坟完成母亲的心愿；阿顺因为得不到"我"的剪绒花而哭，遭到父亲的暴打；"我"从太原一直到济南才买到剪绒花；"我"送剪绒花但阿顺已死；等等。这个叙述视角的转换就特别自然而隐蔽。

再如鲁迅的小说《药》，作者也是叙述视角多次变换，叙述"他"（他人）的故事：表层叙事采用华老栓的视角，其间穿插着店里客人的视角，最后采用两位老妇人的视角。在不到一万字的范围内，选取典型环境中不同人的眼光和视角做多重透视，既丰富了故事情节，又造成了叙事的多重意蕴，不同视角的巧妙转换，出神入化，形成了聚焦中心人物的多重眼光。

视角的选择转换可以起到深化主题的重要作用，也可以增加作品的艺术容量。安徒生的《皇帝的新装》就是用这种方法开掘了作品的思想内涵。皇帝穿着举世无双的华贵新装，大摇大摆地走在游行队伍里，大街上围观的人一个个赞不绝口。这时候，突然冒出一个小孩，指着皇帝说："他光着身子，没有穿衣服！"转换一个叙述视角，让天真无邪的孩子出来说一句真话，这画龙点睛之笔起到了妙用，一下子把皇帝的宠臣、显贵以及围观的群众那种虚伪、做作、爱说假话的嘴脸暴露无遗了。

海明威的短篇小说《越野滑雪》，分为越野滑雪与客栈小憩两部分，越野滑雪多从尼克的角度来写，要么侧重他本人滑雪时的感受，要么通过他的眼睛来观看乔治滑雪的姿态，这样能更充分地表现滑雪带给他们的快感。而客栈小憩部分叙事视角变换为全知视角，有助于在对话中展现人物内心与现实的冲突。两种视角的结合就揭示出小说的主旨：人有挑战自然、征服自然，享受与自然快乐共处的强烈追求，也有渴望保持纯真友谊的愿望，但现实的种种困境往往制约了人们的这种愿望的实现。

中短篇小说，作者创作时的叙述角度一旦选择与确立，一般多比较固定，而中长篇小说，因为其写作人物众多、事件丰富，甚至线索交织，主题多样，为了更全面更真切实现小说的表达意图，作者往往能利用内外视角的多次切换，交叉切换，来增强小说的艺术表现力。外视角不时作为人物内视角跳跃、转换、交叠过程的中介，起着调节作用。愈是内视角变化多端，就愈需要外视角去观照，去统率，由此来显示作者刻画人物和驾驭题材的艺术才能。

在宏大的文本叙述中，容纳的人物众多、时间跨度大、地域开阔，作家往往先采用全知视角或外视角结构全篇人物、事件，而在某一具体的情节叙述中，作家又巧妙地将外视角切换为从某一具体人物出发的内视角叙述，以达交叉互补。也或者，作家先是从内视角结构全篇人物、事件，但当叙述进入到关键性的情节时，为了更自由更充分地展示作家对叙述事件因果关系的理解，作者又巧妙地将内视角切换为全知视角或外视角，或者干脆就在内视角内部的不同人物间做转换。如《林黛玉进贾府》一回，前文已述，总体上按主人公林黛玉的叙述视角进行观察，但贾府场面巨大，人物众多，作者曹雪芹在描写这样的大场面时，从容自如，一个主要方法就是：灵活转换叙述视角，用人物之间的相互观察（即多个内视角）来刻画人物外貌和精神特征。黛玉初进贾府时"步步留心，时时在意"，通过她对贾府中的一人一事、一景一物的敏锐观察，内心体验，为贾母、迎春、探春、惜春、王熙凤、贾宝玉等人勾勒了一幅形神毕肖、各具特色的肖像画；黛玉是新来的贵客，老祖宗的嫡亲外孙女，众人关注的中心人物，此时又把观察点投向场面中的许多人，让众人从各自角度来仔细打量这个女孩子。

小说叙述视角的选择和转换，与作者的艺术构思有着密切的关系。《红楼梦》中出现了一个刘姥姥，曹雪芹把她从"千里之外，芥谷之微"引进了大观园，让她在众人面前出洋相，用一个乡下老太婆的眼睛来看这个繁华的世界，便格外感到新奇。环境和性格的反差是如此的强烈，两者经过撞击，产生了一系列的喜剧矛盾。贾府中的骄奢淫逸，经过这面性格分光镜的折射，使你窥一斑而见全豹。在原有的环境里生活的人，常常会见怪不怪，习以为常，犹如"人芝兰之室，久而不闻其香"。这时候，突然闯进一个局外人，便很可能马上看出各种弊病，发现种种不合理的现象，作者安排刘姥姥进大观园，就是叫她起到这样的作用。

再如罗广斌、杨益言的长篇小说《红岩》，尽管作者本人就是从中美合作所魔窟中死里逃生的亲历亲知者，但作者仍然放弃了独霸内视角的叙述权利，而采用了全知视角及外视角等交互叙述的角度。若作者仅仅使用参与叙事或观察叙事，那么，以参与者有限的视野，视野外的许多材料如何引入呢？如果不能写入，作品的价值将会和篇幅一起大大下降。

具体我们来看看该书第三章的内容。本章叙述大学生成瑶回到家里，把《挺进报》带回来给二哥成岗看，二哥得知她参加学生抗议，很担心她的安危，两人发生争吵。成岗回忆当年他自己参加工人运动，也曾是爱国青年，成岗恢复了斗志，与江姐见面，重回组织，担任交通员，还接替了江姐为《挺进报》刻写钢板与印刷工作。

这一章中，两种叙述视角的交替使用，使叙述角度灵活多样。先通过全知视角对兄妹二人进行了神态、动作和语言描写，表现二人冲突；其间又交替使用内视角——先以成岗的眼睛观察成瑶的成长变化，后以成瑶的心理活动（噩梦及回忆反思等）讲述自己和成岗的经历等。通过视角转化交替，展示了成瑶逐渐成长成熟的形象特点，也丰富了成岗勇敢、坚毅、睿智的革命形象，从而使叙述的对象更加生动立体。

当然，这种内外视角互相结合，互相补充的叙述方法，并不是长篇小说唯一的叙述方法，中短篇小说里也是常有。鲁迅的短篇小说《祝福》，开头就是采取第一人称内视角即见证人视角叙述的，写"我"回到阔别五年的鲁镇的心境和见闻，"我"把鲁四老爷充满理学俗儒味道的书房和被贞节观摧毁精神支柱的祥林嫂之死联结在一起；在叙述祥林嫂的不幸遭遇时，又采用全知视角，使故事情节得以推进，主题得以彰显。

叙述视角的不同转换，给小说带来了独特性，也使小说呈现出了不同的面貌。对于小说家来说，用什么人物作为观察者或者在同一篇小说中如何调整小说的叙述视角，都作为他确定叙述声音、结构小说的重要的艺术手段，是他决定小说叙事走向的基本选择，甚至是其个性化的一个重要表现，叙述视角走向多样化，是小说创作的一个突出表现，特别是叙述视角的转换，成了当前文学变革最为显著的特点之一。

一部结构复杂的长篇小说，具体叙述视角远不止一种，而是多种视角的灵活转换和彼此配合，但是，基本视角应该始终一贯，而且必须越来越趋于自身的澄明，即越来越准确地瞄准一定时代人们的某种普遍的生存活动方式与人际关系形式。但是，各民族的一定时代的人们普遍性生存活动方式和人际关系形式，乃是一个宏观概念，严格讲来只有一种。因此，对于一位力求深刻准确地把握同时代人生存秘密的严肃的长篇小说作者来说，他对于基本视角的选择就具有某种命定的意味。这不仅是一种艺术技巧上命定的选择，更是一种艺术使命和艺术良心上的命运选择。

第八章

经典理论

一、冰山理论

心理学家弗洛伊德早在 1895 年的《歇斯底里研究》一书中，提出了心理学领域著名的"冰山理论"，他认为，人的人格有意识的层面只是冰山的尖角。人的心理行为当中的绝大部分是冰山下面那个巨大的三角形底部。那些看不见的部分决定着人类的行为，包括战争、法西斯、人跟人之间的恶劣的争斗等。

在文学创作中，美国艺术批评家马尔科姆指出："你从生活中提取那些唤起了自己情绪的鲜明细节，如果你对暴行与恐怖并不闭目塞听，而按照适当的顺序准确地描述了这些细节，那么你就写出了会依旧唤起读者的情绪的东西来。"① 这就是海明威在他早期创作中遵循的方法。

1932 年，海明威在他的纪实性作品《午后之死》中，首次提出文学创作中的"冰山理论"。海明威把文学创作比作漂浮在大洋上的冰山，并解释说："冰山运动之雄伟壮观，是因为它只有八分之一在水面上。"② 文学作品中，文字和形象是所谓的"八分之一"，而情感和思想是所谓的"八分之七"，前两者是具体可见的，后两者是寓于前两者之中的。根据海明威的解释，则可对"冰山理论"做这样的概括：用简洁的文字塑造出鲜明的形象，把自身的感受和思想情绪最大限度地隐藏在形象之中，使之情感充沛却含而不露，思想深沉隐而不晦，从而将文学的可感性与可思性巧妙地结合起来，让读者由鲜明形象的感受去发掘作品的思想意义。简洁的文字、鲜明的形象、丰富的情感和深刻的思想，是构成"冰山理论"或"冰山原则"的四个基本要素。

英国批评家贝茨在谈到海明威的短篇小说时说：掌握暗示的艺术，用一句

---

① 李华艳. 马尔科姆·考利文艺思想研究 [J]. 浙江学刊，2016 (6).
② 海明威. 午后之死 [M]. 朱永丽，译. 成都：四川大学出版社，2018.

话说明两件或两件以上不同事情的艺术，那就把短篇小说家要干的活儿完成了一多半。

海明威的作品被翻译成 136 种语言，他小说的销量仅次于基督教的《圣经》，他在全世界有成千上万的读者，海明威成了美国文学中最受读者欢迎的作家之一。海明威受到读者如此的喜爱很大程度上在于他简约但并不简单的写作风格。对于他自己的创作风格，海明威称之为"冰山理论"或"冰山原则"。

二、杂取种种，合成一个

文艺创作典型化的中心环节，就是塑造"典型环境中的典型人物"。无论是典型环境的描写，典型情节的提炼，还是典型细节的选择，各种典型化的手法，都是为塑造典型人物服务的。

怎样才能塑造出典型环境中的典型人物呢？鲁迅的经验是"杂取种种人，合成一个"。他在《我怎么做起小说来》中说，他"向来不用一个单独的模特儿的"，其笔下的人物大多是这样的："往往嘴在浙江，脸在北京，衣服在山西，是一个拼凑起来的角色。"阿 Q 是辛亥革命前后一个很有代表性的落后雇农的典型。鲁迅经过对当时社会生活长期深入的观察，熟悉现实生活中许许多多的"阿贵"和"阿桂"，看到各种各样人物身上的"精神胜利法"这个东西，脑子里逐渐形成阿 Q 的影像，而且当这个影像在其心目中似乎确已有了好几年之后，才运用典型化手法，"凑合"成阿 Q 这样一个概括了广阔、丰富的社会内容的深刻典型。对于阿 Q 形象的塑造，鲁迅说"只要在头上戴上一顶瓜皮小帽，就失去了阿 Q，我记得我给他戴的是毡帽"。假如戴瓜皮小帽，他变成别的阶级的人物或有点上海的瘪三样了，阿 Q 只能戴一顶毡帽。毡帽简直成了阿 Q 独特的标志之一，在体现阿 Q 的阶级地位、阶级本质、地区特点和鲜明个性方面，都是恰到好处，不可更换的。

经过"杂取种种人，合成一个"的方法进行集中概括，人物形象变得更为典型。通过典型化手法创造出来的文艺作品，当然已不是普通的实际生活中真人真事的原样，而且就某些被夸张了的特点来看，还往往与生活的原形有很大的不同，但这绝不是"失真"，而是比实际生活更真、更高、更典型。对典型化了的艺术真实，决不能按实物来要求。鲁迅在《连环图画琐谈》一文中说得好："倘必如实物之真，则人物只有二三寸，就不真了，而没有和地球一样大小的纸张，地球便无法绘画。"

三、契诃夫之枪

"契诃夫之枪"理论，又称契诃夫定律，又译契诃夫法则，是一种叙事手法，它是由俄罗斯剧作家和作家契诃夫创造的。

契诃夫指出情节创作的一个戏剧性原则：如果在第一幕中看到枪，那么在遵循传统的三幕结构的故事中，它应该在第三幕中使用。反之亦然，在第三幕中开枪的行为应在更早的时候完成铺垫。换句话说，如果某件事完成了铺垫，就必须得到回报，反之亦然；没有回报的铺垫被称为"未开火的契诃夫之枪"。简言之，契诃夫之枪就是铺垫和回报。

契诃夫在与友人的信件中多次提到这一手法，1904 年 7 月《契诃夫回忆录》又再次做了总结："第一幕挂在墙上的枪，第二幕中一定会发射。不然这把枪就没必要挂在那。"[①] 因其如此，该手法逐渐知名。电影《利刃出鞘》，说的是老作家哈兰在自己的庄园被发现离奇自杀，遗留下亿万遗产，各个子女为遗产明争暗斗。影片的开头，似乎很随意的提了一笔，哈兰喜欢搜集各种各样的刀，其中有些刀是真的，有些是会自动收缩的弹簧假刀。这个细节就为最后的一个关键情节埋下了伏笔。最后，哈兰的外孙因为争夺遗产的阴谋败露，他要杀害女主角，也是哈兰指定的遗产继承人。凶手用的就是一把哈兰收藏的刀，可惜那是一把弹簧假刀，女主角也万幸捡下一条命。这个作品，可以说就是对"契诃夫之枪"法则的翻版运用。

契诃夫之枪最早是一种戏剧手法，揭示了故事早期引入故事的元素对于故事后期的重要性。后来，该手法已经不再仅仅用于戏剧，同样出现在小说、故事等文学作品中，成了一种文学手法。从广义上讲，"契诃夫之枪"的理论，适用于故事中的任何元素，即一篇文章中的每一个元素都应该直接影响到整体。

四、近山浓抹，远树轻描

这是个跨多个学科而最终形成的创作理论。

首先是心理学领域。心理学有种"联觉"（通感）的认知现象，即各种感觉之间的相互联系和影响，是一种感觉兼有另一种感觉的心理现象。最常见的现象是通过温度、形状、气味、声音或味道感知色彩。比如：红、橙、黄，类似于太阳和烈火的颜色，往往引起温暖感，是一种暖色；蓝、青、紫，类似于

---

① 契诃夫. 契诃夫回忆录 [J]. 戏剧与艺术，1904（28）.

碧空和寒水的颜色，常常引起寒冷感，是一种冷色。前者是进色，给人向前方突出的感觉；后者是退色，给人向后方退让的感觉。

发展到艺术创作领域，尤其是在中国国画的画法上，就有一个很重要的原则：近山浓抹，远树轻描。意即画近山时，颜色要涂得浓一些；画远树时，颜色要涂得淡一些。这种画法就是利用联觉带来的心理效应：深色调使人看起来显得近些，而淡色调使人看起来则显得远些。

与建筑、雕塑、绘画等空间艺术相比，文学是一种在时间中展开的和完成的艺术。在文学创作领域，文学家用"近山浓抹，远树轻描"的艺术技法，来较好地处理叙事中的艺术技巧问题。具体分两个方面：

第一个方面，"近山浓抹，远树轻描"之法解决详略问题，即近处详细叙述，远处简单带过。毛宗岗说："《三国》一书，有近山浓抹，远树轻描之妙，画家之法，于山与树之远者，则轻之淡之，不然，林麓迢遥，峰峦层叠，岂能于尺幅之中一一而尽绘之乎？作文亦犹是也。"① 毛氏此处所言的"近山浓抹，远树轻描"，主要是就《三国》对故事的详略处理上来评点的。

第二个方面，"近山浓抹，远树轻描"之法处理了叙事节奏的问题。一部叙事作品往往涉及两种时间：故事时间和叙事时间。从理论上讲，对比故事持续的时间和文本持续的时间就可发现叙述速度和节奏。若故事时间长，叙事篇幅短，则叙述速度和节奏为快；反之则慢。针对小说创作而言，那些表现节奏慢的内容，即可用"浓抹"，而若要节奏进展快，则应采取"轻描"之法。

五、结构第一

"结构第一"是清代戏曲理论家李渔提出的叙事主张。

李渔在《闲情偶寄》中，以"工师之建宅"为喻说明结构的重要性，提出了"结构第一"，其中的"立主脑""密针线""减头绪"与通常所说的组织结构有紧密关联。"结构第一"，主要是强调一部作品的整体布局的重要性。

"立主脑"，即一部作品中的核心关目，说白了就是"一人一事"。李渔明确指出："一人一事"中的"一事"尤其重要，"后人作传奇，但知为一人而作，不知为一事而作"。他举例说，在《西厢记》中，"是'白马解围'四字，即作《西厢记》之主脑也"，因为"张君瑞一人又只为'白马解围'一事，其余枝节皆从此一事而生"。这里的"其余枝节皆从此一事而生"，即由"一事"衍生前后连带的事件。因此，创作的关键、始点就是寻求、确立这一核心关目，

---

① 罗贯中. 毛宗岗批评本三国演义 [M]. 南京：凤凰出版社，2010.

并据此需要而拟构、设置相关的人物、事件。"立主脑"是李渔结构论的最为重要的内涵，是"结构第一"理论的核心原则。

"密针线"，是对故事之架构的具体要求，即线索单纯、明晰，所谓"一线到底，并无旁见侧出之情"。换言之，是指在有限的文字空间里尽可能承载更多的内容量，使读者得到更多阅读享受。他说："编戏有如缝衣，其初则以完全者剪碎，其后又以剪碎者凑成。剪碎易，凑成难，凑成之工，全在针线紧密，一节偶疏，全篇之破绽出矣。"好故事讲究的是紧密情节结构，前后照应，务求浑然一体。

"减头绪"，即前后照应、埋伏，组织严密，所谓"每编一折，必须前顾数折，后顾数折"，删削"旁见侧出之情"，使主线清楚明白。作家只有老老实实地向生活学习，强健笔力、壮大头脑，远离胡编乱造，拒绝注水掺假。

"结构第一"是在重视叙事性的基础上对情节布局艺术的强调，明确提高了故事因素在创作中的地位，其思想是：创作的首务是围绕核心事件进行故事的虚构，发展并形成作品的有机整体。

六、草蛇灰线

"草蛇灰线"，源自清代文学评论家金圣叹的一句"批语"，他在《读第五才子书》中说："有草蛇灰线法。如景阳冈勤叙许多'哨棒'字，紫石街连写若干'帘子'字等是也。骤看之，有如无物；及至细寻，其中便有一条线索，拽之通体皆动。"①脂批将草蛇灰线法指认为是曹雪芹小说创作中采用的一个基本的、全局性的艺术手法。

"草蛇灰线"是叙事类文学作品中常见的叙述技法。具体而言，其含义的理解常见有三种：

其一，"草蛇灰线"是两个比喻。"草蛇"是说一条蛇从草丛中蹿过去，不会留下脚印，但蛇有体重，还是会留下一些不明显但仍然存在的痕迹；"灰线"是说拿一条线在炉灰里拖一下，由于线特别轻，留下的痕迹也是恍惚隐约的。"草蛇灰线"就是比喻在小说写作中到处留下对后文情节发展的暗示、伏笔，所以说"伏脉千里""在千里之外"。

其二，一个事件、一个人物在小说故事中的全貌，看上去总是像在草中游动的蛇一样，只能看到一段一段的，各段看似不相连，但是它们之间相互的关联照应却构成了整个对象朦胧的全貌。

---

① 金圣叹评点全集·第五才子书《水浒传》[M]. 北京：光明日报出版社，1997.

其三，反复使用同一词语，多次交代某一特定事物或特定人物，可以形成一条若有若无的线索，贯穿于情节之中。这条线索，犹如蛇行草中时隐时现，灰漏地上点点相续，所以将其形象地称之为草蛇灰线法。

三种理解有相通相近之处，区别在于，第一种侧重在"痕迹轻"，第二种侧重在"整体连"，第三种侧重技法使用及其带来的效果，其理解也相对更全面。但总的来说，三点综合起来，应是对"草蛇灰线"的全面理解。

"草蛇灰线法"在古典名著及话本小说中普遍运用，此类小说植根于说书艺术的土壤。说书是诉诸听觉的艺术，这种独特的艺术形式，决定听者只能凭借现场听觉感受获得信息。因此，所叙人物故事，只有具备情节生动而又条贯清楚的特征，才能迅速感染听众；加上包袱丛生，悬念迭出，才会产生"粘人"的强烈效果。"草蛇灰线法"在接续人物或情节上发挥重要作用，即说话人反复提及某一事物，逐步加深听众的听觉印象，进而产生一种特定的心理期待，从而引出情节上的高潮，强烈地感染听众，产生"粘人""引人入胜"的艺术效果。

草蛇灰线法，普遍意义在于，通过对特定事物忽断忽续的描写，为情节的发展埋下伏线，使故事的来龙去脉、前因后果自然而又合乎逻辑，从而形成此呼彼应、首尾贯通的艺术整体。具体而言，其意义有：上下勾连，彼此呼应，实现宏大繁复艺术结构的完整统一；时断时续，首尾相连，增强情节的有机性；前引后应，暗示人物命运或事件发展的方向；反复呈现特定事物，构成特定事物的经典特征。

七、陌生化

文学的"陌生化"，古已有之，20世纪俄国形式主义文论家维克多·什克洛夫斯基，将"陌生化"提升到理论高度加以认识，并在创作中积极倡导。

"陌生化"理论强调在内容与形式上违反人们习见的常情、常理、常事，同时在艺术上超越常境。其基本构成原则是表面互不相关而内里存在联系的诸种因素的对立和冲突。正是这种对立和冲突造成了"陌生化"的表象，给人以感官的刺激或情感的震动。

"陌生化"理论起初更多是针对诗歌而言，其后，"陌生化"也渐由诗学领域渗透到戏剧、散文、小说创作中来，今天已成为文学艺术作品创作与研究中不可或缺的理论依据。就小说领域的"陌生化"理论使用来看，常见的手段其主要有以下两方面：

第一，将惯常的生活变形，把"故事"变为"情节"。"故事"是作者所遇到的素材；"情节"是指事件在实际叙述中呈现的顺序和方法，是"故事"得以"陌生化"，得以被人创造性扭曲并使之面目皆非的独特的方式。小说创作中，运用"陌生化"理论，要求作家对生活进行创造性变形，使"故事"变为"情节"。在这种变形过程中，"情节"不是用来作为表达"故事"的工具，它被突出并显现出新奇的面貌，是靠牺牲了"故事"才获得的结果。如莫言的《爆炸》中有个"一巴掌"情节：

"父亲的手缓慢地举起来，在肩膀上方停留了三秒钟，然后用力一挥，响亮地打在我的左腮上。父亲的手满是棱角，沾满着成熟小麦的焦香和麦秸的苦涩。六十年的劳动赋予父亲的手以沉重的力量和崇高的尊严，它落到我脸上发出重浊的声音，犹如气球爆炸。几颗亮晶晶的光亮在高大的灰蓝色天空上流星般飞驰盘旋，把一条条明亮洁白的线画在天上，纵横交错，好似图画，久久不散。飞行训练，飞机进入拉烟层。这声响初如圆球，紧接着便拉长拉宽变淡，像一颗大彗星。我认为我确凿地看到了那声音，它飞跃房屋和街道，跨过平川与河流，碰撞矮树高草，最后消融进初夏的乳汁般的透明大气里。我站在我们家打麦场与大气之间，我站在我们家打麦场的边缘也站在大气的边缘上，看着爆炸声消逝又看着金色与乌黑的树木车轮般旋转；极目处钢清色的地平线被阳光切割成两条平行曲折明暗相谐的汹涌的河流，对着我流来，又离我流去。乌亮如碳的雨燕在河边闪电一般消失。我感到一种猝发的狂欢般的痛苦感情在胸中郁积，好像是我用力叫了一声。"

这段写的是"父亲"打了"我"一巴掌，是短暂的一个瞬间。在短暂的瞬间里，却容纳了作者那样丰富的感觉。有嗅觉——小麦的焦香和麦秸的苦涩；有触觉——从那一巴掌上感觉到父亲的手沉重的力量；有听觉——空中的爆响和脸上的爆炸。当然这里最大量的是视觉：父亲的巴掌举起来又落下，空中的飞机纵横盘旋，金色的太阳与乌黑的树木，钢清色的地平线和乌亮如碳的雨燕，房屋街道，矮树高草。在这密集的感觉中，还有痛感。这感觉的对象又全是运动着的，旋转、涌流、出现、消失、猝发，凡此种种，蜂拥而来，散漫无章又和谐有致，又都辖于这爆炸性的一瞬间。这样的艺术感觉是一般的"故事"中体验不到的，可经过作者的"陌生化"的处理后，使我们的所有感觉都变成全新的、细致的、奇异的。

第二，通过非常规语言，使语言奇异化。在俄国形式主义者看来，诗就是"把语言翻新""使语言奇异化"，和普通语言相比，文学语言不仅"制造"陌生感，而且它本身就是陌生的。文学语言区别于普通语言和标准语言的特殊之处在于对普通语言和标准语言的偏离、扭曲、变形，使普通语言和标准语言强化、凝聚、缩短、拉长、颠倒，这样做的结果使日常生活显得"陌生化"了。

如《红高粱》里写道的："我终于悟到：高密东北乡无疑是地球上最美丽最丑陋，最超脱最世俗，最圣洁最龌龊，最英雄好汉最王八蛋，最能喝酒最能爱的地方。"这种超出语言常规的不寻常搭配，并没有使人觉得生硬晦涩，反而显得生动和谐，从而显出一种既悲壮强烈又豪放强劲的心理感受。这种语言的"陌生化"处理正是作者为了创造适合作品需要的一种新奇和扑朔迷离的氛围而进行的成功探索。

当今的文学作品对"陌生化"的运用有很大的突破和发展，作家们探索性地运用超常造句等特殊的语言形式来制造"陌生化"效果，极大地引起了读者视觉上的新鲜感，强化了语言文字的生命力和扩张力。

八、留白

留白是中国艺术作品创作中常用的一种手法，指艺术创作中为使整个作品画面、章法更为协调精美而有意留下相应的空白，留有想象的空间。留白广泛用于中国绘画、陶瓷、诗词、书法等领域中，如南宋马远的《寒江独钓图》，只见一幅画中，一只小舟，一个渔翁在垂钓，整幅画中没有一丝水，而让人感到烟波浩渺，满幅皆水。如此以无胜有的留白艺术，给人以想象之余地，具有很高的审美价值，正所谓"此处无物胜有物"。

"留白"也是小说中普遍存在且重要的创作技法。小说不能写得太满，也要"留白"，即汪曾祺所说："'话到嘴边留半句'，在一点就破的地方，偏偏不要去点。在'褃节儿'上，'七寸三分'的地方，一定要'留'得住。"① 作品是作者和读者共同完成的，小说要留出的空白，要使语言具有更多的暗示性，让读者自由地思索、判断。小说的魅力在很大程度上，体现在"少就是多"的艺术上，尤其是短篇小说。

古今中外的小说名家大家，几乎都精通留白艺术。如汪曾祺的小说《晚饭花》，孙小姐的丈夫不幸早逝，她念及与丈夫的情谊不愿改嫁。作者只用淡淡三行字便讲完了年轻守寡的孙小姐的余生。

作品没有具体描述孙小姐这10年怎样独自度过，也没有写她怎样的思念丈夫，只一句"躺了十年"，就将这位年轻女子孤寂的生活状态展现出来；又一句"她死了"，悄无声息仿佛没有人会在意；再一句"她的房门锁了起来"，即代表一个生命的痕迹从世上彻底消失。

---

① 汪曾祺.小说技巧常谈［J］芙蓉，1983（4）.

语言之美，不单在语言的表面，更在于其中蕴含的深层内涵。《晚饭花》中这三句精炼简洁到极致的话语写尽了旧时女子的悲凉与无奈。再如契诃夫的短篇小说《万卡》：

"万卡把这张写好的纸……放在昨天晚上花一个戈比买来的信封里……他略为想一想，用钢笔蘸一下墨水，写下地址：

寄交乡下祖父收

然后他搔一下头皮，再想一想，添了几个字：

康司坦丁·玛卡雷奇

他写完信……心里感到满意，就戴上帽子，顾不上披皮袄，只穿着衬衫就跑到街上去了……"

这里的留白艺术体现在万卡并没有在信封上写明乡下祖父的收信地址，只写了乡下祖父收。一个穷苦的给人做苦工的孩子，艰难地在地主家生活，受尽了磨难。他唯一的希望就是乡下的祖父能把他带走，可他并不知道祖父在哪里。除了乡下和名字、记忆里的温暖，他对祖父一无所知，但他有一颗向往光明和幸福的心。这才形成理想与现实的巨大落差。读者读到这里，想到万卡天真的童年，再想到他无法改变的命运。底层民众对于这种苦难，往往无法改变，正是这种悲剧的必然性，给这篇小说带来了巨大的艺术成就。

美国"极简主义"短篇小说家雷蒙特·卡佛说："是什么创造出一篇小说中的张力？在一定程度上，得益于具体的语句连接在一起的方式，这组成了小说里的可见部分。但同样重要的是那些被省略的部分，那些被暗示的部分，那些事物平静光滑的表面下的风景。我把不必要的运动剔除出去，我希望写那种'能见度'低的小说。"

"留白"按照其略去的内容来分，典型的有以下两种方式：

其一，抑制性留白。即作者在创作中，故意回避某个内容，让表达的缺失带来作品某方面叙述或描写的空白，给作品留下更多的令人思考的空间。就客观信息留白而言，契诃夫致力于选择性的细节描写，细节必须典型化和力求真实，才能高度再现生活；卡佛省略情节导致因果缺失，使文本呈现开放性，同时高潮情节的省略使小说保持高潮到来前的紧张感和危险感。就主观精神留白而言，海明威在《白象似的群山》中运用外聚焦限制性视角控制作者主观介入，是一以贯之的"冰山风格"；米兰·昆德拉《生活在别处》通过控制叙述速度形成音乐性结构，暗示情感氛围变化。就小说语言留白而言，契诃夫使用简练而确切的语言，传递了思想的急速性质；汪曾祺小说多用民间日常短句和诗意词语，富有诗性留白，意境开阔。

其二，模糊化留白。即作者在作品的特定环节，表达上选用模棱两可的语词或具有多义的意象，造成表意的不确定性，从而让作品有更大的思考空间。就意象留白而言，象征是卡夫卡个人想象的产物，也反映出他对世界复杂性的深刻认知，卡夫卡创设了"城堡"象征，晦涩、多义而难懂。就语词留白而言，《红楼梦》通过暗写手法透露禁忌之事，也传达儿女情思，在留白中实现了对读者的有效引导。

九、蒙太奇

蒙太奇，法语 montage 的译音，原是法语建筑学上的一个术语，意为构成和装配。后被引申挪用为电影术语，是电影构成形式和构成方法的总称，简言之，便是剪辑和组合，即镜头的组接。小说蒙太奇即"文章中的句法和章法"，也就是小说的结构法。

电影和小说，情同手足，但长期以来，人们头脑中更多的是电影蒙太奇，对小说蒙太奇似乎感到陌生。其实，小说蒙太奇就像是埋藏在地下的文物，虽不被人们所知，但却实实在在地存在着，只是在电影产生，蒙太奇大师创立了蒙太奇理论之后，小说蒙太奇才得以重见天日。

小说中的蒙太奇比比皆是。作品常常巧借人物的活动，转换不同的时空，进入不同的情境氛围，造成不同事件不同情节的转换组接，如经典著作《红楼梦》的第四十四回：正当凤姐向平儿赔情，抚慰平儿，结束攒金庆寿变奏余波微澜之时，却忽然"只听得说，奶奶姑娘都进来了"，于是上一事件的余波微澜便无形中消散，立即转入另一情境氛围，另一事件气氛中来。凤姐忙让大家坐了，平儿斟上茶来，凤姐便笑着问："今儿来的这么齐，倒像下帖子请了来的。"这才引出探春的答话，说出起了诗社，要请凤姐作监社御史。这便立即使凤姐明白来意。接着便是凤姐与李纨妯娌间的玩笑逗趣，直到凤姐答应支持才罢。说着才要回去之时，恰好又是一个小丫头扶了赖嬷嬷进来。于是，起社闹钱事件又告了结，又为赖嬷嬷儿子当了州官，引出大家的恭贺，赖嬷嬷的感叹，赖家要连摆三日酒、一台戏"光辉光辉"一番。不觉又进入另一情境氛围与事件流程。这种组接方式，往往是场景不变，由人际关系的变换，引动整个情境氛围的转换，使前后事件在变换中又组接在一起，形成生活的自然流动之势。

小说中的蒙太奇常见有两类：

叙事蒙太奇。这种类别的蒙太奇形式，在传统小说中最常见。即以故事为单元，在各段落或小节内，把相关的故事组接在一起。它打破了传统小说的静态叙述手法，打破了空间和时间的直线延续的传统观念，寻找新的时空关系，获得了更大的真实感和美学魅力。

思维蒙太奇。即小说叙事，完全受主观思维控制，用诸如"对比蒙太奇""平行蒙太奇""隐喻蒙太奇""声画蒙太奇"等方法，把相关内容组接到一起，这种手法不仅有着一定的叙事作用，而且更重要的是它起着一种理性作用，即内部分析作用。比起叙事蒙太奇，它更具有外在技巧性，更容易看出斧凿痕迹。

十、复调理论

复调小说是苏联学者巴赫金提出的小说理论。

相对于复调小说的是独白型小说。独白型小说突出的特征是众多人物性格和命运构成一个统一的客观世界，在作者统一的意志支配下层层展开。这类小说中全部事件都是作为客体对象加以表现的，主人公也都是客体性的人物形象，都是作者意识的客体。虽然这些主人公也在说话，也有自己的声音，但他们的声音都是经由作者意志的"过滤"之后得以放送的，只具有有限的普遍性的刻画性格和展开情节，而不能塑造出多种不同的声音，因而并不形成自己的独立"声部"，听起来就像是一个声部的合唱。主人公的意志实际上统一于作者的意识，丧失自己独立存在的可能性。

"复调"也叫"多声部"，本为音乐术语，指欧洲 18 世纪（古典主义）以前广泛运用的一种音乐体裁，它与和弦及十二音律音乐不同，没有主旋律和伴声之分，所有声音都按自己的声部行进，相互层叠，构成复调体音乐。巴赫金借用这一术语来概括陀思妥耶夫斯基小说的诗学特征，用来区别"那种基本上属于独白型（单旋律）的已经定型的欧洲小说模式"。

巴赫金以陀思妥耶夫斯基《罪与罚》为例指出：陀氏笔下的人，是破碎的完整体。作品中有众多各自独立而不融合的声音和意识，每个声音和意识都具有同等重要的地位和价值，这些多音调并不要在作者的统一意识下层层展开，而是平等地各抒己见。陀氏的伟大之处就在于他在创作思维领域掀起了一场哥白尼式的革命，为现代派的到来开了先河。他把创作视角由俯视变为平视，作者的声音与主人公的声音平等，每一个人物的思想都是独立体，而并不屈从于作者的统一思想。小说具有对话性。

复调小说是对传统小说的一个重大突破。小说中的主人公全是"自我意识"，全是"未完成的和不能完成的"个性。之所以出现这样的主人公，是由于复调小说和传统小说在根源上的不同：传统小说从创作构思上讲体现出作者声音"大"于主人公声音，或者作者干脆化身为主人公，也就是说，主人公成为作者声音的传声筒；作者整合主人公的视野、世界观，将其一股脑儿地纳入自己庞大而又统一的世界中。复调小说的艺术思维则是作者声音和主人公声音处于平等的地位，主人公们反抗别人对自己的背后评判，通过纯粹的意识—思想之间的对话获得自己的人格尊严和个性张扬。

当代中国的复调小说，如贾平凹的小说《病相报告》，其最突出的特点即完全以他人的叙述来完成对主人公的刻画。小说中众多的他人叙述、他人意识的交相进行，共同构筑了"多声部"的叙事结构。尽管这种叙事不免有些重复，失之单调，但较好地衬托出人物内在的个性和丰富性。他们不仅是在讲述他人，同时也在讲述自己，与社会异化、灵魂扭曲的外部世界所不同的是，他们内心有着对真情和爱的渴求和回应。还值得一提的是，小说巧妙地安排了普林这个人物，通过他将整个故事串联起来。尤其是通过他对胡方的理解，以及胡方留下的仅有文字的发现，用四段重复的小节将胡方的内心世界予以展露。更为新奇而魔幻之处在于，主人公的死是以自己的视角和口吻来展现的，可见其生而死、死而生地对爱情的执着追求。

中篇

02

知人论世

第九章

时代背景

小说是时间艺术与空间艺术的叠加。进一步说，无论何种风格、何种流派的小说，其所描写的环境、所塑造的人物、所叙述的故事，一定是某个时代背景（时间）与周围环境场景（空间）等相互作用的结果。西方谚语说："传世的作品，大多不是出自天才的灵光一现，而是出自匠心的恒久打磨。"而这"出自匠心的恒久打磨"的作品，一定与特定的历史相关联。因此，阅读小说，解读作品的深刻内涵，把握作品写作的历史背景及同期的社会环境，是走进作品内部空间必不可少的通道。

第一节　世界近现代历史与作品

一、英国

1. 英国资产阶级革命

15 世纪末到 17 世纪初，随着英国海外贸易的发展和原始的资本积累，英国的资本主义迅速发展，促使了资产阶级新贵族逐渐形成。但 17 世纪时，斯图亚特王朝厉行专制统治，常触犯资产阶级的利益，宗教专制政策也进一步激化了阶级矛盾，导致 1640 年英国资产阶级革命的爆发。

英国资产阶级革命，始于 1640 年查理一世召开新议会。1688 年议会反对派发动宫廷政变，标志着英国资产阶级革命结束。资产阶级和新贵族推翻封建专制统治，建立起英国资本主义制度，并在 1689 年颁布文献《权利法案》，英国君主立宪制逐步形成，由专制转向民主，由人治转向法治。

这一时期，文艺复兴的狂热已然耗尽，但文学作品产量没有减少，诗歌占据主导地位。著名的诗人有约翰·弥尔顿，作品有史诗《失乐园》《复乐园》和诗歌戏剧《力士参孙》。小说体散文以约翰·班杨的《天路历程》为代表。

《天路历程》是一部梦境寓言小说。这部小说的前部叙述的是名为"基督徒"的主人公抛弃家园，跋涉高山深水，战胜猛兽妖魔，最后到达天国之城的经历。后部描写的是"基督徒"的妻子，继丈夫之后寻找天国的故事。小说带有浓厚的梦幻象征色彩，也有现实主义的描绘，善恶的梦境折射着现实世界，现实真实与天国玄想奇妙地结合在了一起。

这是英国历史上最具影响力、最为动荡不安的一个时期，许多文学作品都与当时的哲学和社会变革有着密切的联系。各种哲学思想都对许多文学家及其作品产生了巨大的影响，许多文学作品也都充满了深刻的理性。文学与哲学的紧密结合，是这一时期英国文学的一大特点。

2. 英国的工业革命

英国工业革命始于 18 世纪 60 年代，以棉纺织业的技术革新为始，以瓦特蒸汽机的广泛使用为枢纽，以 19 世纪 30 年代至 40 年代机器制造业机械化的实现为基本完成的标志。

17 世纪英国建立的资产阶级政权，促进了资本主义的进一步发展，其殖民扩张积累了大量的资本，圈地运动提供了所必需的劳动力。18 世纪中期，英国成为世界上最大的资本主义殖民国家，国内外市场的扩大对工场手工业提出了技术改革的要求。因此，以技术革新为目标的工业革命首先发生在英国。率先完成了第一次工业革命的英国，很快成为世界霸主。

英国资产阶级革命，既促进了社会的发展，但同时也带来了种种的现实问题。当这些社会问题逐渐演变成一种社会现象，于是就引起作家们深刻的思考，并表现在他们的作品里。

盖斯凯尔夫人的小说《南方与北方》，以工业革命为背景，以玛格丽特和桑顿先生的爱情为主线，古典的、罗曼蒂克的南方与厚重的、有力的北方相互碰撞，展示的是蒸汽时代社会各个层面的人物的思想和生活方式的变化。人们常将其与简·奥斯汀的代表作《傲慢与偏见》相比较，誉之为工业版的《傲慢与偏见》。

托马斯·哈代的小说《德伯家的苔丝》，通过女主人公苔丝的悲剧，表达出他对工业革命的强烈批判。他将苔丝刻画成自然的女儿，却因为身边的人和周围的环境而忍受着工业革命带来的种种摧残。通过运用特定的语言、对角色的刻画和巧妙安排故事情节的发展，哈代向读者展示了这一时期工业革命对农业生活方式造成的残酷影响，对其进行了强烈地批判，而女主人公苔丝不可抗拒并最终被毁灭的命运，与当时工业革命对英国农业生活所造成的消极影响相呼应。

托马斯·哈代是英国乡土作家，了解其生平，我们从其另一部小说《远离尘嚣》的书名上，看出他的创作态度——希望远离那个工业社会。

长篇小说《虹》是英国作家劳伦斯的代表作，彩虹是统驭小说全局的结构性意象。小说描写了工业文明步步逼近下，自耕农布兰文的三代家史。通过一家三代人的生活道路，描述了工业革命给传统农村带来的巨大变化，同时以巨大的热情和深度，探索心理问题。第一代人的生活带有田园诗的色彩，同时也预示古老文明即将结束。第二代人精神的苦闷和呆滞的目光，是令人窒息的工业化社会的最好注解。第三代人的探索具有积极的社会意义，表达了人们要冲破狭窄的生活圈子，构建一种自然和谐的生活的愿望。

查尔斯·狄更斯是英国批判现实主义的一位杰出代表，《雾都孤儿》是狄更斯的第一部批判现实主义小说。小说以雾都伦敦为背景，讲述了一个孤儿悲惨的身世及遭遇。主人公奥利弗在孤儿院长大，经历学徒生涯，艰苦逃难，误入贼窝，又被迫与狠毒的凶徒为伍，历尽无数辛酸，最后在善良人的帮助下，查明身世并获得了幸福。

《雾都孤儿》写作时，英国正经历从依靠农业和农村经济的国家向城市和工业国家的转变。小说揭示了真实可怕的伦敦地狱般的生活，揭露了资本主义社会的丑陋。善良和虚伪在这篇小说中得到了完整的表达。

二、法国

1. 法国大革命（1789—1794 年）

法国大革命，又称法国资产阶级革命，是指 1789 年 7 月 14 日在法国爆发的革命，贵族和宗教特权受到冲击，旧的观念逐渐被全新的天赋人权、三权分立等民主思想取代。统治法国多个世纪的波旁王朝及其统治下的君主制在三年内土崩瓦解。至 1830 年 7 月，巴黎人民发动"七月革命"，建立了以路易·菲利浦为首的七月王朝，法国大革命才彻底结束。法国大革命彻底地推翻了法国封建专制，揭示自由、平等、博爱精神永留于法国的蓝、白、红三色国旗，成为法国大革命留给世界的文化遗产。

英国作家查尔斯·狄更斯的《双城记》，是一部以法国大革命为背景所写成的长篇历史小说。故事将巴黎、伦敦两个大城市联结起来，围绕着曼马内特医生一家和以德发日夫妇为首的圣安东尼区展开故事。揭露了法国大革命前，深深激化的社会矛盾，强烈地抨击了统治阶级的荒淫残暴，深切同情下层人民的苦难。作品尖锐地指出，人民群众的忍耐是有限度的，在特权阶层的残暴统治下，人民群众必然奋起反抗。

雨果的《九三年》是一部历史小说，故事发生在决定法国大革命生死存亡的 1793 年，恐怖的政治又引起了人们对于道德的反思：巴黎志愿兵红帽子营搜索叛军时，发现了逃难的农妇和她的三个孩子。前贵族朗德纳克侯爵统帅叛军，袭击了红帽子营并劫走三个孩子。郭文领导的共和军，粉碎朗德纳克叛乱，而朗德纳克以三个孩子为筹码负隅顽抗。城堡被攻破，朗德纳克的副官欲烧死三个孩子，朗德纳克动了恻隐之心，救出三个孩子，自己也被共和军逮捕。在朗德纳克就要被送上断头台前夕，郭文私自放走了他，而郭文自己也被铁面无私的特派员西穆尔登判处死刑。雨果想借小说表达，雅各宾派政策与启蒙思想的"平等，博爱，自由"背道而驰。小说结尾处，戈万堪比哈姆雷特的独白，"你想以国王的名义杀死我，我以共和的名义宽恕你"，表达了雨果对共和国的最高理想。

《红与黑》是 19 世纪法国批判现实主义文学先驱司汤达的代表作。这部小说展示了法国王朝复辟时期的全貌。小说围绕主人公于连的奋斗经历与最终失败，尤其是他的两次爱情的描写，广泛地展现了当时的社会风气，抨击了复辟贵族的反动、教会的黑暗和资产阶级新贵族的卑鄙庸俗。

《悲惨世界》是雨果创作的一部辉煌的历史画卷，卷首可追溯到 1793 年法国大革命高潮年代，卷末延伸到 1832 年的巴黎人民起义。小说主人公冉阿让因偷一片面包而被判刑，出狱后他处处遭白眼，发誓报复社会，善良的米里哀主教感化了他。冉阿让化名马德拉，办工厂，成为富翁，乐善好施，被选为市长。期间他认领了可怜的柯赛特为义女，并为救一个酷似他的无辜者承认自己的真实身份，落入警察沙威之手，但设法逃脱。多年后，他救了沙威，后者感动，投河自尽。柯赛特嫁给马吕斯，冉阿让死在柯赛特怀中。冉阿让的经历与命运，具有一种崇高的社会代表意义的悲怆性，使得《悲惨世界》成为劳苦大众在黑暗社会里挣扎与奋斗的悲怆史诗。

2. 巴黎公社革命

1870 年，法国在与普鲁士的战争中惨败，巴黎人民发动起义，推翻了第二帝国的统治，建立了资产阶级掌握政权的法兰西第三共和国。资产阶级临时政府对逼近巴黎的普鲁士军队采取屈膝投降的态度。1871 年 3 月 18 日，巴黎人民奋起反击，占领了战略要地，临时政府总理狼狈逃出巴黎。不久，巴黎公社成立。

巴黎公社是无产阶级推翻资产阶级统治，建立无产阶级专政的一次伟大尝试。它的实践，丰富了马克思主义关于无产阶级革命和无产阶级专政的学说，为国际社会主义运动提供了宝贵的经验和教训。公社战士在同强大敌人战斗时表现出来的英勇不屈、视死如归的精神将永垂史册。

公社失败后，其对文学产生的影响首先表现在诗歌创作方面，不少公社诗人进行了总结公社革命历史的可贵尝试，如鲍狄埃《国际歌》、长篇史诗《巴黎公社》等。惨遭迫害的公社诗人们还创作了许多抒写他们在监禁、流放、流亡中的生活和感情的诗篇，如布里萨克的《装口袋》、于格的《狱中歌》、米歇尔的《囚徒之歌》等战斗诗章，表达他们虽然处境艰难，但充满胜利的信念。雨果也曾在《保护孩子的母亲》中，歌唱革命的巴黎是"一座住着希望的城市"，在《致被践踏的人们》中宣称要做"被压迫者和被弃绝者的友人"，在《比男人还伟大》中颂扬公社女英雄米歇尔。以巴黎公社革命背景、影响等为题材的小说，多以短篇居多，莫泊桑的很多短篇小说作品都与此相关，其中以普法战争为背景创作出的作品有《两个朋友》《一次政变》《索瓦热老婆婆》《疯女人》《蛮子大妈》《俘虏》《羊脂球》《菲菲小姐》等。

《羊脂球》是一篇以真实事件为素材的小说，作家运用对比的方式刻画了一位美丽而不幸的妓女形象。车子里的乘客就好比一个社会，有贵族、商人、政客、修女这些体面人，还有一位被人不齿的妓女羊脂球。面对敌人的淫威，羊脂球却比那些有身份的人更有骨气。那些人为了个人安危而逼迫羊脂球做出自我牺牲，反过来，他们又对羊脂球横加唾弃。整篇小说构成了一幅战争时期的法国社会画面。

《菲菲小姐》中，女主人公威廉艾力克有着正义和愤怒，面对普鲁士人的侮辱，她比其他妓女表现出更大胆的反抗，最终，被激怒的威廉艾力克将匕首插入侮辱自己祖国的上校"菲菲小姐"胸口，以一个普通妓女的身份维护了自己祖国的尊严。

莫泊桑的《米隆老爹》，以普法战争为背景，塑造了一个智勇双全的民间游击英雄的形象，歌颂了法国人民在战争中大无畏的爱国主义精神。

选在中学课本上的法国作家都德的《最后一课》，也是同样背景的小说。作者都德生活在普法战争引发巴黎公社运动的时代，他以短篇故事的形式生动地描绘了当时巴黎的情况，《最后一课》就是描写普法战争的一篇小说。

三、美国

1. 美国独立战争（1775—1783 年）

又称美国革命战争，是北美十三州殖民地的革命者反抗英国统治、争取民族独立的革命战争。英国长期对殖民地进行剥削，严重阻碍了北美殖民地的经济发展。为了对抗英国的经济政策，北美人民奋起抗争。这场战争始于 1775 年

4月莱克星顿的枪声。

战争分为三个阶段。第一阶段，主战场在北方，英军掌握主动权，殖民地方面力量薄弱，基本上采取避免决战、保存实力、相机破敌、争取外援的方针。第二阶段，主战场在南方，美军在法国配合下，控制沿海战略要地，同时大力开展游击战，以弱胜强。第三阶段，为战略反攻阶段。美国以游击战和运动战为主，歼敌耗敌，英军渐成强弩之末。

独立战争为美国文学提供了发芽的土壤。之前的美国文学，其形式基本上就是诗歌、散文和宗教著作，小说、戏剧等基本看不到踪影。独立战争的胜利，无疑激起了新文学的兴起。亲自参与独立战争、成为革命亲历者和领导者的本杰明·富兰克林和起草《独立宣言》的托马斯·杰斐逊等，他们撰写文章，为文学的兴起，起到推波助澜的作用。如富兰克林的幽默，被人誉为是"美式幽默"的源头之一；而另一位发表"不自由，毋宁死"的作家帕特里克·亨利，更是采用了直接和煽动性文字，以铁的事实阐释武装革命的必要性。

独立战争本身也就成为美国文学的一个重要创作内容，同时也成就了一批作家。华盛顿·欧文、詹姆斯·费尼莫尔·库珀、亨利·大卫·梭罗、纳撒尼尔·霍桑等一批作家，他们借助作品既表达对新生美国现状的不满，也常进行对过去殖民时期宗教压迫的反思。詹姆斯·费尼莫尔·库珀1821年出版的小说《间谍》，就是一部表现独立战争题材的历史小说。华盛顿·欧文的两篇传奇小说《瑞普·凡·温克尔》《睡谷的传说》，则是以北美殖民地时期的偏远山村为背景。其中《瑞普·凡·温克尔》的主人公瑞普，因特殊的遭遇和封闭的环境，让他对外界的美国独立战争一无所知，作家借此想表现美国建立前后一般国民思想和生活的转变以及独立战争后美国社会的迷茫。

2. 南北战争

南北战争（1861年4月—1865年4月），这场长达四年的战争是美国历史上规模最大的内战。战争之初是为了维护国家统一，后来演变为一场消灭奴隶制的革命战争。战争以代表联邦的北方胜利而告终，美国实现了真正意义上的统一。

在殖民地早期，美国南方就致力于发展工商业而与北方走上了不同的发展道路，建立起了以种植园经济为中心的农业社会。南方社会、南方文化和南方人性格中存在着一种保守主义；南方社会的另一个特征是奴隶制和种族主义，这也是南北方产生冲突的根源。

南北战争打破了南方经济的繁荣，使得南方地区之后的发展大大落后于其他地区，这也使得南方人形成了一种沉湎往昔的历史意识和深沉的悲剧情怀。

由于早期移民的开拓精神和亲近自然的种植园经济，使得南方人天生带有一种浪漫主义倾向，在传统的南方文学中，南方是充满"阳光、柔情和甜蜜"的乐土。然而在经济形势的巨大变革下，南方人文学中的"伊甸园"也逐渐变成了"失乐园"。

威廉·福克纳是美国文学史上最具影响力的作家之一，也是出生并长期生活在美国南方小镇的种植园主的后代，不可避免地受到南方意识、文化传统和价值观念的影响，他深深植根于美国南方本土文化，向人们展现了一幅美国南方社会生动的历史画卷。其名作《喧哗与骚动》包含的是社会急剧转型时期，南方贵族文化和资本主义文明的冲突，作者怀着无限悲怆悯恤描画了康普生一家的受难图。

19世纪美国小说家查尔斯·弗雷泽的代表作《冷山》，讲述了内战结束之际，一个受伤的士兵英曼，逃离残酷的战场，穿过那片残破、荒废的南方土地，回到自己战前心上人艾达身边的故事。

斯·克莱恩的小说《红色英勇勋章》，以美国南北战争为历史背景，主人公亨利是一个农妇的独子。他怀着对战争的奇妙幻想，不顾母亲的劝阻，参加了北方军（即联盟军）。全书故事情节简单，着重心理描写，语言流畅，通俗易懂。

美国作家玛格丽特·米切尔的长篇小说《飘》，1937年获得普利策文学奖。小说以亚特兰大以及附近的一个种植园为故事场景，通过对斯佳丽与白瑞德的爱情纠缠为主线，成功地再现了林肯领导的南北战争，美国南方地区的社会生活。

四、俄国

1. 俄国农奴制改革

又称俄国1861年改革。19世纪中叶，俄国还保存着野蛮落后的农奴制。农民的人格和自尊心被无情地摧残，大量劳动力被束缚在庄园里，资本主义工业发展的必需劳动力缺乏来源，导致俄国经济与社会发展大大落后于西欧国家。1861年3月，俄罗斯帝国沙皇亚历山大二世，批准废除农奴制度的"法令"和"宣言"，废除了农奴制，为资本主义的发展提供了大量的自由劳动力。巨额的份地赎金为资本主义的发展又积累了大量资金。俄国从此走上了资本主义发展的道路。

1861年改革是俄国历史上的一个重大转折点，当然，也保留了大量封建残余，对俄国社会后来的发展产生了消极影响，民主革命依然是俄国社会发展所面临的历史任务。改革前的社会现状及改革后的社会变化，在文学作品中都得到很好的表现。

《死魂灵》是俄国作家果戈理创作的长篇小说，是果戈理的现实主义发展的顶峰之作，也是俄国批判现实主义文学发展的基石。小说描写一个投机钻营的骗子吝啬鬼——假装成六等文官专营骗术的商人乞乞科夫来到某偏僻省城，以其天花乱坠的吹捧成为当地官僚的座上客，并上门去向地主收购死农奴，企图以此作为抵押，买空卖空，牟取暴利。丑事败露后，他便逃之夭夭。

19世纪30年代和19世纪40年代是俄国社会、经济发生重大变动的时期。由于资本主义的不断发展，地主庄园纷纷破产，农民的灾难不断加深，封建农奴制的危机日渐严重。果戈理敏锐地捕捉到了社会变动的信息，但俄国到底是个什么样的俄国，未来又会是什么样子，这正是作家想在《死魂灵》中着意描述的。

被列宁誉为俄国语言大师的屠格涅夫，是俄国杰出的批判现实主义的作家。他出生在俄国由农奴制向资本主义转变的历史时期，且本人就出生于贵族之家，其母亲就是一位刁钻冷酷而又残暴的女地主，屠格涅夫几乎是亲身体验了农奴制教育的野蛮，也目睹了农奴们被农奴主摧残的种种暴行，因此，其作品常敏锐地暴露出当时社会中的一些问题。作家因创作《猎人笔记》，揭露农奴主的残暴和农奴的悲惨生活而被放逐。在监禁中写成堪称《猎人笔记》续篇的中篇小说《木木》，表达了对农奴制的抗议。

其代表作《父与子》创作于1862年，以农奴制改革时期为背景，反映了革命正义者同贵族自由主义者之间的冲突。主人公巴扎罗夫是位平民出身的医科大学生，他应邀到贵族子弟，同学阿尔卡季家做客。阿尔卡季的伯父巴威尔对他不拘贵族礼节而产生恶感，两人谈话从不投机导致唇枪舌剑。后来巴扎罗夫在舞会上爱上了美丽动人的富孀奥金佐娃，但遭贪图贵族生活的奥金佐娃拒绝。失恋后他埋头生物学研究，后来在一次尸体解剖中划破手指，伤口感染而死。作品以巴扎罗夫为代表刻画了俄国19世纪60年代初出现的一批新人形象。

列夫·托尔斯泰的代表作长篇小说《安娜·卡列尼娜》，讲述了贵族妇女安娜追求爱情幸福，却在卡列宁的虚伪、渥伦斯基的冷漠和自私面前碰得头破血流，最终落得卧轨自杀、陈尸车站的下场。庄园主列文反对土地私有制，抵制资本主义制度，同情贫苦农民，却又无法摆脱贵族习气而陷入无法解脱的矛盾之中。小说是新旧交替时期紧张惶恐的俄国社会的写照。

2. 沙皇专制

沙皇专制，也称俄罗斯专制、莫斯科专制、沙皇专制制度，是19世纪末20

世纪初莫斯科公国的一种独裁形式，是沙皇统治下的一种前资本主义的社会制度。沙皇具有绝对的权威，享有无限制立法、司法、行政权力，控制财富分布，沙皇被认为是所有臣民的父亲。彼得大帝统治时期，建立一个降低贵族和加强沙皇的中央政权，加强对东正教的控制；凯瑟琳大帝在位被视为沙皇专制的制高点。

针对沙皇专制下的社会黑暗及百姓的生活现状，批判现实主义文学在俄国逐渐繁荣，小说、诗歌和戏剧等领域中出现了一大批杰出作家，典型的应是俄国批判现实主义作家契诃夫。

契诃夫生活在俄国沙皇统治最黑暗、最残暴的时代，作品以短篇小说为主，《变色龙》《普里希别叶夫中士》《第六病室》等，都猛烈抨击沙皇专制暴政，鞭挞了忠实维护专制暴政的奴才及其专横跋扈、暴戾恣睢的丑恶嘴脸，揭示出黑暗时代的反动精神特征。《带阁楼的房子》揭露了沙俄社会对人的青春、才能、幸福的毁灭，讽刺了自由派地方自治会改良主义活动的于事无补。

写于1886年的短篇小说《万卡》是一篇经典之作。小说中的"万卡"是千千万万俄国儿童的缩影，它反映了沙皇统治下的那段最黑暗的时代，无数破产的农民被迫流入城市谋生，他们深受剥削之苦，连儿童也不能幸免。小说通过万卡给爷爷的信，写出了学徒工的悲惨遭遇，对沙俄的黑暗统治进行了控诉，从一个侧面揭露了沙皇制度的黑暗和当时社会的罪恶。

契诃夫的另一篇经典《装在套子里的人》，塑造了一个旧制度的卫道者、新事物的反对者的典型形象——别里科夫。他庸俗鄙陋，害怕变革及一切新生事物，同时充当沙皇专制制度下血腥镇压人民的鹰犬，"千万别出什么乱子"成为他的口头禅。所谓"别里科夫精神"是沙皇政府对人民实行思想控制、精神禁锢的工具。

高尔基的自传体小说《童年》，描写了19世纪70年代至90年代俄国社会面貌，展示了沙皇专制制度下充满残酷、愚昧、污秽令人窒息的生活：老百姓身处黑暗却不自知的奴性与麻木，年轻一代反抗黑暗、奴役却处处是艰辛与苦难。

同一时期，高尔基还创作了《没用人的一生》《奥古洛夫镇》《夏天》等小说，揭露沙皇反动政府残酷镇压革命，揭露小市民因循守旧，歌颂革命和劳动人民。

3. 1917年俄国革命

（1）二月革命（资产阶级民主革命），推翻沙皇专制统治

二月革命，是指儒略历（罗马共和国独裁官儒略·恺撒开始推行的一种历

法）1917 年 2 月 23 日至 27 日，俄罗斯帝国爆发的，推翻了罗曼诺夫王朝，结束了君主专制统治的革命运动。二月革命，为俄国人民争取社会主义的斗争创造了有利的条件，促进了欧洲各国被压迫人民和被压迫民族反对战争、反对本国政府，争取民主权利和民族解放的革命运动的高涨。

（2）十月革命（社会主义革命），推翻资产阶级临时政府

俄国十月革命，又称布尔什维克革命，以列宁为领导的布尔什维克党武装力量，推翻了资产阶级临时政府，建立人类历史上第二个无产阶级政权（第一个是巴黎公社无产阶级政权）和第一个社会主义国家——俄罗斯苏维埃联邦社会主义共和国，简称苏俄。十月革命的胜利开创了人类历史的新纪元，为世界各国无产阶级革命、殖民地和半殖民地的民族解放运动开辟了胜利前进的道路。

俄罗斯苏维埃文学是在 1917 年伟大十月社会主义革命的烈火中诞生的，它又继承了俄罗斯古典文学的优秀传统。苏维埃政权建立后，实行无产阶级专政，建设社会主义。这个翻天覆地的历史大转变，不能不使文学发生根本的质的变化，使它成为一种新型的文学。

20 年代初期和中期，以革命为中心题材的小说较多，如里别进斯基的《一周间》、费定的《城与年》、拉夫列尼约夫的《第四十一》等，主要表现了新社会中人们的相互关系和尖锐的阶级斗争所产生的精神冲突。富尔曼诺夫在《恰巴耶夫》中塑造了一个被革命唤醒的人民英雄的典型。绥拉菲莫维奇的《铁流》描写了历尽千辛万苦、经过革命熔炉锻炼的人民群众的觉醒。在法捷耶夫的《毁灭》中，深刻地表现出在战争中进行着人才的精选，在革命中进行着人的改造。在这几部作品中，领导革命队伍的共产党员形象第一次使人感到在艺术上是具体的、有血有肉的。

4. 社会主义建设道路的探索

第一阶段：列宁时期——战时共产主义政策

战时共产主义，亦称"军事共产主义"，是苏俄在 1918—1920 年实行的经济政策。

苏俄国内战争爆发后，苏俄的粮食、煤炭、石油和钢铁的主要产地陷入敌手，苏维埃国家的处境十分困难。战时共产主义是苏俄政府为粉碎国内地主资产阶级和帝国主义发动的反苏维埃政权的战争，而采取的一系列特殊的、临时性的社会、经济政策。主要内容为：工业，大中型工业企业实施国有化；农业，实行余粮收集制；贸易，取消自由贸易实行配给制；分配，实行实物配给制，实行普遍义务劳动制。1920 年底，苏俄开始进入经济恢复时期，战时共产主义不再适应形势需要，停止实施，改行新经济政策，苏俄开始进入经济恢复时期。

苏联作家肖洛霍夫的小说《静静的顿河》中的一位暴动士兵说:"青天白日里就进行疯狂的抢劫!把我们家的粮食全搞走啦,连小石磨都抬走啦,法令上是说这样为劳动人民吗?"士兵的话就是主要针对战时共产主义政策中的余粮收集制而言的。

第二阶段:斯大林时期——高度集中的政治经济体制

新经济政策是苏俄在 1921 年 3 月开始实行向社会主义过渡的经济政策。农业上征收固定的粮食税代替余粮收集制,工业上部分恢复私营经济,贸易上恢复商品流通和商品交换,分配上实行按劳分配制等。直接目的是解决国内严重的经济困难和政治危机,根本目的是建立社会主义公有制经济基础,实质是利用市场和商品货币关系发展经济。

从 20 年代中期开始,反映国民经济恢复工作、表现工人阶级解放了的劳动热情和创造精神的作品不断出现,革拉特科夫的《水泥》是这类题材第一部重要的小说。对人们意识中的资本主义思想做了出色讽刺的,有马雅可夫斯基的剧本《臭虫》和《澡堂》、左琴科的短篇、伊里夫和彼得罗夫的小说《十二把椅子》等。20 世纪 30 年代初,国家工业化不断向前发展,农业集体化全面铺开。作家们响应号召,写出了一些反映工业建设的蓬勃景象和工人群众忘我劳动的小说,如列昂诺夫的《索契河》、卡达耶夫的《时间啊,前进!》等。

5. 卫国战争

1941 年 6 月,法西斯德国入侵苏联,苏联人民奋起抗击,历时四年的卫国战争拉开序幕。在这期间,苏联文学工作者集中力量为前线和后方服务。一千多名作家志愿上前线,法捷耶夫、肖洛霍夫等著名作家都以各种身份在部队服役,许多作家和诗人在战场上献出了生命,其中包括作协总书记斯塔夫斯基和著名儿童文学作家盖达尔。

亚历山大·别克写于 1944 年的《恐惧与无畏》,讲述了一位哈萨克族营长莫梅什·乌雷带领战士们守卫莫斯科郊区的故事。《海鸥》是根据苏联卫国战争时期的女英雄丽莎·蔡金娜的生平事迹写成的长篇小说。小说中格罗斯曼的《人民是不朽的》、西蒙诺夫的《日日夜夜》、戈尔巴托夫的《不屈的人们》、别克的《沃洛科拉姆斯克大道》都确认爱国主义、英雄主义和自我牺牲精神是人在战争中的行为的准则。

1945 年,卫国战争胜利结束。在战后初期的作品中,苏联人民在战争中的英雄业绩继续成为主要的题材。法捷耶夫以文献材料为基础写成了长篇小说《青年近卫军》,塑造出在苏维埃政权下成长的青年一代优秀代表的典型形象,生动地表现了人民群众的可歌可泣的斗争,以感人的艺术力量令人信服地证明了共产党的领导和社会主义制度是"青年近卫军"力量的泉源。同样，波列沃依的小说《真正的人》也是以真人真事为基础，它歌颂了苏联人为祖国献身的那种百折不挠的精神。

卫国战争的题材，在后来数十年仍然是众多作家取材的方向。亚历山大·恰可夫斯基在20世纪70年代的作品《围困》，共五卷，描写的是苏联卫国战争期间，列宁格勒遭受德寇900天的围困。伊万·斯塔德纽克1985年发表的长篇小说《莫斯科—1941》，多方位、多角度、多侧面描写了苏联军民抗击德国法西斯的英勇斗争场面，重点是在斯摩棱斯克顽强战争的详情和激烈的戏剧性的战斗场景。巴鲁士廷等著的短篇小说选《最后一颗子弹》，也是全部以苏联卫国战争为题材。

五、日本

1. 明治维新

明治维新，是日本明治时代初期仿效欧美，推行一系列重大复兴举措，从此使日本走上发展资本主义的道路。

明治维新前夕，日本在西方坚船利炮的冲击之下，由一群有知者成立的新政权，结束长达600多年的武士封建制度，建立三权分立的新式政府。经济上推动了财政统一，实现国家工业化，生产力大幅提升。教育上进行了大规模改革，价值观开始西化。外交上废除了与外国签订的不平等条约。在当时亚洲众多推行改革的国家之中，日本的明治维新是少数成功改革的国家。

被称为"国民大作家"的夏目漱石，是日本近代文学史上的巨匠，在日本近代文学史上享有很高的地位，其小说《我是猫》，反映的是明治社会后期的社会状况：日本全盘吸收西方文化，拜金主义、利己主义嚣张，保守主义、国粹主义猖狂，虚无主义泛滥。作者清楚地认识到了日本近代化过程中的种种弊端以及人们精神上的诟病，可以说，《我是猫》是日本近代文学批判现实主义小说中的一朵鲜艳的艺术奇葩。

《我是猫》没有完整的故事情节，以猫的出生为开头，以猫为故事的叙述者，通过它的感受和见闻，写出它的主人穷教师苦沙弥及其一家的平庸、琐细的生活以及和他的朋友迷亭、寒月、东风、独仙等人经常谈古论今、嘲弄世俗、吟诗作文的故作风雅的无聊世态。作品还巧妙地写进了邻家金田小姐的婚事引起的纠葛，并把它贯穿在作品始终。小说对各阶级、不同职业的人进行了批判。小说除了重点批判知识分子和资本家之外，还对官吏、警察等国家机器进行了批判，揭露出统治阶级剥夺人民的思想及行动自由的反动本质。

2. 日本军国主义

军国主义，即指崇尚武力和军事扩张，将穷兵黩武和侵略扩张作为立国之本，将国家完全置于军事控制之下，使政治、经济、文教等各个方面均服务于扩军备战及对外战争的思想和政治制度。军国主义充满残酷性和反动性。它的基本理论包括对和平的否认，甚至认为战争本身是美好和令人向往的。军国主义国家，生存和发展主要依靠对外掠夺和扩张。

日本近代军国主义源于古代中世纪的日本武士、武家当政及武士道精神。武士道精神，宣扬日本的人生观和世界观：效忠君主、崇尚武艺和绝对服从等封建道德规范及行为准则。明治维新后，武士道对日本政治和社会生活各方面的影响极其深远，使日本具有了军国主义思想文化传统。武士道意识支配下的军国主义，对内成为毒化和控制日本国民思想的工具；对外则疯狂扩张，踏上侵略亚洲各国的道路，同时也将日本民族引向灾难，成为发动侵略战争的罪恶之源。

日本作家三岛由纪夫创作的第一部长篇小说《盗贼》，表面上写主人公因失恋而自杀，被作者描绘成"快乐的游戏"，实际上是描写军国主义失败以后的日本社会心态。

1996 年 8 月中国和平出版社出版的刘鹏越著的长篇小说《远东阴谋》，后被改编为电视剧上映。作品以"九一八"事变爆发前东北军内部郭松龄兵变为背景，展示了日本军国主义觊觎、鲸吞中国满洲及远东的侵略行径，真实地揭露、抨击了日寇侵华暴行。

六、德国

1. 德意志帝国

德意志帝国（1871—1918 年），位于欧洲中部的二元君主制联邦制国家，由 22 个州、3 个自由市和 1 个直辖区组成。霍亨索伦家族的普鲁士国王拥有德意志皇帝的称号，集军政大权于一身，拥有至高无上的权力。普鲁士王国的首相是帝国首相，由皇帝任免，向皇帝负责。1864—1870 年，普鲁士王国先后通过普丹战争、普奥战争、普法战争三次王朝战争，完成德意志统一。19 世纪末，帝国主义国家围绕着争夺世界霸权和殖民地，展开了激烈的斗争。1882 年，与奥匈帝国、意大利王国签署了同盟条约，三国同盟军事集团正式建立。

2. 东德和西德

二战后，西部美、英、法占领区合并成立了德意志联邦共和国（西德），东部苏占区成立了德意志民主共和国（东德），德国从此正式分裂为东德和西德。

东德成立后，文学的发展也进入了一个新的历史阶段。暴露德国帝国主义、法西斯主义惨无人道的统治，批判它的罪恶和反动的道德观念，歌颂反法西斯战士的献身精神，是这个时期文学的重要主题。阿诺尔德·茨韦格的《停火》《时机成熟》，博多·乌泽的《爱国者》，弗兰茨·菲曼的中篇小说《战友们》，赫伯特·奥托的《谎言》等，都是这方面的重要作品。布鲁诺·阿皮茨的长篇小说《赤身在狼群中》，则以反映集中营囚犯斗争的题材而扣人心弦。

这个时期还出现了一批被称为"工厂文学"的小说，描写了工人为建设新生活而做出的努力和牺牲，反映了个人与社会以及人与人之间的新关系，重要的有爱德华·克劳狄乌斯的《站在我们一边的人》、汉斯·马尔希维查的《生铁》、鲁道夫·费舍的《四号马丁炉》、玛丽娅·朗格纳的《钢》、卡尔·蒙德施托克的《灯火通明的夜》。以农村土地改革为题材的作品也比较突出，主要有奥托·戈彻的长篇小说《深深的垄沟》、瓦尔特·波拉切克的《土地的主人》、维尔纳·赖诺夫斯基的《小脑袋》、本诺·弗尔克纳的《卡文布鲁赫的人们》与《卡文布鲁赫的农民》等。

西德成立后，致力于建立政治制度，发展经济，在文化建设上并不重视反法西斯作家的作用，甚至对进步作家有所敌视。战时流亡国外的作家绝大多数回到东德，西德文坛一时显得荒芜。流亡在国外的德语作家的优秀作品，除托马斯·曼的《浮士德博士》和赫尔曼·黑塞的《玻璃球游戏》外，几乎无人知晓。在法西斯统治时期留居国内而长期沉默的一些老作家，又先后重新发表作品。最受喜爱的有朗盖瑟的《磨灭不了的印记》和卡扎克的《大河彼岸的城市》等长篇小说。

到 20 世纪 60 年代，已有大量优秀作品问世，题材从描写战争的后果逐渐转到探索灾难的根源和罪责，以及对社会现实的批判，著名的有克彭的表现战后人们惊恐状况的《草中的鸽子》，安德施自述当逃兵的故事《自由的樱桃》，约恩松的揭示德国分裂所引起的社会问题的《对雅科布情况的揣测》，伯尔把清算过去与批判现在巧妙地结合起来的《九点半钟的台球》，齐格弗里德·伦茨批评在法西斯统治下所谓忠于职守的《德语课》，等等。

20 世纪 70 年代的重要作品有格拉斯的长篇小说《比目鱼》、齐格弗里德·伦茨的长篇小说《家乡博物馆》等。

3. 两德统一

1989 年民主德国局势发生了急剧变化。自同年 5 月起，大批公民出走联邦德国。10 月初，许多城市相继爆发了规模不等的示威游行，要求放宽出国旅行和新闻媒介的限制等。10 月 18 日，民主德国总统昂纳克宣布辞职。11 月 9 日，

"柏林墙"开放。11 月 28 日，联邦德国总理科尔提出关于两个德国实现统一的十点计划。

德国作家君特·格拉斯凭借其 20 世纪 50 年代的作品《铁皮鼓》，获 1999 年诺贝尔文学奖。而其创作的最后一部长篇小说，则是 1995 年以德国统一为背景的《说来话长》。

小说以主人公冯逊与作家冯塔纳为故事主体展开。反映快速统一进程中存在着的许多问题，德国西部显然只关心自己的利益，剥夺了东德人的自我意识和自我价值；德国东部虽然对民主德国有不满意的地方，但东德是他们生活了几十年的地方，对它有一种归属感。艺术及主题上，诸多评论家颇有争议，代表性的观点认为：该小说使用了互文性的艺术技巧，实现人物、体裁、历史与现实的互文；通过历史与现实的对照，反映了德国快速、类似兼并的"统而不一"所存在的问题，暗示德国应该走"第三条道路"和联邦制，以求获得真正的融合。

托马斯·布鲁西克 2004 年出版的长篇小说《如何照耀》，是一部全景式反映两德统一的巨著。作品以 1989—1990 年为切入点，通过从事不同职业的众多人物的多重视角，包括检察官、酒店经理、萨克森赛道的领导、理疗师、摄影师、律师事务所秘书、门卫等东西德普通公民，反映他们在转折时期的矛盾与痛苦以及对两德统一的渴望与失望等多重复杂的心理状态，再现两德统一的艰难历程。

英戈·舒尔茨的《简单故事》，全书由 29 个发生在涂林根东部小城阿尔腾堡的小故事组成。每个故事看似独立，同时又与其他故事相互关联。小说以众多日常故事来反映原东德在剧烈的社会转型期各方面所发生的深刻变化及两德统一给原东德人民日常生活所带来的影响。

七、第一次世界大战

第一次世界大战（1914 年 7 月 28 日—1918 年 11 月 11 日），是在 20 世纪初资本主义国家向帝国主义过渡时，为重新瓜分世界和争夺全球霸权而爆发的一场世界级帝国主义战争。战争主要是在同盟国和协约国之间展开。德意志帝国、奥匈帝国、奥斯曼帝国、保加利亚王国属于同盟国阵营，大英帝国、法兰西第三共和国、俄罗斯帝国、意大利王国、美利坚合众国、塞尔维亚王国、比利时王国、罗马尼亚王国和希腊王国等则属于协约国阵营。

第一次世界大战，是人类历史上第一次世界范围内的战争，给人类带来深重的灾难。大约有 6500 万人参战，1000 多万人丧生、2000 万人受伤，造成了严重的生命及经济损失。一战也是人类历史上第一次大范围波及政治、经济、文化、科技等领域的革命运动。以一战为题材而诞生的经典文学作品，也颇为丰盛，就小说而言，代表性的作品也很多。

《好兵帅克历险记》是捷克著名作家雅罗斯拉夫·哈谢克，以第一次世界大战为背景而创作的长篇讽刺小说。小说从内部描写了欧洲近代史上一个最古老的王朝——奥匈帝国崩溃的过程，几乎是严格按照第一次世界大战编年顺序写的，从帅克入伍后由布拉格开拔前方，战局、事件、路线都与当年的奥匈军队作战史基本吻合，甚至帅克所在的联队番号以及作品中有些人物（卢卡施、万尼克、杜布等）也不是虚构的。通过手里拿着"叛国者"的帽子到处寻找拘捕对象的特务布里契奈德，以及草菅人命的军医，我们可以看到奥匈帝国是怎样一座黑暗、残暴的监狱。这个帝国的一切残酷、肮脏、荒谬与丑恶，都没能逃脱哈谢克那支锋利、辛辣的笔，他无情地揭露了这个庞大帝国所加于捷克民族的种种灾难，并塑造出帅克这个平凡而又极富于机智的不朽形象。

《永别了，武器》是海明威一部带有浓郁自传色彩的经典作品，在距离他第一次世界大战中受伤的十年后完成。小说主人公是个单纯的美国青年，他厌恶资本主义社会的残酷、自私和虚伪，但他却被卷入了地狱般的战争旋涡之中。当他在前线认识了一位英国籍护士之后，逐渐发现了真正的人生和爱情的意义，终于走上了永远告别帝国主义战争之路。小说具有强烈的反战情绪，海明威谴责的并不是参加战争的人，而是战争的种种罪恶和愚蠢，以及帝国主义宣传的虚伪性。作者相信"世界杀害最善良的人、最温和的人、最勇敢的人"，这种人生如梦的悲观绝望，从根本上否定了资产阶级社会的文明。

《丧钟为谁而鸣》（又译《战地钟声》）是海明威中期创作中思想性最强的作品之一。小说写了国际纵队的志愿人员罗伯特·乔丹，为配合一支游击队的一次炸桥行动而牺牲的感人故事，克服和摆脱了孤独、迷惘与悲泣的情绪，把个人融入社会中，表现出为正义事业而献身的崇高精神。

《我们在哈瓦那的人》是英国作家格林以一战为题材而创作的间谍小说。一个身不由己的小人物英国商人伍尔摩，在古巴哈瓦那经营一家吸尘器代理店，独自抚养17岁的漂亮女儿米莉。无意间被卷入国家政权之间的争斗风波，结果竟然靠弥天大谎脱身：虚构的经济数据、从不存在的线人、按照吸尘器零件画出来的"核武器构造图"。可笑的是，情报部门居然信以为真。接着，他在两国之间无往不利，玩弄阴险狡诈的政客于股掌之上。这部小说是间谍小说中翻新出奇的作品，同时它干脆抛弃了爱国主义，同时还对引发第一次世界大战的民族主义行为进行谴责："我才不在乎什么忠诚——忠于金主，忠于组织……我认为我的国家也没那么重要。如果我们忠于爱，而不是忠于国家，这个世界还会像现在这样一团糟吗?"

《战马》是英国诗人、剧作家，被誉为是英国最受欢迎的儿童文学作家迈克尔·莫波格的小说，也是莫波格自己最满意的作品之一。其作品常见两大创作主题，一是动物与人，一是战争。《战马》正是以第一次世界大战为背景，讲述了人与动物之间关于勇气、忠诚、和平与爱的非凡故事：乔伊一开始在战场上是英国骑兵队坐骑，后来转任载运伤患的工作。它目睹了战争的恐怖情景，也遇见了许多温暖有爱的士兵与村民。它也曾在落入两军对峙的壕沟间，看到了英德军人对战争的无奈。作者透过一种不一样的角度，在书中传达了自己反战的声音。

《皮埃尔与露丝》是法国作家罗曼·罗兰的中篇杰作。罗曼·罗兰的作品题材广泛，但主题是歌颂巨人，歌颂英雄，歌颂光明。《皮埃尔与露丝》中的故事发生在 1918 年，是第一次世界大战的结语。小说描写了一对年轻人纯洁而热烈的初恋之情。故事在大炮和炸弹的轰鸣声中展开，青年人的青春梦想、清纯爱情以及种种善良美好的愿望，处处与丑恶残酷的战争现实相对立。尽管皮埃尔对战争充满抵触和反感，但迫于情势，也不能不时刻准备应召入伍。最后，这一对稚嫩的小青年，竟在战争结束前夕死于轰炸。正在他们遐思与向往天国的时刻，却双双葬身在教堂的穹顶之下。他们简单的身世和经历，竟成为对整个帝国主义战争的强烈控诉。

《追忆似水年华》是法国作家普鲁斯特长达七卷的巨著。一战爆发前，《追忆似水年华》只出版了第一卷《在斯万家那边》，从第二卷《在簪花少女的身影里》至最后一卷《重获的时光》，一战的背景一直时隐时现地伴随着人物的活动。在战时后方生活的普鲁斯特，亲身经历了德军贝尔塔远程大炮、齐柏林飞艇以及哥达式轰炸机对巴黎的轰炸，小说通过叙述者之口，为我们描述巴黎这座艺术之都被敌机轰炸的很多细节，作家的职业使命和敬业精神胜过了对死亡的害怕，危险的轰炸场景为他提供了一次真切的观察机会。普鲁斯特是一个真正植根于现实生活的小说家，《追忆似水年华》中所有重要的事件、地点、人物，都是在某个或某些生活原型的基础之上创造出来的。更重要的是，作为一个以文学创作为天职的小说家，普鲁斯特始终都在有意识地利用战争这一特殊背景来表现和丰富各种人物在战争时期的遭遇、情感、政治立场和价值观念。小说经常影射当时一些现实人物的言论，其中就有持强烈民族主义和好战立场的历史学家弗里德里克·马松、音乐家圣·桑、作家科克多和巴雷斯等等。

《西线无战事》的作者是德国小说家埃里希·雷马克，他在一战中被征入伍，在一战中多次负伤。战后因出版《西线无战事》，他一举成名，但遭纳粹党迫害，被迫流亡美国。小说以第一次世界大战为背景，讲述了学生保罗·博伊默尔和三名同学受"保卫祖国、保卫人民"的欺骗宣传上了战场的故事。在与法国人的对抗中他们目睹战争的残酷，目睹战友相继死亡，心中的英雄主义幻想破灭了。直到1918年10月，保罗也阵亡了，但当天的战报上只有一句话：西线无战事。

八、第二次世界大战

第二次世界大战（1939年9月1日—1945年9月2日），简称二战，以德国、意大利、日本法西斯等轴心国及保加利亚、匈牙利、罗马尼亚等仆从国为一方，以中国、美国、英国、苏联等反法西斯同盟和全世界反法西斯力量为同盟国进行的第二次全球规模战争，也是一战后人类史上最大规模的战争。战争分西、东两大战场，即欧洲北非战场和亚洲太平洋战场。战争以德国闪击波兰作为开始标志，以伏尔加格勒保卫战、中途岛战役为转折点，以意大利、德国及日本宣布投降，世界反法西斯同盟战胜法西斯而告终。先后有61个国家和地区、20亿以上的人口被卷入战争。共造成军民7000余万人死亡，约1.3亿人受伤，5万多亿美元损失。

第二次世界大战深刻地改变了人类历史。其影响广泛地涉及了政治、经济、军事、外交、文化和科技各个层面，也在客观上推动了科学技术的发展，带动了航空技术、原子能、重炮等领域的发展与进步。有关二战的历史，也在众多的文学作品里得到呈现，其中经典小说也很多。

《鼠疫》是法国作家加缪的一部以象征手法写出的哲理小说。1940年巴黎被德国法西斯占领以后，加缪打算用寓言的形式，刻画出法西斯像鼠疫病菌那样吞噬着千万人生命的"恐怖时代"：处于法西斯专制强权统治下的法国人民——除了一部分从事抵抗的运动者外——就像欧洲中世纪鼠疫流行期间一样，过着与外界隔绝的囚禁生活；他们在"鼠疫"城中，不但随时面临死神的威胁，而且日夜忍受着生离死别、痛苦不堪的折磨。小说讲述阿尔及利亚的奥兰发生瘟疫，突如其来的瘟疫让人不知所措。瘟疫城市被重重封锁，无人能够自由进出。被困在城中的人民，朝思暮想着住在城外的亲朋好友。主角里厄医师这时挺身而出救助病人，与一些同道成了莫逆之交。不过，他的妻子却远在疗养院，生死未卜。最终鼠疫退却了，然而尽管喧天的锣鼓冲淡了人们对疾病的恐惧，可是奥兰人永远不会忘记鼠疫曾给他们带来的梦魇。

《钢琴家》是波兰犹太钢琴家兼作曲家瓦拉迪斯劳·斯普尔曼所写的一部二

战回忆录。小说讲述了作为一名天才的作曲家兼钢琴家，瓦拉迪斯劳·斯普尔曼二战期间在波兰贫民窟的生活、与家人的分离、他独自一人求生的经历。他整日处在死亡的威胁下，不得不四处躲藏以免落入纳粹的魔爪。在华沙的犹太区里饱受着饥饿的折磨和各种羞辱。然而在这里，即便所有热爱的东西都不得不放弃的时候，他仍旧顽强地活着。他躲过了地毯式的搜查，藏身于城市的废墟中。回忆录的高潮来自他某日搜寻食物时，他的音乐才华感动了一名德国军官，在军官的冒死保护下，钢琴家终于捱到了战争结束，迎来了自由的曙光。他的勇气为他赢得了丰厚的回报，在大家的帮助下他又找到了自己衷心热爱的艺术。

《铁皮鼓》是德国作家君特·格拉斯在 20 世纪 50 年代以第一人称所写的自述体小说，小说的主要素材则是作者格拉斯本人的经历与见闻。小说采用的是框架结构。开篇是奥斯卡在疗养与护理院（精神病院）以白漆栏杆病床为隐居地，让人买来"清白"的纸，敲响铁皮鼓回忆往事，写下他的自供状。原来奥斯卡成名之后又产生厌世情绪，便心生一计，让他的朋友告发他，警方把他当作杀人嫌疑犯关进精神病院监视。末篇是谋杀案真相大白，奥斯卡将被无罪开释，迎来他的是 30 岁生日。整个故事情节就在这个框架结构内展开。

《第二十二条军规》是美国作家约瑟夫·海勒，以二战为背景的一部反战小说，也是黑色幽默的代表作。小说讲述了第二次世界大战期间，美国的一个飞行大队驻扎在地中海的"皮亚诺扎"岛上这个光怪陆离的"世界"。大队指挥官卡思卡特上校一心想当将军，为博取上级的欢心，用部下的生命来换取自己的升迁，就一次次任意增加部下的轰炸飞行任务。小说的主人公约赛连是这个飞行大队所属的一个中队的上尉轰炸手。他满怀拯救正义的热忱投入战争，立下战功，被提升为上尉。然而慢慢地，他在和周围凶险环境的冲突中，目睹了那种种虚妄、荒诞、疯狂、残酷的现象后，领悟到自己受骗了，从热爱战争变为厌恶战争。他决心逃离那个"世界"。于是他装病，想在医院里度过余下的战争岁月。根据第二十二条军规，疯子才能获准免于飞行，但必须由本人提出申请；同时又规定，凡能意识到飞行有危险而提出免飞申请的，属头脑清醒者，应继续执行飞行任务。第二十二条军规还规定，飞行员飞满上级规定的次数就能回国，但它又说，你必须绝对服从命令，要不就不准回国。因此上级可以不断给飞行员增加飞行次数，而你不得违抗。如此反复，永无休止。约赛连终于明白，第二十二条军规原来是个骗局，是个圈套，是个无法逾越的障碍。这个世界到处都由第二十二条军规统治着，就像天罗地网一样，令你无法摆脱。他认为世人正在利用所谓"正义行为"来为自己巧取豪夺。最后，他不得不开小差逃往瑞典。

第二节　中国现当代历史与作品

一、辛亥革命

辛亥革命是指发生于中国农历辛亥年（1911 年至 1912 年年初），旨在推翻清朝专制帝制、建立共和政体的全国性革命。广义上辛亥革命指自 19 世纪末迄辛亥年成功推翻清朝统治的革命运动。它开创了完全意义上的近代民族民主革命，推翻了统治中国几千年的君主专制制度，建立起共和政体，传播了民主共和理念，极大推动了中华民族思想解放，以巨大的震撼力和影响力推动了中国社会变革，是近代中国意义上比较完全的民族民主革命。

辛亥革命的发生、过程及结局，影响了国民的思想状态或认识，改变了中国的社会走向。但同时，革命本身也有其局限性和不足。一些有识之士进行了深刻的思考，并把它写进文学作品里，既是对革命的深刻反思，也是对社会改良的良好建议。这方面，作为民族脊梁的鲁迅，其短篇小说集《呐喊》中有多篇文章以辛亥革命为历史背景，发出了震天的"呐喊"，如《阿 Q 正传》《风波》《药》《头发的故事》等。通过这些作品，鲁迅先生点出辛亥革命对人们的影响，揭示出民众精神上的痼疾，暗示辛亥革命与民众的隔膜，反思辛亥革命失败的历史原因，从而提出启蒙、改造国民性的重要性。作品中的人物是"杂取种种，合为一个"而塑造出来的，泛化特定历史时空里国人的群像。

当代作家屈春山、张欣山合著的长篇历史传奇小说《血洒东京》，则是以辛亥革命中开封的历史为背景，以河南辛亥革命起义军总司令张钟端为主人公的小说。林大华的《潼关溅血记》，也是以辛亥革命为背景，内容则是描写陕西的起义军同清王朝、地主战斗。

二、二次革命及护国运动

二次革命，亦称讨袁之役。辛亥革命，推翻了封建王朝与帝制，而袁世凯出任中华民国临时大总统后，继续实行专制独裁，破坏民主共和，并派人刺杀国民党代理理事长宋教仁，积极筹划消灭南方各省革命势力，为复辟帝制排除障碍。孙中山看清袁世凯的反动面目，从日本回国，力主武装讨袁，开始二次革命。

护国运动，又称护国战役、护国战争。两千多年的中国封建帝制被辛亥革命所推翻，建立了中华民国。然而，孙中山领导下建立的中华民国南京临时政府成立还不满 100 天，辛亥革命的胜利果实就被北洋军阀袁世凯窃取。在窃取了中央政权后，袁世凯倒行逆施，对外卖国，对内独裁，1915 年 12 月 12 日竟然宣布复辟封建帝制。接着，南方将领唐继尧、蔡锷、李烈钧等在云南宣布独立，之后南方其他各省亦纷纷宣布独立，并且出兵讨袁，此即护国运动。

著名历史小说家高阳的《小凤仙》，堪称一部历史名著。该书主要以护国运动为背景，描写云南蔡锷将军与名妓小凤仙的故事。

当代青年作家郭明，为纪念护国运动 100 周年，创作了长篇小说《泣血长歌》。该小说以护国运动这一重大历史事件为创作由头，将清朝末年到护国运动前后横跨 20 余年的历史进行了宏大叙述，集中笔墨塑造了蔡锷、袁世凯这两个对比鲜明的人物，同时也塑造了孙中山、梁启超、宋教仁、蒋百里、唐继尧、小凤仙等一系列性格各异的群像，叙述了辛亥革命、重九起义、护国运动等重大历史事件，绘制了一幅历史动荡背景下的宏阔图景。整部小说既富有历史知识性，又富有故事可读性。

三、五四运动

五四运动，是 1919 年 5 月 4 日发生在北京的一场以青年学生为主，广大群众、市民、工商人士等阶层共同参与的，通过示威游行、请愿、罢工、暴力对抗政府等多种形式进行的爱国运动，其核心是反帝、反封建。随着"五四运动"的不断发展，它逐渐地推动了政治、思想、文化、文学、艺术等全社会领域的全面变革，因此，"五四运动"的精神就是爱国救亡、民主科学、文化启蒙。

五四运动开创了中国文学的新时代。五四时期的作家们，在一个风云激荡的时代里，承担了一代知识分子所应肩负的使命。五四以后，中国出现了 40 多个文艺社团，如文学研究会和创造社；出现了大批文学巨匠，如沈雁冰、郑振铎、叶绍钧、郭沫若、郁达夫等。他们张扬着理性精神，表达着社会人生的探索与思考，促进国民性的改造；或表现梦醒后无路可走的感受，表达苦闷、彷徨、感伤情绪；或有着个性化的思考与追求。这些都表现在他们各自的作品里，"在黑暗的时刻指出光明，在光明的时刻指出黑暗"，尽力发出自己卓尔不群的声音。

巴金《激流三部曲》的第一部《家》，就是以"五四"的浪潮波及了闭塞的内地——四川成都为背景，真实地写出了高家这个具有代表性的封建大家庭腐烂、溃败的历史。写出了主人公觉新、觉民、觉慧兄弟三人不同的思想性格和生活道路：觉新是受过新思想熏陶的"新青年"，但他委曲求全懦弱顺从的性格，导致他奉行"作揖主义"和"无抵抗主义"；觉民是具有进步思想的新青年，不像觉新软弱，也不像觉慧激进；觉慧是高家最具批判与反抗意识的一个人，也是当时社会进步青年的典型代表，是一个"人道主义者"。高老太爷是封建家长制和封建礼教的代表，作为这个封建大家庭至高无上的统治者，作品突出表现了他专横、冷酷的性格特征。至于抑郁致死的梅、惨痛命运的瑞珏、投湖悲剧的鸣凤、被逼出嫁的婉儿等，这些有着不幸遭遇的青年女性，更是封建制度、礼教、迷信迫害的对象。

巴金是在五四运动的直接影响下成长起来的，正像他自己后来所回忆的那样，"我们是五四运动的产儿，是被五四运动的年轻英雄们所唤醒、所教育的一代人"。可以说，"五四"的社会浪潮，冲开了巴金看世界的眼睛，作家把自己对"五四"时期的社会思考融进了作品。

当时小说有两个方向值得关注。

一类是"问题小说"，也谓之"人生派小说"，是时代的产物，也是思想启蒙的成果。这类作品关注劳动者的命运问题、妇女的地位问题、青年们的婚恋问题、教育问题等。冰心、王统照、许地山、庐隐、叶绍钧等为代表作家。如冰心的"问题小说"《超人》，以其独特的方式宣扬庄严肃穆的爱；庐隐的《或人的悲哀》《丽石的日记》《海滨故人》，主人公大都是"五四"时期觉醒的青年知识女性；叶绍钧在五四时期是享有较高声誉的作家，其早期小说总体坚持"为人生"的主张，其作品大都揭示封建宗法制度下人与人之间的隔膜，或暴露市民生活的空虚无聊，如《隔膜》《火灾》《潘先生在难中》等。

另一类是"乡土小说"。"乡土小说"作家以文学研究会的作家为主，他们继承了鲁迅在《故乡》等乡土小说的创作上积累的农村题材，促进了文学现实主义的发展与成熟。代表作家有鲁彦、台静农、蹇先艾、王任叔等，他们大都出身于小城镇或偏远的乡村，都经历过家道中落或原本就贫困惨淡的童年生活。这方面的作品有王任叔的《疲惫者》、鲁彦的《黄金》、许钦文的《疯妇》、台静农的《烛焰》、彭家煌的《活鬼》等。

四、军阀混战

军阀混战指清末民初时期到抗战之间的中国境内军阀割据混战。一方面，因旧中国经济主要是地方性的农业经济，各地基本上可以自给自足，这为军阀割据提供了物质基础；另一方面，各帝国主义国家在中国划分势力范围，分别在中国扶植各派军阀作为自己的代理人。北洋军阀统治时期，军阀混战的规模已经不小，国民党上台后，军阀混战的规模更大。主观上，军阀发起争夺战，目的是想要获得更多的地盘和权力；客观上，由于中央政府缺乏威信以及列强对不同军阀的扶持，加剧了军阀间的利益冲突。军阀混战造成政局的动荡，社会生产无法正常进行，给广大人民带来无穷的灾难。

《啼笑因缘》是现代文学史上号称"章回小说大家"和"通俗文学大师"第一人张恨水的代表作。该书采用一男三女的爱情模式为故事的核心结构，通过旅居北京的杭州青年樊家树与天桥卖唱姑娘沈凤喜的恋爱悲剧，反映了北洋军阀统治时期黑暗、动乱的一个社会侧面。

近年，以军阀混战为背景的原创小说、网络小说颇有数量和声势，如梅子黄时雨创作的《江南恨》、尼卡的《云胡不喜》、风凝雪舞的《亦筝笙》、吴泪的《挽歌》、寐语者的《衣香鬓影》等，在刊物上进行了连载，网络上也有大量的点击阅读，并结集出版。

由梅子黄时雨创作，2006 年华文出版社出版的《江南恨》，以北方督军之子赫连靖风与江南司令的嫡女江净薇为男女主人公展开故事。一场政治联姻将这两个陌生人连接到一起，从此豪门婚姻，门阀春秋，阴谋诡谲：他要江山社稷，权位名利，她求平淡与幸福。

再如，2007 年 11 月，由花山文艺出版社出版的寐语者原创作品《衣香鬓影》，小说以军阀混战为背景，讲述一位用歌声美貌邀宠权贵的倾城名伶，与戎马半生、宦海沉浮心系家国的豪性五省督军的故事。风情连城，衣香鬓影叹浮华，乱世惊梦，百年家国百年身。霍仲亨和沈云漪，男女主人公爱恨情仇的故事背后，是一个波荡起伏的旧中国乱象的折射。

五、抗日战争

日本对中国的侵略由来已久，严格来说，我国历史上发生过多次抗日战争，像明代戚继光抗击倭寇、清末甲午战争等，都是中华民族奋起反抗日本侵略的战争。但我们此处所说的以其为背景素材而进行小说创作的"抗日战争"，是指1931 年"九一八事变"至 1945 年日本战败投降的这 14 年的中华民族抗击日本侵略的战争。

从 1931 年入侵中国开始到 1945 年投降为止，日本侵略者给中国人民带来了深重的灾难，他们的罪行罄竹难书。在整个战争中，中国有 3500 万人伤亡，其中就有诸如南京大屠杀等骇人听闻的血腥罪行。除了奴役和屠杀被占领区的人民之外，日本还从中国掠夺了数量惊人的财富：黄金高达 2.1 万吨，仅在南京这一个城市就搜刮了 6000 吨；粮食高达 8 亿吨；数量惊人的矿产资源，如煤炭约 6.4 亿吨，树木约 7 亿方，稀土约 2 亿吨，高岭土约 1.5 亿吨，铜矿约 4.9 亿吨等；无数价值连城的字画、珍宝和碑帖等文物共 1879 箱 360 万件。

面对凶残贪婪的敌寇，不屈的中国人民，救亡图存，浴血奋战，直至打败日本侵略者，这期间涌现出无数可歌可泣的英雄人物和精彩的抗击日寇故事，刘胡兰烈士、赵一曼女士、杨靖宇将军、张自忠将军、狼牙山五壮士等，无论是个像还是群像都光彩耀目；冀中平原的地道战、胶东人民的地雷战、鲁南枣庄的铁道游击队以及平型关大捷、百团大战、台儿庄大捷等，每场抗战都生动鲜活、彪炳史册。这些真实而生动的抗日故事，无疑是文学创作的优秀素材，是诞生经典作品的现实基础。

以抗战为背景和题材的小说，历史上包括多个流派、众多作家，优秀作品更是难以计数。总的来说，主要包括三部分：一是上海、北京等沦陷区的小说，表现人民的苦难和抗争，以艺术的形式记载日寇、汉奸的罪行，歌颂人民的不屈斗争；二是国统区的小说，一部分表现了爱国军民的奋起抵抗，较多的则以张天翼、沙汀、茅盾、巴金、艾芜、张恨水等的作品为代表，暴露了腐败统治的黑暗内幕；三是抗日根据地的小说，以赵树理、孙犁、马烽、西戎等的作品为代表，既热烈地歌颂了中国共产党领导下抗日军民的英勇斗争，又生动地表现了抗日根据地的新生活、新气象，小说创作的面貌发生了巨大的变化。

以抗战为背景的优秀小说，有战争期间发表的，也有战后发表的，优秀作家众多，经典作品数量众多。主要有：知侠的《铁道游击队》、刘流的评书体小说《烈火金刚》、冯志的《敌后武工队》、杜鹏程的《保卫延安》、峻青的《黎明的河边》、吴强的《红日》、曲波的《林海雪原》、萧玉的《高粱红了》（三部）、柯岗的《逐鹿中原》、孙犁的《风云初记》、徐光耀的《小兵张嘎》、孔厥和袁静的《新儿女英雄传》、李英儒的《野火春风斗古城》等，很多作品还被改编成电影作品，深得广大人民的喜爱，可谓家喻户晓。

孙犁的《荷花淀》影响较大。《荷花淀》就是以激烈残酷的抗日战争这个关系着民族存亡的历史时期为背景，选取小小的白洋淀的一隅，表现农村妇女既温柔多情，又坚贞勇敢的性格和精神。在战火硝烟中，夫妻之情、家国之爱，纯美的人性、崇高的品格，像白洋淀盛开的荷花一样，美丽灿烂。

宗璞的四卷本长篇小说《南渡记》《东藏记》《西征记》《北归记》，其中前三部均以抗日战争为历史背景。《南渡记》讲述了七七事变后，京津知识分子南迁的抗日初期的阶段；《东藏记》以抗日战争时期西南联合大学的生活为背景，生动地刻画了中国知识分子的人格操守和情感世界；《西征记》是以抗战大反攻时期为背景，讲述学生远征军的抗日活动。其中选自《西征记》的《"这是你的战争！"》，被选入2013年江苏高考语文卷。

当代以抗战背景为题材的小说，仍然很多。如抗日战争时期，日军占领了山东潍坊的乐道院，将这里作为关押同盟国侨民的集中营（人称东方的"奥斯维辛"），黄国荣以此为题材，创作长篇小说《极地天使》。新锐作家青麦，以抗战风云下的北平城为背景，围绕旷世珍品《兰亭序》摹本的辗转流藏以及战争情报，以国、共为代表的中华志士与日、伪、满等势力激烈交锋的精彩故事和时代风云，让封尘久远的历史隐秘慢慢揭示出来，创作《风雨兰亭·殇》。

现在，每逢抗战胜利周年，常有一些刊物举办纪念活动，推出相关的专刊。如为纪念抗战暨反法西斯斗争胜利70周年，《小说月刊》于2015年10月推出"纪念中国人民抗日战争暨世界反法西斯战争胜利70周年专号"，发表诸如当代作家熊立功的《规矩》《猎》《憨秃传奇》等短篇小说。

赵树理的小说代表作《小二黑结婚》，也是以抗日战争时期为背景的典范之作，但就具体的写作内容，似乎有点特殊。青年队长、杀敌英雄小二黑，与俊美聪慧的姑娘小芹相爱，因违背了封建迷信思想严重的父母的意志，遭到了各自家长的强烈反对；但他们敢于斗争，坚决反对封建包办婚姻，大胆追求自由恋爱，最终双方如愿以偿结为夫妻。说其特殊，主要是因其不是正面表现抗日战场上的血雨腥风，而是以抗日战争时期根据地的农村生活为写作内容，如写抗日根据地农民典范的小二黑和小芹，恰好也是从侧面反映共产党领导下的人民群众的生产、生活及精神面貌，这恰是抗日战争能最终取得胜利的法宝。

以抗日战争为题材的小说，一般具有如下特点：

真实性。抗日战争，是一场历时久、层面广、人物众多的立体式的真实时空，无论是亲身经历过那场血雨腥风的岁月，还是通过实物、事迹或史料等重现的历史岁月，每一个生活在这片土地上的中华儿女，都切身感受到被侵略的屈辱和和平的弥足珍贵。因此，在真实的环境里创作，作品就更容易真实地再现那段历史，真实性是抗战小说的突出特点。较之其他题材，作家对抗战题材的描写与诉说，虚构性首先根植于题材的真实性，重塑性首先也来源于生活的真实性。如前面所举的地道战、地雷战，如宗璞的长篇小说《南渡记》《东藏记》《西征记》等，每一场战斗，每一篇作品，都可以在现实里找到史料"影子"。

使命性。抗战小说因为题材的特殊性，一般强调英雄人物的"神圣使命"。面对敌寇入侵，英雄人物从普通人群中迅速站立出来，既承担着特殊时代赋予的使命，又肩负着全体人民的期待。因此，每次血雨腥风的战斗中，都会有一个人、一群人勇敢地走出队伍，哪怕面对着敌寇的屠刀，也总是大义凛然、视死如归。赵一曼、刘胡兰、狼牙山五壮士、晋察冀地区的抗日军民等等，很多现实生活里的一个个、一群群鲜活的形象，或个体或群体走在时代的前列，成为那个时代中华民族不屈精神的象征与化身。没有人要求他们流血牺牲，是时代的使命和民族的责任使然。这些形象又不断地走进文学作品里，泛化为无数个栩栩如生的英雄形象。

史诗性。日本帝国主义发动的侵略战争，给中华民族带来了深重的灾难与痛苦，但这朵"恶之花"，也使中华民族觉醒与奋起。当帝国主义的枪炮对准我们胸膛的时候，中华民族发出了排山倒海般的怒吼，战争动员了人民，也创造了文学。作家们以强烈的使命感和忧患意识，继承和发扬了现实主义文学传统，以崭新的审美意识审视中华民族这段悲壮而动人的历史，他们或歌颂在抗战中涌现出的成千上万的英雄，或记录血雨腥风的斗争场面，有鲜明的时代性和厚重的历史感，写出了中华民族不屈不挠的坚定信念。尽管立场不同，经历不同，气质差异，但他们吹奏的是同一曲调。

六、解放战争

抗日战争胜利结束，久经战乱的中国人民渴望和平民主，重建家园，但以蒋介石为首的国民党统治集团，违背人民意志，坚持独裁、内战、卖国方针，企图在全国范围内重建大地主、大资产阶级的统治。随着国民党集团内战部署的日益加剧，公然撕毁停战协定，调集重兵，于1946年6月26日向中原解放区发动大规模进攻，接着又将战火扩大到其他解放区，发动了全面内战。中国共产党领导解放区军民奋起自卫，解放战争全面展开。

解放战争共经历防御、进攻、决战三个阶段，历时3年，共发生过辽沈战役、平津战役、淮海战役等三个战略性战役，大小战斗更是不计其数。中国人民解放军在中国共产党的领导和全国人民的支援下，经过艰苦奋战，赢得了这场决定中国命运的战争的胜利。结束了帝国主义、封建主义和官僚资本主义反动统治的历史，标志着中国新民主主义革命已经取得基本胜利。中国人民从此成为国家的主人，获得民主、自由的权利和从事社会主义建设的条件。

中国共产党领导下的解放战争之所以能势如破竹，并最终取得最大胜利，除去国民党政府的腐败、军纪涣散等原因之外，更因我们党全力发动人民群众，军民如鱼水情，军队纪律严明，官兵平等，这些，不仅真实出现在现实生活里，同样也作为素材，大量进入文学作品中。以解放战争为创作背景，创作题材的文学作品数量较多。

茹志鹃创作的短篇小说《百合花》，即以解放战争中淮海战役为大背景，写于 1946 年的中秋之夜，在部队发起总攻之前，小通讯员送文工团的女战士"我"到前沿包扎所，和他们到包扎所后向一个刚过门三天的新媳妇借被子的小故事，表现了军民鱼水情和战争年代崇高纯洁的人际关系，歌颂了人情美和人性美。

罗广斌、杨益言合著的《红岩》，以解放战争中人民解放军进军大西南为真实背景，描写 1948 年，中国革命进入关键的转折期，在胜利即将到来的黎明前最黑暗的时刻，重庆的国民党当局疯狂镇压共产党领导的地下革命斗争。小说集中描写了"重庆中美合作所集中营"的敌我斗争，真实再现了新中国成立前夕光明与黑暗进行最后决战的艰巨性，着重表现以齐晓轩、许云峰、江雪琴等共产党人在狱中所进行的英勇战斗，充分显示了共产党人视死如归的英雄气概，歌颂了革命志士为真理而斗争的坚强意志和大无畏精神。

杜鹏程 1954 年创作的《保卫延安》，以西北战场为背景，通过描写沙家店等著名战役，真实再现了我军击溃数十万敌军的"围剿"，从战略防御转入战略进攻的态势，并取得了西北战场具有决定性意义的辉煌胜利。小说描写了彭德怀将军，描写了指战员中奋不顾身的英雄人物，描绘了人民战争的历史画卷。

这样的作品还有很多，如吴强的《红日》，以莱芜战役、孟良崮战役为中心，反映了华东战场我军由弱到强，反守为攻的战局转折。曲波的《林海雪原》，没有展开正规部队大兵团作战的画面，而是描写一支智勇精悍的小分队剿灭东北土匪的斗争。当代作家编剧都梁的《亮剑》，前几年被改编成电视剧，一经播出，主人公李云龙就成了万众瞩目的形象。

七、土地改革

1947 年 9 月，中国共产党在河北省石家庄市平山县西柏坡村举行全国土地会议，通过了《中国土地法大纲》，全国土地会议后，各解放区为贯彻会议精神，从各级党、政、军机关抽调大批人员组成工作组深入农村开展工作。新中国成立后，这项工作在全国范围全面展开。土地改革总路线，就是依靠贫农、雇农，团结中农，中立富农，有步骤地分别消灭封建剥削制度，发展农业生产。轰轰烈烈的土地改革运动，猛烈冲击着几千年来的封建土地制度，打碎了几千年来套在农民身上的封建枷锁，改变了农村旧有的生产关系。

那些走出了象牙塔、投身土地改革的知识分子，对革命的复杂成因、社会矛盾、党的领导有了更直观的理解和认识。同时，土地改革也为当时的文学艺术创作提供了更多鲜活的时代素材。如周立波的长篇小说《暴风骤雨》、丁玲的

《太阳照在桑干河上》、赵树理的《李有才板话》《福贵》《邪不压正》等，都是反映当年土地改革运动的经典作品。

1960年4月作家出版社出版的陆地创作的长篇小说《美丽的南方》，描写了1951年广西长岭乡进行的土地改革运动。小说的素材，来自聚集着知识分子的土改工作团的作者的亲身工作经历。小说把描写的重点放在了土改工作队队员身上，尤其是展示知识分子们在土改工作中的思想状态和精神面貌。可以说，这部小说是在为土地改革运动中的各种知识分子做文学素描。

1979年10月，上海文艺出版社出版的陈残云的长篇小说《山谷风烟》，就是一部描写新中国成立之初南方新解放区土地改革运动的小说。小说的故事发生在1952年广东西江南岸山区某县，从土改工作组进驻云峒乡与贫苦农民实行同吃、同住、同劳动开始，在将广大群众团结、发动起来的基础上，进行了全乡的"划阶级"，之后，没收的耕牛、农具、房屋、衣物等，也在土改队的指导下顺利地分配给了贫苦农民。小说最后，全乡农民们和土改工作队集会欢庆，庆祝土地改革胜利和农民翻身做主的实现。这部小说用文学的笔法，记载了基层农村土地改革运动的全过程，堪称文学性的土改历史的书写。

八、抗美援朝

抗美援朝，狭义称抗美援朝战争，指自1950年10月中国人民志愿军赴朝作战，至1953年7月27日战争双方在朝鲜停战协定上签字，历时2年零9个月的抗美援朝战争。广义又称抗美援朝运动，包括赴朝参战至1958年志愿军全部撤回中国期间，中国人民支援朝鲜人民抗击美国侵略军事斗争及群众性运动。

抗美援朝战争中，中国人民志愿军历经艰苦卓绝的浴血奋战，长津湖之战、上甘岭之战、金城战役等经典战役，经受着极度严寒、先进武器、密集炮火等绝地考验，向死而生，展现出让对手肃然起敬的"谜一样的东方精神"。在"抗美援朝，保家卫国"的号召下，全国掀起参军、参战、支前的热潮，各族人民响应国家号召，募集救济品、慰劳品，组织慰问团，写慰问信，救济朝鲜难民，慰劳中国人民志愿军和朝鲜人民军，大批铁路员工、汽车司机和医务人员，志愿到朝鲜担负战地勤务和运输工作。

抗美援朝战争锻造并形成了伟大而弥足珍贵的抗美援朝精神：祖国和人民利益高于一切的爱国主义精神，英勇顽强、舍生忘死的革命英雄主义精神，不畏艰难困苦、始终保持高昂士气的革命乐观主义精神，为了人类和平与正义事业而奋斗的国际主义精神。这种精神，也直接表现在具有现实主义的文艺作品里：电影《上甘岭》《奇袭》《英雄儿女》《集结号》《长津湖之战》，京剧《奇袭白虎团》，歌曲《中国人民志愿军战歌》《我的祖国》《英雄赞歌》等。

就文学作品中小说创作而言，抗美援朝的 20 世纪 50 年代初，小说创作数量多，题材亦很广泛：魏巍、陆柱国、巴金等著名作家都到了前线，魏巍的《谁是最可爱的人》《东方》，陆柱国的《上甘岭》，巴金的《团圆》，魏巍、白艾的《长空怒风》等，都是真实反映这场战争的优秀文学作品；而杨朔《三千里江山》，则是描写铁路工人参加抗美援朝战斗。孟伟哉在创作长篇小说《昨天的战争》后，还写作了数篇抗美援朝战争题材的短篇小说，如《一个参谋和三个将军》《头发》《战俘》《被俘者》等。这些作品后来大多成为经久流传的红色经典。

近年来，为纪念抗美援朝战争胜利，继承抗美援朝精神，时常有文艺作品的产生。就小说而言，先后较有影响的有：1999 年王树增 60 万字的长篇非虚构文学《远东：朝鲜战争》；王筠于 2011 年、2019 年先后推出两部长篇小说《长津湖》《交响乐》，《长津湖》聚焦于抗美援朝战史上最为惨烈悲壮的长津湖之战，《交响乐》则再现了抗美援朝战争第五次战役全过程；作家西元近年来连续创作了三篇抗美援朝战争题材的小说——《遭遇一九五〇年的无名连》《死亡重奏》与《无名连》；百花文艺出版社也出版了韩梦泽的抗美援朝题材长篇小说《愤怒的钢铁》，以此纪念那些舍生忘死、浴血奋战的英雄战士。

九、农业合作化运动

农业合作化运动，即农业社会主义改造。指在人民民主专政条件下，通过各种互助合作的形式，把以生产资料私有制为基础的个体小农经济，改造为以生产资料公有制为基础的农业合作经济的过程，亦称农业集体化。它是中国共产党在过渡时期总路线的一个重要组成部分。农业合作化大体分为三个阶段，第一阶段 1949 年 10 月至 1953 年，以办互助组为主，同时试办初级形式的农业合作社；第二阶段，1954 年至 1955 年上半年，初级社在全国普遍建立和发展；第三阶段，1955 年下半年至 1956 年底，农业合作化运动迅猛发展，基本上实现了完全的社会主义改造，完成了由农民个体所有制到社会主义集体所有制的转变。

赵树理在 1953 年冬至 1955 年春创作，由人民文学出版社出版的长篇小说《三里湾》，是中国第一部反映农业合作化运动的优秀长篇小说。讲述了 1952 年 9 月一个月里发生在三里湾的秋收、整党、扩社、开渠等合作化运动，重点描写了村支部书记王金生的妹妹王玉梅、中农马多寿的四儿子马有翼、村长范登高的女儿范灵芝三个年轻人的爱情婚姻变化等。小说取材于 1951 年太行山区一个农业生产合作社的试验地区，1952 年作者亲自参加了那里的并社、扩社工作。

孙犁的《铁木前传》写成于 1956 年，以农业合作化运动为背景，描述了铁匠傅老刚、木匠黎老东和九儿、六儿两个青年在新中国成立前后不同的时代背景下的交好与交恶，揭示了 20 世纪 50 年代初期北方农村的生活风貌和农业合作化运动给予农村社会的深刻影响。以人际关系的前后变化为线索，在正面肯定农村合作化运动的同时，注重人物内心生活的挖掘，对北方农村的人情美、人性美，充满由衷的赞美之情。《铁木前传》是当时所有写合作化的作品中最具艺术风采的一部。

周立波《暴风骤雨》的续篇——《山乡巨变》，完整地描写了湖南省一个叫清溪乡的农业生产合作社从初级社到高级社的发展过程，艺术地展现了合作化运动前后，中国农民走上集体化道路时的精神风貌和新农村的社会面貌，剖析了农民在历史巨变中的思想感情、心理状态和理想追求，从而说明农业合作化是中国农村的第二次暴风骤雨。

十、"大跃进"及公社化

"大跃进"运动是指 1958—1960 年，全国在经济建设中开展的以实现工农业生产高指标为主要特征的群众运动。农业上，提出"以粮为纲"，宣传"人有多大胆，地有多大产"。工业上，掀起了"全民大炼钢铁运动"，交通、邮电、教育、文化、卫生等事业也都开展"全民大办"，把运动推向了高潮。

从 1958 年 11 月开始，中共中央开始纠正"大跃进"运动中的问题。到1960 年冬，随着党中央开始纠正农村工作中的"左"倾错误，"大跃进"运动也被停止。

公社化，即人民公社化运动，其最初是由高级农业生产合作社的小社并大社引起的。原本是兴修水利、搞农田基本建设的需要，但在"大跃进"的背景下，却演变成一场不顾客观条件、争相推动农业集体生产组织向所谓更高级的形式过渡的普遍的群众性运动。

1960 年《人民文学》3 月号发表，由李準创作的短篇小说《李双双小传》，以 1958 年"大跃进"与随后的人民公社运动为背景，讲述了农村妇女李双双冲破丈夫的阻挠，为集体办食堂，提高劳动效率，并在这一过程中帮助丈夫提高政治思想水平的故事。

华裔女作家丽莎·西伊（邝丽莎）的新著《乔伊之梦》，女主角乔伊为了揭开自己身世的秘密，不惜抛弃在美国的安逸生活，远涉重洋前往第二故乡——正经历着"大跃进"的中国。书中反复强调的"梦想"不光是乔伊个人的梦想，也包括中国政府当时大力宣传的"'大跃进'能让中国进入共产主义天堂"。

单以"大跃进"或公社化为题材的小说不多，稍晚一些的小说，更多以一种广角镜头，全景式叙说更长时空里的农村生活。

余华于1995年创作的长篇小说《许三观卖血记》，以博大的温情描绘了磨难中的人生，以激烈的故事形式表达了人在面对厄运时求生的欲望。小说讲述了许三观靠着卖血战胜了命运强加给他的惊涛骇浪。其中，许三观第四次卖血则是1958年的"大跃进"、大炼钢和大食堂之后，全民大饥荒，无论他老婆许玉兰怎样精打细算也不能填饱一家人的肚子，在一家人喝了57天玉米粥之后，又找到了李血头卖血。

2006年出版的全面代表莫言写作风格的《生死疲劳》，围绕土地这个沉重的话题，从最初的土地改革到20世纪50年代的互助合作社，再到"大跃进"和"文革"，一直到改革开放后的今日中国。并透过生死轮回的艺术图像，阐释了农民与土地的种种关系，展示了新中国成立以来中国农民的生活和他们顽强、乐观、坚韧的精神。小说将六道轮回这一东方想象力草蛇灰线般隐没在全书的字里行间，写出了农民对生命无比执着的颂歌和悲歌。

山西孝义市退休干部范学旺创作的长篇小说《誓言无悔》，以孝义梧桐地区抗战初期到改革开放中期的农村为背景，展示了中国农村抗日战争、解放战争、新中国成立、土地改革、合作化、"大跃进"、人民公社、改革开放、世纪之交新农村建设的历史画卷，写出了农村党员誓言无悔的一生。

十一、三年困难时期

"三年困难时期"，即1959年至1961年以来第一场连续多年的严重干旱灾害，从而导致的全国性的粮食和副食品短缺危机。据《中国共产党历史》第二卷记载："许多地方城乡居民出现了浮肿病，患肝炎和妇女病的人数也在增加。"

在当时的特殊历史阶段，直接用文学作品表现那段历史的几乎没有。很多以三年困难时期为背景的小说，都是文革乃至改革开放后，社会逐步处于稳定繁荣时期，才有作家用写实性的手法记录那段历史。如2001年出版的鲁力纪实小说《官场一杆旗》，以真实感人的故事描写了一位"布衣省长"，毛泽东赞誉为"党员干部的一杆旗"的湖北省老省长张体学，在"三年困难时期"时期恤民、爱民、为民的公仆本色，实事求是、艰苦奋斗的思想工作作风。这部小说在2002年，接着又被改编成电视连续剧《公仆本色》。

单纯以"三年困难时期"为素材的小说较少，大多文学作品都是把这段历史与前后其他的重要历史时期或历史事件连缀在一起。如贵州女作家林吟的长篇传记小说《玉兰》，将 20 世纪的世俗生活与中国各个历史时期紧密结合，宜昌难民潮、重庆大轰炸、新中国成立前夕的逃难、大炼钢铁、三年困难时期、十年动乱等历史时期的生活，在这部小说中都得到真实的展示。

2020 年出版的陕西作家秦力的长篇小说《监军镇》，则写了 100 年，即从 1862 年同治动乱写到 1962 年三年困难时期，以当时典型历史事件为背景，从叙说工商业者的日常生活入手，多采用隐喻和象征等创作手法，将重大主题隐于日常小事之后，表现了一百年间生活在关中大地上的人民的奋斗、苦难和爱恨情仇。

十二、"文化大革命"

由于"文化大革命"特殊的政治背景与现实原因，文艺作品的创作几乎停滞。人们的文艺生活，也主要是以京剧《智取威虎山》《红灯记》《沙家浜》《杜鹃山》和芭蕾舞剧《红色娘子军》《白毛女》等剧目为主的"革命样板戏"。新文学创作几乎没有。

20 世纪 70 年代末，一度被禁锢的小说创作及整个文坛涌现出一批以揭露"文化大革命"造成的"创伤"，谴责极"左"路线的破坏为核心的小说，即"伤痕小说"。其内容主要描述"文革"时期，受迫害的官员和普通人民群众所经历的悲惨遭遇，是对"文化大革命"的彻底否定，宣泄愤懑不平的心绪，有比较浓厚的伤感情绪。代表人物及作品有刘心武的《班主任》和卢新华的《伤痕》等。

《班主任》是"伤痕文学"的开山之作。作家刘心武以不凡的勇气和见识，通过两个表面上好坏分明，实质上都被极左思想扭曲而畸形的中学生形象，揭露和批判了极左思想对青少年的影响。尤其是"好学生"谢惠敏的思想僵化，也达到了触目惊心而非"救"不可的地步。

与"伤痕文学"同时期或稍晚的 20 世纪 80 年代初，另有一类"反思小说"。它和"伤痕小说"的界限不明显，且互有交叉。"反思小说"由"伤痕小说"对"文化大革命"的否定和批判进一步延伸，扩大到探讨造成"文化大革命"浩劫的社会政治和心理原因，从审视历史中反思教训。

张一弓的中篇小说《犯人李铜钟的故事》，以一个为了群众生命而不惜触犯党纪国法的大队支书的形象，树立了新时期第一个成熟而完整的悲剧英雄形象。高晓声的《李顺大造屋》则以看似幽默的笔法，揭示了中国农民自身的性格弱点，而《记忆》则以某地宣传部部长秦慕平对曾经被自己错判为"现行反革命"的少女方丽茹的忏悔，反省了一个时期内不正常的"现代迷信"及自己在这种现代迷信中所扮演的可悲角色。

十多年前，一位住在美国的作家用笔名艾米发表的长篇小说《山楂树之恋》，在出版界引起了世界性轰动，后由张艺谋执导，被拍摄成同名电影。小说讲述了"文化大革命"时期的爱情悲剧，主人公——一个"家庭出身有问题"的年轻女子静秋，与一位将军的儿子老三之间相识、相恋，直到最后天人永隔的故事。

贾平凹倾四年时间而著的《古炉》，就是以"文革"为题材的 67 万字长篇小说。在贾平凹看来，"文革"在高层或许是有政治因素，到社会最基层的时候几乎没有政治了，差不多就是个人的恩怨、纠结、小仇小恨、平常的是是非非。《古炉》就是描写在这个大背景之下，在这个舞台之上，人性是怎么表现的。

十三、改革开放

改革开放，是 1978 年 12 月中共十一届三中全会后，把工作重点转移到社会主义现代化建设，实行对内改革、对外开放的政策。对内改革自农村开始，1978 年 11 月，安徽省凤阳县小岗村实行俗称"大包干"的家庭联产承包责任制，拉开了中国对内改革的大幕；在城市，国有企业的自主经营权得到明显改善。1979 年 7 月，广东、福建两省在对外经济活动中实行特殊政策、灵活措施，迈开了改革开放的历史性脚步，对外开放成为中国的一项基本国策。

改革开放是一项全方位、立体式的国策，土地改革、国企改革、教育改革、经济改革、住房改革、文化改革等，涉及社会生活的方方面面，既有成绩，也有前进中的不足，用文学反映社会的变革和发展，表现对时代的沉思，成为文学工作者的使命。这其中，小说创作也进入了百花齐放的春天，一大批以改革开放为题材的优秀小说应运而生。

1979 年，作为天津某大型工厂车间主任的蒋子龙，对当时中国工业系统存在的种种弊病和困境有着切身体会和深入思考。当《人民文学》向其约稿时，蒋子龙用三天时间即完成短篇小说《乔厂长上任记》。小说讲述了经历了十年动乱后，某重型电机厂生产停顿，人心混乱，老干部乔光朴主动请缨任厂长，大刀阔斧地进行改革，扭转了生产的被动局面。塑造了改革家乔光朴坚毅的英雄形象，应和了变革时代的人们渴望雷厉风行的"英雄"的社会心理，成为改革文学的开山之作。该小说获得 1979 年度全国优秀短篇小说奖。

曾获得第二届茅盾文学奖的张洁的长篇小说《沉重的翅膀》，以 20 世纪 70 年代至 80 年代，我国高层领导——重工业部正副部长间围绕经济管理体制改革展开的一场"鏖战"为主线，自上而下地表现该部、部属曙光汽车制造厂及其基层班组的整顿、改革。该小说是新时期以来第一部正面书写工业改革的长篇小说，是一首献给改革者、献给伟大时代的激越慷慨的乐曲。作者自觉秉承时代赋予的使命，以过人胆识、诚挚之心握如椽之笔，描绘了围绕改革所展开的尖锐复杂的矛盾斗争，刻画了义无反顾、披荆斩棘的改革者形象，并将改革引向更为深广的表现领域。小说所展现的工业腾飞民族振兴的愿景令人向往，感染着一代代读者的心灵，激励着他们开拓进取、创造辉煌。

林斤澜的短篇小说集《矮凳桥风情》，就是其1979年回到温州，震撼于见到的温州模式——"以家庭经营为基础，以市场为导向，以小城镇为依托，以农村能人为骨干"，出于对市场空间在温州极速拓宽的感慨，用文学的方式，描摹改革开放之初的南方乡镇图景。其发表于1984年第6期《十月》的小说《表妹》，也属于"矮凳桥系列"，该小说2019年曾入选江苏高考卷。小说介绍城里人表姐和农村人表妹去河边洗衣服，一点景物描写加上两人的对话构成这篇小说的全部，但小说构思巧妙，在对话中表现出城里人表姐对乡下人表妹心态的细微变化。小说以管窥豹，反映出我国20世纪70年代末80年代初承包制给农村带来的翻天覆地般的改变。

贾平凹的长篇小说《浮躁》，是"商州系列"的第一部，奠定其在文坛的实力派地位。该书一出版即引起轰动，曾获美国美孚飞马文学奖。小说以改革开放中的农村为题材，以农村青年金狗与小水之间的感情经历做主线，描写了改革开放初始阶段社会的浮躁状态和浮躁表面之下的空虚。

短篇小说《哦，香雪》是铁凝的早期作品。小说以山村为题材，描写一个北方偏僻的小山村台儿庄，铁轨铺进了深山，给一向宁静的山村生活带来的波澜。香雪等一群乡村少女，在停车一分钟的间隙，毅然踏上了火车，用积攒的40个鸡蛋换来一个向往已久的铅笔盒。表现了香雪等闭塞山村中生活的人们，对山外文明的向往，对改变山村封闭落后、摆脱贫穷的迫切心情。

周梅森的《人间正道》，是一部格调高昂、催人奋进，全景式地反映当代改革生活的长篇小说。小说以我国内地经济欠发达的平川地区为切入口，以1000多万人民摆脱贫穷落后的经济大建设为主线，在28000平方千米土地上，在上至省委下至基层的广阔视野里，为读者展现了一幕幕气势磅礴、场面壮观的生活画卷。周梅森的另一部小说《天下财富》，则是一部以经济体制改革为背景，反映我国当代经济生活的长篇小说。作品以濒临倒闭的南方机器厂在股份制的道路上的新生和新中国证券业的风云变幻为主线，通过江家三兄弟及其他各式人等的人生沉浮故事，展现了一幅幅当代生活画卷。他的《我主沉浮》《我本英雄》也属于这方面题材的小说。

2018 年评选出的"改革开放四十年 40 部最具影响力小说",其中直接以改革开放为题材或以改革开放之初的社会为背景的小说就有多部,如长篇小说有张洁的《沉重的翅膀》、贾平凹的《浮躁》,中篇小说有谌容的《人到中年》、路遥的《人生》,短篇小说有王蒙的《春之声》、刘心武的《班主任》、铁凝的《哦,香雪》、蒋子龙的《乔厂长上任记》等。

十四、城市化进程

城市化进程的特点是,劳动力从第一产业向第二、第三产业转移,人口和产业在空间上转变为由乡村向城市地区集聚,城市用地规模不断扩大。城市化进程本是一个漫长而持续发展的进程,但在改革开放政策的推动下,中国的城市化呈现出以小城镇迅速扩张、人口就地城市化为主的特点,中国城市化进程明显加快。

社会发展中的城市化进程,在文学创作中得到直接的体现。这些作品,或反映农村人对进城的期盼,或表现农村人对失去土地远离庄稼的担忧与思考,也有部分作品表现了城市扩大而带来的一些矛盾与社会问题。

黄其恕长篇小说《消逝的村庄》,以改革开放以来,社会主义新农村建设及城市化进程为时代背景,以羊湾村钱、杨两家矛盾纠葛为主线,分城乡两个视野,讲述一个原本宁静祥和、炊烟袅袅的小村庄如何逐渐消失的故事,谱写了一曲江南农村发达地区社会主义新农村与城市化同步发展的历史壮歌。

赵新的短篇小说《孤独的庄稼》,从小说的标题即可看出,城市化不断推进,农村人口不断涌入城里打工,逐渐抛荒的土地失去了往日的热闹,庄稼逐渐变得孤独,失去了庄稼的土地变得孤独,那些极少的坚守在土地上的农民变得孤独,进一步来说,那个被遗弃的传统农耕文明也正在经历孤独。

陈应松的中篇小说《野猫湖》,呈现的是一个已经引起广泛关注的社会问题:农村大量人口进城务工而形成的空巢。小说以一个农村留守妇女吴香儿在艰难生活的重压下从单纯的小妇人逐渐蜕变成女同性恋者,最后杀死自己丈夫的故事来完成这种揭示。这里既有现实的空,也有精神的空,而精神的空对人的影响更深远,也是作家着力想要揭示的。作家把正在变成空巢的乡村呈现出的各类社会问题清楚地摆在我们面前。同样是写空巢,季栋梁的《上庄记》则是反映了乡村空巢的教育问题。

迟子建的《黄鸡白酒》,叙述了在气候寒冷的北国城市哈尔滨,90 岁寿星春婆婆因在冬季供暖中受到的不合理待遇而打官司的故事,反映出当下城市服务管理中存在的一些问题；更通过老旧城区玉门街在几十年间的变迁，反思城市在发展进程中出现的问题。

乔叶的两部中篇"非虚构小说"《盖楼记》《拆楼记》，聚焦前几年热门且具争议的话题——"拆迁"，作家巧妙地把主角"我"设定为拆迁户在城里工作的妹妹，让"我"既能以当事者的心态来讲述这一事件，又能以旁观者的身份获得拆迁双方当事人的真实想法，从而实现了对整个事件的相对客观的讲述。小说透过"我"在一盖一拆过程中心理上的微妙变化，剖析了一个普通人在面对眼前的利益、长远的利益和各方人物在对抗冲突中的心理变化，表达出作者对这一社会敏感事件的深层思考。

十五、反腐倡廉

反腐倡廉，就文学作品创作来说，是一类题材与主题；而就社会的发展而言，反腐倡廉也是我国社会法制建设、社会进步的一个重要阶段。

进入新世纪，中央提出，大力推进廉政文化建设，积极倡导以廉为荣、以贪为耻的社会风尚。从上到下，掀起惩治腐败、倡导廉政建设的高潮。这种全民性的反腐倡廉运动，同样也在文学创作里得以较强地体现。一大批作者，站在历史与时代的高度，创作了大量的小说与剧本，较有代表性的作家有陆天明、周梅森、张平等。

茅盾文学奖得主、中国文联副主席张平创作的长篇小说《国家干部》，描写了党和政府的执政者夏中民，坚持立党为公、执政为民并坚决与违背人民利益的少数干部进行斗争，从而热情地讴歌了党在执政能力建设中，众多可歌可泣、用生命维护人民利益的时代英雄的故事。

被誉为"社会与时代的一面镜子"的当代著名作家、国家一级编剧陆天明，先后著有《苍天在上》《大雪无痕》《省委书记》等长篇小说。《苍天在上》是一部反腐力作，讲述了章台市一起千万元公款挪用大案侦破过程。全书表现了新任代理市长的励精图治、市委书记的沉着冷静，使得副省长的问题终于被揭开。《省委书记》是第一部全面表现我国当代高层政治生活和高层政治人物的长篇小说。

当代著名作家周梅森以善写反腐力作而著称，其先后创作多部反腐长篇，其中《至高利益》《绝对权力》《国家公诉》《梦想与疯狂》《人民的名义》均属于这方面作品。《至高利益》是一部揭示政绩工程内幕的当代政治小说。主人公李东方由市长继任市委书记，面对着两位前任大搞政绩工程所造成的严重后果，忍辱负重，一次次陷入政治窘境和险境之中。《绝对权力》以当代经济改革为背景，通过对某省镜州市一场惊心动魄的反腐大案的侦查，塑造了以省委副秘书长刘重天、镜州市委书记齐全盛、镜州市副市长周善本为代表的一批优秀共产党员的形象，反映了党的领导干部应如何树立正确的权力观这一主题。《国家公诉》主要讲述了长山市大富豪娱乐城一场大火震惊全国，死者不下 150 人。是纵火案还是失火案？在与腐败博弈的过程中，女检察官以极高的职业操守，不畏强权和威胁，几次化险为夷，却不想黑幕越揭越深。正义与邪恶的搏斗，腐败与反腐败的较量，阐释出法律的沉重。

茅盾文学奖获得者、军旅作家周大新的长篇小说《曲终人在》，全面展现了中国社会尤其是中国官场的纵贯线，也展现了中国社会从计划经济向市场经济转变的过程中，官场和官员所发生的一系列变化，直击腐败问题。原总装备部创作室作家陶纯的《一座营盘》，是突破军队反腐领域雷区的开山之作，其中涉及的人物之重、级别之高、问题之大，都是前所未有的。

反腐之作一度成为热销读物，这方面的小说还有王跃文的《国画》、闫真的《沧浪之水》、王京的《官场蜜语》、刘千生的《外逃贪官》、罗学知的《黑白较量》、唐凤雄的《机关圈套》等。

第十章

名家论语

对于小说创作，中外众多小说家及评论家都有过精彩的论断。就小说家而言，他们有的是站在小说的总体创作角度，介绍小说创作的必备素质；有的是基于某部作品的创作，介绍创作体会及对小说创作的理解。就评论家而言，有的是对小说创作的总体规律进行观察，有的是基于某小说家的特定作品或整体风格，做深入而独到的评述与研究。事实上，无论是小说家自我言说，还是评论家的冷静旁观，这些评语，毫无疑问是我们解读小说的一把很好的钥匙。

本章以"人物专访"的形式，从写作责任、题材原典、主题表达、叙述视角、艺术构思、文字魅力、整体观照、经验分享等八个方面，介绍中外部分作家的写作个性与文学观点。

第一节 写作责任

一、贾平凹：作家的使命是关注现实①

作家肩负着一定的社会责任，写到一定时候，就自然而然要为这个时代、这个社会尽一份责任。作家的使命是要关注现实，要对社会抱着很大的感情，研究社会的走向，对社会的焦虑、忧患，不是仅挂在嘴上，而是要真正操那个心。你对社会的研究越深，对社会的发展越深度关注，你对社会怎么向前走就有一个比较准确的预期和把握。

怎样讲好中国故事？首先就是要把普通人写饱满，才能写出这个时代。其次要讲中国的变化，把自己所感受到的东西表达出来，讲转型时期的中国到底发生了什么。对于我来说，能力有限，但既然生存在这个时期，而且这个时期

---

① 贾平凹. 作家肩负一定的社会责任［N］. 文化艺术报，2020-09-04.

是一个特别丰富、特别复杂的年代，自己就应该多写一些，把这个时代表达出来，以自己的声音表达出来。我一直感觉自己身上扛着沉甸甸的责任，总是希望把作品写得好一点。能不能写好，或者说能不能达到那种愿景，这是另外一回事。

每一位作家都肩负着社会的责任，作家的使命或者说文学志向就是关注这个社会，反映这个社会，在创作中，作家需要全神贯注地付出所有心血，用生命去写作……每年都要走许多的乡镇或者农村，在一种说不清的牵挂中了解百姓生活，因为不同时期的关注，就会产生不同的兴奋点，也可以说为小说创作迸发出了灵感。

文学是一个品种问题，作家就是这个时代生下的品种，也就是说，作家就是这个社会、这个时代一个小小的职业。写作是作家的使命，作为作家特别是青年作家，要在文学创作上胸怀大志，能沉住气，能静下心，对文学心存敬畏，认真对待每一个文字，肩负担当和责任，用自己的声音表达这个时代、书写这个时代，潜心创作一些自己想写的或自己能写的文章，就一定能写出好的作品。埋头写自己的作品，自己写作品证明自己。

二、周梅森：伟大时代，需要作家"靠前站"①

关乎民族生死存亡的大事，作家是不能沉默的。

从第一部官场政治小说《人间正道》开始，我的《绝对权力》《至高利益》《国家公诉》《人民的名义》等作品，均描绘了暴风骤雨式的反腐倡廉斗争。现在大家形成共识：反腐作品不会带来消极影响，相反，能形成舆论的高压、监督的力量。

现实生活是文学创作素材的宝库，直面和反映社会现实，也是文学的一个重要作用。反腐题材的作品，写起来有相当大的难度。但一个伟大的时代，需要有一些作家"靠前站"。在一个国家、一个民族变革和发展的过程中，如果文学总不在场，总站在变革之外，离人民越来越远，肯定是不对的。我尽我所能，记录激烈的变革和艰辛的发展，揭示变革和发展中的问题。这是文学的责任、作家的责任。文学是要讲良心的。

总有一发子弹击中你。我的创作起步于历史小说。历史小说怎么写？就是从人性的角度去揣摩他们怎么说话、怎么行动，根据人物的成长环境，写出人物特定的命运。新闻报道的是一个个社会现象，文学则不同，文学要写出世道

---

① 周梅森：伟大时代，需要作家"靠前站"［N］. 包头日报，2017-04-12.

人心。文学是人学，把人物当人写，那就八九不离十了。

腐败有多种成因、多种形态，如人性的弱点、仕途的诱惑、别人设下的圈套……说白了，腐败就是人性的贪念在权力缺乏有效监督时发展到了极端。另一个就是制度的缺失。我不愿把贪官简单粗暴地描写成魔鬼，我更想展示他们是怎么走到这一步的。对贪腐者人性的描写与揭露，总有一发子弹会击中你。

腐败是对社会、对人民最深的伤害，是对世道人心的伤害。人民的幸福感强不强，很大程度上取决于是否得到了社会的公平对待，而腐败恰恰最有损公平正义。"人民的名义"有双重的含义：有的腐败官员在台上讲话，满口"人民"，私下里打着人民的旗号干坏事；惩腐肃贪才是真正以人民的名义将贪官绳之以法。

我们所处的这个时代，有再多的问题，依然是个伟大的时代，创造的社会总财富超过了历史上任何一个时代，社会也为每个有能力的人提供了各种发展的可能性。写反腐，不是挖社会主义墙脚，也不是要揭丑，而是因为腐败给我们带来了切肤之痛，高标准、严要求的反腐败，是正当其时，是我们这个国家的春秋大义。

三、侯发山：用小说承担起社会责任[①]

文学源于生活而高于生活，比生活更典型更集中更普遍更有意义。我以为，小说应该是有故事，新鲜的，曲折的，奇险的，荒诞的，能引起读者共鸣的，能启迪读者思考的，能给读者新鲜体验的。总之，得有个好故事，有了好故事，还得把它讲好：用独特的人物形象来做故事的主体，用生动的细节来做故事的点缀，用精致的结构让故事更加动人，用恰如其分的语言将故事娓娓道来，等等。一句话，把故事好好地讲出来，就是好的小说。

小说和故事是不一样的，故事比小说简单，小说比故事丰富。读小说和读故事的感觉完全不一样，读小说能让人产生一种美感，一种酣畅淋漓的体验，一种意犹未尽的享受，等等。而故事就是故事，没有读小说所产生的效果。

文学的认识作用、教育作用和娱乐作用三者有机统一，是文学审美作用的三个具体方面。在我看来，写一篇文章起码得有一点儿意思，想告诉读者什么。否则，这篇文章就没写的必要。人们认识社会、认识自然、认识人生，用的是一种科学分析的方法，文学作品对人们的影响固然有这方面的认识作用，但这

---

① 个人图书馆. 侯发山谈创作十要点［R/OL］.（2013-06-29）［2023-05-12］. http：//www. 360doc. com/content/12/0121/07/2369606_ 733637348. shtml.

不是文学作品的主要功能，更不是其本质特征。文学的娱乐作用也是显而易见，可以使人得到一定的感官上的满足，但这种感官的满足，既可以引起人们思想的疲乏，也可以引起思想上的震撼和思考。要做到文学的认识作用、教育作用、娱乐作用三者有机统一起来，是很难的，取决于作者本人的境界，即思想境界、学识境界等。

我们所面对的"乡土"已经不是传统意义上的乡村，我们所面对和表现的"人"，也不再是传统意义上的农民。作为农民的儿子，应以强烈的社会责任感和使命感，书写农村在时代转折中的命运交响，奋进中的人生悲欢和普通百姓的思想和情感。

作为一个农民的儿子，我将一如既往地关注农村的父老乡亲。虽然我没有能力改变他们的命运，但可以把他们的命运真实地再现出来，更多地提供社会底层的信息，让更多的人去关注他们，去改变他们的命运。任何时候，对弱势群体的关注都是文学永恒的主题。关注底层，关注弱势群体，这样的作品才可能具有生命力，因为它记录了我们这个时代前进的足迹。

四、托尔斯泰：做一个清醒的现实主义者①

文学必须面向现实、忠实于生活，真实地描写社会现实。决定文学感染力大小、程度强弱的一个重要条件，就是文学家对自己所传达的那种感情体验的真挚性。

文学家之所以为文学家，是因为他并不是按照他所想象的那样去看事物，而是按照事物的本来面目去看事物。一部作品被认定是真实的，那是因为它本身可以使人们感到真实，文学作品，只有在读者不将其想象为别的什么东西，他们想象的正好就是他们所见、所闻、所理解的真实时，这才是真正的艺术作品。

写历史题材作品，我忠于现实，直到微小的细节。我可以在"历史"的封面上写上"我无所讳言"。在《战争与和平》写作中，历史人物的言论和行动都并非杜撰，我都有资料依据。我写作所收集的资料构成了一个完整的图书馆。

文学创作中的谎言，是令人深恶痛绝的。生活里，谎言是卑鄙龌龊的，但它不能毁灭生活，只能以这种卑鄙行为玷污生活；文学艺术里，谎言会毁灭现象之间的任何联系，使一切都抹上粉灰。那种不依照生活的本来面目描写，却按照自己心目中的生活的面目来描写的人，其作品是谎言，是欺骗，是专断，

---

① 冷满冰.“托尔斯泰主义”和托尔斯泰的文学创作［J］.成都大学学报，1997（04）.

是对人有害的东西。

作家要写出感情真挚、富有感染力的作品，就必须具备观察并记住富有特性的细节的能力。艺术家必须观察和思考，必须摆脱那些影响他专心致志地观察和思考生活现象的生活琐事。作家必须把自己面前所要描写的东西看得明白、清楚，一分钟也不要从眼前放过生活的真理。对于农民题材，不夸张地说，我只需看到一个庄稼汉的后脑勺在颤动，就知道这个人是因为痛苦在哭泣。

文学创作是从观察到的生活事实出发的，然而这不等于把观察到的生活做简单的机械的记录。简单机械地记录生活，或者说，烦琐地抄袭和罗列生活的个别现象，乃是自然主义。用这种方法拼凑出来的东西，是生活混乱状态的记录，是艺术的赝造品。如果看见一个庄稼汉走着，就写庄稼汉；看见一头猪躺着，就写一头猪，如此等等，难道是艺术吗？

作家必须在观察生活，从生活中汲取丰富的感性的生活素材的基础上，通过艺术的想象与虚构，对生活进行提炼、加工、集中、概括。换句话说，作家必须以生活真实为基本前提，运用典型化的艺术手段，创造出富有典型意义的环境、事件和人物形象。

第二节　题材原典

一、宗璞：大家的生活让我酿出蜜来①

正如我父亲所说，真正的历史是永远不知道的。小说总是和历史有关的，写的事情都是已经发生过的，都是历史。《宗璞文集》有一句话："写小说，不然对不起沸腾过随即凝聚在身边的历史。"《南渡记》《东藏记》对"小说"的理解，更强调小说作为"史"的一面。在这样的层面，应格外看重小说的写实功能。作家老舍说，"写东西要使人感觉到"，就是要能引发读者的同感。

当然，"小说只不过是小说"，也就是说它终究是一种虚构。我写的虽有"史"的性质，但只是小说，不是历史，很多东西是虚构的。小说如果太"实"了，不太好；如果太"虚"了，又缺乏厚重的生活内容。"虚"和"实"怎么能调和得好，这是个功夫。

---

① 个人图书馆．宗璞：是大家的生活让我酿出蜜来［R/OL］．（2020-01-06）［2023-05-12］．http：//www.360doc.com/content/20/0116/16/39564225_ 886530312.shtml.

我的书是大家的书，是我的长辈们、老朋友、老同学，包括先后同学、大小同学凑起来的记忆，有许多细节都是大家提供的。梅贻琦先生的侄儿梅祖培参加了强渡怒江，他给我讲了他的经历；我哥哥给我讲他参加滇西战争的经过，讲了好几回。各人头上一方天，各人脚下一口井。每个人都有自己生活的资源。我就像一只工蜂，是大家的生活让我酿出蜜来。或者，我就像一只小蚂蚁，认真努力地在搬沙，衔一粒，再衔一粒，终于堆起一座小沙丘。

文学创作就应该是"业余"的，有了生活你才有自己要写的东西。可是实际上在做起来的时候，就不可能完全是业余的，你得全身心地投入去做，尤其是写长篇。

我将自己的写作分为两种类型，一种是现实主义的"外观手法"，一种是超现实主义的"内观手法"。"外观手法"主要是根据生活反映现实的写实主义手法，比如《红楼梦》里写了几百个女孩子，能各有个性而不重复，因为曹雪芹在现实生活中接触了很多的女孩，是有根据的。我的《三生石》《弦上的梦》《红豆》就是属于"外观手法"。另一类"内观手法"就是透过现实的外壳去看本质，虽然荒诞不经，但求神似。我受到卡夫卡的启发很大，他的《变形记》《城堡》写的是现实中不可能发生的事，可是在精神上是那样的准确。"内观手法"也和中国传统艺术的关系很大，中国画讲究"似与不似之间"，这个对我启发也是很大的。我也有一些作品是把"内观"和"外观"糅合在一起。写作手法是为内容服务的，怎样写要依内容要求而定。

二、迟子建：应对题材产生情感共鸣①

一个作家必备的本领，就是能从别人熟视无睹的东西中发现闪光点，把光焰放大。

题材没有大小，也没有轻重，关键要看作家对这样的题材是否产生了感情。否则，再大的题材，与你的心灵产生不了共鸣，融入不了感情，你就驾驭不了这个题材。即便《伪满洲国》里写到溥仪这样的大人物，我都是用描写小人物的笔法。因为我坚信，大人物都有小人物的情怀，而情怀才是一个人本真的东西。

《额尔古纳河右岸》的写作，我进入鄂温克族人的生活世界。我去追踪这个部族的时候，心灵受到强烈的震撼。山里的条件很艰苦，但他们的生活快乐。他们从不乱砍滥伐，打猎也绝不滥杀，够一周的食物就行了，在知足中产生富

---

① 迟子建. 我热爱世俗生活 [J]. 上海文学，2013 (11) .

足感，他们唱的歌旋律优美——他们的生活方式对我们是有益的启示。我们为了所谓的文明生活，对我们认为落伍的生活方式大加鞭挞，本身就是一种粗暴。不仅鄂温克这个部族面临如此境遇，世界上其他那些有自己生命信仰的弱小民族，在现代文明面前也面临着生存的艰难和文化的尴尬。这值得我们反思。

《晚安玫瑰》借着描写小娥的爱情，扫描了中国百姓的生存状况，买房的压力、婚姻的矛盾甚至亲情的背离。小说中的每一个人，都在欲望中挣扎。在这里，我们可以看到时代的风云变幻对个人命运的影响。

我热爱世俗生活。我很多作品都写到了厨艺，而且不厌其烦地描写制作过程。吃，就是世俗生活中最重要的一个部分。谈到"吃"在小说中所起的作用，我觉得它就像一个人的呼吸一样。你总不能让人物在作品中一味地谈"精神"，而不吃不喝吧？这有悖生活的常理。当然，无节制地"炮制"吃，小说又沦落为菜谱了。掌握好"火候"，至关重要。

作家的命脉是什么？想象力。一个只拥有生活而缺乏想象力的作家，会灿烂一瞬，如流星；而那些拥有丰富想象力的作家，有如一颗恒星，会持久地闪烁光芒。有了想象力，你就不会把"生活"那么快用空，你的内心总会有激情和动力，好像一台汽车加足了油，随时都可以驰骋。一个作家一生最要爱惜的，就是保护和发掘想象力，它是写作的火种。

悲天悯人的前提，是这个作家对世界没有绝望，哪怕生活落入不幸之境，他们依然能用湿漉漉的眼睛打量尘世的风景。这个世界神灵与鬼魅共存，一个富有宗教情怀的人，会把"根"扎得很深，不会被鬼魅劫走。

写作的魅力在于，你以为切近了理想之境，可是到了近前一看，那个境界还遥远着呢。我愿意这样一直行进下去。

三、曹文轩：我们谁也无法走出自己的童年[①]

我们谁也无法走出自己的童年。人的一生就像这样，你以为从起点出发，走了十年二十年，已经走很远了，可最终发现，你又回到了那个原点。其实，不是你最终回到了原点，而是你始终都在那个原点。从这个层面理解，童年是走不出去的。就我个人而言，我的审美趣味、情感表达方式，都受童年的自然环境、童年的家庭教育，以及童年时身边的人的影响。之后的文化接受都是构建在这个基础上，并进一步强化了这个基础。从这个意义上来说，人是走不出童年的。

---

① 曹文轩. 草房子［M］. 北京：天天出版社，2015.

我的作品，有个重要的印象就是"水"，因为我是在水边长大的。小时候的记忆就是桥梁、河流还有船，现在回头去看我的作品，那里的故事发生，十有八九是和"水"有关的。这些故事里的"水"不光影响着作品富含的美学趣味，本身还承载着一个人的经历与记忆。一个靠近水边的人，会对"干净"这个词很在意。这种"干净"也自然而然地表现在了作品的精神境界中。所以就有了我作品中以"水"来表达圣洁、纯净的美学趣味。归根到底，这样的美学趣味，还是与我童年的经历密不可分。这种趣味已经融入了灵魂、血液之中，当我拿起笔写作的时候，它就自然而然地流淌于笔下。

生活经历里的一些东西，背后都是文化的根。文学作品，它需要一定程度的、足够的陌生感。写的故事，是其他地方都很难发生的故事，这才是最重要的。

我是在一个巨大无边的物质匮乏的环境里长大的，又经历了许多社会波动、灾难，这样的经历是写不出嘻嘻哈哈的作品的，不可能给孩子一味制造快乐。所以我的所有作品，哪怕喜剧作品都有悲剧感。

通常认为，儿童文学就是给孩子带来快乐的文学，这样的定义有问题。看儿童文学史，那些经典的作品基本上都是悲剧性的而不是喜剧性的，安徒生最有名的童话都是悲剧性的，比如《卖火柴的小女孩》《海的女儿》。朱光潜先生在《悲剧心理学》里说，有些悲哀的情感释放，喜剧并不能解决，反而要借助悲剧。所以很多事情我们都缺乏深刻的思考和追问，当你深刻思考和追问后，会发现很多命题不成立。比如，让一个孩子在快乐中健康地成长。这个观点一定有问题，一个只知道快乐的孩子的成长一定不健康，作为一个生命，一定是没有质量的；除了笑和快乐，没有伤痛，没有悲哀，没有忧愁，没有忧伤，没有忧郁，没有悲剧感，这样一个生命不能说有质量。"安徒生奖"以一个擅长写悲剧的作家命名，可见儿童文学并不一定只给孩子带来快乐。孩子的成长需要悲剧性的作品，而不仅仅是喜剧。

我们做任何事都有目的性，只是这个目的性有时很清楚，有时不清楚，有大有小而已。而我的目的性一定是：为人类提供良好的人性基础。这个基础具体说有三个维度，道德、审美和悲悯情怀，当然还有些其他的次要方面。

四、凌淑华：我用炽热写女性和儿童①

我的小说，主要表现处于新旧时代转折时期，那些解决了温饱问题的中国中上阶层家庭里，已婚的太太和待嫁的小姐们生活的无聊与心灵的孤寂。一方面，聚焦于"大宅门内的女人社会"，审视这类"新生活里的旧角色"的太太小姐们的忧郁和自身的种种弱点。另一方面，聚焦于走出高门的女性，她们因未汇入时代的洪流，既无温饱威胁，又无婚恋枷锁，但也没有新的追求，因而也就失去了生活的激情，同样脱不了琐屑、平庸。这些人与事，为当时许多热衷时代风云的作家不屑一顾，但人弃我取，作为一个对大家族女性生活有着深厚的积累，又接受了"五四"新思潮影响的作家，在经验与思考相结合中产生出结构女性故事的基本特点，就是在历史发展的环节上凝聚家族、时代、女性三种因素，并从中关注那些女性的生存，思考她们当如何生存，描摹她们的春困、秋愁、懦弱、痴愚、虚荣、偏狭，生命的畸形、病态和销蚀。

笔下高门巨族的女性生活，烙印着中国家族制度历史给予的特殊印迹：妻妾成群、妇德女红、金莲罗衫、看戏打牌、幻想沉寂、隐忍自杀，其中的喜怒哀乐、繁华凄凉自有高墙内的逻辑。无论这些女性的人生阶段有什么不同，身份角色有什么不同，她们都用一生完成着一个生命被扼杀的故事，这是一种从欲望到情感到思想的全面扼杀，而且这扼杀并不是令人震惊的伤害事件，而是在日复一日的日常生活里自然进行的。

我的女性小说没有放眼时代风云，没有像冰心、庐隐那样提出社会问题；和冯沅君撕心裂肺、血泪斑斑的故事迥异；我仅仅专注于女性在院落之内的生存，具体而细小。我也无意于使小说成为政治批判、社会批判的武器，而用以文化批判、道德批判，然而这同样是在时代思潮影响下形成的，所以，我笔下的女性们，哪怕是高门巨族的精魂，其潜在的悲剧性也是在新思潮照射下才显现出来，反映着高门之内的沉寂与变化了的外界的碰撞。

我也喜欢创作儿童文学。总是怀恋着童年的美梦，对于一切儿童的喜乐与悲哀，都感到兴味与同情，书里的小人儿都是常在我心窝上的安琪儿。我的儿童小说令孩子们感到亲切，对孩子的童趣以及寂寞、委屈等，总是用心去表现，《小哥儿俩》就是很有代表性的一篇。我用孩子的心灵、眼睛去感受、观望、思考儿童的天真可爱。

---

① 余文博，陈卓. 从凌叔华小说中的女性形象透视其女性主义立场 [J]. 重庆邮电学院学报，2006（3）.

五、莫泊桑：崇尚真实和自然①

以凡人小事为题材，借助小人物反映大社会，通过小事情窥视大世界。如履薄冰地拿着微薄薪水的小职员，道貌岸然下的卑劣苟且的小领导，生活悲苦、命运悲惨的社会底层人民，这些生活拷问出的真实人性，都是我们生活中信手拈来的题材。这些平常的"小人物"、司空见惯的"小事情"，却总能让我们看见这世界很多很大的内在。

小说的艺术表现应崇尚真实和自然，力戒浮夸和绘饰，呈现给读者真实的不加修饰的面貌。写人物，首选应是写他们的日常生活，以及在这日常生活中表现出来的行动和心理，写各种情况下作为那个身份的那个人的合理的真实反映，包括欲望。比如小说《羊脂球》，羊脂球是个丰腴白皙的出名妓女，故事里，绅士和贵妇们的反应也可以说是完全真实的。从开始的不屑与鄙视，到有求于人时候的不好意思，到进食时的狼吞虎咽，再到吃完后的客气聊天，乃至后来被扣押时的威逼利诱，以及利用完人家后的冷漠和更鄙视。这些都是他们最真实、最合情理的反应和表现，他们的一切可笑可悲可叹可憎的反应都是再真实不过的了。

当然，在"真实感"的问题上，我不赞同自然主义的"绝对真实"，也不赞同主观意向上的浪漫主义。一个现实主义者，如果他是艺术家的话，就不会把生活的平凡的写照表现给我们，而会把比现实更完全、更动人、更确切的图景表现给我们。因此，"写实感"应根据事物的普遍逻辑，给人关于"真实"的完整意象，而不是把层出不穷的事实死板地照写下来。

写小说不存在不可更改的法则，作家应具有根据自己的艺术见解来想象、观察和写作的绝对权利，应不受束缚，具有灵活多样、富于变化的表现形式。作家可以叙述一个完整的故事，也可以描写一个截取的残缺的片段；可以让众多人物出场合奏，也可以是只有一个人的独舞。愿意的时候就让一个人来讲故事，不愿意的时候，也可以让几个家伙换着讲，你方唱罢我登场，不一而足。而在讲故事的时候，也可以从前到后娓娓道来，也可以一上来就抛出一个重磅炸弹的结尾，再告诉读者这一切的来龙去脉。

不仅要求准确地理解事物的外貌，而且还要深入到对象精神和心灵深处，理解其未暴露出来的本质，理解其行为动机。这正是巴尔扎克"再现典型环境

---

① 孟丽．试谈莫泊桑的文学主张和小说创作［J］．徐州教育学院学报，2002（3）．

中的典型性格"的现实主义的创作方法。

第三节 主题表达

一、路翎：用叙述的"疯癫"表现主题的"疯癫"①

我的创作手法与罗曼·罗兰的《约翰·克利斯朵夫》相似。所要的并不是历史事变的记录，而是历史事变下面的精神世界的汹涌的波澜和它们的来源去向，是那些火辣辣的心灵在历史命运这个无情的审判者面前搏斗的经验。

不同于现代文学史上的一般作品，我的小说有点近于残酷的灵魂的拷问与"歇斯底里"的变态情绪，常使读者痛苦不已，进而"废书不观"。笔下的主要人物似乎都有点神经质，其性格和心理是不稳定的，甚至都有点疯狂与变态。人物都带有一种强烈的浮雕感，线条粗犷、动作僵硬，缺乏现实人物的纤巧、灵敏与情味。每个人在生存的苦难中都表现出"拉奥孔"式的痛苦、绝望与疯狂。

我的作品大都是悲剧性的，但其中又透出一种乐观的力量，即使在最阴暗的情境中，也腾跃着一种征服的激情与豪迈。主人公大多是现实人生中的失败者，但面对现实人生的绝望，他们又无一不是为"理想"而战的斗士，他们"也许是负担了在别人看来是失败的结果，可是战斗即胜利"，这种"西西弗"式的反抗精神在他们身上以各种形态体现出来。

个体生命的争斗不仅停留在外在的行动中，同时灵魂的深处亦有血淋淋的谋杀与吞噬。整部作品就如一座巨大的舞台，充斥其间的是紧张的激情与冲突，冲突蕴藏在每一个瞬间。我喜欢描写人物的瞬间心理和瞬间心理的变化，追求人物心理变化的幅度、速度和强度。我不是满足于"哀其不幸，怒其不争"的博大悲悯，而是竭力扰动，想在作品里革生活的命。我以巨大的热情投入到对于人的灵魂的探寻中去，使得长久以来埋藏在人们灵魂深处的情感与理性冲突的火花得以闪现出来，丰富了现代文学对于人（尤其是下层劳动者）的心灵世界的描写。这是一种最大限度的原生态，是超乎批判现实主义典型观的一种艺术美学，用叙述的"疯癫"表现主题的"疯癫"。

---

① 易惠霞. 疯癫与颠覆——路翎小说创作中的"疯癫"透视［J］. 文史博览, 2006
（14）.

我把一切诗的、散文的技法嵌入小说，句子成分也在中西语法的边缘无节制地膨胀。语言有些冗长与烦琐，还有一种焦灼感与芜杂感，不是以飘然的态度写出来的。

我追求的是粗犷的力之美、沉重的情感分量和激荡的心理狂潮，创作中提倡战斗的热情。我的笔下，京派作家那种明心见性的静观的审美态度，以及冲淡、明净、节制、圆润的笔情墨韵已经荡然无存。牺牲了艺术上的空灵和精致，换取了狂野雄放、元气淋漓。

二、茹志鹃：从生活中提炼并深化①

在创作小说方面，我主要注意这样一些问题。第一，我所写的东西是人们所接触的生活、共见的生活，但我写出来，终归要给别人看见更深入一点的生活，没有这一点的话，读者是不会愿意看的。因为你也看见，我也看见，我为什么非看你不可，我一定要给人家比生活更深一点的东西。第二，我非常注意小说的开头，读者拿上你的小说，如不让他扔下来，一个关键是作品的开头。艺术上，提出从矛盾处设置悬疑，要有所表现。第三，把故事从繁杂化为单纯，因为故事越是繁杂，越难写成短篇。从某种意义上说，短篇比长篇难写，把很复杂的故事揉到很单纯、意义很深刻，也是一部小说成功必备的条件。

在创作中要重视思想性的东西，这点是很重要的。为什么读者喜欢看你的作品而不直接去看生活呢？严肃的文学家，给人家一点思索的东西，非要这样不可。我过去读的书——我认为好的书，是在阅读当中能对我有所启发，给我一些我没有想到的东西。读者阅读后，对一些东西有新的认识，这才是好的小说。

年轻作家与老一辈作家有很大不同，前者不大考虑给读者以教育性、启发性，他们更多的是忠实反映生活，越真实越好。我小说里面的正面人物，不是莲花座的人（指观音菩萨）——文学的目的不在于教训人，只是让你看了以后，使你有所得。

三、梁晓声：文学应书写生活中的真善美②

一个人的经历往往能决定他成为什么样的人或不能成为什么样的人。童年、

① 刘玉凤. 茹志鹃小说的艺术风格及其发展研究［J］. 江西电力职业技术学院学报，2019，32（10）.

② 李萍，刘光明，田福雁. 现实主义，"梁记面食店"的特色和招牌［N］. 中国税务报，2022-05-30.

少年、青年的生存环境或者说生活经历，构成小说的某些重要因素。文化知识积累和社会责任感是小说创作的必备因素。一个作家，他必须对所处的时代、对社会、对一部分他所热爱的群体带有原则性的责任。

文学应书写生活中的真善美，不矫情、不媚俗，追求真善美，这是我心目中的现实主义。现实主义文学是一种有力量的文学，它的力量就来自对国家和民族的关注，对普通人生存现状的思考和关注。彰显人性善，这才是现实主义的最大意义。

把自己的时代用文字记录下最为浓墨、记忆最为深刻的那一段来，那不仅有文学价值，还可以作为一种史料供后人研究。通过对现实生活的观察、体验，提炼生活素材，再通过艺术想象，塑造人物形象、创作文学作品。比如说：下雪后，早起看到第一行车辙或脚印，可以像记者一样去追踪，也可以不去追踪——展开想象，而想象靠的是日常生活的积累。文艺作品不应仅仅是镜子，只照出现实生活中的悲喜而已，从现实生活的悲剧中提取出悲剧精神，阐述悲剧原因，是谓悲剧价值。具有悲剧价值的文艺作品往往令人肃然，撞击心灵。

写小说仅凭经验和技法是不行的。一个好的小说家应当培养这样一种心：善良、富有同情感、经常被感动。如果没有这样的心，写出的可能是发行数量很多的畅销书，但不可能是有社会责任感的、经得起历史检验的好作品。生活本身有意义，而不是被写得有意义。碰到某种事而没有掂量出它的价值，没写出来去影响一部分人，是小说家的失职。

对细节的处理，应具有武林高手的本领，细节是魔鬼，情节是天使，即使你手上没有枪，也用冷峻的思想把一切毒瘤杀得精光。情节难免相似，细节却是作者的"专利"。

哲学家说"性格即命运"，但所谓命运一定是综合素质所决定的。性格因素不可能是决定因素。古代，性格对人的命运影响会大些，一部《三国演义》，几乎也是不同人物的性格史。而性格的终端含义其实是人格，性格魅力其实便是人格魅力。现代社会，制度的越来越相似和文化的越来越同质化，人类在性格方面的差异越发微小了。所以我们会发现，在国家制度相似和文化价值观接近的情况下，某些国家表现出类同的普遍性格，个性鲜明的人往往只出现在小说、戏剧或电影中了。

四、毕飞宇：小说的终极价值就在求真①

写作对我的帮助是无与伦比的。首先是改变了对语言的认知。写作让我知道了语言不是工具，它是本质。所谓对自己的精神负责，就是对自己的语言负责，反过来也一样。一个小说家拥有语言，就是拥有生命。

写作的人其实也混沌，他就那么懵懵懂懂的，仅仅依靠他近乎偏执的爱、他九死不悔的同情心，加上他未必招人喜爱的固执，一点一点往下写。时间久了，回头一看，他其实并不混沌，也不傻，他只是以己度人——用自己的心去感受和体谅别人。他是怎样对待自己的，他就怎样对待作品中的人物。你可以说他很自私，很自恋，其实，他的心也开放，关键是柔软。他希望自己多一点快乐，少一点疼痛，就因为这个基本的愿望，他成了一个有生活态度的人：希望别人多一点快乐，少一点疼痛。他讲理，他希望有地方讲理，实在不行，他就沉默，一个人沉思。一个作家不说话了，不是因为他被改变了，是因为他没变。

小说最动人的力量，或者说小说直指人心的东西，当然是真，真实的真，真理的真。小说的终极价值就在求真，这是文学的宏观要求。对一个小说家来说，表现真实就是追求真理。

写作中常有"灵感"和"顿悟"的时刻。我始终觉得小说人物和作者之间存在一个反哺的关系。有时候，是作者哺育了小说人物，有时候，是小说人物哺育了作者。小说人物的命运有时候会给作家带来顿悟，作家会在这样的过程当中修正自己，这样的过程不会轻松，你会怀疑自己，尤其会怀疑自己所受到的教育。一个作家的权力究竟有多大？当作家决定小说人物死去的时候，小说人物有没有求生的权利？从这个意义上说，作者也是小说里的人物，他参与了小说内部的社会生活，然而，他不是主宰，没有人可以主宰生活。

谈论现实主义的时候，有一个灵魂性的东西不应当被忽视，那就是作家的现实情怀。我们必须承认，现实主义是一回事，现实情怀则是另外的一回事。所谓的现实情怀就是求真。一个作家，最可贵的东西就是现实情怀，他选择什么样的主义，换句话说，他擅长什么样的美学表达，反而是次要的。卡夫卡也好，加缪也好，和传统意义上的现实主义相去甚远，但是，他们的作品里头有一种最大的真实，也就是真实的人类处境。现实情怀具体体现在哪里？还是加缪说得好，那就是"紧紧盯着"，他说的是紧盯现实。

---

① 程青，写作是投射到现实世界的一束温暖的光［J］. 瞭望，2019（1）.

小说的功能无非就是两个：第一，美学呈现；第二，认知价值。就认知价值而言，你辛辛苦苦写了一大堆的作品，读者得到的只是一大串的谎言，这样的东西写它干什么？谎言和真实高度相似，这是谎言最为蛊惑人心的地方，但是，谎言有一个致命的缺陷，它扛不过时间，时间一到，它会暴毙。为了作品能够活下去，一个作家应当重视现实情怀。

五、契诃夫：应摒弃世俗的主观性①

文学之所以叫作文学，就因为它是按照生活原有的样子来描绘生活的。它的宗旨是真实，是无条件的老老实实的真实。文学家是自己时代的儿子，同一切其他的人们一样，都应当服从外界的社会生活条件。

我的短篇小说大多是截取日常生活中的片段，从日常生活中发掘具有典型意义的人和事，在平淡无奇的故事中透视生活的真理，在平凡琐事的描绘中揭示出某些重大的社会问题，使得作品朴素得跟现实生活一样真实而自然。如《苦恼》中写一位马夫姚纳，在儿子夭折的一星期里，几次想跟别人诉说一下内心的痛苦，都遭到各怀心事的乘客的冷遇，万般无奈之下，他只有向老马倾诉自己的不幸与悲哀。我借助这一平淡无奇的故事，揭示出黑暗社会中的世态炎凉、人情冷漠和小人物孤苦无告的悲惨遭遇，把读者的思绪引向对于人生困顿的更为概括的思考。

文学家不是做糖果点心的，不是化妆美容的，也不是使人消愁解闷的；而是一个负有义务的人，受自己的责任感和良心的约束。既然你已经干了起来，就不应该打退堂鼓，不管你感到多么痛苦，也该克服自己的洁癖，让生活中的肮脏事儿来玷污他自己的想象……

在化学家的心目中，世界上没有任何不干净的东西。文学家应当像化学家一样客观：他应当摒弃世俗的主观性，他应当懂得，粪堆在风景画中的作用很大，而凶恶的感情同善良的感情一样，它们也都是生活中所固有的。

描写要十分简练，并且要恰到好处。写景时要抓住一些小小的细节，把它们适当地组合起来，使人读后闭上双眼也能看见画面。心理描写也要抓住细节，最好是别去描写人物的心情，应当努力使人物的心情在他们的行动中清晰可见……不要轻易在小说中直接表达自己的感情倾向和主观议论，而把这种主观倾向寓含于客观冷静的艺术描写之中，让生活本身来说话，做到含而不露、耐人寻味。含蓄，就是子弹顶在枪膛里，其威力是巨大的。我在《瞌睡》里描写

---

① 契诃夫. 契诃夫书信集［M］. 贾植芳，译. 上海：上海文艺出版社，2022.

13 岁的小女孩瓦尔卡白天不停地为主人干活,晚上还得整夜地给主人的小孩摇摇篮。她困极了,可小孩总是哭哭啼啼,使她根本无法入睡。最后她掐死了摇篮中的小孩,倒在地上酣然睡着了。在冷峻的描绘中,蕴含着深刻的社会意义:瓦尔卡的命运究竟将会如何?留给读者自己去思考。

六、巴尔扎克:用"典型化"表现现实①

现实主义,除了细节的真实外,还要再现典型环境中的典型人物。"典型化"是我始终遵循的创作原则。

"真实地描摹现实"只是"典型环境"的一部分,选择具有代表性的场景来突出人物,则更有意义。"典型"本指的是人物,即这个人物身上包括所有那些在某种程度上跟它相似的人们最鲜明的性格特征:典型是类的样本。应紧扣环境来表现人物,环境的变化促使人物的发展,而典型人物又使环境具有典型特征,二者是相辅相成、辩证统一的。

不仅仅人物,就是生活上的主要事件,也应该用"典型化"表达出来,有在种种式式的生活中所表现出来的处境,有典型的阶段,而这正是我刻意追求的一种准确。根据事实,根据观察,根据亲眼看到的现实生活中的画卷,根据从现实生活中得出的结论写的书,享有永恒的荣光。

如何塑造典型人物呢?每个文学形象都应有其鲜明的个性,但他首先必须拥有与他所共处同一时代人们的共性,否则人物就失去了真实感。而鲜明的个性对每个人物来说又如此之重要,如果人人千篇一律,毫无变化,那么作家的创作就失去了价值,因为它不能给读者留下任何印象。每个人都具有独特的、非一般化的性格,有独自的生活环境、经历、教养、信念、感情、作为、语言甚至癖好,显示出对外界感受不同、理解不同的心理特点。

艺术的使命,是将自然的、分散的生活现象,真实的细节,经过典型化,组成一幅统一的、完整的生活图画。遍查社会所有恶习和德行,对一些性质相同的性格进行分析比较和提炼,把分散在各种人物身上的鲜明而具有普遍性的性格特征,通过艺术想象、虚构融合,努力使之成为独一无二的、更具代表性的典型人物。

在塑造典型人物时,可以不直接描写当事人的个性,可以通过远视的方法,从侧面描写,不直接点题,让读者自己去细细品味。

---

① 梁萧 . 巴尔扎克作品中的现实主义风格 [J]. 现代交际,2016(1).

第四节　叙述视角

一、冰心：站在客观立场上来透视社会①

不要写经验以外的东西，不然，便太冒险了。多认识不同性格不同行业的人，尤其是医生、律师和心理学家，听他们述说经验以内的事。多旅行多看山水风物；城市乡村的一切，便可多见事物的背景，多搜集写作的丰富材料。例如各地的风俗、人情、习惯都是值得作者研究的。细心观察——凡是一个写作对象的一举一动、一言一语，都要仔细去观察、分析。不但是大事，还有小事，不仅是表面、内里，尤其要注意话后的背景和引起的反应。不要先有主义后写文章。先有主义便会左右你的一切，最好先根据发生的现象，然后再写文章。

用字对于写作，正像钥匙开锁一样，只要运用得纯熟，便可门门俱通。会演讲的人，多是用比喻，以具体的事物去形容抽象的东西，如孔子论"君子之过也，如日月之蚀焉"，这便是说明了君子之过失，好像日蚀、月蚀一样的明显，人人都能看得见。

文章的剪裁是艺术中最重要的一个条件，很多作者都不善于剪裁，以致事实杂乱，人物太多，轻重倒置，无法收场。譬如说《西游记》《封神榜》《水浒传》《儒林外史》等小说，都是人物很多，事实繁杂，但最后都有个总结束，如《西游记》之"八十一难"，《封神榜》之"封神"，《水浒传》之"一梦"，《儒林外史》之"入祠"。

作家应当呈示问题，而不应当解决问题。作家应当站在客观立场上来透视社会、解剖社会，将社会黑暗给暴露出来。就好像易卜生的《娜拉》（即《玩偶之家》），也不过是呈示妇女问题罢了。所以当妇女们欢宴恭请他的时候，他只说了一句："我写《娜拉》的时候，并没有想到你们。"

风格就是代表作家自己，换句话说，就是文如其人。所以一个作家要养成他的风格，必须先养成冷静的头脑、严肃的生活和清高的人格。

---

① 冰心. 写作漫谈 [J]. 国讯，1944（357）.

二、铁凝：以文学的方式对话世界①

文学来源于生活，就在普普通通的生活中，关键是你对生活的感受。感受生活就是感受人生，体验生活也就是体验人生。有个名人说：世界上只有一件事比犯错误更坏，那就是迟钝。

感受生活分两个方面。一是发现。契诃夫说："新手永远靠独特的东西赢得社会的承认。"这个"独特"就是新的发现，足见发现对于文学创作的至关重要。既要保持对生活的新鲜感，也应该刻意培养自己对生活的感受力，要培养自己对人生敏锐的眼光。二是细节的积累。积累细节跟"发现"是互相关联的。有光彩的细节可以增强作品的控制力。

感受并不等于理解，感想也不等于理论，也不可能上升到理论。我们对生活要有更深的感受，就需要有更深的理解，应该不断地学会对你所拥有的生活进行抽象。就好比是在一块庄稼地里，看见麦子就写麦子怎么样，看见玉米就写玉米怎么样，应该注意的不是玉米和麦子本身，而是生长着玉米和麦子的这块土地，以及土地下面那些更深层的东西，对生活有这样的思索以后，落笔才能深刻。文学是对人生和世界不断深化的理解和广博的把握，我们应该有直面世界的勇气，并且有对这个世界的爱。

小说是一种叙述的艺术，叙述是什么呢？就是说话。语言的锤炼，是我们表现生活的一种不可缺少的锻炼。海明威曾经说过："我总是试图根据冰山的原理去写作，关于显现出来的任何部分，八分之七是在水面以下的，你可以略去你所知道的任何东西，这只会使你的冰山丰厚起来。同时，要是你因为不知道才省去，则是蹩脚的、被人识破的作家。"要学会语言的锤炼，语言不仅仅是作品的工具，语言应是作品的一部分。我们都会说话，关键是应该找到属于自己的说法。只有找到了属于你自己的说法，你才不会执迷地模仿一个形象，才能在没意思中发现意思。

文学的目的不是发明桥，但好的文学有资格成为桥，它所抵达的将是人的心灵深处，是不同文化背景的人情感的相通。人们需要面对面、活生生的文学方式的沟通。相互的凝视将唤起我们对感知不同文化的渴望，这里也一定有对他者的激赏、对自身新的发现、对世界不断的追问、对生活永远的敏感，以及对人类深沉的同情心和爱。面对面的，而非道听途说式的，文学方式的沟通，

---

① 铁凝. 以文学的方式对话世界［N］. 光明日报，2010-03-02.

抒发对文学、艺术、人生、世界的感知，这样的沟通不是为了让人们变得相同，而是为了理性平等地认识欣赏并尊重彼此的不同。平等的交流也有可能使双方找到并感受人类共通的良知、道德和美。

德国作家马丁·瓦尔泽说过：变美可能是痛苦所能达到的最高境界。人生总有痛苦，但文学的最终目的并不是把所有的痛苦变丑，而是变美。

三、韩少功：好作家应该有点侦探的劲儿①

我们最开始接触的文学，批判现实主义的作品比较多，受那种写法、风格的影响，所以我们比较关注社会问题。

好小说都是"放血"之作。这个"血"是指货真价实的体验，包括鲜活的形象、刻骨的记忆、直指人心的看破和逼问。这是文学的血脉。没有这个东西，小说就是放水，放口水，再炫目的技巧，再火爆或者再精巧的情节，都可能是花拳绣腿。

写作时只能因其自然，"行于所当行，止于所不可不止"，说不出太多的道理，甚至不太清醒的状态就是好状态。我写小说，特别是写长篇，愿意多留一点毛边和碎片，不愿意作品太整齐光滑，不愿意显得作者"太会写"。也许这更符合我对生活的感受。

人物与故事常常具有多义性，无法化约成概念，好比一个苹果无法化约成关于氨基酸的化学公式。因此，作者对笔下人物的控制欲不能太强，写作时需要丢掉所有的先入之见，不是牵着人物跑，而是跟着人物跑，甚至什么时候被人物的表现吓一跳。但这并不意味着作者要自废思考，忙不迭地与理性撇清干系。

"文学寻根"，最开始提到的"根"是对传统文化有个基本的认识，不管反对还是喜好，首先需要了解它。作为一个概念的"寻根文学"虽然已经过去，但是作为一种创作精神的"寻根"，或者说对"根性"的找寻与书写，其实是人们一直以来寄予文学的期待。作家有不同的视角，有的像胸透，有的像B超，有的像CT，但不管从哪里切入，都是把文学当人学，力求对人性"黑箱"有新的揭示，刷新人类自我感知的纪录。如果没有刷新，没有这种问题意识，那么"文化"就可能变成民情风俗三日游，"人性"就可能变成阆骚男女的白日梦，"批判"就可能变成怨天尤人的抹鼻涕。好作家应该有点侦探的劲儿，能够在人

---

① 　个人图书馆.好小说都是"放血"之作［R/OL］.（2013-06-29）［2023-05-12］. http://www.360doc.com/content/13/0629/10/10694173_296303326.shtml.

的性格、情感、思想、潜意识等方面去伪存真，去浅得深，把人学这个大案要案一层层破下去。这就是文学最可贵的功能。

娱乐，是文艺功能之一，是大众的重要需求。但具有价值含量的娱乐是有难度的，是需要尊严、感动、智慧、敬畏感的，而且总是有一种不论得失不计宠辱的清高气质。中国如果没有屈原、陶潜、李白、杜甫、曹雪芹这一类喜欢为难自己的人，没有这些坚定的求索者和传薪者，一个大国的文明品相可能很难看吧？遇到危机时的精神储备和文化支撑力就会严重短缺吧？退一步说，玩也要好好地玩。如果把娱乐变成闹，变成卖傻，变成一地鸡毛，甚至连技术含量都没有了，大众也不会满意的。

四、阿来：小说重在叙写①

小说是一个叙事性的文学，叙事性的文学的第一个问题就是它为什么不是叙述而是叙写？

述是一个动态性不太强的字，在述的状态下写作一篇小说，就特别容易把对小说丰富文本的关注只放在事件上。我们今天看到的小说，大部分都是设计人物关系，构建故事框架，然后，推进情节。这种推进没有延宕，小说进入一个故事的时候缺少节奏感，没有快慢，没有回旋。如果用水流打个比方，很多小说就像人工渠道里头的水，这种渠道里的水很有效率，流得很快也不会浪费。但是人工渠道，一样的宽度深度，同时也规定它是一样的速度，一渠水这样一泻往前奔流，这样的水用于生产当然是有效率的，但是这样的水没有观赏性。

叙事文学是有美学效应的，它永远相伴于审美活动，那么在这种审美活动中，它就一定是另外一种状态。如果叙述是一条人工渠道，那么叙写就是一条山溪，蜿蜒曲折，快的时候比所有快都要快，慢的时候比所有慢还要慢，它要回旋。叙写和叙述相比，当然一样关注情节的进展，但一个好的小说文本所需要的不仅仅是讲一个简单的故事、一味地推进情节，它需要在不同的地方停下来进行延宕。所以短篇小说是从语言展开的，语言一旦展开，叙事就已经开始了。如果我们只是重复一个事件，重复一个故事，这样的小说怎能具有审美意义？

一篇有意味的、充满语感和想象力的小说，它一定在故事之外写了一些别的东西。所以小说一定要有旁枝斜出，一定要有言外之意，一定要有关涉趣味

---

① 阿来.当我们谈论文学时，我们在谈些什么——阿来文学演讲录［M］.西安：陕西师范大学出版社，2017.

的笔墨。多丽丝·莱辛说，"我有一个巨大的困难，当我需要写作一个小说的时候，我总是在倾听"，倾听什么呢？她说，"我在倾听一种腔调"。换句话说，她就是在等待一种叙事的格调，在等待一种语言风格的出现，而这种语言风格不是写在纸上的，是听得见的，语言都是要发出声音的。

民族、社会、文化甚至国家，不是概念，更不是想象。在我看来，就是一个个人的集合，才构成那些宏大的概念。要使宏大的概念不至于空洞，不至于被人盗用或篡改，我们还得回到一个个人的命运，看看他们的经历与遭遇、生活与命运、努力或挣扎。对于一个小说家来说，这几乎就是他的使命，是他有益于这个社会的唯一的途径。……依一个小说家的观点看，去掉了人、人的命运与福祉，那些宏大概念是没有任何意义的。所以，对于一个小说家来说，人是出发点，也是目的地。小说家是这样一种人，他要在不同的国度与不同的种族间传递信息，这些讯息林林总总，但归根结底，都是关于沟通与了解、尊重与同情。

五、茨威格：从关注现实走向叙写真实①

关注现实，贴近生活，具有社会意识，呼唤自由平等博爱的人道主义精神，应是一个作家的责任和良知。

我笔下的形象主要有三类：儿童形象、女性形象和战争受害者形象，他们是现实世界的真实代表，希望通过作品引导人们关注现实。对儿童的关注，小说塑造了窥探成人情欲而陷入"危险"的儿童形象；现实世界妇女遭遇悲惨命运，笔下就描绘了具有完美精神的女性形象；第一次世界大战，不仅深深震撼了我，也应该引起全人类的思考。

人道主义精神源于文艺复兴的人文思想，它强调关注人的价值和幸福。我通过对现实世界的关注，以倡导与呼唤自由博爱的人道主义精神。有时，探讨心灵、人性这类主题，试图从"人"本身出发去解读人类、解读世界；有时，表达对苦难者的关心、对遭受严重压迫的妇女的同情；有时，传达了反侵略、反战争的精神。

叙述视角应与讲述、显示并重。不同叙述视角的选择，除了改变具体的叙述语句外，还影响着作者对情节走向的安排以及读者对作品的真实性、互动性等体验。拉伯克说，"在小说技巧中，我把视角问题——叙事者与故事之间的关

---

① 胡颖琳，王吉民．茨威格小说的心理现实主义探索 [J]．浙江工业大学学报，2007
（03）．

系看作是最复杂的方法问题"。但叙述视角在小说中常常被忽略。

我很少用传统小说那种全知全能型的视角，而是多采用次知视角去凸显重要的材料，常见两种：一种是以"我"直接来讲述故事；另一种是以"我"来转述故事。这种奇特的叙述视角的采用，使得传统小说中无所不知无所不能的作者隐退在作品中，避免了直接揭示小说内在的联系，从而增加了小说的真实性。比较而言，第一人称写作，能更易剖析人物的内心、披露人物的情感，也就更直接地引起读者与小说主人公的共鸣，达到思想沟通与情感交流。

小说在某种层面上可划分为"讲述"或"显示"两种风格，我的小说尽量做到这两者并重，不仅讲述故事，还对场景、生活进行展示。避免了过于注重讲述而削弱小说真实性以及过于注重显示而使我的情感脱离作品。

第五节　艺术构思

一、老舍：创造人物是小说家的第一任务①

大多数的小说里都有一个故事，不过，在说鬼狐的故事里，自古至今都是把鬼狐处理得像活人；即使专以恐怖为目的，作者所想要恐吓的也还是人。假若有人写一本书，专说狐的生长与习惯，而与人无关，那便成为狐的研究报告，而成不了说狐的故事了。由此可见，小说是人类对自己的关心，是人类社会的自觉，是人类生活经验的记录。

写一篇小说，假如写者不善描写风景，就满可以不写风景，不长于写对话，就满可以少写对话；可人物是必不可缺少的，没有人便没有事，也就没有了小说。

创造人物是小说家的第一任务。把一件复杂热闹的事写得很清楚，而没有创造出人来，那至多也不过是一篇优秀的报告，并不能成为小说。狄更斯到今天还有很多的读者，还被推崇为伟大的作家，难道是因为他的故事复杂吗？不！他创造出许多的人哪！他的人物正如同我们的李逵、武松、黛玉、宝钗，都成为永垂不朽的了。

世界上大概很少没有人的事和没有事的人。我们一想到故事，恐怕也就想到了人，一想到人，也就想到了事。问题倒似乎不在于人与事来到的先后，而

---

① 老舍．老舍谈小说［J］．文史杂志，1941（8）．

在于怎样以事配人和以人配事。人与事都不过是我们的参考资料，有了极丰富的资料、深刻的认识，调动运用之后才成为小说。

小说是酒精，不是掺了水的酒。大至历史、民族、社会、文化，小至职业、相貌、习惯，都须想过，我们对一个人的描画才能简单而精确，我们写的事必然是我们要写的人所能担负得起的，我们要写的人正是我们要写的事的必然的当事人。这样，我们的小说才能皮裹着肉，肉撑着皮，自然地相连，看不出虚构的痕迹。小说要完美如一朵鲜花，不要像二黄行头戏里的"富贵衣"。

小说要的是感动，不要虚浮的刺激。因此，第一，故事的惊奇，不如人与事的亲切；第二，故事的出奇，不如有深长的意味。假若我们能由一件平凡的故事中，看出它特有的意义，则人同此心，心同此理，它便具有很大的感动力。小说是对人生的解释，只有这解释才能使小说成为社会的指导者。客观事实只是事实，其本身并不就是小说，详密地观察了事实，而后加以主观的判断，才是对人生的解释，才是对社会的指导，才是小说。

说话、风景也都如此。小说中人物的话语要一方面负着故事发展的责任，另一方面也是人格的表现——某个人遇到某种事必说某种话。我们不必要什么惊奇的言语，自然能动人就好。写风景也并不是专为了美，而是为加重故事的情调，风景是故事的衣装，正好似寡妇穿青衣，少女穿红裤，风景要与故事人物相配备：悲欢离合各得其动心的场所。小说中一草一木、一虫一鸟都须有它存在的意义。一个迷信神鬼的人，听了一声鸦啼，便要不快；一个多感的人看见一片落叶，便要落泪。明乎此，描写的时候，才能大至人生的意义，小至一虫一蝶，随手拾来，皆成妙趣。

二、毛姆：小说家首要是把故事讲好①

我不是一个靠天赋来写作的作家，事实上大多数作家都没有什么过人的天赋，所谓天赋不过是成功者神秘化自己的说辞罢了。我总是把要写的东西在肚子里酝酿很久，然后才开始动笔。构思的过程有时很长，有时很短，有十足的把握时才会动笔。

写小说，重要的是对素材的取舍，而不是写作理论的指导。我对作家的理论总不太信任，那些理论从来都只不过是作家为自己不足找来的理由。所以，若是哪个作家没本事编出合情合理的故事，他就会告诉你，对于小说家来说，讲故事的能力是众多才能中最不重要的；而如果他毫无幽默感，他就会哀叹正

---

① 萨默塞特·毛姆. 作家笔记 [M]. 陈德志，陈星，译. 南京：南京大学出版社，2011.

是幽默毁了小说。

小说最能体现一个作家对于素材的驾驭能力。在我看来，短篇小说，只是叙述一个事件，或者物质事件，或者精神事件。凡是无助于说明这个事件的细节全部删掉，这样才能赋予作品一种生动性与一致性。一个小说家，首要的是把故事讲好。小说不是传播思想的讲堂，小说家不是思想家。那些想要当思想家的小说家，不如去写新闻报纸。

人们力图句子平衡、有节奏。人们大声朗读句子，看它听起来好不好。然而事实上，从古到今最伟大的四个小说家：巴尔扎克、狄更斯、托尔斯泰、陀思妥耶夫斯基，写作的时候根本不关心语言。这证明，如果你会讲故事、创造人物、设计情节，而且如果你真诚、具有激情，那么你的语言如何根本无关紧要。不过不管怎么说，写得好总比写得烂要好。

能细腻微妙是一种才华，你若有自然会表现出来，这是抑制不住的。它就像原创性：没有谁努力努力就能获得原创性。有原创性的艺术家不过是在做自己，他表现事物的方式是他自觉最正常、最显而易见的：因为那表现方法对于你来说是新奇新颖的，你就说他有原创性。

大多数人什么都看不见，我却能把眼前的东西看得一清二楚。最伟大的作家能看透砖墙，我的目光还没这么犀利。长期以来，人们都说我愤世嫉俗，我只是一直都说实话罢了。我就是我，我可不希望别人把我看成别的样子；而另一方面，我也觉得自己没有必要接受别人的虚饰伪装。

三、纳博科夫：作家要有魔法师的能力①

好小说都是好神话。

我们可以从三个方面来看待一个作家：他是讲故事的人、教育家和魔法师。

一个大作家集三者于一身，但魔法师是其中最重要的因素，他之所以成为大作家，得力于此。作家需要掌握魔法师那种无中生有、把一切平常平庸化为神奇和建造独特的小说天地的能力。艺术的魅力可以存在于故事的骨骼里、思想的精髓里，因此一个大作家的三相——魔法、故事、教育意义往往会合而为一，大放异彩。

普鲁斯特和乔伊斯两个人在表现人物的手法上有着一种本质的区别。乔伊斯是先选好一个只有上帝和乔伊斯自己才了解的完整的、绝对的人物，然后把

---

① 弗拉基米尔·纳博科夫. 文学讲稿三种 [M]. 申慧辉，丁骏，金绍禹，译. 上海：上海译文出版社，2018.

这个艺术形象打碎，他将打碎的碎片扬散到他的小说中的时空里去。一个有心的读者在重读他的小说时，会将这些谜一般的碎片收集在一起，并把它们拼合好，而普鲁斯特则不然。他满足于使人物和人物性格在读者眼中永远是非绝对型的，永远是相对的。他并不把人物劈开打碎，而是通过它在其他人物眼中的形象来表现它。他希望的是，在经过一连串棱镜映像以及细节表现后，将它们合成一个艺术的真实体。

即使一个国度、民族具有"伟大灵魂"，如果它不被天才的作家写出来也是无效的；我们阅读小说希望获得智力和心理的双重愉悦，而不是专注于寻找伟大灵魂，任何写作都不应依靠某种强有力的"背景"而获得特殊的加分。可敬的优秀读者不是把自己认同为书里的男孩女孩，他所认同的是构想创作出这本书的那个大脑。不要去俄罗斯小说中寻找俄罗斯的灵魂：要去那里寻找天才的个体。把目光投向著作本身，而不是其结构背景，也不是盯着结构背景的人们的脸。聪明的读者在欣赏天才之作时，为了充分领略其中的艺术魅力，不只是用心灵，也不全是用脑筋——而是要用两块肩胛骨之间脊椎的颤动来阅读。

真正的文学，是不能囫囵吞枣地对待的，它就像是对心脏或者大脑有好处的药剂——大脑是人类灵魂的消化器官。享用文学时必须先把它敲成小块，粉碎、捣烂——然后就能在掌心里闻到文学的芳香，可以津津有味地咀嚼，用舌头细细品尝；然后，也只有在这时，文学的珍稀风味，其真正的价值所在，才能被欣赏，那些被碾碎的部分会在你脑中重新拼合到一起，展现出一种整体的美——而你则已经为这种美贡献了你自己的血液。体味文学的最佳途径是将自己放进去，将自己的血液放进去，充分与作品相融，而不是始终将作品看成是被审判的他者。

四、博尔赫斯：写小说和造迷宫是一回事①

写小说和造迷宫是一回事，内部充满着无限的交织和循环。

人物形象虚实交织。人物的登场往往带着细致的外貌描写，首先使读者感到人物的逼真、深切，然后随着小说叙述的逐渐奇幻，在故事的最后，人物往往变得虚实交织。人物创造体现着宇宙以及人生的变化和不可捉摸、相对和绝对的辩证、人类精神文化现象的奥妙无穷等。这引发的不是有限与无限、混沌与有序、必然与偶然关系的思考，我只是一种呈现，以小见大地对宇宙、人生以及人的精神世界的原貌进行刻画。

① 豪·路·博尔赫斯. 博尔赫斯全集［M］. 王永年，译. 上海：上海译文出版社，2015.

叙述层次交织与隐喻表达。从叙述层次上来说，小说可以分为超叙述层、主叙述层和次叙述层三个叙述层次。超叙述层，即第三人称隐身叙述者的叙述，引出故事背景，这是小说的核心；主叙述层即是用第一人称叙述的故事；次叙述层就是小说中的人物用第一人称叙述。

循环是宇宙无限的方式。宇宙中的一切都在循环中永无休止。

时间循环。时间是没有统一性和绝对性的，时间由无数序列，背离的、汇合的、平行的时间支撑一张不断增长、错综复杂的网；由相互靠拢、分歧、交错，或者永远不相干扰的时间织成的网络里包含了所有的可能。

生命循环。无限的时间只能使生命枯萎，如果想获得永生，轮回是最好的办法。那个轮子无始无终，每一生都是前生结出的果，种出后生的因，都不能决定全过程。轮回是生命的循环。循环变无序为有序。假如一个永恒的旅人从任何方向穿过去，几世纪后他将发现同样的书籍会以同样的无序进行重复。

生活就是梦，文学是形形色色的生活之梦的一种。生活中的一切都是虚幻的、神秘的，无论如何也是解释不了的。任何想理解生活、理解存在的企图都是不可能实现的。叔本华有一本哲学著作《作为意志和表象的世界》，其基本命题是"世界是我的表象"。既然宇宙的存在只是表象，命运、存在，一切都不能注解、不得预测，那么可知的，唯有自己的心灵。我一直以为，想在文学作品中反映现实的宇宙人生是毫无意义的，揭示其本质更是徒劳，想让作品产生光辉，唯一的选择就是让文学指向心灵，揭示心灵的奥秘，营造自己心灵的自传。

创作，如迷宫一样，就好比把无数的镜子有序或无序地摆放在一起，让它们相互照耀，幻化出扑朔迷离的虚像。这些无穷无尽的、相互交织的虚像就是瞬时与永恒、有限与无限、梦想与现实等的象征。我们是先祖的过去，是他们生命的延续，后代是我们的未来，是我们的一部分，这样循环着的永生的人类，都能体会到文学带给世间的思索。

五、卡尔维诺：作家应成为"故事之父"[①]

屠格涅夫说："我宁愿要太少的结构而不是太多，因为那样会干扰我所说出的真相。"然而，我的书的结构有着非常重要的位置，只有当我觉得我已经实现了一个严密的结构，我才相信，我已经有了自己站得住脚的东西，一部完整的作品。我开始写《看不见的城市》时，只有一个模糊的想法，框架是什么，书的结构是什么。但接下来，一点一点地，设计变得如此重要，以至于它支撑了

---

① 俞耕耘.来自卡尔维诺的文学自白［N］.北京日报，2022-09-16.

整本书；它成了一本没有情节的书的情节，结构就是书本身。此时，我已经达到了痴迷于结构的程度。当然，所有这种努力，读者根本不应该关注。重要的事情是享受阅读我的书，而跟我如何写出这本书的工作毫无关系。

作家强调形式与结构，在于搭建"内在性时间"，它可以创造孤独的、沉思的阅读。这种内在性，也营造出封闭结构，它借助循环，达到内部空间的无限。

叙事对作家的终极诱惑，在于可能性。然而，故事的不可能、未完成，也许才是生活世界的真实。看到了故事的开头，但永远看不到结尾，看到了影响但却不知道隐藏其后的起因。奇幻想象，始终是作家创作的关键词，它指向一种本不对称的张力。套盒与迷宫，就是典型的空间意象。两者满足了故事的无限增殖。书谈的是文学，但也是谈世界的状态。因此，我们应考虑，故事如何表达世界，作家如何成为"故事之父"。

我们处理的不是故事，亦非素材，而是"加工想象"。象征和寓言，不只是表现手法，更是思维模式。寓言可使生活的图景，变为想象的图示。换言之，作家不在意寓言的意思，而是使知识、影射和经验的关系网络自行呈现。寓言体小说，是幻想照入现实的最佳技术形式。间接地、通过象征陈述的事情则一直有现实意义，并且能够找到新的应用。我用童话的形式改装了寓言，这是用纯真对世故的一种消化。也许一定的纯真和简单符合读者的交流和行为技术。如果说能从文学中学到某些东西的话，我认为学到的东西取决于想象的形式，取决于我们观察世界的模式。

小说家说出隐藏在每一个谎言底下的真话。对一个精神分析学家来说，你说出的是真话还是谎言并不重要，因为，谎言就像任何所谓的真话一样有趣、雄辩和能够透露实情。我对那些声称讲出全部真话的作家深表怀疑，关于他们自己，关于生活，或者关于世界。在一些自称是最不要脸的撒谎者的作家那里，我能够发现一些真话，我宁愿跟这样的真话打交道。

写作这一行为，只有当它允许一个人表达他内在的自我时，它的作用才是有效的。有一些社会性的约束，比如，宗教的、道德的、哲学的和政治的责任，这些不可能直接强加给作品，而必须通过作家内在的自我来过滤。只要它们是作者最内在个性的组成部分，就能找到它在作品中的位置，而不会让作品窒息而死。

第六节　文字魅力

一、刘庆邦：语言和呼吸连在一起①

写作是寻找自己心灵的过程。写作时，不仅是脑子在起作用，所有的感官也都要参与到创作之中，包括视觉、味觉、触觉。比如我们写到下雨的时候，会闻到湿润的气氛，耳边像听到沙沙的雨声，皮肤会感到一种凉意，全部的感官都调动起来，才能写细，才能把感觉传达给读者，才能感染读者。有现场感，现在进行时，就容易写细。王安忆的小说，能把一个细节写出好几页，这个过程就是一个心灵化的过程，在心灵化的过程当中找到自己的真心，也就是一定要找到自己。写小说的过程就是寻找自己的过程，寻找自己心灵的过程。也可以说，抓住了自己的心，就抓住了这个世界。

作家要找到心灵深处"难念的经"。小说是虚构的艺术，想象力是作家最基本的生产力，小说的故事是在没有故事的地方写故事，是在故事的尽头开始小说的故事。文学与现实的关系很紧密，因为我们都离不开现实；同时，两者的关系也是紧张的，作家对现实往往是质疑的态度。作家要找到自己"难念的经"与心灵的联系，写出每个人内心的冲突和忧伤。客观现实只有一种，但文学中的现实，会因为主观心灵、个人体验的不同，对客观现实进行修改，这种修改就是虚构。我的任何一部创作，都力图通过适当的虚构，找到并传达对生命最深切的体验。只有有个性的东西，才具有普遍性。

情感之美是小说美的核心。本质上说，小说是情感之物，小说创作的原始动力来自情感。衡量一篇小说是否动人、是否完美，就是看这篇小说所包含的情感是否真挚、深厚、饱满。倘若一篇小说情感是虚假的、肤浅的、苍白的，就很难引起读者的共鸣。写小说一定要有感而发，以情动人，把情感作为小说的根本支撑。

当然，推动小说发展的内在动力有多种，除了情感动力，还有思想动力、文化心理动力、逻辑动力等。只有把多种动力都调动起来，并浑然天成地融合在一起，才能成就一篇完美的、常读常新的小说。

---

① 中国作家网. 刘庆邦：作家要找到心灵深处"难念的经"［EB/OL］.（2018-10-057）［2023-05-12］. http：//www.chinawriter.com.cn/n1/2018/1005/c405057-30325750.html.

好的小说要有细节之美。所谓细节，是相对情节而言的。这个世界在很大程度上是以细节形式存在的，如果抹去了细节，世界就变得空洞无物。

细节从记忆中来。我认为写小说是一种回忆的状态，我们有了一定的经历、一定的阅历，有了很多很多的记忆，然后才会有可供回忆的东西。如果我不写小说，很多记忆也许都埋葬了，没有人会知道。

细节从观察中来。观察要求我们始终保持好奇心，保持童心，对万事万物都要感兴趣。有时并不用问，不用去采访，而是用心来观察，要有心目，要有内视的能力，不但看自己，还要用心目来看世界，来看周围的东西。

细节从想象中来。想象力是一个作家的基本能力，想象力也是小说创作的生产力。我国古代四大名著，每一部都离不开想象。艺术是需要想象的，艺术是需要虚构的。

语言和呼吸连在一起。语言是一个小说家的看家本领，只有语言好，小说才能说得上好。好的语言，是个性化的、心灵化的、有味道的语言，带着作家的气质，这是长期修炼形成的。语言是和作家的呼吸连在一起的，通过文字的呼吸，语言会形成一个气场。好的作家的语言都有这样一个气场。不必看名字，你就能读出鲁迅味、沈从文味。语言还需要陌生化，不能用陈词滥调，少用成语，时髦的语言尽量不要用。多用一些家常的语言，这些语言又要承载着自己独特的情感、独特的发现。久而久之，才会形成自己的语言风格。

二、张炜：写作就像打深井①

文字的魅力无可抵挡。写出无可抵挡的文字、无可代替的文字，这是作家的梦想和光荣所在。我不是一个专门为某个读者阶层去写作的人，而是写一切能够感动我、让我心中产生写作冲动的人和故事。儿童喜欢的文字是很难写的，因为这需要直指文学的核心。有人以为儿童文学是"小儿科"，是玩玩儿而已，那是大错特错了。纯洁的心灵会在这里找到真正的知音，而纯洁是人多么可贵的品质。各种所谓的"文学"都没有什么豁免权，都是一样的权衡标准，比如都要是绝妙的语言艺术。

避免惯性写作。我每部小说都会换一个新风格。一个写了许多年的作家，对自己伤害最大的，可能就是不自觉中进行的"惯性写作"了，沿用过去的生活积累和笔调，以及顺手的结构方式，轻车熟路地完成一部"还不算太坏的作品"，这对作家来说是糟糕的事情。创作是心灵的一次欣悦和感动，需要新的爆

---

① 张炜. 小说坊八讲［M］. 上海：生活·读书·新知三联书店，2011.

发，文字的堆积是最无聊的事。没有崭新的感触和经验就不必动笔。一般来说，作家的表达，在总体风格上是不会改变的，但具体到每一部新作，都应该有新元素加入进来，这些元素越多越好。特别是"笔调"，它需要去重新寻找和确定。

应有较高的写作境界。人与人之间是有精神与文化视野方面的差异的，这些决定了人生境界，作家的人生境界高，不一定能写出杰出作品，但不高，大概就更难了。比如写个人奋斗，写"强者"，仅仅写出真实的世态与苦境情状还远远不够，还要渗透出作家本人的"天上的星空，心中的道德律"，有这样高阔的情怀与觉悟才好。敬畏、悲悯与人的自我反省力，不是大而空的套话，而应该是具体的，深刻于心、于血液和灵魂深处的。作家写底层奋斗的强者，尤其需要极高的觉悟力和思想力，不然就会沉浸于狭隘渺小的个人功利主义。真正意义上的作家总是很少的，正像一个时期思想家、哲学家不会太多一样。

作品要通过作家心灵的检验。作家写出的作品，首先要通过自己心灵的检验，只要自己这里过关了，其他的方面不要考虑太多。尽量不要受外界评价、读者多少、声音大小的影响。文学是心灵之业，要服从心灵的召唤。迎合读者，作家一定会走下坡路的。对读者的服务，是一个时间概念。经得住时间检验的作品，才是对读者最好的服务。任何作品都不会十全十美，有时候，残缺恰恰是它的成就之一，有时候是需要残缺的。要鼓励纸质书和经典书的阅读，因为这才是一个民族精神成长的大路，它实在关系到一个民族的未来。

三、汪曾祺：写小说就是写语言①

语言的粗俗就是思想的粗俗，语言的鄙陋就是内容的鄙陋。想得好，才写得好。闻一多先生在《庄子》一文中说过：他的文字不仅是表现思想的工具，似乎也是一种目的。我把它发展了一下：写小说就是写语言。

什么是接近一个作家的可靠的途径？——语言。了解作家的人格，必须了解他的语言：小说作者的语言是他人格的一部分，语言体现小说作者对生活的基本态度。掌握"叙述语调"是首要之事："探索一个作家作品的思想内涵，观察他的倾向性，首先必须掌握他的叙述的语调。"必须"玩味"作者的语言：一个作品吸引读者（评论者），使读者产生同感的，首先是作者的语言。研究创作的内部规律，探索作者的思维方式、心理结构，不能不玩味作者的语言。是的，"玩味"。

---

① 汪曾祺. 汪曾祺文集·文论卷［M］. 南京：江苏文艺出版社，1993.

我跟文学青年一起聊小说，问起小说的结构，答曰：苦心经营的随便。

"苦心经营的随便"到底是什么意思呢？一个短篇小说，是一种思索方式、一种情感形态，是人类智慧的一种模样。我们设想将来有一种新艺术，能够包容一切，但不复是一切本来形象，又与电影全然不同的，那东西的名字是短篇小说。这不知什么时候才办得到，也许永远办不到。至少我们希望短篇小说能够吸收诗、戏剧、散文一切长处，而仍旧是一个它应当是的东西——一篇短篇小说。

如果长篇小说的作者与读者的地位是前后，中篇小说是对面，则短篇小说的作者是请他的读者并排着起坐行走的。短篇小说的作者是假设他的读者都是短篇小说家的。作者必须找到自己的方法，必须用自己的方法来写，才站得住。作家在浩如烟海的文学作品，在一样浩如烟海的短篇小说之中，为自己的篇什觅一个位置。

我没有对失去的时间感到痛惜，即使我有那么多时间，我也写不出多少作品，写不出大作品，写不出有分量、有气魄、雄辩、华丽的论文。这是我的气质所决定的。一个人的气质，不管是由先天或后天形成，一旦形成，就不易改变。人要有一点自知。我的气质，大概是一个通俗抒情诗人。我永远只是一个小品作家。我写的一切，都是小品。就像画画，一个册页、一个小条幅，我还可以对付；给我一张丈二匹，我就毫无办法。

这是我的自知之明："短篇小说"终于无法撼动既有的现代文学体裁结构。在一个支离破碎的时代，人人却追逐梦幻般的宏大叙事，这真是莫大的讽刺。然而碎片化的写作，不见得就真的放弃了对"总体"的追求。寻找一种穿透"现代性"碎片化的表面的方式，去把握"人生的总体"，仍然是小说家不懈努力的目标吧。

四、林斤澜：语言结构磨性子[①]

小说道上的基本功，少说也有两事：语言和结构。小说的文野之分，分在语言。文体之分，分在结构。作家的面貌之分，分在语言；体格之分，分在结构。这两事可磨性子，十年八年不一定起成色，不见成色，枉称作家。

文学可怜，摆到读者面前的只有无声无色的文字——语言。小说是语言的艺术，小说家在语言上下功夫，是必不可少的、终生不能偷懒的基本功。弹钢琴，一日不练琴，自己知道。两日不练，同行知道。三日不练，大家都知道了。

---

① 林斤澜. 林斤澜文集 [M]. 北京：人民文学出版社，2016.

它的模式与生俱来，并无先后。而作为作家，最大的困难，同时也是成功最重要的秘诀，便是如何去寻找那故事里唯一的构成方式。

三、冯骥才：在痛苦中追求幸福①

真正的文学和真正的恋爱一样，是在痛苦中追求幸福。谁曾是生活的不幸者，谁就有条件成为文学的幸运儿；谁让生活的祸水一遍遍地洗过，谁就有可能成为看上去亮光光的福将。当生活把你肆意掠夺一番之后，才会把文学馈赠给你。文学是生活的苦果，哪怕这果子带着甜滋滋的味儿。

生活一刻不停地变化，文学追踪着它。思想与生活，犹如托尔斯泰所说的从山坡上疾驰而下的马车，说不清是马拉着车，还是车推着马。作家需要伸出所有探索的触角和感受的触须，永远探入生活深处，与同时代的人一同苦苦思求通往理想中幸福的明天之路。文学是一种使命，也是一种又苦又甜的终身劳役。

文学的追求，是作家对于人生的追求。寥廓的人生有如茫茫的大漠，没有道路，更无向导，只在心里装着一个美好、遥远却看不见的目标。怎么走？不知道。在这漫长又艰辛的跋涉中，有时会由于不辨方位而困惑；有时会由于孤单而犹豫不前；有时自信心填满胸膛，气壮如牛；有时用拳头狠凿自己空空的脑袋。无论兴奋、自足、骄傲，还是灰心、自卑、后悔，都曾占据心头。情绪仿佛气候，时暖时寒；心境好像天空，时明时暗。这是信念与意志中薄弱的部分搏斗。人生的每一步都是在克服外界困难的同时，又在克服自我的障碍，才能向前跨出去。社会的前途大家共同奋斗，个人的道路还得自己一点点开拓。一边开拓，一边行走，至死也不知道自己走了多远。真正的人都是用自己的事业来追求人生价值的。作家还要直接去探索这价值的含义。

文学的追求，也是作家对于艺术的追求。在艺术的荒原上，同样要经历找寻路途的辛苦。所有前人走过的道路，都是身后之路。只有在玩玩乐乐的旅游胜地，才有早已准备停当的轻车熟路。严肃的作家要给自己的生活发现、创造适用的表达方式。严格地说，每一种方式，只适合它特定的表达内容；另一种内容，还需要再去探索另一种新的方式。文学不允许雷同，无论与别人，还是与自己。作家连一句用过的精彩的格言都不能再在笔下重现，否则就有抄袭之嫌。

---

① 中原作家群．冯骥才．我心中的文学［R/OL］．（2020-09-27）［2023-05-12］．https：//www.sohu.com/a/421181769_ 475768.

四、孙犁：再大的作家也不能网罗所有的读者①

文学作品的艺术性是什么，如何艺术地反映生活？一部作品，艺术成就，不是一个技巧问题。假如是一个技巧问题，开传习所，就可以解决了。根据历史上的情况，艺术这个东西，父不能传其子，夫不能传其妻，甚至师不能传其徒。当然，也不是很绝对的，也有父子相承的，也有兄弟都是作家的。这里面不一定是个传授问题，可能有个共同环境的问题。文学和表演艺术不同，表演艺术究竟有个程式，程式是可以模拟的。文学这个东西不能模拟，模拟程式，那就是抄袭，而不是创作。艺术性问题，至少包括三个方面：第一是生活的阅历和积累，生活的经历是最主要的；第二是思想修养；第三是文艺修养。

五四以来，中国的大作家，他们读书的情况，是我们不能比的。鲁迅、郭沫若、茅盾、巴金、郁达夫等，他们在幼年就读过好多书，而且精通外国文，不止一种。后来又一直读书，古今中外，无所不通，渊博得很。他们这种读书的习惯，可以说启自童年，迄于白发。如郁达夫，在日本时读了一千多种小说，这是我们不可想象的。现在我们读书都非常少，读书很少，却要求自己作品艺术性高，相当困难。借鉴的东西非常少，眼界不开阔，没有见过很好的东西，不能取法乎上。你对哪一个作家有兴趣，哪个作家合你的脾胃，和你气质相当，可以大量地、全部地读他的作品。

大作家，多大的作家也是一样，他不能网罗所有的读者，不能使所有的读者都拜倒在他的名下。比如短篇小说，我不爱好莫泊桑，我喜欢普希金、契诃夫、梅里美、高尔基。我感觉，普希金的短篇小说和契诃夫的短篇小说，合乎我的脾胃。这些小说里面，可以看到更多的热烈的感情、境界。屠格涅夫的长篇小说，我非常喜爱。他的长篇小说，是真正的长篇小说，无懈可击。它的写法，它的开头和结尾，故事的进行，我非常爱好。但我不大喜欢他的短篇小说《猎人笔记》，虽然那么有名。这不是说，你不喜欢它就不好。

每个读者，他的气质，他的爱好，不是每个人都一样。你喜欢的，你就多读一些；不喜欢的，就少读一点。我觉得书越古的越有价值。一部作品，经过几百年、几千年考验，能够流传到现在，当然是好作品。现在的作品，还没有经过时间的考验和淘汰，好坏很难言说。

文艺这个东西，应该是为人生的。鲁迅当时也是这样主张的。在青年，甚

---

① 吴泰昌．亲历文坛五十年［M］．南京：江苏文艺出版社，2017．

至在幼年的时候，我就感到文艺这个东西，应该是为人生的，应该使生活美好、进步、幸福的。为了达到这个目的，你的作品要为人生服务，必须做艺术方面的努力。但为人生的艺术，不能完全排斥为艺术而艺术。你不为艺术而艺术，也就没有艺术，达不到为人生的目的。你想要为人生，你那个作品，就必须有艺术，你同时也得为艺术而努力。

五、海明威：写作是孤独者的独白①

作家写小说应当塑造活的人物。人物，不是角色。角色是模仿。

写作，在最成功的时候，是一种孤寂的生涯。一个在稠人广众之中成长起来的作家，自然可以免除孤苦寂寥之虑，但他的作品往往流于平庸。而一个在岑寂中独立工作的作家，假若他确实不同凡响，就必须天天面对永恒的东西，或者面对缺乏永恒的状况。写得越勤，就越是孤独。一旦写作变成主要的毛病和极大的快乐，那么，只有死亡才能止住它。

创作的目的在于向读者传达一切：每一种感觉、视觉、感情、地点和情绪。写作，无规可循。有时顺手，又写得好。有时像先在岩石上钻孔，再用炸药把它炸开。

作家应经常观察，搜求可能有用的东西。不去观察，就完蛋了。但不必有意识地去观察，也不必去考虑将来如何使用。也许开始的时候是这种情况。但到了后来，他观察到的东西进入了他所知、所见的大仓库。

我总是试图根据冰山的原理去写作。冰山露出水面的每一部分，八分之七是藏在水面之下的。删去你所了解的任何东西，这只会加厚你的冰山。真正的神秘主义不应当与创作上的无能混淆起来，无能的人在不该神秘的地方弄出神秘来，其实他所需要的只是弄虚作假，为的是掩盖知识的贫乏，或者掩盖他没有能力叙述清楚。一个作家因为不了解而省略某些东西，他的作品只会出现漏洞。当一位作家略去他所不知道的东西时，它们在作品中就会像漏洞似的显示出来。

好作家不用排次序，但好作家必须做到：有才气，很大的才气，像吉卜林那样的才气；还得有训练，福楼拜那样的训练；作家还必须聪明，不计名利，尤其是要活下来。

作家的工作是告诉人们真理。忠于真理的标准应当达到这样的高度：根据自己经验创造出来的作品应当比任何实际事物更加真实。因为实际事物可以观

---

① 董衡巽. 海明威谈创作 [M]. 上海：三联书店，1985.

察得很糟糕；但是当一位优秀作家创作的时候，他有时间，有活动的天地，可以写的绝对真实。

对于一个真正的作家来说，每一本书都应该成为他继续探索那些尚未到达的领域的一个新起点。他应该永远尝试去做那些从来没有人做过或者他人没有做成的事。衡量一个人的作品不在数量多少。如果你写了一篇又强烈又含蓄的短篇小说，人家读了就像读了一部长篇小说似的，那个短篇就能经久。

说明一位作家写得好不好，唯一的办法是同死人比。活着的作家多数并不存在，他的名声是批评家创造出来的。批评家永远需要流行的天才，这种人的作品既完全看得懂，赞扬他也感到保险，可是等这些捏造出来的天才一死，他们就不存在了。

我从没想过和别的作家去比高低。我过去是想超过一些我认为确有价值的死去的作家。现在，长期以来我只想尽我的努力写好。有时候我运气好，写的超过我能达到的水平。

第八节　经验分享

一、巴金：作品的最高境界是写作同生活一致①

我写作一不是为了谋生，二不是为了出名，我写作是为了同敌人战斗。一切旧的传统观念、一切阻止社会进步和人性发展的不合理的制度、一切摧残爱的努力，它们都是我最大的敌人。我所有的作品都是写来控诉、揭露、攻击这些敌人的。我写小说，只是为了探索，只是在找寻一条救人、救世，也救自己的道路。

我从来没有思考过创作方法、表现手法和技巧等问题。文学的最高境界是无技巧。作家在生活中做的和在作品中写的一致，要表现自己的人格，不要隐瞒自己的内心。我坚持一个原则，不说假话。我最主要的一位老师是生活，中国社会的生活。作品的最高境界是写作同生活的一致，是作家同人的一致，不说谎。我跟所有的人一样，生活在这世界上，是为着来征服生活。我有我的爱，有我的恨，有我的欢乐，也有我的痛苦，但我并未失去我的信仰，对于生活的信仰。

---

① 巴金. 巴金谈文学创作 [N]. 文学报，1982-04-01.

我在法国学会了写小说，我忘记不了的老师是卢梭、雨果、左拉和罗曼·罗兰。鲁迅先生的短篇集《呐喊》和《彷徨》以及他翻译的好些篇都是我的启蒙先生。我学到的是：把写作和生活融合在一起，把作家和人融合在一起。我认为作品的最高境界是二者的一致，是作家把心交给读者。

写小说时，我心中也不是空空的。我总是按照我的观察、我的理解，按照我所熟悉的人，按照我亲眼看见的人写出来的。我的小说里到处都找得到我的朋友亲戚，到处都有我自己。我的人物大都是从熟人身上借来的，常常东拼西凑，生活里的东西多些，拼凑痕迹就少些，人物也比较像活人。

我从来不是照书本、照什么人的指示描写人物。《家》里面的高老太爷和觉新两个人是完全真实的，觉新就写了我的大哥。我写的时候不是苦思苦想地编造出来，我有生活、有感情要发泄，就自然地通过文字表现出来。不过所谓"真实"，在这里还有一个界限：我如果拿熟人做"模特儿"，我取的只是性格，我不取面貌和事实。

苏联作家阿·托尔斯泰说过：当我写作的时候，我不知道我的人物在五分钟以后会说什么，我惊奇地跟着他们。我是按照自己的生活积累和感情一下子写下来，着眼于人物的命运，人物自己活动起来。我写小说就是要让读者了解作者的意思，要打动读者的心，不让人家知道怎么行？让人家看不懂，就达不到文学艺术的目的了。

人民是文艺工作者的母亲，生活是文艺创作的源泉。创作就是少不了"创"字，创造就是作家通过认真的独立思考，反映自己熟悉的生活与深切的感受，作家在说自己想说的话。要写人，得接近人、关心人、了解人，而且爱人。

二、苏童：好的短篇是孤僻者发出的歌声①

小说都要把读者送到对岸去。谈小说的语言，是让人为难的一件事。人们记住一个小说，记住的通常是一个故事、一个或者几个人物，甚至是小说的某一个场景，很少有人去牢记小说的语言本身。我在叙述语言上的努力，是在向一个方向努力，任何小说都要把读者送到对岸去。语言是水，也是船，没有喧哗的权利，不能喧宾夺主，要让它们齐心协力地顺流而下，把读者送到对岸去。所有的写作，最终都一样，必须用最世故的目光去寻找最纯洁的世界。

作家对待自己的感情有技术。与其说短篇小说有技术，不如说作家对待自己的感情有技术，如何在作品里处置自己的情感，对自己的情感是否依赖，或

---

① 黄珊珊. 苏童小说中的孤独者形象［J］. 名作欣赏，2013（21）.

它也会让每一个读者随着时间、随着各方面的变化而从同一本书里读出不同的感受。

四、史铁生：用写作突破生命的困境①

何妨就把"文学"与"写作"分开，文学留给作家，写作单让给一些不守规矩的寻觅者。文学或有其更为高深广大的使命，值得仰望，写作则可平易些，无辜而落生斯世者，尤其生来长去还是不大通透的一类，都可以不管不顾地走一走这条路。没别的意思，只是说写作可以跟文学不一样，不必拿种种成习去勉强它。

大家都生活在生活中，这样的真实如果够了，那还要文学干吗？我就觉得真实应该算文学一个很好的品质，但不应该算文学的最高标准。如果仅仅是真实，我觉得文学的意义就要小得多。其实文学更多的是梦想。人要有梦想，因此，人创造了文学这种方式。写作不一定是纸和笔的问题，只要你脑子在对生活进行一种思考的时候，我觉得就是一种写作。

生活的真实和文学的真实是两方面的。真实这个词要是仔细追究起来，应该是一个被公认的真实。不被公认我们怎么能说它是真实的？所以，我在《病隙碎笔》里强调，"写作需要真诚"。因为我没有办法保证它一定正确，它很可能是一种探索。你的梦想，你很难说它真实，但你完全可以说它很真诚。你再不着边际的梦想，也可以是很真诚的。可是在梦想里真的可以给生活开辟很多新的可能性。如果说仅仅是我们已经有了的东西、已经被公认了的东西才是真实的，那么它的领域可能被束缚得很狭窄。

我常说这样的话："人的思想不妨先锋一点，人的行为不妨保守一点。"那么写作也是那样。你写的时候，可能不见得那么乐观，因为你感觉到了问题和困惑，你觉得很顺畅的时候，我反倒觉得没什么可写的。所以在写作上，我不排斥悲观主义，也不排斥怀疑主义。但在生活中，你既然选择了活着，干吗要痛苦地活着呢？不过，傻乐可不成啊！傻乐不算是乐观。所以"悲观""乐观"这样的概念放到文学上，应该有重新的定义。

我并不认为悲观是一个贬义词，在比较深层的意义上。但如果以自己的悲哀为坐标的悲观主义是不好的，那以自己的某种温馨为出发点的乐观主义也是虚假的、浅薄的。真正的乐观和悲观都是在一个更深的层面，它是人的处境的根本状态，从这个意义上讲，悲观和乐观没有高低优劣之分。每个人的生命中

---

① 顾林. 救赎的可能——走近史铁生 [M]. 北京：商务印书馆，2019.

都会有一些悲观，如果陷在里面，写作就会萎缩。

活着不是为了写作，而写作是为了活着。如果生命是一条河，职业就是一条船，为在这生命之河上漂泊总是得有一条船，所以船不是目的，目的是诚心诚意地活着。其实往大了说，人的支撑点就是活着，生的欲望。这是人的一种本能，由此他去创造许多美好的东西。

当白昼的一切明智与迷障都消散了以后，黑夜要我用另一种眼睛看这世界。这样的写作或这样的眼睛，不看重成品，看重的是受造之中的那缕游魂，看重那游魂之种种可能的去向，看重那徘徊所携带的消息。因为，在这样的消息里，才能看清一个人，一个犹豫、困惑的人，一个受造者。比如说，我才有可能看看史铁生到底是什么，并由此对他的未来保持住兴趣和信心。幸亏写作可以这样，否则他轮椅下的路早就走完了。有很多人问过我：史铁生从 20 岁就困在屋子里，他哪儿来的那么多可写的？借此机会我也算做出回答：白昼的清晰是有限的，黑夜却是辽阔无边。

五、卡佛：追求"极简主义"①

我在写作中努力追求的"极简主义"，主要表现在叙述情境、人物特征、故事情节以及小说主题等四个方面。

狭小的叙述情境。短篇小说中的情境描述多具有狭窄的限定性。往往会让笔下人物处于一种特定的环境中，叙述也主要以狭窄的家庭矛盾与情感危机作为背景，以说明美国社会民众无法改变贫困的生活状况，从侧面强化了现实生活中家庭破碎带来的巨大伤害。叙述场景也较为狭窄，一般都选取了室内空间作为叙述场景，笔下的人物活动空间较为狭窄，给人较为压抑的感觉；叙述道具一般都是电视、电话，这些都是让小说中人物躲避现实生活的道具，其本质是空虚与无聊的代名词，让人们在消磨时光的同时，削弱了情感交流与沟通，反映了人们的内心世界被电视与电话遮蔽了起来。

普遍的人物特征。叙述对象主要集中于那些处于社会最底层的蓝领阶层的小人物群体，具有非个性化的特征。每一个看似分立的人物形象，通过叙述中的互文方式常有机地联系在一起，目的是让读者体会到美国社会中边缘人物的痛苦与绝望。这些小人物是在物质与精神双重匮乏状态下的痛苦挣扎的小人物，他们时刻处于失败的社会生活环境当中。如小说中经常会描写一些酗酒的场面和酒鬼的丑陋形象，这是小人物在面对生活重压时所表现出来的一种无奈，通

---

① 思郁. 极简其实就是卡佛的生活［N］. 辽宁日报，2021-10-11.

过酒精来麻醉自己并逃避现实。

简化的故事情节。小说往往会对故事情节进行一定的淡化与简化，叙述情节多平淡且克制，鲜有较强的戏剧性效果。此外，经常故意省掉一些故事情节，这些精心设置的情节空缺，表面上的模糊语言叙述能给读者多种不同的解读。通过这种理解方面的歧义，让读者更确切地感受到现实社会中各种不确定因素的存在，以及人们认知存在的某种局限性。此外，沉默、省略和暗示也常被用来代替具体陈述，要让叙述者与事件之间保持一定的距离，进而让读者体味到小说故事情节中的各种困惑与不安。

独特的小说主题。我的叙述主题主要有偷窥、顿悟、讲述与威胁四种。偷窥是早期小说中较为普遍的主题，使用了有限的叙述视角，让叙述者与读者都无法感知人物内心，从而通过偷窥这一独特的叙述主题表达了现代人自我认知的茫然与困惑，他们在偷窥之后会表现出强烈的自我认同感的失落。顿悟主题，常是设置一些紧张因素来说明笔下的人物处于一种朦胧的状态中，无法产生较为清晰的顿悟之感，即使有些许顿悟，也是萌芽状态，有时甚至是错误的。利用讲述与并置的手法来让讲述者或听者获得某种顿悟。有时还会利用威胁这一主题来进行某些不确定话语的描述，从而让读者感受到生活中的种种威胁，凸显出小说人物的无奈与无助。

六、莱辛：用自己的方式打开"边缘"世界①

有无数种方式进入作品的内部世界，而我却用自己的方式打开了"边缘"世界。

用"回忆"嵌入自己的生活。在创作中，我常常放置自己的生活经历。《金色笔记》中的安娜，其一系列的生活境遇和思想态度，都有自己的影子。作品中的事件元素，大多都是我现实生活里的亲身经历，小说常常用回忆的方式将自己的亲身经历讲述给读者，让读者可以对谈及的生活环境和精神状态感同身受。

用"减缓"的方式揭示内心的思考。在自己的作品叙述中，有时将人物放置在一个缓慢而又烦琐的语言情景中和生活环境中，在叙述速度减缓情况下，将人物的一言一行、一举一动都仔细地放入文本中叙述出来，这样使叙述语言加长，故事叙述的速度自然就减缓下来，以便将更多的思考和内心活动带进作品中。

---

① 王琳琳. 多丽丝·莱辛小说中的边缘人阐释 [J]. 齐齐哈尔大学学报，2013（1）.

用"重叙"反映社会的沧桑。小说这种文学形式，原就是在社会生活的基础上形成的，它存在的意义就是要反映社会存在的问题，并为这些存在问题的解决提供有效的参考意见。如《金色笔记》里二战中原子弹的使用、美国的麦卡锡主义，《另外那个女人》中的尖锐的两性关系对立，《野草在歌唱》中的种族矛盾剑拔弩张，等等，我尽量用"重叙"方式来反映社会的沧桑和变革。

用"女性"视角来观察女性。西蒙娜·德·波伏娃在她的《第二性》中写道："女人不是天生的，而是变成的，在男性主宰的世界中，女性永远是他者，是相对于男性这一本质的非本质。女性之所以难以回到其本质，是因为她们还没有试图恢复其本质。"女性主义应将女性从男权社会中解放出来，这是要求男女平等的社会信念。我很多作品试图用女性视角来观察，如《男人间》里遭遗弃的弃妇、《天台上的女人》里无故遭人骚扰的女人、《老妇人和她的猫》里被家人遗弃的老妇人等，这些女性的辛酸与泪水，让人看到女性的迷茫与挣扎，让读者近距离地观察到这个社会的样态。

对殖民视角下"他者"生存状态的关注。我的童年是在殖民地的非洲草原上度过的，深切地感受到殖民地的种族冲突带给人们的伤害和痛苦，深切地感受到被压迫下的"他者"的社会地位和话语权被剥夺被忽视，表现在：强势殖民对弱势"他者"的压迫；西方文明与愚昧土著的对峙；被压迫的"他者"对人的尊严的捍卫。对"他者"的关注，是一个作家应有的社会责任。

下篇

03

专题品鉴

专题一　历史故事

历史故事类题材的小说，细分有历史演义和故事新编两类。

历史演义，即"据史实敷衍成义"。小说的本质是虚构的文学，因此，历史演义，即用通俗之语把历史题材里的诸如人物春秋、征战豪夺、朝代更迭等基本史料，通过作者的虚构，敷演成一则新的完整故事，以此表明一定的政治思想、价值观念、道德评判和审美趣味。历史演义类的小说，非史料的重现，而是在尊重部分史实的基础上，融入了作者大量的虚构创作，本质上，它属于文学作品。

故事，一指原已发生之事，二指有趣味的事；新编，突出作者的再创作。故事新编，即作者把较早存在或发生的故事，通过艺术虚构，将其放置于一个新的时空里讲述。

如同古诗词里讽喻类题材一样，作家创作"历史故事"类小说，其意亦不在"古"，而是借助此"历史故事"，在主题上进行深层阐发或讽喻表达。

亚父之死
房占民

月上弦，围几粒星子，明明灭灭。【环境描写，渲染凄清氛围。"围几粒星子"或有暗喻之意，联系后文，暗喻项王亲信很少。】

项王大帐里，酒香流溢。亚父范增与项王对饮。亚父分析着当前的战情，项王不置可否，脸沉似水，亚父心里有疑，便不再多言。

蚊虫舞，不时有巡营的兵士从帐前走过。

大王，您有心事？

项王无语，脸色愈加阴沉。

您累了，咱们改日再议吧。亚父起身作揖。

等——等——项王把手一挥，战袍一甩，身子兀自不动。烛火在风里摇摇晃晃。【借烛火明灭、摇晃来喻指时局的艰难，似也喻指项王心态不稳定。】

你，年事已高，我看——项王的话没有说下去，可亚父明白，项王是想把自己赶走。瞬间，亚父感觉苍老了许多。他踉踉跄跄地离了大帐。夜深了，灯火里，一片静寂。

亚父，谋于人臣，多次献奇策，楚军因之战无不胜。项王愈喜之，愈忧之。

真正让他下定决心赶走亚父的是吕马童。【全知视角，揭示项王心中疑患，呼应前面"脸色愈加阴沉"。】

吕马童，项王的乡人，幼年的玩伴，战场上曾替项王挡过一箭，项王视之为亲信。

彭城一战后，项王带兵围汉于荥阳，项王派吕马童入汉，陈平用反间计。

吕马童回项王：亚父已生二心，不可用。【此情节虚构，体现"演义"的特点。】

亚父走了，走时，他眼望项王那如山的背影，心如刀割，老泪纵横。

月挂中天，如盘，兵急走。【环境描写，呼应首段，表明时间推移，月到中旬。】

垓下，项王心力交瘁。鼾声时而疾如奔矢，时而缓如清溪。不知不觉中来到一处所在，高崖危耸，松涛震耳，有阴森的凄号声从渊里传来。那云雾缭绕之处，一独舟无所凭依般从渊里渡来，渐近渐明，那摆渡人，神似了亚父范增，正琢磨该如何对话之际，崖壁忽然向斜刺里倒去。项王一惊，口喊，亚父救我——睁眼一看，帐中灯火还明。虞姬卧在身边，温柔地望着他，轻轻地说：大王，亚父已经死了。【项王心力交瘁的梦境描写，实是借虚构的梦境写现实的真实想法；"亚父救我"，危难时一语，足见亚父对项羽的作用。】

项王知道，亚父在去往彭城的路上，已经死了。项王眼里有泪，未滴下，心里痛。【"眼里有泪"，悔恨之泪；"未滴下"，怕人看见；"心里痛"，只有自知。】

月下弦，围几粒星子，明明灭灭。【环境描写，呼应段首与段中，时间已移至月底。】

项王兵少食尽。汉军及各路诸侯将项王围得水泄不通。楚歌声起。闻者垂泣，项王看了一眼自己心爱的虞姬，悲饮酒，歌数阕。虞姬散乱的发在血液里铺开，裙裾掩去了她梅雪般的芬芳。项王泪如雨注。最后破喉之泣定格了项王这一生爱的记忆。【穷途末路之境，用语简短。"虞姬散乱的发在血液里铺开"，表意含蓄。】

项王上马，八百人突围，疾走至乌江畔，只余二十骑。此时，从江心渡过一船，定睛一看，是项王的故人乌江亭长。远远地便招呼项王上船渡江。【呼应前面项王的梦境，虚实相应。】项王仰望微明的天空上的那一淡白月痕，又看了一眼远处追来的汉军，慨然长叹：我少年离乡，有八千兵士相随，而今，二十人，二十人啊！我，我还有何面目去见江东父老！说罢，早已盈眶的泪再也止不住，风中传来了乌骓马的嘶鸣。

项王双膝一软，跪在了江岸。

老伯，项羽无能，向江东父老谢罪了。说着，项王的头如鸡啄，片刻，额上血肉模糊。

兵士们望着浩渺的江面，皆泣不成声。

项王大喝，快渡江，善待乌骓！声音在江面上飘荡。

小舟越行越远，渐消失在了清晨的江雾里。

项王对敌汉军，疲力挣扎，可手中剑依然若梨花雪舞，在空中上下翻飞，近之者死，触之即亡。再加之项王雷霆般的怒吼，一时之间，汉军竟无一人近前，尤恐避之不及。

项王视敌军中有一熟悉面孔。竟是乡人吕马童！【此人在《史记》中有介绍。】

项王一怔，左肩就中了一剑。项王定睛细看，没错，是吕马童。

吕马童，我待你不薄，你何至于此？

吕马童不答，口里只是不停地喊着，杀项羽，封侯王！项王怒从中来，二目灼灼，望着吕马童，大有恨不能撕之而后快之意。他虚做手势招他近前，吕马童不进反退，口里仍喊着：杀项羽，封侯王！

项王再不等待，一跃而起，剑在吕马童面门前一晃，顿时血花四溅，吕马童的半张脸就开了花，吕马童颓然倒地。项王瞧着呻吟的吕马童，把剑往颈上一放，对着天空大喊：亚父，我来了。【吕马童出场，呼应前文。《史记·项羽本纪》载，项羽在兵败身死之前，曾称吕马童为故人，还让他拿自己的尸体去立功。此可视为归属"历史演义"类小说的典型之处。】

忽停，又喊，天亡我也！三声过后，自刎而死。

吕马童得项王一躯体，汉王封他为中水侯。

项王哪里知道，汉王用反间计，厚赂吕马童，为防项王再度起用亚父，吕马童暗暗使人尾随范增，在一僻静之所，暗箭射亚父，谎报称亚父死于恶疾。史云：疽发背而死。

（选自《中国微型小说百年经典》）

神。英雄就该倒下。"【"英雄就该倒下",呼应前文"你不披铠甲,才是真正的英雄",再次超出周瑜的认知,超出常理。】

周瑜不再发笑了,他又将一把艾草丢进篝火里。我见月亮微微泛白,奶乳般的光泽使旷野显得格外柔和安详。

我说:"我该回去了,天快明了,该回去奶孩子了,猪和鸡也需要喂食了。"【看似平静的陈述,符合村妇的身份,但隐含女性视角对平和宁馨的生活的呼唤,暗示主题。】

周瑜动也不动,他看着我。

我站了起来,重复了一遍刚才说过的话,然后慢慢转身,恋恋不舍地离开周瑜。走前打着哆嗦,我在离开亲密的人时会有这种举动。

我走了很久,不敢回头,我怕再看见月光下周瑜的影子。快走到河岸的时候,却不住还是回了一下头,我突然发现周瑜不再身披铠甲,他穿着一件白粗布的长袍,他将一把寒光闪烁的刀插在旷野上,刀刃上跳跃着银白的月光。战马仍然安闲地吃着夜草,不再有鼓角声,只有淡淡的艾草味飘来。一个存活了无数世纪的最令我倾心的人的影子就这样烙印在我的记忆深处。【"我"再次回头发现月光下周瑜的肖像和周围的静美环境——这是一幅富有诗意的画面,更是内心对宁静祥和温馨生活的期盼。】

我想抓住他的手,无奈那距离太遥远了,我抓到的只是旷野上拂动的风。

一个司空见惯、平淡无奇的夜晚,我枕着一片芦苇见到了周瑜。那片芦苇已被我泪水打湿。

(选自《中国当代小小说精品库》)

【总体鉴赏】

小说采用梦境方式穿越历史时空,用第一人称视角介入故事叙述,最大程度体现故事的真实性,同时也便于将人物内心世界的变化描写得淋漓尽致。小说通过类似寓言的方式寄寓生活理性,以女性的视角看待英雄人物,表达了珍爱和平这一主题。多处采用对比手法:高级将领周瑜与平凡的村妇"我"的对比,周瑜所处的三国时代与农妇"我"所处的现代之对比,周瑜的英雄存于战争与"我"之英雄守卫和平的对比。

迟子建的短篇小说"努力营造短篇小说的诗意美学",《与周瑜相遇》在环境描写、人物形象、情节设置、语言风格、主题表达等方面,都体现了其一贯的"诗意美学"特点。

专题二　军旅战争

人类历史的推进过程中，战争似乎从未走远。尤其是在进入兵器时代的近现代及当代，战争带来的杀伤力更大，在血与火的残酷现实考验下或处在某场战争的背景中，更能体现真实的人性：或是侵略者的狰狞，或是抗争者的顽强，或是流离者的无奈等。

作为现实主义题材的中外文学作品，军旅战争，是其中一个重要的题材。若就题材再细分，有的直接关联于战争事件，有的则着眼于日常的军旅生活。取材于战争的，或有对战争中的血与火场面的描写，但更多的是关涉战争的人物与事件——刻画人物在战争这个主体背景下所经受的种种考验。叙写日常军旅生活的作品，虽然不是直接描写战争，虽然没有血雨腥风与刀光剑影，但拼搏备战的艰辛、科技练兵的卓绝及思想抉择的痛苦等，无疑也是另一种血与火的考验。

写战争，不是对战争的冷视，而是用人性、理性来关照现实，关照人的尊严。远离战争，珍爱和平，洞察人性，是这类作品永恒的主题。

蒿儿梁

孙犁

一九四三年，敌人冬季"扫荡"开始了，杨纯医生带着五个伤员，和一个小女看护，名叫刘兰，转移到繁峙五台交界地方，住在北台脚下的成果庵里。五台山有五个台顶，北边的就叫北台。这是有名的高山，常年积雪不化，六月天走过山顶，遇见风雹，行人也会冻死。【交代故事发生的时代背景，简要描绘恶劣的自然环境，为人物出场和情节展开做准备。】

这几天情况紧急，区委书记夜里来通知杨医生，叫他往山上转移，住到蒿儿梁去。他的身上，东西已经不少。一支大枪，三十粒子弹，五个手榴弹，一个皮药包。两条米袋像围巾一样缠在他的脖子里。背上，他自己的背包驮着刘兰的背包。他挺身走着，山底子鞋拍啦啦沉重地响着。【杨医生身上背了这么多东西，表现其不畏艰辛，尽职尽责，关心同志。】

"杨医生，我们的药棉又不多了。"刘兰跟在后面说。"到蒿儿梁，我们做。"

"怎么着弄个消毒的小锅吧，做饭的大锅，真不好刷干净，老百姓也不愿意叫使！"

"这也要到蒿儿梁想办法。"

刘兰又问："伤号光吃莜麦不好吧？"

"到蒿儿梁，弄些细粮吃。"

"蒿儿梁、蒿儿梁！到了蒿儿梁，我们找谁呀？"

"找妇救会的主任。区委书记没说她叫什么名字，只说一打听女主任，谁也知道。"【侧面描写，"谁也知道"，说明女主任的名声很大。】

她不过二十五岁，披着一件男人的深黑面的黑羊皮袄，紫色的圆顶帽子装饰着珠花。她嘻嘻地笑着跑到南屋里来。她的相貌，和这一带那些好看的女人一样，白胖胖的脸，鲜红的嘴唇和白牙齿。【肖像刻画，正面描写女主任的衣着与容貌。】

杨纯说："你就是主任呀？我们把你的房子占了。"

"不要紧！"主任说，"老头子说你们来了，我真高兴。"

她转身走了，踢着路上的雪和石子。转过山坡，她好像又想起了什么，转身回来，喊道："杨同志，我们当家的病了，你去给他看看吧！"

杨纯问："什么病呀？"

"准是受了风寒，你给他点洋药吃吧！"

她那清脆的声音，在山谷里，惊起阵阵的回响。【声如其人，清脆的声音，可想见人性情。】

隔了一天，老人的病好了，可是情况更紧了，他和杨纯商量，在附近山里，找个严实地方，预备着伤员们转移。

吃过晌午饭，他带着杨纯，从向西的一条山沟跑下去。

到了山底，他们攀着那突出的石头和垂下来的荆条往上爬，半天才走进了那杉树林。他找着那条陡峭的小路，杨纯紧紧跟上去，身上反倒暖和起来，流着汗。主任的丈夫转脸告诉他：把你的扣子结好，帽子拉下来，到了山顶，你的手就伸不出来了。【山顶的环境更恶劣。】

杨纯站在山顶上，他觉得是站在他们作战的边区的头顶上。千万条山谷，纵横在眼前。那山谷里起起伏伏，响着一种强烈的风声。冰雪伏藏在她的怀里，阳光照在她的脊梁上。瀑布，是为了养育她的儿女，永远流不尽的乳浆，现在结了冰，一直垂到她的脚底！【用杨纯的视角观察壮美的自然，人称"她"代指大自然或祖国，以此抒发观察者对大好河山的热爱和珍视。】

忽然，主任的丈夫喊："不好，你来看，敌人到了成果庵吗？"

杨纯看见，在远远山脚下面，成果庵那里点起火，他断定敌人到了那里，天气还早，敌人可能还要往上赶，到蒿儿梁。他隐隐约约听见了山的下面有枪声，那是放哨人的警号！【孙犁坚持"诗化小说"的创作风格，很少正面描写战斗中血雨腥风场面，其"枪声"多在隐约的远处。】

他们慌忙寻找下山的道路，主任的丈夫跑在前边。他们从雪上往下滑，石头和荆条撕碎了他们的衣裳，手上流着血。

当他们跑进那通到村里去的山沟，他们迎见了主任！她满脸流着汗，手拉着跟跄跑来的刘兰！在她旁边是由蒿儿梁老少妇女组成的担架队，抬来了五个伤员。她们把伤员抬到了杉树林的深处，安置在地窖里。她们还抬来主任从川里弄来的粮食和菜蔬，妇女们也都带了干粮来。【后方转移伤员的斗争，不亚于正面战场上的惊险。】

夜晚，飘起雪来，妇女们围坐在地窖旁边，照顾着伤员。杨纯到前面放哨，主人和刘兰在杉树林的边缘站岗。

她们靠在一棵杉树上，主任把羊皮大衣解开，掩盖着刘兰的头。主任紧紧抱着刘兰。在她们头上，不久掩没了她们的脚：雪飘在她们脸上，但立刻就融化了。刘兰呼吸着从她的胸怀放散的热气，这孩子竟有些困倦。【主任对刘兰的关怀，不是亲人，胜似亲人。】

主任望着前面，借着她的好眼力和雪光，她看见杨纯，那个青年人，那个医生，那个同志，抱着一支大枪，站在山坡一块突出的尖石上。他那白色毡帽，成了一顶雪帽，蓝色的大棉袄背后，也落上一层厚雪。杨纯站在那里，尖着耳朵，听着山谷里的一切声音。不久，他跺一跺脚上的雪，从石头上轻轻跳下来，走到主任的面前说："蒿儿梁什么声音也没有，敌人想是在成果庵过夜了，看黎明的时候吧！"【站岗，何其警觉，这是另一种形式的战斗。】

主任说："要紧的时候，我们就转移到山顶上去，原班人马都在这里！"又说："刘兰睡着了，就叫她这么着睡一会吧！"

杨纯说："你们帮助了我们！""我们不是自己人？"主任笑着问。

"这就叫鱼帮水，水帮鱼吧！"杨纯也笑着说。

主任问："谁是水，谁是鱼？"

"老百姓是水，我们是鱼！"杨纯说。

"你这比方打错了！"主任说，"老百姓帮助你们，情愿把心掏给你们，为什么？这为的是你们把我们救了出来！"【这几句"鱼与水"的对话，揭示了小说主题：军民一家亲。】

【总体鉴赏】

《蒿儿梁》以日寇对我军民的"扫荡"为背景，展现我抗日军民共建、团结一心、共同战斗的深情厚谊。小说没有正面描写战斗激烈场面，不以情节冲突来塑造人物性格，而是用诗化语言，从景物描写、人物神态、特定氛围等角度，来描写战斗生活中人的行为与心态，从而表现革命乐观主义和浪漫主义的情怀。本篇是孙犁描写抗战的"诗化小说"的典型代表。

战争
[美] 欧文·肖

车子缓缓向前行驶，周围不时有炮弹爆炸。派伏尼饶有兴致地关注着身边的一切。迈克尔坐在后面，觉得脑袋离枪口越来越近。【以派伏尼、迈克尔的视角叙写。】

他们拐了个弯，来到一条街上。这儿的房子无一例外遭到了炮火袭击，废墟一直延伸到街上。人们有条不紊地在这些废墟上俯身挑拣着。这儿拣块布条，那儿挑盏台灯，还有袜子、煮饭罐。他们捡拾着这些东西，全然不顾不远的炮火，不顾埋伏在四周的狙击手，也不顾对岸德国人的炮声，对周围的一切似乎一点都不觉察。他们只知道这曾经是他们的家，瓦砾、家具都是他们的财产，是他们在生命中一点点积聚起来的。【用派伏尼二人的视角观察：战争摧毁了家园，但摧毁不了人们对家园的珍爱之情。】

车子经过这些一丝不苟的捡拾者时，有那么一刻，迈克尔想从车里站起来对那些在废墟上不停搜寻的法国人大喊："快走吧，逃出这座城市！你们找的任何一样东西都不值得你们在此丧命！"

但他终究什么也没说。没人向他们开枪，车子驶进一条街道。【此句中"他们"是指废墟上的法国人，还是指迈克尔二人？作者有意不明指。】把车停在教堂前的小广场后，两人就从外面明亮的阳光下走进教堂。【教堂是个容易让人性复苏的地方。】昏暗的教堂里挤满还没来得及逃出去，以及一息尚存的人。几十个形容枯槁、满脸皱纹的八旬老人聚在一起，双手干枯，筋脉暴露，迟钝地摸摸自己的脖子，因炎症而发红的眼睛透出垂死的光。他们随地大小便，把周围的地板弄得湿漉漉。迈克尔看着这一切，呼吸都困难了。这就是所谓的战争！什么在枪炮声中声嘶力竭发布号令的指挥官，什么为了正义扑向敌人刺刀的士兵，什么战况公报、嘉奖提升，都是假的！摆在眼前的是一群老态龙钟、风烛残年的老人。他们从废墟中各个角落里被搜罗出来，扔在教堂里，等待被运到一个什么破城，扔在那儿自生自灭，只要不妨碍打仗就行。【作者颇为用心地选择"教堂"这一特殊环境，既能通过迈克尔的视角观察到汇聚于此难民们的悲惨境遇，又能让迈克尔进行人性的反思与复苏——反思战争的罪恶。】

"唔，中校，"迈克尔说，"针对这些情况，平民事务局是怎么个说法？"

派伏尼微笑着轻碰迈克尔的胳膊，他已经意识到迈克尔因眼前景象而感到负罪。两个孩子向派伏尼走过来，站在他面前。其中一个女孩大约四岁，又小又瘦，长着一双羞涩的大眼睛，拉着大她两三岁的哥哥的手。

"行行好，"女孩用法语说，"能给我们点儿沙丁鱼吗？"

"错了。"哥哥生气地抽出手来，狠狠地往妹妹手腕上捆了一下，"不是沙丁鱼，应该向这些人要饼干。给沙丁鱼的是另外一些人。"

派伏尼冲迈克尔笑了一下，弯下腰和蔼地抱了抱女孩。对她来说，法西斯和民主主义【暗示了战争的背景是二战期间】的不同仅仅在于向前者能够讨到沙丁鱼，向后者则应该讨压缩饼干。"当然能。"派伏尼用法语回答说。【派伏尼用法语与小女孩交流，暗示战争是在法国的土地上。】迈克尔走出教堂，对眼前明媚的阳光和清新的空气感激不尽。【迈克尔所见，足见其身上存在温暖的人性与良知。】他从吉普里取出一包军用口粮，又走回去找派伏尼。当他拿着盒子站在教堂里时，一个七岁左右的男孩直撞过来，头发乱蓬蓬的，嬉笑不停、死皮赖脸地乞讨："香烟，能给老子点儿香烟吗？"【战争的狰狞，扭曲了"一个七岁左右的男孩"应有的清纯。】

迈克尔把手伸进衣兜。正在这时，一个老妇人急匆匆地冲过来，一把揪住他的肩膀："不，不要给他。"她转过去面向男孩，用那种慈爱但又恨铁不成钢的神情，生气地呵斥道："不行，你还想不想长大？"【此句颇有深意，"长大"！"长大"了干什么？】

一颗炮弹落在邻近的街道上，迈克尔没能听清男孩的回答。他看见派伏尼正蹲着身子和那兄妹俩说话，就微笑着朝他们走过去。派伏尼把饼干给了小姑娘，又在她额头轻轻亲了一下。兄妹俩郑重其事地后退几步，就迅速钻进教堂另一边的角落里，打开盒子，轮流小口咬着里面的巧克力棒，安安静静地分享美味。【孩子的行为，也是成人们的期盼。】

迈克尔跟派伏尼走出教堂，默默地上了吉普，慢慢地向城郊开去。迈克尔依旧盯着路边的窗户，现在他不知怎么开始相信，这里并没有什么狙击手。【哪方的"狙击手"？小说留有空白，不同军队有不同含意。】

（节选自长篇小说《幼狮》，晏奎译，有删改）

【总体鉴赏】

战争既能突出表现人性的扭曲，也能让心存良知者走向人性复苏。本篇小说，以侵略者代表人物迈克尔的观察视角叙述，选取"教堂"作为特定的观察点，通过教堂内难民的表现，启发人们对战争进行反省。给小女孩饼干的细节描写，恰是验证了其人性的复苏。小说的字里行间隐藏着战争的具体背景，细节描写中表达出反战的主题。

专题三　底层微吟

无论哪个社会阶段，社会的结构总是呈现金字塔形。金字塔基座大，处于底部的是亿万黎庶百姓，他们的生存质量和生命状态往往最能说明一个社会的兴衰。因此，透过最底层人的生存状态，我们可观察到那个时代的脉搏。尤其是在贫穷落后的旧时代，从底层百姓的苦苦挣扎，或可看到剥削势力的狰狞，或可看到疾病肆虐时的疯狂，或可看到社会制度的黑暗，或可看到世道人心的冷漠……这一切，形成一张强大的网，裹束着底层民众，使他们艰于呼吸视听，时时发出微吟。

但我们更看到了，无论生活怎样艰难，无论生命多么卑微，这些处在金字塔底层的社会民众，他们终究没有妥协、没有屈服，而是始终与命运做苦苦抗争，散发着生命微光——虽很微弱，但只要有微吟之音，有微光之火，则生命就在，希望就在。

中外文学作品中，都有一部分以底层民众的生活或生存为题材，其中以现当代的小说居多。作家们把写作视角投向劳苦大众，写他们生活中的那些叮叮当当的琐事——这是他们生活的全部。但正是这些琐碎之事，让我们了解了底层民众生活的全部真相。

牛

张爱玲

禄兴在板门上磕了磕烟灰，紧了一紧束腰的带子，向牛栏走去。【开篇迅速进入人物生活状态。】在那边，初晴的稀薄的太阳穿过栅栏，在泥地上匀铺着长方形的影和光，两只瘦怯怯的小黄鸡抖着粘湿的翅膀，走来走去啄食吃。【鸡瘦，说明家贫。此处设伏笔。】牛栏里面，积灰尘的空水槽寂寞地躺着，上面铺了一层纸，晒着干菜。角落里，干草屑还存在。栅栏有一面摩擦得发白，那是从前牛吃饱了草颈项发痒时磨的。禄兴轻轻地把手放在磨坏的栅栏上，抚摸着粗糙的木头，鼻梁上一缕辛酸味慢慢向上爬，堵住了咽喉，泪水泛满了眼睛。【环境及细节描写，透露着凋零、凄清；"空水槽"已"积灰尘"，可见禄兴家的牛久已不在。】

不知道从什么时候起，禄兴娘子已经立在他身后，一样也在直瞪瞪望着空的牛栏，头发被风吹得稀乱，下巴颏微微发抖，泪珠在眼里乱转。【禄兴娘子的肖像与神态，同样充满着凋零与感伤。】他不响，她也不响，然而他们各人心里的话大家看得雪亮。

瘦怯怯的小鸡在狗尾草窝里簌簌踏过，四下里静得很。太阳晒到干菜上，随风飘出一种温和的臭味。【"瘦怯怯的小鸡"，又出现。食用的"干菜"，已有"温和的臭味"。】

"到底打定主意怎样？"她兜起蓝围裙来揩眼。"……不怎样。""不怎样！眼见就要立春了，家家牵了牛上田，我们的牛呢？""明天我上三婶娘家去借，去借！"他不耐烦地将烟管托敲着栏。【夫妻围绕"牛"对话，故事的开端。】

"是的，说白话倒容易！三婶娘同我们本是好亲好邻的，去年人家来借几升米，你不肯，现在反过来求人，人家倒肯？"【"去年人家来借几升米，你不肯"，是禄兴小气？】

他的不耐烦显然是增进了，越恨她揭他这个忏悔过的痛疮，她偏要揭。说起来原该怪他自己得罪了一向好说话的三婶娘，然而她竟捉住了这个屡次做嘲讽的把柄——"明天找蒋天贵去！"他背过身去，表示不愿意多搭话，然而她仿佛永远不能将他的答复认为满足似的——"天贵娘子当众说过的，要借牛，先付租钱。"

他垂下眼去，弯腰把小鸡捉在手中，翻来覆去验看它突出的肋骨和细瘦的腿；小鸡在他的掌心里吱吱地叫。【禄兴捉小鸡的举动，看似不经意，其实是有心。】

"不，不！"她激动地喊着，她已经领会到他无言的暗示了。她这时似乎显得比平时更苍老一点，虽然她只是三十岁才满的人，她那棕色的柔驯的眼睛，用那种惊惶和恳求的眼色看着他，"这一趟我无论如何不答应了！天哪！先是我那牛……我那牛……活活给人牵去了，又是银簪子……又该轮到这两只小鸡了！你一个男子汉，只会打算我的东西——我问你，小鸡是谁忍冻忍饿省下钱来买的？我问你哪——"她完全失掉了自制力，把蓝布围裙蒙着脸哭起来。【禄兴娘子对禄兴捉小鸡的心理看得很透，激起了她内心的不安与委屈。】

"闹着要借牛也是你，舍不得鸡也是你！"禄兴背过脸去吸烟，拈了一块干菜在手里，嗅了嗅，仍旧放在水槽上。

"就我一人舍不得——"她从禄兴肩膀后面竭力地把脸伸过来。"你——你大气，你把房子送人也舍得！我才犯不着呢！"【不是气话，恰是贫穷夫妻间的同命相怜。】

禄兴不作声，抬起头来望着黄泥墙头上淡淡的斜阳影子，他知道女人的话是不必认真的，不到太阳落山她就会软化起来。到底借牛是正经事——不耕田，难道活等饿死吗？这个，她虽然是女人，也懂得的。【知妻莫若夫，禄兴对娘子的心思也很懂。】

黄黄的月亮斜挂在茅屋烟囱口上，湿茅草照成一片清冷的白色。烟囱里正蓬蓬地冒炊烟，熏得月色迷迷蒙蒙，鸡已经关在笼里了，低低地，吱吱咯咯叫着。【仍写环境的凄迷。】

茅屋里门半开着，漏出一线橘红的油灯光，一个高大的人影站在门口把整个的门全塞满了，那是禄兴，叉着腰在吸旱烟，他在想，明天，同样的晚上，少了鸡群吱吱咯咯的叫声，该是多么寂寞的一晚啊！

后天的早上，鸡没有叫，禄兴娘子就起身把灶上点了火，禄兴跟着也起身，吃了一顿热气蓬蓬的煨南瓜，把红布缚了两只鸡的脚，倒提在手里，兴兴头头向蒋家走去。【如禄兴所料，娘子最终还是同意了对鸡的安排。】

蒋家的牛是一只雄伟漂亮的黑水牛，温柔的大眼睛在两只壮健的牛角的阴影下斜睒着陌生的禄兴，在禄兴的眼里，它是一个极尊贵的王子，值得牺牲十只鸡的。他俨然感到自己是王子的护卫统领，一种新的喜悦和骄傲充塞了他的心，使他一路上高声吹着口哨。【禄兴对借到黑水牛有种满足感。】

他开始赶牛了。然而，牛似乎有意开玩笑，才走了三步便身子一沉，伏在地上不肯起来，任凭他用尽了种种手段，它只在那粗牛角的阴影下狡猾地斜睨着他。太阳光热热地照在他棉袄上，使他浑身都出了汗。远处的田埂上，农人顺利地赶着牛，唱着歌，在他的焦躁的心头掠过时都带有一种讥嘲的滋味。【牛往往对陌生人很抵触。"太阳光热热地""远处……农人赶着牛，唱着歌"，使得较晚借到牛的禄兴心头特别"焦躁"。】

"杂种畜生！欺负你老子，单单欺负你老子！"他焦躁地骂，刷地抽了它一鞭子。牛的瞳仁突然放大了，翻着眼望他，鼻孔涨大了，嘘嘘地吐着气，它那么慢慢地、威严地站了起来，使禄兴很迅速地嗅着了空气中的危机。一种剧烈的恐怖的阴影突然落到他的心头。他一斜身躲过那两只向他冲来的巨角，很快地躺下地去和身一滚，骨碌碌直滚下斜坡的田垄去。一面滚，他一面听见那涨大的牛鼻孔里咻咻的喘息声，觉得那一双狰狞的大眼睛越逼越近，越近越大——和车轮一样大，后来他觉得一阵刀刺似的剧痛，又咸又腥的血流进口腔里去——他失去了知觉，耳边似乎远远地听见牛的咻咻声和众人的喧嚷声。【牛脾气上来，致命性的攻击。】

又是一个黄昏的时候，禄兴娘子披麻戴孝，送着一个两人抬的黑棺材出门。她再三把脸贴在冰凉的棺材板上，低低地用打战的声音告诉："先是……先是我那牛……我那会吃会做的壮牛……活活给牵走了……银簪子……陪嫁的九成银，亮晶晶的银簪子……接着是我的鸡……还有你……还有你也给人抬去了……"她哭得打噎——她觉得她一生中遇到的可恋的东西都长了翅膀在凉润的晚风中渐渐地飞去。【禄兴死了。从禄兴娘子衰衰的哭诉，可知他们一直都挣扎在生活的漩涡里，但终究还是徒劳。】

黄黄的月亮斜挂在烟囱上，被炊烟熏得迷迷蒙蒙，牵牛花在乱坟堆里张开粉紫的小喇叭，狗尾草簌簌地摇着栗色的穗子。【凄迷的环境，令人窒息。】展开在禄兴娘子前面的生命就是一个漫漫的长夜——缺少了吱吱咯咯的鸡声和禄兴的高大的在灯前晃来晃去的影子的晚上，该是多么寂寞的晚上啊！【生活如此残酷，可留恋的人与物，都从禄兴娘子身边消失了。】

(一九三六年)

【总体鉴赏】

作品通过环境的烘托和人物语言、动作等的描写，展现给读者的是一幅真实的农村生活画卷。整个小说笼罩在苍凉的氛围里：苍凉的自然环境，苍凉的人物境遇，苍凉的情节的结局。虽然作品中的禄兴夫妇一直在与生活抗争，但现实留给他们的仍是苍凉和哀戚。所以有人说，张爱玲所看到的世界是一个"苍凉"的世界。小说多处使用伏笔前后照应，语言深沉哀婉。

高速公路上的森林
［意大利］ 卡尔维诺

寒冷有千百种形式、千百种方法在世界上移动：在海上像一群狂奔的马，在乡村像一窝猛扑的蝗虫，在城市则像一把利刃截断道路，从缝里钻入没有暖气的家中。那天晚上，马可瓦多家用尽了最后的干柴，裹着大衣的全家人，看着暖炉中逐渐黯淡的小木炭，每一次呼吸，就从他们嘴里升起云雾，再没有人说话，云雾代替他们发言：太太吐出长长的云雾，仿佛在叹气，小孩们好像专心一意地吹着肥皂泡泡，而马可瓦多则一停一顿地朝着空中喷着云雾，好像喷

发转瞬即逝的智慧火花。【比喻与排比，凸显寒冷来势汹汹，让以马可瓦多为代表的底层人备受煎熬。】

最后马可瓦多决定了："我去找柴火，说不定能找到。"他在夹克和衬衫间塞进了四五张报纸，以作为御寒的盔甲，在大衣下藏了一把齿锯，在家人充满希望的目光的跟随下，深夜走出门，每走一步就发出纸的响声，而锯子也不时从他大衣里冒出。

到市区里找柴火，说得倒好！马可瓦多直向夹在两条马路中间的一小片公园走去。公园里空无一人，马可瓦多一面研究光秃秃的树干，一面想着家人正牙齿打战地等着他……【深夜外出寻柴，足见寒冷的难耐与家人的期待。】

小米开尔哆嗦着牙齿，读一本从学校图书室借回来的童话，书里头说的是一个木匠的小孩带着斧头去森林里砍柴。"这才是要去的地方，"小米开尔说，"森林！那里就会有木柴了！"他从一出生就住在城市里，从来没看过森林，连从远处看的经验也没有。【童话书给小米开尔带来启发，符合现实；没见过森林，为后文荒诞情节做了铺垫。】

说到做到，跟兄弟们组织起来：一个人带斧头，一个人带钩子，一个人带绳子。【小米开尔有兄弟三人。】跟妈妈说再见后就开始寻找森林。

走在路灯照得通亮的城市，除了房子以外看不到别的：什么森林，连影子也没有。也遇到过几个行人，但是不敢问哪儿有森林。他们走到最后，城里的房子都不见了，而马路变成了高速公路。

小孩就在高速公路旁看到了森林：一片茂密而奇形怪状的树林淹没了一望无际的平原。它们有极细极细的树干，或直或斜；当汽车经过，车灯照亮时，发现这些扁平而宽阔的树叶有着最奇怪的样子和颜色。树枝的形状是牙膏、脸、乳酪、手、剃刀、瓶子、母牛和轮胎，遍布的树叶是字母。【"在高速公路旁看到森林"，本就可能性不大，而树干、树叶和树枝的颜色与形状，暗示了孩子们的误判——照应前文"从来没有见过森林"，也为后面情节进一步展开做铺垫。】

"万岁！"小米开尔说，"这就是森林！"

弟弟们则着迷地看着从奇异轮廓中露头的月亮："真美……"

小米开尔赶紧提醒他们来这儿的目的：柴火。于是他们砍倒一株黄色迎春花外形的杨树，劈成碎片后带回家。

当马可瓦多带着少得可怜的潮湿树枝回家时，发现暖炉是点燃的。

"你们在哪里拿的？"他惊异地指着剩下的广告招牌。因为是胶合板，柴火烧得很快。

"森林里!"小孩说。

"什么森林?"

"在高速公路上,密密麻麻的!"

既然这么简单,何况柴火又用完了,效仿孩子们还是值得的。马可瓦多又带着锯子出门,朝高速公路走去。【马可瓦多知晓真相,但寒冷的威胁击碎了他揭示真相的勇气。】

公路警察阿斯托弗有点近视,当他骑着摩托车做夜间巡逻时应该是要戴眼镜的:但他谁也没告诉,怕因此影响他的前途。【近视的警察不戴眼镜,利于后面情节的展开。】

那个晚上,阿斯托弗接到通知说高速公路上有一群野孩子在拆广告招牌,便骑车去巡查。

高速公路旁怪模怪样地张牙舞爪的树木陪着他转动,近视眼的阿斯托弗细细察看。在摩托车灯的照明下,撞见一个大野孩子攀爬在一块招牌上。阿斯托弗刹住车:"喂!你在上面干什么,马上给我跳下来!"那个人动也不动,向他吐舌头。阿斯托弗靠近一看,那是一块乳酪广告,画了一个胖小孩在舔舌头。"当然,当然。"阿斯托弗说,并快速离开。

过了一会儿,在一块巨大招牌的阴影中,照到一张惊骇的脸。"站住!别想跑!"但没有人跑:那是一张痛苦的面像,因为有一只脚长满了鸡眼。"哦,对不起。"阿斯托弗说完后就一溜烟跑掉了。治偏头痛药片的广告画的是一个巨大的人头,因痛楚用手遮着眼睛。阿斯托弗经过,照到攀爬在上方正想用锯子切下一块的马可瓦多。因强光而眼花,马可瓦多蜷缩着静止不动,抓住大头上的耳朵,锯子则已经切到额头中央。

阿斯托弗好好研究过后说:"喔,对,斯达巴药片!这个广告做得好!新发现!那个带着锯子的倒霉鬼说明偏头痛会把人的脑袋切成两半!我一下就看懂了!"然后很满意地离开了。【马可瓦多把图像锯到一半,警察却把它视为广告创意,这是对前文"近视"的照应。构思经典。】

四周那么安静而寒冷。马可瓦多松了一口气,在不太舒适的支架上重新调整位置,继续他的工作。在月光清亮的天空中,锯子切割木头低沉的嘎嘎声远远传送开来。

【总体鉴赏】

小说开篇从全知视角出发,介绍天气及马可瓦多的情况;中间部分转向多个视角叙述,分别是马可瓦多视角、孩子小米开尔视角及警察阿斯托弗视角;小说最后又变为全知视角。作品通过不同视角的转换,用荒诞的情节和夸张变形的笔法，叙述符合逻辑的真实情节，反映了底层人物生活的真实的社会状况。小说中的"寒冷"的自然环境，是推进情节发展必不可少的条件，又能烘托人物心境，同时又能体现社会状况，深层次揭示主题。

专题四 田园自然

几千年的农耕文化，人们对土地有着深厚的情感，特别是广大农牧民，他们对土地、湖海、草原、牧场有着刻骨铭心的眷恋。面朝黄土背朝天，付出了"汗滴禾下土"的艰辛，但体会到"土地能长出金子"的快乐；碧波瀚海中穿梭，风里来浪里奔，收获了"晚上归来鱼满舱"的惬意；四季转场马背为家，日日漂泊不定，收获了"风吹草低见牛羊"的喜悦。是土地给予了他们一切，是大自然给了他们生活的启迪。

随着社会的发展，那些长期与土地打交道的农民、牧民、渔民，很多人正逐渐远离千百年来生养他们的土地，远离了原有的生活方式。社会前进的车轮，或许无法阻挡，但人们对土地与自然的那份珍惜，对传统的农牧生产与生活的留恋，是文学作品常常表现的主题之一。

锄

李锐

拄着锄把出村的时候又有人问："六安爷，又去百亩园呀？"

倒拿着锄头的六安爷平静地笑笑："是哩。"

"哎呀，六安爷，后响天气这么热，眼睛又不方便，快回家歇歇吧六安爷！"

六安爷还是平静地笑笑："我不是锄地，我是过瘾。"【六安爷的回答，似乎令人费解。】

"哎呀，锄了地，受了累，又没有收成，你是图啥呀六安爷？"

六安爷已经记不清这样的回答重复过多少次了，他还是不紧不慢地笑笑："我不是锄地，我是过瘾。"

斜射的阳光晃晃地照在六安爷的脸上，渐渐失明的眼睛，给他带来一种说不出的静穆。六安爷看不清人们的脸色，可他听得清人们的腔调，但是六安爷

不想改变自己的主意，照样拄着锄把当拐棍，从从容容地走过。【人们的脸色、腔调与六安爷的执着形成对比。】

　　百亩园就在河对面，一抬眼就能看见。一座三孔石桥跨过乱流河，把百亩园和村子连在一起，这整整一百二十亩平坦肥沃的河滩地，是乱流河一百多里河谷当中最大最肥的一块地。西湾村人不知道在这块地上耕种了几千年几百代，西湾村人不知把几千斤几万斤的汗水撒在百亩园，也不知从百亩园的土地上收获了几百万几千万的粮食，更不知这几百万几千万的粮食养活了世世代代多少人。【数字铺排，言百亩园对西湾村人的重要。】但是，从今年起，百亩园再也不会收获庄稼了，煤炭公司看中了百亩园，要在这块地上建一个焦炭厂。【交代失去土地的原因。焦炭厂，重污染企业。】两年里反复地谈判，煤炭公司一直把土地收购价压在每亩五千元，为了表示绝不接受的决心，今年下种的季节，西湾村人坚决地把庄稼照样种了下去，煤炭公司终于妥协了，每亩地一万五千块，这场惊心动魄的谈判像传奇一样在乱流河两岸到处被人传颂。【谈判，似乎以西湾村胜利落下帷幕。】一万五千块，简直就是一个让人头晕的天价。按照最好的年景，现在一亩地一年也就能收入一百多块钱。想一想就让人头晕，你得受一百多年的辛苦，流一百多年的汗，才能在一亩地里刨出来一万五千块钱呐！胜利的喜悦中，没有人再去百亩园了，因为合同一签，钱一拿，推土机马上就要开进来了。【唯利是图，则会目光短浅。】

　　可是，不知不觉中，那些被人遗忘了的种子，还是和千百年来一样破土而出了。每天早上嫩绿的叶子上都会有珍珠一样的露水，在晨风中把阳光变幻得五彩缤纷。【顽强的种子与优美的田园风光，实写。】这些种子们不知道，永远不会再有人来伺候它们、收获它们了。从此往后，百亩园里将是炉火熊熊、浓烟滚滚的另一番景象。【想象今后的景象，虚写。前后实、虚景象形成对比。】

　　六安爷舍不得那些种子，他掐着指头计算着出苗的时间，到了该间苗锄头遍的日子，六安爷就拄着锄头来到百亩园。一天三晌，一晌不落。【仍表现六安爷对土地、种子的执着情感。】

　　现在，劳累了一天的六安爷已经感觉到腰背的酸痛，满是老茧的手也有些僵硬，他蹲下身子摸索着探出一块空地，然后坐在黄土上很享受地慢慢吸一支烟，等着僵硬了的筋骨舒缓下来。等到歇够了，就再拄着锄把站起来，青筋暴突的臂膀，把锄头一次又一次稳稳地探进摇摆的苗垄里去，没有人催，自己心里也不急，六安爷只想一个人慢慢地锄地，就好像一个人对着一壶老酒细斟慢饮。【六安爷锄地的动作、神态，细节描写，表现其内心的不舍。】

　　终于，西山的阴影落进了河谷，被太阳晒了一天的六安爷，立刻感觉到了肩背上升起的一丝凉意，他缓缓地直起腰来，把捏锄把的两只手一先一后举到嘴前，轻轻地啐上几点唾沫，而后，又深深地埋下腰，举起了锄头，随着臂膀有力地拉拽，锋利的锄刃闷在黄土里咯嘣咯嘣地割断了草根，间开了密集的幼苗，新鲜的黄土一股一股地翻起来。六安爷惬意地微笑着，虽然看不清，可是，耳朵里的声音，鼻子里的气味，河谷里渐起的凉意，都让他顺心，都让他舒服，银亮的锄板鱼儿戏水一般地，在禾苗的绿波中上下翻飞。于是，松软新鲜的黄土上留下两行长长的跨距整齐的脚印，脚印的两旁是株距均匀的玉荬和青豆的幼苗。六安爷种了一辈子庄稼，锄了一辈子地，眼下这一次有些不一般，六安爷心里知道，这是他这辈子最后一次锄地了，最后一次给百亩园的庄稼锄地了。【继续进行细节描写，并借助听觉、嗅觉、触觉等，描写六安爷的内心愉悦，进一步凸显其对百亩园的留恋。】

沉静的暮色中，百亩园显得寂寥、空旷，六安爷喜欢这天地间昏暗的时辰，眼睛里边和眼睛外边的世界是一样的，他知道自己在慢慢融入眼前这黑暗的世界里。【最后句一语双关："黑暗的世界"既指此时自然界的暮色，也指人们因目光短浅而将坠入黑暗的现实。】

很多天以后，人们跟着推土机来到百亩园，无比惊讶地发现，六安爷锄过的苗垄里，苗壮的禾苗均匀整齐，一颗一颗蓬勃的庄稼全都充满了丰收的信心。【庄稼有丰收的信心，但人们却不再给予它机会。】没有人能相信那是一个半瞎子锄过的地。于是人们想起六安爷说了无数遍的话，六安爷总是平静固执地说，"我不是锄地，我是过瘾。"【六安爷的话贯穿小说始终——用行为宣告对土地的留恋。引发读者思考。】

【总体鉴赏】

小说中"六安爷"，尽管眼睛看不清，尽管人们对他充满关心与不解，但凭着对土地的眷恋与不舍，他仍然顶着烈日到将被推平建焦炭厂的百亩园为禾苗除草。小说情节简单，但通过一系列的语言描写、动作描写、心理描写，同时调动人的多维感官，并采用了对比的写法，刻画了对土地有着深厚感情的"六安爷"的农民形象：勤劳朴实，温和耐心，固执坚韧。通过"六安爷"对传统农村生活方式的坚守，引发读者的深度思考。

知事下乡

［法］ 都德

　　知事先生出巡去了。驭者导前，仆从随后，一辆知事衙门的四轮轻车，威风凛凛地，一径奔向那共阿非。因为这一天，是个重要的纪念日，所以知事先生打扮得分外庄严。你看他身披绣花的礼服，头顶折叠的小冠，裤子两旁，贴着银色的徽带，连着一把嵌螺细柄的指挥刀。在他的膝上，正摊着一个皮面印花的大护书。知事先生端坐四轮车内，面上堆着些愁容，只管向那皮面印花的大护书出神；他一路想，几时他到了那共阿非，见了那里的百姓们，总免不了要有一番漂亮而动听的演说："诸位先生，诸位同事们……"知事先生，把这两句话，周而复始地，足足念了二十余次，可是总生不出下文。【知事出巡的场面隆重庄严。】

　　四轮车内的空气，热不可当！道上的灰尘，在正午的阳光下，兴奋奔腾地跳舞。道旁的树林，一齐遮着白灰，只听得整千整万的蝉声，遥遥地在那里问答。

　　知事先生，正在纳闷的当儿，忽然瞥见了一丛小的楮树林，在山坡的脚下，招展着树枝，好像正笑嘻嘻地欢迎他。【视线由噪扰的道路转向道旁的树林。】

　　知事先生，居然中了诱惑了。他一面吩咐仆人们停车，一面从四轮车里，跳了下来，径自走进那片小的楮树林里。

　　树林里，有成群的鸟儿，在头上唱歌；有无数的清泉，在草地上流淌；还有紫堇花，在旁边发香……他们瞧见知事先生，和他一条这样体面的裤子，一个皮面的印花的护书，登时大起恐慌。那鸟儿，一齐停止了歌唱；那泉儿，也不敢再作声了；那紫堇花们，更是急得低着头，向地下乱躲……这些小东西们，自从出世以来，从没有见过一个县知事，在这光景里，大家都私下地互通猜度：这样体面的裤子的主人，究竟是一位什么人物？【比拟手法，描写楮树林幽美的环境，语言活泼；情节疏淡，近似散文。】

　　知事先生，对于如此寂静而清凉的树林，头脑清醒不少。他撩起了衣裳，摘下了帽子，在一块草地上，端端正正地坐下，把皮面印花的护书，张开了放在膝上，又向那护书里面，抽出一张四六开的大纸。【知事先生坐下来，很有仪式感。】

　　"这竟是一位美术家呀！"那秀眼鸟先开口说。

"否，否，"接着说的是一只莺鸟，"这哪里会是美术家，你不看见他裤子上的徽带吗？照我来看，十之八九，还是一位贵族哩。"

"也不是美术家，也不是贵族，"一只老黄莺抢着来打断他们俩的辩论，他曾经在那知事衙门的花园里，足足唱了一个春天的歌。"只有我知道，这是一个县知事呀。"

这时那些细微的语声，不知不觉地渐渐地放纵起来了。

"这原来是一个县知事！这原来是一个县知事！"

一会儿，紫堇花发问："他可含有什么恶意？"

"一点儿也没有。"那老黄莺儿接着答复。【树林里鸟儿花草对知事先生的观察与评价。】

于是那些鸟儿们，重新一个个地，去恢复他的唱歌；那些泉儿们，照常在草地上，汩汩地流；那些紫堇花们，也依旧放着胆去发他们的香气……在这喧哗而又恬静的林子间，知事先生，又起了念头，要继续去筹备他的演说了。

不料还没起头，身旁突然传来了笑声。知事先生侧头看时，只见一只黄绿色的啄木鸟，歇在他的帽子顶上，嬉皮赖脸地，正向着他笑。知事先生，把肩胛一耸，露出不屑睬他的意思，回转头来，想继续去筹划他的演说；哪知道那啄木鸟很不知趣，索性大声地唱将起来。【树林里和谐欢乐的氛围，与前面知事出场隆重庄严的场面形成对比。】

知事先生，气嘘嘘地涨红了脸，一面随手做个手势赶开那顽皮的畜生；一面加上些气力，回头来重新干他的本行："诸位先生，诸位同事们……"

但是事有不巧，那啄木鸟方面的交涉，才刚结束，一丛小弱的紫堇花们，觑着知事先生思绪缭乱的当儿，也一起翘起了他们的梗儿枝儿，和着一种甜而且软的语气，沙沙地唱起歌来。于是一唱百和，那些泉儿们，登时就在他的脚下，潺潺地奏起一种文雅的音乐；那些秀眼鸟儿，也在他头顶的树枝上，使尽毕生的本领，唱出一阕优美的调子；其余树林周围、上下左右一切的东西，没有一个不是效尤着，全体一致地来阻止知事先生演说的起草。【与其说自然界万籁之音侵扰知事的演说起草，倒不如说此时的知事已完全被自然所吸引。】

知事先生，鼻孔里熏醉了香味；耳朵里充满了歌声；他未始没有意思，想摆脱这些妖媚的蛊惑，可是他办不到了。【沉醉其中，无法自拔。】

此刻，知事先生正舒舒服服偃仰在草地上，他衣服上华美的装饰已被解去，他正打算把已成的演说，艾艾……艾艾地，从头再述两三回：

"诸位先生，诸位同事……"【放下庄严，融入自然，演说稿也就筹划而成。】

【总体鉴赏】

小说题为"知事下乡",实则是一篇揭示"人与自然的关系"主题的小说。知事先生筹划演讲稿达"二十余次",在烦扰中走进了树林,和大美自然有了亲密的接触,演说稿自然很快筹划成功。小说借此表达,人应懂得与自然和谐相处,自然对人具有理解包容与浸化熏陶作用。小说情节平和推进,没有复杂尖锐的矛盾冲突。善用使用修辞和点面结合等方法,语言生动优美,呈现出一种散文化、诗意化的美感。

专题五　科幻世界

科幻小说，是随着近代科学技术蓬勃发展而产生的一种文学样式。它在尊重科学的基础上，用幻想的形式，表现人类在未来世界的物质文化生活和科学技术远景，其内容交织着科学事实和预见、想象。通常将"科学""幻想"和"小说"视为科幻小说的三要素。

从哲学主题上看，科幻小说和人类上古的神话传说有着相似的精神基础，即对人类与宇宙关系的解释、人类社会未来命运的关注与猜测。在文学谱系上，浪漫主义的文学传统应该是科幻小说最早的文学母体。美国著名文学评论家布哈伊·哈桑曾说："科幻小说可能在哲学上是天真的，在道德上是简单的，在美学上是有些主观的，或粗糙的，但是就它最好的方面而言，它似乎触及了人类集体梦想的神经中枢，解放出我们人类这具机器中深藏的某些幻想。"科幻小说之父儒勒·凡尔纳的系列科幻小说，向19世纪的读者展示了一个"科学奇迹"，而他的一些科学幻想今天却也真的成了现实，如八十天环游地球、人类登月、大型潜水艇等。

科幻作品常有软科幻、硬科幻的分类。软科幻，情节和题材集中于哲学、心理学、政治学或社会学等领域；硬科幻，以物理学、化学、生物学、天文学等自然科学为基础，描写新技术新发明给人类社会带来影响的作品。著名的软科幻小说有苏禹创作的《新世》，硬科幻有《入海之门》《太空序曲》及我国作家刘慈欣创作的《三体》系列等。

乡村教师（节选）
刘慈欣

他知道，这最后一课要提前讲了。【全知视角，此处以第三人称"他"视角讲述。】

他忍住几乎使他晕厥过去的剧痛，艰难地移近床边的窗口，看着远处的村庄。从自己的老师为救自己被狼咬死的那一刻起，他这一生就属于黄土高原上这个偏远的小山村了。【自己老师舍生忘死救助"他"的大义，激励着"他"。】

窗外的田垄上，娃们在为他烧香和烧纸了。

半年前，他拿起扁担和想从校舍取椽子去修村头老君庙的几个人拼命，被人打断了两根肋骨。【村民修庙不修校，信神而不信师，愚昧无知。】送到镇医院，竟又发现他患了食道癌，但他没有去管，实在没钱管。从镇医院出来，他把身上所有的钱都买了书。【祸不单行，生命进入倒计时，但他仍坚信知识（买书）能改变命运。】

在距地球五万光年的银河系的中心，一场延续了两万年的星际战争已接近尾声。

碳基联邦舰队将完成碳硅战争中最后一项使命：摧毁大部分恒星，建立一条五百光年宽的隔离带，免除硅基帝国对银河系中心区域的碳基文明的任何威胁。隔离带中只有形成3C级以上文明的恒星系才会被保护。【视角转换到宇宙银河系中心的碳基联邦舰队——外太空的某种文明；此两段插叙外太空银河系的战争——双线结构中的远线。】

夜深了，烛光中，娃们围在老师的病床前。【视角切换到双线中的近线——地球。】

他把剩下的12片止疼药一把吞了下去，他知道以后再也用不着了。他挣扎着想在黑板上写字，但头突然偏向一边，一个娃赶紧把盆接到他嘴边，他吐出了一口黑红的血，然后虚弱地靠在枕头上喘息着。【"他"临终的细节，死而后已的高尚人格。】

娃们中有了低低的抽泣声。

他让他们记住牛顿第一定律，记住牛顿第三定律，最后才让他们去记最难懂的牛顿第二定律。孩子们哭着记住了，他们知道记不下来，老师是不会放心的。【"他"临终前的教学与嘱托，为后文埋下伏笔。】

"发射奇点炸弹！"【切换到双线中的远线——太空银河系。"奇点炸弹"，碳基联邦舰队的武器。】

一团团似乎吞没整个宇宙的强光又闪起，然后慢慢消失……

隔离带在快速推进。直到他们遇到太阳系的三号行星。

3号行星检测，检测30个随机点。【碳基联邦舰队在检测，除他们外，银河系是否存在其他某种文明。】这所山村小学，正好位于检测波束圆形覆盖区的圆心上。【检测到地球上的山村小学——远近两线的交会点。制造悬念，强化

主题。】

"1号随机点检测。"

结果……绿色结果，绿色生命信号！【碳基联邦舰队检测到宇宙中存在绿色生命信号。】

"开始3C级文明测试。"

1号测试未通过，2号测试未通过……10号测试未通过！

"发射奇点炸弹！"

最高执政官突然想起什么："继续测试。"

11号测试题未通过！

12号测试题未通过！

"3C文明测试试题13号：当一个物体没有受到外力作用时，它的运行状态如何？"

数字宇宙广漠的蓝色空间中突然响起了孩子们清脆的声音："当一个物体没有受到外力作用时，它将保持静止或匀速直线运动不变。"【双线交会：地球山村的孩子们用牛顿第一定律回应外太空的测试，照应前面老师临终的传授。】

"3C文明测试试题13号通过！3C文明测试试题14号……"

"3C文明测试试题14号：请叙述相互作用的两个物体间力的关系。"

孩子们说："当一个物体对第二个物体施加一个力，这第二个物体也会对第一个物体施加一个力，这两个力大小相等，方向相反！"【照应老师临终教授的牛顿第三定律。】

"3C文明测试试题14号通过！3C文明测试试题15号：对于一个物体，请说明它的质量，所受外力和加速度之间的关系。"

孩子们齐声说："一个物体的加速度，与它所受的力成正比，与它的质量成反比！"【照应老师临终教授的最难一条即牛顿第二定律。】

"3C文明测试试题15号通过，文明测试通过！确定目标恒星500921473的3号行星上存在3C级文明。"

"奇点炸弹转向！脱离目标！！"太阳系，推送奇点炸弹的力场束弯曲了，奇点炸弹撞断了一条日珥，掠过太阳，亮度很快暗下来，最后消失在茫茫太空的永恒之夜中。【"奇点炸弹""力场束""奇点炸弹撞断了一条日珥"等——典型的科幻作品语言。】

那些娃们什么也没觉察到，校舍里微弱的烛光下，他们围着老师的遗体，不知哭了多长时间。【毁灭性的灾难悄然从身边滑过，是老师临终时嘱托了孩子，也救了地球。】

最后，娃们决定自己掩埋自己的老师。他们拿了锄头铁锹，在学校旁边的山地上开始挖墓坑，灿烂的群星在整个宇宙中静静地看着他们。

"天啊！这颗行星上的文明不是3C级，是5B级！！"参议员惊呼起来。【外太空生命群体里的"参议员"。】

"他们已经开始使用核能，并用化学推进方式进入太空，甚至已登上了他们所在行星的卫星。"【用外太空生命的视角来描述人类文明的高度。】

"这个行星上生命体记忆遗传的等级是多少？"

"他们没有记忆遗传，所有记忆都是后天取得的。"

"那么，他们个体之间的信息交流方式是什么？"

"极其原始，也十分罕见。他们身体内有一种很薄的器官在大气中振动时可产生声波，同时把要传输的信息调制到声波之中，接收方也用一种薄膜器官从声波中接收信息。"【描述人类通过听、说而进行的信息交流。】

"这种方式信息传输速率是多大？"

"大约每秒1至10比特。"

"上尉！"舰队统帅大怒，"你是想告诉我们，一种没有记忆遗传，相互间用声波以令人难以置信的每秒1至10比特的速率进行交流的物种，能创造出5B级文明？！且这种文明是在没有任何外部高级文明培植的情况下自行进化的？！"【口耳相授的文明传承。】

"但，阁下，确实如此。"

"但在这种状态下，这个物种根本不可能在每代之间积累和传递知识，而这是文明进化所必需的！"

"他们有一种个体，有一定数量，分布于这个种群的各个角落，充当两代生命体之间知识传递的媒介。"

"你是说那种在两代生命体之间传递知识的个体？"

"他们叫教师。"【通过外太空文明的对话，侧面表现推进人类文明进步过程中教师的伟大。】

"教——师？"

娃们造好那座新坟，东方已经放亮了。娃们在那个小小的坟头上立了一块石板，上面用粉笔写着"李老师之墓"。【结尾呼应篇首的"最后一课"，呼应小说题目。】

【总体鉴赏】

就情节、题材与主题看，《乡村教师》似乎更近于软科幻作品。小说对于落后小山村的描述令人望而却步，幸而存在着像李老师一样的乡村教师，一代又一代地坚守偏僻山村，传承着知识和文化，对抗着愚昧和黑暗。"李老师"临终在病床上给孩子们讲的最后一课，挽救了地球，拯救了人类。小说采用全知视角，双线结构，一条是老师上课至生命最后一刻；另一条是碳基舰队在建立隔离带时找寻并保留3C文明。双线并行不乱，互为呼应，偶有交叉。

世界上最后一个机器人
［美］黄土芬

一切都在于分门别类。【开篇颇为突兀，激发读者探究的兴趣。】

世界终结后的第76年，最后一个机器人和最后一个人类在一片狂风侵袭的高原上相遇了。【此段即看出为科幻作品，同时设置了悬念。】

在这之前，最后一个机器人一直待在自己的仓库里，按照设定的程序执行任务——监测地球，直到有一天，日渐衰弱的传感器突然感应到一个能量高峰。运输系统瘫痪了，最后一个机器人花了432天时间才来到能量高峰出现的地方，发现了开封的冷冻管。【以机器人的视角叙述。机器人监测并最终找到了"能量高峰"地。】

那时，冷冻管里所有的人类都已经死去了——除了一人以外。

但最后一个机器人还是执行起了她的任务。她必须展开统计调查，尽自己所能维持这唯一一个数据点的秩序。【"机器人"的职责是执行内部设定的程序。】

她在高原上找到了最后一个人类，一个为了抵抗狂风而将布层层包裹在身上的人形，正在耀眼的阳光下，将食用菌放在架子上晾晒。

"你好。"最后一个机器人开口道，"我是R47-821，开罗仓库的指定管理人。我的任务是延续人类物种。"

"是吗？"最后一个人类说，"进展如何？"

最后一个机器人的记忆库里有"讽刺"这个词的定义，但她并没有听出最后一个人类语气中的讽刺意味。【"机器人"始终在执行程序，她无法理解变化情境下的语意。】"不理想。"她回答，"你是我准备登记的唯一一个活着的人类。根据预测，人类物种消亡的时间上限是一百年。"【"机器人"仍在按程序"预测"人类物种的消亡时间——尽管其"任务是延续人类物种"。】

最后一个人类的表情黯淡了下来，带着希望终成泡影的悲伤，问："你是怎么找到我的？"

"当时我正在监测，"最后一个机器人说，"433 天前的预测表明人类物种已经灭亡，不过一些冷冻舱保持完好的可能性仍然存在，但是很小。我监测了下去。"

"我很高兴，"最后一个人说，"我一直都很孤独，没有人和我说话。我曾经希望……算了，没什么。我们现在要做什么？"

"我必须给你分类。"最后一个机器人说。【"机器人"仍在执行设定程序的任务。】

"给我分类？"

"是的。为了筛选出实现物种生存的最佳决策树①。"

"在总人口只有一个人的情况下，有效的决策树还存在吗？"最后一个人类问道。

最后一个机器人的处理器迅速查阅了可能的人口恢复模型，"不存在，但我可以根据其他冷冻单位生存下来的可能性做出预测。"

"可能性如何？"

"现在接近于零，虽然有误差，但误差范围是有穷尽的。"　【就是没有希望！】

最后一个人类的表情扭曲了一下，哭笑不得，"对你来说，这就是希望吧。"

"我不抱希望，"最后一个机器人说，"我只会计算概率。我的工作是帮助人类选择最有可能实现物种生存的概率路径。为此，我需要数据。"【"不抱希望"但仍"需要数据"——机器人在执行程序。】

"好吧，R47-821，"最后一个人类说，凑上前在机器人的机壳上友好地拍了拍，"我怎么能妨碍你的工作呢？给我分类吧。"

"你叫什么名字？"最后一个机器人开始提问。

"瓦尔，"最后一个人类回答，"瓦尔·马茨米尔。"

"你的职业是？"

"应用气候学家，"瓦尔回答，"至少曾经是，这个职业现在要么完全无关紧要，要么是全世界最重要的。"【"要么是全世界最重要的"——也警策当今人类对大气环境监测与管理的重要。】

"你的年龄是？"

"冷冻时 48 岁，所以我现在至少 49 岁了，主观上来说。"

"你是男性还是女性？"

"都不是。"

最后一个机器人停顿了一下，"这不是一个选项。每个人都必须属于一个类别。"

"我是最后一个人类，"最后一个人类说，"我就是人口的 100%。你是想告诉我我不存在吗？"

"你必须属于一个类别。"最后一个机器人重复道。她的程序只关心物种繁衍。

"不，"最后一个人类说，"我是最后一个人类了，该死的。我完全没有需要这个类别的理由。"

"每个人都必须属于一个类别。"

"不，"最后一个人类突然笑了起来，"你就没有类别，我也没有类别。我们会一起待在这里，作为这个世界上最后的存在。直到末日来临，我们也没有类别。"【机器人与人类产生了争执，最后一个人类拒绝性别界定，表明他对死板的程序界定的反感。照应开篇第一句。】

"我有类别，我是女性。"最后一个机器人纠正道，指了指她的金属面庞上已经淡去的痕迹。某个人曾经给她画过眼睫毛。【有意思，机器人对性别界定竟如此简单。】

瓦尔呛住了，开始笑出声来。

最后一个机器人不知道有什么好笑的，但在阳光下，最后一个人类在风中一直笑啊、笑啊，笑得坐在了地上还在继续笑着，直到泪水从脸上流下。

（选自《科幻世界》2017 年第 7 期，有删改）

【注释】①决策树：属统计学名词，是一种树形结构的预测模型，是常用的分类方法。

【总体鉴赏】

人类与机器人的最大的区别在于，前者设计程序，后者执行程序。小说"把人物置于极端环境中"——地球上只剩下最后一个人类，机器人还要执行程序进行"性别分类"——这种极端环境的设置，就引出了人们对"坚持"的反思，进而引发我们理性思考"生活中的坚持"。以"世界上最后一个机器人"为题，更凸显了这样的表达意图。

小说以有限视角中的内视角叙述故事。开篇交代话题并设置悬念，主体部分以对话语言展开情节。语言平实，情感动人。

专题六　文化艺术

文化是人类社会的一种特有现象，其核心是作为精神产品的各种知识，本质是传播。文化有多种分类。就文化的时代性来看，有传统文化与新兴文化；就文化的来源分，有本土文化与外来文化；就文化的表现形式分，有诗词曲赋、民族音乐、戏剧曲艺、灯谜酒令、国画雕刻、书法楹联、服饰器物、生活习俗等等。

艺术是借助某种手段或媒介，塑造形象，营造氛围，以反映现实、寄托情感的一种文化。艺术与科学相对，科学强调客观的理性探索，艺术更突出主观的情感表达。艺术体现和物化着人的一定审美观念、审美趣味与审美理想。无论艺术的审美创造抑或审美接受，都需要通过主体一定的感官去感受和传达并引发相应的审美经验。

文化艺术是整个社会生活的一部分，它不仅以自身的某种独特方式存在着，而且作为素材、题材，又经常进入文学作品。而文学作品以文化艺术为题材，本质上不是对某种文化艺术做专业性的学理阐释，而是借助某种艺术载体，表现主人公的艺术修养与审美追求。

戏

杨轻抒

园子里安静得像一支蓝调的曲子。夕阳淡黄，越过老墙，左一划右一拉地抹在只剩下一片半片青瓦的屋顶上。【描写环境的静谧。语言优美。】

台子是水泥的，但已经看不出水泥的痕迹了，因为上面积了厚厚的一层灰。灰尘这东西很有意思，就像时间一样，一层一层堆上去，要不了多久就有了层次和分量。【语言富有哲理。】其实，才多久没打扫呢？好像时间并不长，老邓认真想了一会儿，似乎就在昨天，或者前天。但这又怎么可能呢？

225

看一个人有没有老，最直接的方式就是看这个人是不是开始怀旧，是不是喜欢念叨过去的事情。老邓明白这个理。但老邓觉得自己好像并不怎么喜欢怀旧，不喜欢在人面前念叨过去的事情，比如老邓就很少提起过去在戏台上的情形，或者跟那些戏迷的故事。老邓只是经常发现自己眼前会晃悠着一些人，那些人都是从古代来的，长坂坡前的赵子龙，虎牢关前的吕布，江东的周瑜，萧生，武松……那些人越来越频繁地出现在老邓眼前，他们威猛、精神，一抬手，长江风起，一睁眼，河水倒流。他们的声音响亮高亢，直迫云天：自古英雄有血性，岂能怕死与贪生？此去寻找无踪影，枉在天地走一程……①【大段的心理描写与铺叙，表现老邓的人物性情。京剧《长坂坡》台词巧妙嵌在此处，成为老邓的内心独白。】

老邓认为自己并不老，刚才用铁钳拧园子门锁时，居然一下就拧开了。【暗示门锁锈蚀厉害，园子关闭很久了，传统艺术已被遗忘。】那锈黄了的铁锁咣当一声掉在地上，发出铁锈特有的沉闷的声音，十分的悦耳，很有点像戏剧的开场锣鼓。【铁锁落地未必"悦耳"，"悦耳"的本质原因是老邓的内心变化。】拧开铁锁那一刻，老邓从腿肚子往上蹿起一股让人战栗的激动，浑身那个爽啊，真想大叫一声：啊……

老邓从灰色的楼梯拐角踏着一级一级的台阶上的灰尘，一步一步往台上爬。每上一级台阶，老邓都会停一小会儿。老邓回头，看见自己的脚印印在一级一级的青灰色的台阶上，像朝珠一样，像时光一样，一直串到台子正中央。

这时候，老邓抬起头，看见了墙头外的夕阳正啪啦啦地烧。【通感，化静为动。】

老邓站到了台子中央——老邓觉得这个情景很熟悉，老邓记得很久以前，自己也曾经站在这个台子中央。那时候，老邓觉得这个台子就是天地，自己是站在天地的中央的，四面霞光升腾，自己的影子映在身后没有背景的白墙上，如同庙里的菩萨，光芒万丈。【老邓回忆过去在此的澎湃激情。】

台子正对面刷过石灰的墙已经斑驳了，掉了皮，露出下面的青砖。园子的地面是青灰色的，至于泥土为什么是青灰色的，老邓有些迷惑。青灰色的泥地上乱七八糟地扔着几条长短不一的木棍，那其实是长凳子的腿。【如今戏园的破败景象。】之前，园子里摆着一排一排的长条凳，每一条凳子上都紧紧地挤着人，有老有少，有男有女，其中一个女人每次演出都来，每次都坐在那个固定的位置，眼睛盯着老邓，眼中水波四起。现在，那儿人没了，连条狗都没有，老邓觉得自己眼中唰地生出了厚厚的青苔。【今昔对比。】

夕阳下去了，稀落的青瓦由黄变蓝，变黑。老邓站在台子中央，像风中的一片叶子。老邓努力站得稳当些，而且老邓很想走个圆场，但试了一下，才发现自己的腿已经抬不起来了。抬不起来腿的时候，老邓心里突然觉得有一丝酸。【夕阳多次出现，渲染老邓感觉老迈的情绪。】

老邓看见一只麻雀突然落在对面的墙头上，满眼的迷惑，一声不吭。【麻雀迷惑？其不解园子为何荒芜，抑或不解老邓为何独自闯入。麻雀迷惑，实乃老邓迷惑。】

那个下午，在老邓的印象里，一切都很安静：青瓦上的夕阳一声不吭，掉了石灰的老墙一声不吭，那只麻雀一声不吭，连风吹过来，都一声不吭。但是，那只是老邓的感觉，事实上，那个下午，有一个人偶然走过院墙外边，听见了很久都没打开过的园子里传出了一个嘶哑的声音。那个人站在乌桕树下仔细听了一会儿，听出了断断续续的句子：只见那番营蝼蚁似海潮，观不尽山头共荒郊，又只见将士纷纷一字乱绕，队伍中马嘶兵喧闹吵吵……②【那个人听到什么？——老邓在唱。】

早就没人了的园子里怎么会传出唱戏的声音？那人想了半天，还是没想出个所以然来。想不出个所以然来就算了，于是，那个人拍拍屁股上的土，走了。

后边的事情比较玄，说是周围好多人都听到了老园子里有人唱戏，但园子里怎么会有人唱戏呢？那座曾经的戏园子已经被关了很久了——这没啥奇怪的，一座上百年的戏园子，也曾多次被关过，被做过其他用途——不同的是，听说这回不久就要拆掉了，拆掉干什么，谁都说不明白，就像不明白当初为什么要把园子关掉一样。【交代园子前世今生的命运。】更玄的是，说有好事的听见声音还专门跑去看了，看见门锁掉在地上——门实在太破了，破得已经挂不住一把锁——园子里边空空荡荡，一个人都没有，连只麻雀都没有，只有一楼梯的灰尘，像时光一样，层层叠叠地堆在一起，像旧书页一样，层层叠叠地摞起来。

但的确是真的，好多人都说听到了园子里清越的唱戏的声音。而且，还听见了河水一样澎湃的叫好声。【人们的想象，更有对戏园重开的期待。】

【注】①出自京戏传统剧目《长坂坡》。②出自京戏传统剧目《挑滑车》。

【总体鉴赏】

短篇小说《戏》荣获 2016 年度《百花园》优秀作品奖。全篇以"戏"为线索，通过老邓视角与他人视角之间的不断转换，将不同时空的人、事串联起来，呈现了完整的人物经历和戏园的变迁，故事情节紧凑。小说通过现实状况与回忆片段的交织，表达了主人公对时下状态的迷惘和昔日生活的留恋，对英雄的崇拜和自身价值的追求，更为重要的是表达对当下忽视传统文化的反思和呼唤。环境描写、细节描写、心理描写、反复手法等的使用，使人物活动的场景和人物形象的刻画精准到位。使用了通感、拟人等修辞，语言凝练，富有质感，文辞优美。

主角

陈彦

忆秦娥突然那么想回她的九岩沟了，她就坐班车回去了。【开篇立即进入故事。"突然"事出有因，"她的"强调个人主观情感，这一切都需要下面的文本去揭开。】

她已经很久没回来过了。家里除了老爹，全都进了省城了。本来她也是想把老爹接进城去的。可爹说要守老房子、守老屋场、守老坟山。

娘说："你爹主要是舍不得他那一摊子皮影戏呢。"【借"娘"之口，言"爹"在坚守。】

还没到易家老屋场，忆秦娥就听到了锣鼓闹台声。敲得很专业，很讲究。甚至让她有些疑惑，哪里会有这样讲究的锣鼓敲家呢？【侧面描写"老屋场"的热闹。】

有老汉、老婆子、娃娃们，在陆陆续续朝易家老屋场赶着。

突然，有人认出了忆秦娥，一条沟里就迅速沸腾了，连各家各户的狗，也都跟着主人跑出来，对着不明真相的事体，乱叫乱咬起来。【侧面烘托忆秦娥的影响力。】

终于，忆秦娥在几十个老汉、老婆子、娃娃的簇拥中，回到了易家老屋场。

第一个映入眼帘的，竟然是她舅胡三元。没想到，他已回九岩沟老家了。

他是跟她爹一道，支起了这个皮影摊子。

她突然发现，舅老了。老得满头白发，几乎没有一根青丝了。在正规剧团，武场面一般最少都由五六个人组成。而在这里，七八样乐器，全都是她舅一人操作着。除板鼓、战鼓、大鼓外，还兼吹着唢呐、管子。【用忆秦娥的视角告诉读者，老舅的才华。】

忆秦娥的出现，让整个易家老屋场立即轰动起来。她舅是因为敲打得太投入，没有发现她。

她爹果然是老了，老得把两颗门牙都丢了，她问爹：

"门牙怎么没了？"

气得他直抱怨说："问你舅去，问你那个死舅去。"【爹的抱怨，使矛盾

转向。】

原来爹的两颗牙，也是让舅在排练时，拿鼓槌无意间敲掉了。舅是嫌他把小锣"喂"慢了半拍。气得爹当时还跟她舅打了一架。但一想到皮影摊子得用人，尤其是像她舅这样的好把式、大把式。不用，找谁去？爹最后只好忍了。【通过爹的叙述，侧面表现老舅性格急躁，对艺术认真。】

爹说："你这个死舅，又能拿他咋的？把他告到派出所，抓到局子里去？可他毕竟是我的妻弟、你的亲舅呀！一辈子可怜的，都坏在这'瞎瞎起手'上了，他是敲了一路的板鼓，也敲了一路的牙，还坐了一路的牢。老了老了，回到九岩沟，我还能再把他送到法院去？现在好了，就让他一个人敲。咱这摊摊，也养不起那么多下手，要敲，除非把他自己那一嘴狗牙，全敲掉算了。"【爹的叙说，表现其无奈与大度。】

这天，他们唱的是《白蛇传》。

当满九岩沟的人，知道省城名角忆秦娥回到老家了，并且还要"亮几嗓子"时，很快，就把莲花岩、三叉怪、五指峰、七子崖的人全都招了来。【进一步烘托忆秦娥的技艺高。】

村上还烧燃了多年没用的汽灯，一下把个易家老屋场照得明光光、亮晃晃的。连那些已经失明多年的老人都说："亮，今晚咱九岩沟真亮堂！"

西湖山水还依旧，憔悴难对满眼秋。霜染丹枫寒林瘦，不堪回首忆旧游……【唱词意蕴深厚，是忆秦娥触景生情，有感而发。】

忆秦娥唱得声情并茂，眼含热泪，她舅敲得精神抖擞，气血偾张。她随便一个眼神，一个手势，一个移步，一个呼吸，一个换气，一个拖腔，甚至一个装饰音，她舅都能心领神会地给以充满生命活性与艺术张力的回应。那是高手对高手的心灵点化，是卯头对榫口的紧致楔入，是门框对门扇的严丝合缝，是老茶壶找见了老壶盖的美妙难言。好唱家一旦与好敲家对了脾气，合了卯窍，那简直就是一种极高级的唱戏享受了。这种享受，他们舅甥之间过去是有过好多次的，但哪一次都没有今天这般合拍、入辙、筋道、率性。两个从九岩沟走出去的老戏骨，算是在家乡完成了一场堪称美妙绝伦的精神生命对接。【作者用大篇幅语言对舅甥表现做评价，既赞叹二人艺术才华之高，又感叹棋逢对手的难得。】

忆秦娥唱完，已是浑身震颤，泪眼婆娑，她先向父老乡亲弯下了九十度的腰，然后又深深给老舅鞠了一躬。

老舅当下就捂住黑脸，哭得泣不成声了，老舅说："他妈的，戏弄好了，真是能享受死人的。老舅现在死了都值了！"【老舅对艺术有着极高的追求。】

忆秦娥就极其享受地留在老家，跟老舅、老爹一起唱了三夜皮影戏。就在忆秦娥回来的第四天，派出所的乔所长从省城开车找她来了。

乔所长说，把你娘吓得跟啥一样，一家人分析来分析去，说你可能是回了九岩沟。乔所长就开车找来了。

舅说："你还是得回省城去唱戏呢。我听广播里说了，小忆秦娥都出来了，好事情嘛！各是各的路数，你还有你的观众、你的戏迷么。你的那些戏，小忆秦娥还得好多年才能学像呢。到了这个年岁，名角都得唱戏、教戏两不误了。你麻利回去吧，我这些年在山里洼里、沟里岔里到处乱钻，知道秦腔有多大的需求、多大的台口。只怕你人老几辈子，都是把戏唱不完的。"【借老舅之口，介绍忆秦娥的现状以及他对秦腔的艺术理解。】

第二天一早，她就听她舅在老屋场敲起了板鼓。那种急急火火的声音，催得连上学的娃们，都是一路小跑。

她再也在家里待不住了。忆秦娥又一次离开了九岩沟。突然，她想唱点什么，或者喊点什么。一刹那间，她猛然想到了秦八娃先生说的一句话："你哪天要是能自己吟出一阕'忆秦娥'来，就算是把戏唱得有点意思了。"

她就突然脱口而出地，随意吟了一阕《忆秦娥·主角》：

易招弟，十一从舅去学戏。去学戏，洞房夜夜，喜剧悲剧。

转眼半百主角易，秦娥成忆舞台寂。舞台寂，方寸行止，正大天地。【忆秦娥脱口而出的唱词，恰是她一生对艺术追求精神的高度概括，凸显"舞台仍有大天地"的主题。】

她身后，是她舅敲板鼓"急急风"的声音：仓才，仓才，仓才，仓才，仓才仓才仓才仓才，仓才才才才才才才……板鼓越敲越急。那节奏，是让她像上场"跑圆场"一般，要行走如飞了。【板鼓的激越敲击节奏，呼应了开头急切回乡的情节，渲染了此刻急切的氛围，烘托人物的心情。】

（节选自陈彦《主角》）

【总体鉴赏】

《主角》讲述秦腔名伶忆秦娥，在"忠，孝，仁，义"四位秦腔老前辈的栽培下，从起步发展到功成名就。无论是人物还是故事情节，都刻画得深刻形象，通过艺术舞台，展现蕴藏其中的永不言弃的奋斗精神力量。节选的这部分，通过侧面烘托、正面描写，表现主人公精湛的艺术表现力，秦腔的旺盛生命力。生动、简洁、质朴、口语化是本文语言艺术的显著特色，恰到好处的方言也为作品增添了独特的艺术感染力。

专题七　儿童天地

儿童文学，是作家通过成人与儿童的角色置换，以儿童眼光去观察陌生的生活空间，为儿童提供和创作并为他们喜闻乐见、具有独特艺术个性和审美价值的各类文学作品的总称。儿童文学的基本特点：儿童性，以儿童为中心；教育性，帮助儿童发展；游戏性，游戏是儿童获取经验的手段；文学性，文学是语言的艺术。

儿童文学的发展脉络，久远而丰富。早期，以民间传说、寓言和成人文学中的片段改编的故事为主，如西方的《伊索寓言》《一千零一夜》，中国的"大闹天宫"的故事等。转型阶段，儿童文学摆脱民间文学母体，向原创转型，如安徒生的《白雪公主》，科洛迪的《木偶奇遇记》、奥斯卡·王尔德的《快乐王子》等，突破儿童文学传统的说教模式，为作品插上幻想的双翼。成熟阶段，作品贴近现实，展现儿童独立精神和主体作用，促进了儿童精神世界的重构，代表作品有《小王子》《精灵鼠小弟》等。丰富阶段，即当下，儿童文学题材更为广泛，凡是有利于净化心灵，陶冶情操，开阔视野，启迪智慧，增长知识，培养创造力和乐观开朗性格，有利于儿童健康成长的，均可视为儿童文学读物，如郑渊洁的《童话大王》、曹文轩的《山羊不吃天堂草》《草房子》、罗琳的《哈利·波特》等。

小哥儿俩

凌叔华

清明那天，不但大乖二乖上的小学校放一天假，连城外七叔叔教的大学堂也不用上课了。这一天早上的太阳也像特别同小孩子们表同情，不等闹钟催过，它就跳进房里来，暖和和地爬在靠窗挂的小棉袍上。【人物大乖二乖，视角立足于儿童。】

前院子一片小孩子的尖脆的嚷声笑声，七叔叔带来了一只能说话的八哥。笼子放在一张八仙方桌子上，两个孩子跪在椅上张大着嘴望着那里头的鸟，欢喜得爬在桌上乱摇身子笑，他们的眼，一息间都不曾离开鸟笼子。二乖的嘴总没有闭上，他的小腮显得更加饱满，不用圆规，描不出那圆度了。【系列动作描写，生动表现大乖二乖见到笼鸟的兴致，语言形象，颇显童趣。】

吃饭的时候，大乖的眼总是望着窗外，他最爱吃的春卷也忘了怎样放馅，怎样卷起来吃。二乖因为还小，都是妈妈替他卷好的，不过他到底不耐烦坐在背着鸟笼子的地方，一吃了两包，他就跑开不吃了。

饭后爸爸同叔叔要去听戏，因为昨天已经答应带孩子们一块去的，于是就雇了三辆人力车上戏园去了。两个孩子坐在车上还不断地谈起八哥。到了戏园，他们虽然零零碎碎地想起八哥的事来，但台上的锣鼓同花花袍子的戏子把他们的精神占住了。【注意力易转移是儿童的特点之一。】

快天黑的时候散了戏，随着爸爸叔叔回到家里，大乖二乖正是很高兴地跳着跑，忽然想到心爱的八哥，赶紧跑到廊下挂鸟笼的地方，一望，只有个空笼子掷在地上，八哥不见了。

"妈——八哥呢?"两个孩子一同高声急叫起来。

"给野猫吃了!"妈的声非常沉重迟缓。

"给什么野猫吃的呀?"大乖圆睁了眼，气呼呼的却有些不相信。二乖愣眼望着哥哥。

大乖哭出声来，二乖跟着哭得很伤心。他们也不听妈的话，也不听七叔叔的劝慰，爸爸早躲进书房去了。忽然大乖收了声，跳起来四面找棍子，口里嚷道:"打死那野猫，我要打死那野猫!"二乖爬在妈的膝头上，呜呜地抽咽。大乖忽然找到一根拦门的长棍子，提在手里，拉起二乖就跑。妈叫住他，他嚷道:"报仇去，不报仇不算好汉!"二乖也学着哥哥喊道:"不报仇不算好看!"【牙牙学语的孩子，憨态可掬，从语言角度表现儿童特征。】妈听了二乖的话倒有些好笑了。王厨子此时正走过，他说:"少爷们，那野猫黑夜不出来的，明儿早上它来了，我替你们狠狠地打它一顿吧。"

"那野猫好像有了身子，不要太打狠了，吓吓它就算了。"妈低声吩咐厨子。

大乖听见了妈的话，还是气呼呼地说:"谁叫它吃了我们的八哥，打死它，要它偿命。""打死它才……"二乖想照哥哥的话亦喊一下，无奈不清楚底下说什么了。他也挽起袖子，露出肥短的胳臂，圆睁着泪还未干的小眼。

第二天太阳还没出，大乖就醒了，想起了打猫的事，就喊弟弟:"快起，快起，二乖，起来打猫去。"二乖给哥哥着急声调惊醒，急忙坐起来，拿手揉开

眼。然后两个人都提了毛掸子，拉了袍子，嘴里喊着报仇，跳着出去。【细节描写，进一步表现孩子的单纯的本性。】

这是刚刚天亮了不久，后院地上的草还带着露珠儿，沾湿了这小英雄的鞋袜了。树枝上小麻雀三三五五地吵闹着飞上飞下地玩，近窗户的一棵丁香满满开了花，香得透鼻子，温和的日光铺在西边的白粉墙上。【环境描写，营造了充满生机的氛围，为后文孩子的兴趣转移和情绪变化做铺垫。】

二乖跷高脚摘了一枝丁香花，插在右耳朵上，看见地上的小麻雀吱喳叫唤，跳跃着走，很是好玩的样子，他就学它们，嘴里也哼哼着歌唱，毛掸子也掷掉了。二乖一会儿就忘掉为什么事来后院的了。【生动形象的描写，展现了儿童的童真童趣。】他蹓达到有太阳的墙边，忽然看见装碎纸的破木箱里，有两个白色的小脑袋一高一低动着，接着咪噢咪噢地娇声叫唤，他就赶紧跑近前看去。

原来箱里藏着一堆小猫儿，小得同过年时候妈妈捏的面老鼠一样，小脑袋也是面团一样滚圆得可爱，小红鼻子同叫唤时一张一闭的小扁嘴，太好玩了。二乖高兴得要叫起来。

"哥哥，你快来看看，这小东西多好玩!"二乖忽然想起来叫道，一回头哥哥正跑进后院来了。

哥哥赶紧过去同弟弟在木箱子前面看，同二乖一样用手摸那小猫，学它们叫唤，看大猫喂小猫奶吃，眼睛转也不转一下。

"它们多么可怜，连褥子都没有，躺在破纸的上面，一定很冷吧。"大乖说，接着出主意道，"我们一会儿跟妈妈要些棉花同它们垫一个窝儿，把饭厅的盛酒箱子弄出来，同它做两间房子，让大猫住一间，小猫在一间，像妈妈同我们一样。"【表现孩子善良的天性。】

"哥哥，你瞧它跟它妈一个样子。这小脑袋多好玩!"弟弟说着，又伸出方才收了的手抱起那只小黑猫。

（有删改）

【总体鉴赏】

凌叔华早期的作品多写大家族中的闺秀生活，后来她的兴趣渐渐转向儿童文学。1935 年她的作品集《小哥儿俩》出版，其中涉及儿童文学的部分，堪称精品，这也是中国儿童文学艺术真正成熟的标志。凌叔华的童心童趣，保持得细微丰满；而她的表达，显得平实、清浅，适合儿童的接受。

本篇《小哥儿俩》，选取两个天真的儿童为叙写对象，完全站在旁观者理性观察的点上，描写孩子的语言、动作、神态，立体式表现孩子的率真、憨态、好奇、稚拙、模仿、善良等特点。细节描写精准，语言富有表现力，颇有纪实性散文的特点。

胡安发现一条绳索

［秘鲁］　弗朗西斯科·埃斯卡特

胡安发现了一条从天上垂下来的绳索。【开篇即营造魔幻色彩。】

那条长得令人难以置信的绳索一直往上延伸，延伸，直至消失在冬日的云层里，胡安一边看着它，一边想身边没有人会相信他看到的这一幕。

"这孩子太孤独，出现幻觉了。"听到胡安的故事，他姑姑会这么说。"应该带他去看心理医生！"最后她会得出这样的结论。【胡安的说法，让人难以置信。】

于是胡安一直跑回了家，看见他爸爸正坐在门口的那段老树干上。"有一条绳子从天上垂下来！"胡安喊道。

父亲沉默地看了他一眼，好像胡安说的是一种奇怪的无法理解的方言。

胡安痛恨没有人认真地对待这件事，然而他已经习惯了，人们总是把他当成一个小孩子，尽管他都快十岁了，在大草原上可以骑着自行车到处来去。【胡安的自我意识与别人对他的认识形成对比，尽显儿童与成人间的沟通隔膜。】

"爸爸，你得看看，我发现的那条绳子非常粗大，我一个人没法把它运回家。"胡安试着用父亲的语言表达，想让他别再像平时那样用轻蔑的表情看着自己。"你还得洗洗脸，奶奶讨厌看见你这样浑身上下脏兮兮的。"父亲回答说。【父亲的回复，与胡安不在同一频道。】

"请您跟我来一下吧，爸爸，就一会儿。"胡安哀求道。

但这仍是徒劳，父亲不喜欢胡安求他玩耍，就像不喜欢玩耍本身，于是那孩子决定再次消失，重新向发现那条绳索的地方跑去。【胡安有着孩子的单纯与执着。】

他很快又看到了它，在大草原中央，纹丝不动，风吹拂着，但那条绳索仍定定地悬在那里，并不是绷紧了，只是静静的。胡安看了它一会儿，又向天上望去，寻找一种解释，但是同样一无所获，这时他想到直到现在他还没有碰过那条绳索，就决定碰碰看，好证明那是真实的，而不仅仅是一种幻觉，或是海市蜃楼，就像那些在沙漠里迷路的旅行者所看到的。【长篇幅的描写，渲染胡安的好奇心，以促进胡安去接触绳索。】

胡安重新看了一下绳索，决定走过去。但因为某种原因，他又想起了搂着绳索渴死的旅行者，不敢向前走一步。考虑了几秒钟后，他吸了一口气，向前迈出了第一步，然后，又一步，又一步，直到剩下不到一米的距离，他伸出胳膊，用指尖轻轻地碰了一下绳索。"很软。"他想。【接触绳索时，胡安恐惧与谨慎，但又克制不住好奇的心理，展现孩子的天性。】

胡安决定拉一下那条绳索。他用双手抓住绳索，使劲向下一拉，但是什么也没发生，绳索顶住了他的全部力量，于是他决定全身吊上去，他助跑，牢牢地搂着绳索纵身一跳就像一个九岁的人猿泰山一样吊在了绳索上。【对胡安而言，绳索是确确实实存在着的。】

胡安想起了一个小孩和三颗菜豆的故事，那个小孩在自己家院子里种下了三颗菜豆，最后菜豆长成了一棵巨大的爬蔓植物，一直长到了天上，那孩子顺着它爬上去，在顶端发现了一座城堡，里面满是财宝。但是真的是菜豆吗？菜豆不会长成爬蔓植物呀。真是个奇怪的故事……【胡安由绳索联想到三颗菜豆的故事，进一步增强魔幻色彩，也为他攀爬绳索提供心理参照。】

胡安学校的作业本上总是写满了老师的评语，说他是个非常不专心的孩子，喜欢在课堂上想入非非。【没有人真正理解胡安。】现在胡安可给了所有那些老师一个理由了，在他眼前出现了一条悬空的神奇的绳索。"我应该爬上去，我得看看这是什么。"他这样想着，开始攀着绳索向上爬。【或许受三颗菜豆故事的启发，胡安有攀爬绳索而探索的欲望。】

胡安爬到了十米高的时候，就害怕得不敢继续了，但是也没有勇气松开手，于是就停在了那里，不知道该怎么办，他的小手很疼，胳膊开始颤抖，他决定慢慢地滑到地面上去，然后从家里随便找个人来，让他看看这条绳索。但是他刚准备动一下，就感到绳索开始下降。

他又停下来，想等绳索稳住以后再从容地滑下来，但是突然，砰！绳索猛地往下顿，胡安大叫一声，手抓得死死的，等他睁开眼睛，发现自己还吊在绳索上，但是好像降了一米；又是砰的一声，绳索又一次下滑，但是他还不想松开手，他已经吓得不会动了。突然，从很高的地方传来一声：砰……胡安一下子掉在了地面上，绳索开始往他身上落，好像终于从固定它的地方松开了。【攀爬绳索的过程，惊心动魄。】

绳索不停地往胡安身上落，他弓起身子，但是他无法站起来，这样过了一个多小时，绳索还在不停地下落，把胡安埋在里面形成了一座小山；胡安绝望地挪动着胳膊，这时他感到绳索湿透了……他终于从里面钻了出来，一溜烟跑回了家，那时下午茶的时间早过去了。【攀爬绳索的惊心动魄，是魔幻；而"他终于从里面钻了出来，一溜烟跑回了家"，则是现实。从魔幻到现实，用魔幻写

现实——魔幻现实主义的典型特征。】

父母不想听胡安解释，他到家的时候天已经黑了，开始下着细雨；一顿惩罚后，他上楼回到自己的房间，透过窗户看着雨，无法讲述自己的奇遇。第二天他起得很早回到那个地方，但是雨下了一整夜，整个大草原都淹了，家人不让他出门，父母还在为他生气，他那关于悬空的绳索的谎言让他们更加恼火。【即便胡安有切实体会，但父母还是不相信他，强化儿童与成年人沟通隔阂的主题。】

雨不停地下了三天三夜，胡安的父母决定停止度假回城去。胡安无法回到发现绳索的地方了，全家人都监视着他，同时全家人都受够了那场绵绵不绝的雨。似乎所有人都认为他是那场雨的罪魁祸首……【省略——大跨度的跳跃留白，跨越了胡安成长与发展的一生。】

在绳索落地的地方，大雨形成了一个湖；随着时间的流逝，湖带来了植物，植物引来了动物，大草原变成了一个山谷。七十年后，那个被称为"拉坎提亚"的山谷里的湖成了当地河鳟最多的地方。【尽管人们不相信胡安，但事实是"绳索落地的地方"确实形成了湖。】

最近一次我去那里，一边和孩子们在湖里游玩，一边与好几个钓鱼爱好者和渔夫一起钓着河鳟。但是一些东西引起了我的注意，湖里的所有小艇上只有一个人没有在垂钓，那是一个老人，他看着沁凉的湖水，似乎在思念着什么，看了他好一会儿，我禁不住好奇心驱使，上前问他在找什么。【前面全知视角，此处转向第一人称"我"的限知视角。】

"我的绳索。"他回答道。【年老的胡安仍在寻找那条"绳索"。】

(选自《译林》，有删改)

【总体鉴赏】

《胡安发现一条绳索》中的"绳索"，象征着与现实世界不同的梦想世界，象征着与成人世界相对的儿童世界，象征着在现实中逐渐消逝的传统文化，也象征着人们向往的某种奇迹。前文用全知视角叙述，最后用第一人称"我"的视角叙述，有助于增强故事的客观性与真实性。小说运用了大量的语言、心理和动作等细节描写，将主人公胡安刻画得非常鲜活，令人过目不忘。

小说用魔幻现实主义笔法，揭示现实生活里的常态：孩子的精神世界充满好奇、富有想象力和探索精神，但这些常常不被成人接受，那些陪伴孩子成长的人，常常用成人的思想束缚孩子的天性，少了些理解与耐心的倾听，更多的是定势思维的死板，与其说这是爱，不如说这是束缚孩子的另一种"绳索"。

专题八　伦理亲情

　　无论是母系社会还是父系社会，血脉亲情和伦理道德都是维系庞大社会健康持续存在的基础和纽带。至亲牵挂，手足念想；恩念慈严，跪谢反哺；展露肝肠，不计回报；子孙绕膝，承欢天伦。亲情是流淌在血脉里永远无法变异的密码。长幼有序，孝悌有别，行思有则，伦理是基于情感且更富有理性的道德准则。

　　对父母祖辈而言，孩子们的存在，让他们感受到生命的现实责任和无限价值，是孩子的这盏烛火，照亮了他们虽然艰辛但仍无怨无悔的奋斗征程。对孩子们而言，是父母长辈的鸿天蒙训，开启了他们人生的第一堂课，明白了天地人伦的界线与规则，知晓了朴素的道义与责任。当然，现实生活里被亲情伦理包裹着的，也不全是生命的欢歌。其间，抑或有误解、抱怨，乃至怀疑、痛苦与决绝，但这些手足间的创伤，往往只能是用自身的血脉循环，进行修复与疗救，外界或许无法介入。

　　一个风雨飘摇或安定祥和的社会局面，肯定会影响到家庭成员间情感与关系的表达；一个个家庭人伦亲情的具体表现，又是观察社会整体风貌的绝佳窗口。文学作品里，以家庭亲情、伦理纲常为主要题材的，比比皆是。作品通过真切的现实生活的片段截取，常常带给我们深切的感动与思考。

马家父子
毕飞宇

　　老马的祖籍在四川东部，第一年恢复高考老马就进京读书了。后来老马在北京娶了媳妇，生了儿子。但是老马坚持自己的四川人身份，他在任何时候都要把一口川腔挂在嘴上。【开篇交代老马的身世。】

　　老马的儿子马多不说四川话。马多的说话乃至发音都是老马启蒙的，四川话说得不错。可是马多一进幼儿园就学会用首都人的行腔吐字归音了，透出一股含混和不负责任的腔调。语言即人。马多操了一口京腔就不能算纯正的四川娃子。老马对这一点很失望。【从老马的角度，叙述老马与儿子马多之间矛盾的初显。】

老马这些年一直和儿子过，他的妻子在三年之前就做了别人的新娘了。离婚的时候老马什么都没要，只要了儿子。儿子是老马的命。【老马的现实处境及儿子对他的重要性。】

儿子马多正值青春，长了一张孩子的脸，但是脚也大了，手也大了，嘎着一副公鸭嗓子，看上去既不像大人又不像孩子，有些古怪。马多智能卓异，是老马面前的混世魔王。可是马多一出家门就八面和气了。马多的考试成绩历来出众，那些分数一出来就成了学校教学改革的成果了。学校高兴了，老马也跟着高兴。【儿子马多的成长表现。】

在一个风光宜人的下午老马被一辆丰田牌面包车接到了校内。依照校方的行政安排，老马将在体育场的司令台上向所有家长做二十分钟的报告。报告的题目很动人，很抒情，《怎样做孩子的父亲》。【前文铺叙，此处立足于某个时间点，具体写一事。】

老马是在行政楼二楼的厕所里头被马多堵住的。老马满面春风，每一颗牙齿都是当上了父亲的样子。【语言传神，富有表现力。】老马摸过儿子的头，开心地说："嗨！"马多的神情却有些紧张，压低了嗓门厉声说："说普通话！"老马眨了两回眼睛明白了，笑着说："晓得。"马多皱了眉头说："普通话，知不知道？"老马又笑，说："兹（知）道。"马多回头看了一眼，打起了手势，"是zhīdao，不是zīdao。"老马抿了嘴笑，没有开口，再次摸过儿子的头，很棒地竖起了一只大拇指。马多也笑，同样竖起一只大拇指。父子两个在厕所里头幸福得不行。【通过神态、语言、动作等细节，描写老马在儿子的学校报告前的精神状态及父子俩的相处状态。】

老马在回家的路上买了基围虾、红肠、西红柿、卷心菜、荷兰豆。老马买了两瓶蓝带啤酒、两听健力宝易拉罐。老马把暖色调与冷色调的菜肴和饮料放了一桌子，看上去像某一个重大节日的前夜。老马望着桌子，很自豪地回顾下午的报告。他讲得很好，还史无前例地说了一个下午的普通话。他用了很多卷舌音，很多"儿化"，很不错。【老马尊重儿子的"要求"，感觉良好。】只是马多的回家比平时晚了近一个小时，老马打开电视，赵忠祥正在解说非洲草原上的猫科动物。【伏笔】马多进门的时候没有敲门，他用自己的双象牌铜钥匙打开了自己的家门。马多一进门凭空就带进了一股杀气。【"凭空带进一股杀气"，与

老马等待儿子时的气氛形成反差，让沉浸在幸福和喜悦里的老马猝不及防。】

老马搓搓手，说："吃饭了，有基围虾。"老马看了一眼，说："还有健力宝。"

马多说："得了吧。"

老马端起了酒杯，用力眨了一回眼睛，又放下，说："我记得我说普通话了嘛。"

"得了吧您。"

老马笑笑，说："我总不能是赵忠祥吧。"【对老马动作神态连续多处的细节描写，表现老马极力安抚、顺从儿子的心理。】

马多瞟了一眼电视说："你也不能做非洲草原的猫科动物吧。"【照应前文。】老马把酒灌下去，往四周的墙上看，大声说："我是四川人，毛主席是湖南人，主席能说湖南话，我怎么就不能冒出几句四川话！"【儿子的话，刺激了老马的神经，让原以为表现不错的老马提高声调。】

马多说："主席是谁？右手往前一伸中国人民就站立起来了，你要到天安门城楼上去，一开口中国人民准趴下。"

老马的脸涨成紫红色，说话的腔调里头全是恼羞成怒。老马呵斥说："你到坦桑尼亚去还是四川人，四川种！"

"凭什么？"马多的语气充满了北京腔的四两拨千斤，"我凭什么呀我？"

"我打你个龟儿！"

"您用普通话骂您的儿子成不成？拜托了您呐。"【对话细节，凸显父子间的情感冲突的焦点。】

老马在这个糟糕的晚上喝了两听健力宝，两瓶蓝带啤酒，两小瓶二两装红星牌二锅头。那么多的液体在老马的肚子里翻滚，把伤心的沉渣全勾起来了。老马难受不过，把珍藏多年的五粮液从床头柜里翻上桌面，启了封往嘴里灌。家乡的酒说到底全是家乡的话，安抚人，滋润人，像长辈的询问一样让人熨帖，让人伤怀。几口下去老马就吃掉了。老马把马多周岁时的全家福摊在桌面上，仔细辨认。马多被他的妈妈搂在怀里，妻子则光润无比地依偎在老马的胸前，老马的脸上胜利极了，冲着镜头全是乐不思蜀的死样子。儿子，妻子，老马，全是胸膛与胸膛的关系，全是心窝子与心窝子的关系。可是生活不会让你幸福太久，即使是平庸的幸福也只能是你的一个季节，一个年轮。它让你付出全部，然后，拉扯出一个和你对着干的人，要么脸对脸，要么背对背。手心手背全他妈的不是肉。对四十岁的男人来说，只有家乡的酒才是真的，才是你的故乡，才是你的血脉，才是你的亲爹亲娘，才是你的亲儿子亲丫头。老马猛拍了桌子，

吼道："马多，给老子上酒。"【借着酒力，老马思绪万千，情绪激动。】

马多过来，看到了周岁时的光屁股，脸说拉就拉下了。父亲最感温存的东西往往正是儿子的疮疤。马多不情愿看自己的光屁股，马多说："看这个干什么？"老马推过空酒杯，说："看我的儿。"马多说："抬头看呗。"老马用手指的关节敲击桌面，冲着相片说："我不想抬头，我就想低下头来想想我的儿子——这才是我的儿，我见到你心里头就烦。"【老马看儿子幼时的照片，情绪在往昔的温馨与现实的尖锐之间矛盾着。】

"喝多了。"马多冷不丁地说。

"我没有喝多！"

马多不语，好半天轻声说："喝多了。"【"喝多了"，两次说话的情绪与态度不一样，前一次是"冷不丁地说"，声音较大，内心很烦；后一次是"好半天轻声地说"，声音轻，在安抚提醒。】

老马的泪水一下子就汪开了。【老马的情感是复杂的，往昔的幸福，生活的艰辛及现在儿子的理解等一起涌上心头。】

（有删改）

【总体鉴赏】

家庭伦理中，有与生俱来不可割舍的牵挂，又有相互制约的冲突。《马家父子》里的老马与儿子马多，父子间没有重大的利益矛盾，只是对"川腔"与"京腔"各执己意，根源反映的是两代人的身份认同和心理归属。切口很小，却真实有代表性。小说通过老马的叙述视角，并借助铺叙及诸多的细节描写，把事件集中在说话的"腔调"上。情节展开时，省掉老马"报告"的场面与内容，聚焦父子间对报告的不同感受，利于人物间矛盾冲突的充分展开；父子间情感冲突后，重点写老马对老照片引发的回忆，虚实结合，利于后续人物间情感的理解沟通。

提琴

［美国］保·琼斯

从我幼年时一直到长大离开家上大学，甚至在那之后，我舅舅迈克的小提琴一直被视为家中的珍宝。它已成为某种象征。【第一人称"我"的限知视角；小提琴成"象征"，富有深意。】

我还记得迈克舅舅第一次让我瞧他那把小提琴。他打开陈旧的黑盒子，里面衬垫着鲜艳华丽的绿天鹅绒，那把琴静静地平卧其中。"现在你可看见了一把出自名匠的古琴。"他语调庄重地告诉我，并且让我透过琴面的 F 形音孔观看里面褪了色的标记。是他父亲给了他这把琴，追根溯源，琴是一位先辈从意大利带来的。【"我"回顾与小提琴第一次接触的情景，凸显小提琴身世尊贵。】

我父亲是一位面包师傅，在爱塞克斯大街新开辟的铺面是他从事的一桩最大的冒险事业。下面打算作为面包房，背面将辟为冷饮室，里面的桌子都是大理石贴面。当父亲头一次告诉母亲这个计划时，他心里异常兴奋。【插叙父亲开面包铺情节，为了引出有关小提琴的故事。】

"我告诉你，玛丽，根本不会有危险，"看见母亲脸色不对头，父亲说道，"你只要在这份三千美元的借贷申请书上签个名就行了。"

"可如果是抵押贷款，"她呜咽地说道，"他们可以把我们一家子撵到街上，我们要成为叫花子的，卡尔。"

"我想稍微讲几句。"舅舅说。他站起来从陈列柜顶上取下那把小提琴，"我从报上读过，一把斯特拉·第瓦里制造的小提琴卖了五千元。把它拿去卖了，卡尔。"

"哦，迈克！"母亲很吃惊。

"我可不愿那么做，迈克。"父亲说道。

"如果你赶快的话，"迈克舅舅告诉他，"你可以在老埃雷特关店之前赶到他那里。"他的双手微微颤抖，可他的语调却异常平静。【卖掉祖传珍宝小提琴，舅舅既有不舍，又为助妹一家渡过难关而感欣慰。】于是我父亲腋下夹着提琴盒出门了。【急用钱的父亲还是前去卖琴了。】

过了一阵子父亲从前门进来，他吹着口哨，脚步轻捷，可是仍然夹着那只提琴盒。他做的头一件事便是将琴盒放回到陈列柜顶上的老地方。【小提琴没卖，但父亲却很轻松，表明父亲也很珍惜舅舅的琴。】

"我都已经走到埃雷特那家店的门口了，可我心里突然起了个念头，"父亲解释道，"我们干吗要卖它？就放在老地方不挺好的吗？这就像我们有了一只保险箱，里面放着崭新的五十张一百元面额的票子。有了这笔钱，我们就用不着为那笔三千元的贷款担惊受怕了。你说是吗，玛丽？如果我们要还的话，只消穿过三条马路到埃雷特那家店去就行了。"【父亲解释没卖小提琴的原因，入情而在理。】

母亲显出欣喜的表情："我很高兴，卡尔。"

"一个很明智的主意，"迈克舅舅裁决道，"另外，我自愿把这把琴留给小玛丽，供她在大学里念书的费用。"

那笔贷款并没有给家里造成麻烦。我进中学后，上午上课，下午就在店里帮忙。

在我即将上大学的那年夏天，迈克舅舅溘然长逝，于是他的小提琴便传给了我。【时间的安排与事件的发生，构思转换，巧妙而不露痕迹。】

"他们难道没有让你们勤工俭学的方案吗？"一天晚上，父亲问我。

我告诉他确实有。

"我想那样最好。"他突然说道，"我在你衣柜的抽屉里放了一个信封，里面有两百元，应该够缴你开始的那些费用了。你母亲可是就指望那把小提琴的。"【母亲不知小提琴的实情。】

母亲确实是这样。不过她不再忧心忡忡，这把琴已经属于我了。

在我离家的头一天，父母都在店里忙着，我提着这把琴来到埃雷特的乐器店。这位老人从后房走出来，眼睛像猫头鹰般一眨一眨。【眼睛的描写，体现商人的精明。】

我打开琴盒："它值多少钱？"

他拿起琴来："卖二十五元，也许能卖到五十元，这就要看谁愿意要它了。"

"可这是一把斯特拉·第瓦里制造的小提琴呀。"我说。

"不错，这上面确实有他的标记，"他彬彬有礼地说道，"许多小提琴上都有这种标记，可并不是真的，这也绝不会是真的。"他好奇地凝视着我，"我以前见过这件乐器，你是不是卡尔·恩格勒的女儿？"

"是的。"我简短地回答道。当然，这把琴我没有卖掉，我把它带回家，放到楼上自己的房间去了。【此时"我"才知道当年父亲不卖琴的真实原因。】

在我离家前最后那次晚餐席上，母亲偶然朝陈列柜顶上瞟了一眼。"琴呢？"她问道，一面把手贴在自己胸口，"你们把它卖了？"

父亲显得很忧虑，直到我摇摇头。"在楼上我的衣箱里，"我告诉她，"我想把它放到学校我的房间里，平时看到它就使我想到自己的家。"【"我"的回答合情合理，保住这个"秘密"，照顾母亲的感受，成全父亲的善良。】

母亲高兴起来，显得很满意。"此外，"我继续说道，"那样的话，如果发生了什么事我需要钱用，你们就用不着为我担心了。这就像我拥有了一个装得满满的钱匣子，是这样吗，爸爸？"【像父亲此前的理由一样，亲情与爱的延续，格外动人。】

"是这样，玛丽，是这样的。"父亲一面回答，一面避开了我的目光。【父亲心理复杂：既赞许"我"的做法，又为"我"因知道真相而过早地承担家庭的责任而感到无奈和不忍。】

【总体鉴赏】

小说以第一人称"我"的限知视角，对小提琴的"前世今生"展开叙述：正是因为"我"知之有限，所以前半部分，直至"我"上大学前打算亲手卖掉小提琴，才知道小提琴的真相。既然如此，则小提琴价值多少已不再重要，正如小说开篇所说，"它已成为某种象征"：象征亲情，象征善良，象征精神财富。小说在情节推进上，张弛有度：在家中遇到苦难时，着眼于细节描写，推进较慢；在涉及小提琴实情处，情节推进较快，有意留白。人物形象刻画中善于通过语言、动作、神态等细节反映人物的心理。一个"秘密"，使家人之间的默契与爱、两代人的亲情得到了延续，深化了主题。

专题九 世态百相

众生社会，世态有差，人性各异。或身居高位，颐指气使不可一世；或地位卑微，感受着世态炎凉；或欲有所求，低三下四；或自私冷漠，甘做生活的看客；或道德低下，损人利己；或有人精明算计，敏感多疑，凡此种种，不同的众生表现与心理，即所谓"世态百相"。世态百相中某种样态，或许也正是生活中的我们每一个人——某个时刻或某个侧面的表现。

作为文学作品，其描绘世态百相，目的不在于丑化社会，揭露社会的阴暗面，更不在于对社会的绝望与厌弃，而在于把作者自身所见的众生相或之一种，真实地描绘出来，以引起社会的关注，即如鲁迅先生在《南腔北调集·我怎么做起小说来》所言："所以我的取材，多采自病态社会的不幸的人们中，意思是在揭出病苦，引起疗救的注意。"

示众

鲁迅

首善之区的西城的一条马路上，这时候什么扰攘也没有。火焰焰的太阳虽然还未直照，但路上的沙土仿佛已是闪烁地生光；酷热满和在空气里面，到处发挥着盛夏的威力。许多狗都拖出舌头来，连树上的乌老鸦也张着嘴喘气，【特写镜头，细节描写。京城酷夏的闷热，既是自然环境的渲染，也隐喻着人的生活沉闷与百无聊赖。】——但是，自然也有例外的。远处隐隐有两个铜盏相击的声音，使人忆起酸梅汤，依稀感到凉意，可是那懒懒的单调的金属音的间作，却使那寂静更其深远了。【通感手法，将读者的感官调动起来。】

只有脚步声，车夫默默地前奔，似乎想赶紧逃出头上的烈日。

"热的包子咧！刚出屉的……。"

十一二岁的胖孩子，细着眼睛，歪了嘴在路旁的店门前叫喊。声音已经嘶嗄了，还带些睡意，如给夏天的长日催眠。他旁边的破旧桌子上，就有二三十个馒头包子，毫无热气，冷冷地坐着。

"荷阿！馒头包子咧，热的……。"

像用力掷在墙上而反拨过来的皮球一般，他忽然飞在马路的那边了。【男孩先"细着眼""带些睡意"，此时"忽然飞在马路的那边"——定有新奇事。】在电杆旁，和他对面，正向着马路，其时也站定了两个人：一个是淡黄制服的挂刀的面黄肌瘦的巡警，手里牵着绳头，绳的那头就拴在别一个穿蓝布大衫上罩白背心的男人的臂膊上。【牵和被牵的两个人。】这男人戴一顶新草帽，帽檐四面下垂，遮住了眼睛的一带。但胖孩子身体矮，仰起脸来看时，却正撞见这人的眼睛了。那眼睛也似乎正在看他的脑壳。他连忙顺下眼，去看白背心，只见背心上一行一行地写着些大大小小的什么字。【看客1，胖男孩；字，自然不认得。】

刹时间，也就围满了大半圈的看客。【看客哄拥而至。】待到增加了秃头的老头子之后，【看客2。】空缺已经不多，而立刻又被一个赤膊的红鼻子胖大汉补满了。【看客3。】这胖子过于横阔，占了两人的地位，所以续到的便只能屈在第二层，从前面的两个脖子之间伸进脑袋去。

秃头站在白背心的略略正对面，弯了腰，去研究背心上的文字，终于读起来：

"嗡，都，哼，八，而……"

胖孩子却看见那白背心正研究着这发亮的秃头，他也便跟着去研究，就只见满头光油油的，耳朵左近还有一片灰白色的头发，【看客2秃头的肖像。】此外也不见得有怎样新奇。但是后面的一个抱着孩子的老妈子【看客4】却想乘机挤进来了；秃头怕失了位置，连忙站直，文字虽然还未读完，然而无可奈何，只得另看白背心的脸：草帽檐下半个鼻子，一张嘴，尖下巴。

"他，犯了什么事啦？……"

大家都愕然看时，是一个工人似的粗人，正在低声下气地请教那秃头老头子。【看客5的神态。】

秃头不作声，单是睁起了眼睛看定他。他被看得顺下眼光去，过一会再看时，秃头还是睁起了眼睛看定他，而且别的人也似乎都睁了眼睛看定他。他于是仿佛自己就犯了罪似的局促起来，终至于慢慢退后，溜出去了。一个挟洋伞的长子就来补了缺；【看客6】秃头也旋转脸去再看白背心。【看客2秃头的神态。既是看客，也被看。】

长子弯了腰，要从垂下的草帽檐下去赏识白背心的脸，但不知道为什么忽又站直了。于是他背后的人们又须竭力伸长了脖子；有一个瘦子竟至于连嘴都张得很大，像一条死鲈鱼。【看客7的动作、神态生动又可笑。】

巡警，突然间，将脚一提，大家又愕然，赶紧都看他的脚；然而他又放稳了，于是又看白背心。长子忽又弯了腰，还要从垂下的草帽檐下去窥测，但即刻也就立直，擎起一只手来拼命搔头皮。

秃头不高兴了，因为他先觉得背后有些不太平，接着耳朵边就有唧咕唧咕的声响。他双眉一锁，回头看时，紧挨他右边，有一只黑手拿着半个大馒头正在塞进一个猫脸的人的嘴里去。他也就不说什么，自去看白背心的新草帽了。

忽然，就有暴雷似的一击，连横阔的胖大汉也不免向前一踉跄。同时，从他肩膊上伸出一只胖得不相上下的臂膊来，展开五指，拍的一声正打在胖孩子的脸颊上。【那个卖馒头包子的男孩（看客1）被打。】

"好快活！你妈的……"同时，胖大汉后面就有一个弥勒佛似的更圆的胖脸这么说。【看客8。】

胖孩子也踉跄了四五步，但是没有倒，一手按着脸颊，旋转身，就想从胖大汉的腿旁的空隙间钻出去。胖大汉赶忙站稳，并且将屁股一歪，塞住了空隙，恨恨地问道：

"什么?"

胖孩子就像小鼠子落在捕机里似的，仓皇了一会，忽然推开他，冲出去了。

"吓，这孩子……。"总有五六个人都这样说。【看客们事不关己时的无聊样态。】

待到重归平静，胖大汉再看白背心的脸的时候，却见白背心正在仰面看他的胸脯；他慌忙低头也看自己的胸脯时，只见两乳之间的洼下的坑里有一片汗，他于是用手掌拂去了这些汗。【看与被看。】

然而形势似乎总不甚太平了。抱着小孩的老妈子因为在骚扰时四顾，没有留意，头上梳着的喜鹊尾巴似的"苏州俏"便碰了站在旁边的车夫【看客9】的鼻梁。车夫一推，却正推在孩子上；孩子就扭转身去，向着圈外，嚷着要回去了。老妈子先也略略一踉跄，但便即站定，旋转孩子来使他正对白背心，一手指点着，说道：

"阿，阿，看呀！多么好看哪！……"【看客的语言，麻木的心态。】

空隙间忽而探进一个戴硬草帽的学生模样的头来，【看客10。】将一粒瓜子之类似的东西放在嘴里，下颚向上一磕，咬开，退出去了。这地方就补上了一个满头油汗而粘着灰土的椭圆脸。【看客11。"补"字，点明看客多，看客嘴脸，跃然纸上。】

"好!"

什么地方忽有几个人同声喝采。都知道该有什么事情起来了,一切头便全数回转去。连巡警和他牵着的犯人也都有些摇动了。【"同声喝采"所指应在远处,人群立刻被别的热闹吸引。】

"刚出屉的包子咧!荷阿,热的……。"【声音引导人们向远处寻找喝彩点。】

路对面是胖孩子歪着头,磕睡似的长呼;路上是车夫们默默地前奔,似乎想赶紧逃出头上的烈日。大家都几乎失望了,幸而放出眼光去四处搜索,终于在相距十多家的路上,发见了一辆洋车停放着,一个车夫正在爬起来。【车夫摔倒了——被"同声喝采"的原因。】

圆阵立刻散开,都错错落落地走过去。胖大汉走不到一半,就歇在路边的槐树下;长子比秃头和椭圆脸走得快,接近了。车上的坐客依然坐着,车夫已经完全爬起,但还在摩自己的膝髁。周围有五六个人笑嘻嘻地看他们。

"成么?"车夫要来拉车时,坐客便问。

他只点点头,拉了车就走;大家就惘惘然目送他。起先还知道那一辆是曾经跌倒的车,后来被别的车一混,知不清了。

马路上就很清闲,有几只狗伸出了舌头喘气;胖大汉就在槐阴下看那很快地一起一落的狗肚皮。【反复手法。闷热,无聊,气氛一如开头。】

老妈子抱了孩子从屋檐阴下躜过去了。胖孩子歪着头,挤细了眼睛,拖长声音,磕睡地叫喊——

"热的包子咧!荷阿!……刚出屉的……。"【反复手法。胖男孩叫卖,一切又恢复常态。】

一九二五年三月一八日

(本篇最初发表于 1925 年 4 月 13 日北京《语丝》周刊第 22 期,有删节)

【总体鉴赏】

鲁迅的小说具有某种隐喻性,有鲜明的象征色彩,而《示众》正是以强烈的象征性而成为鲁迅小说的代表作之一。《示众》在打破既定的小说规范的同时,也在创造新的小说范式。其对故事情节的忽略,对人物个性化性格刻画的放弃,甚至取消姓名而将小说中的人物"符号化"。鲁迅用粗勒的笔法,把一众看客集中描绘,写出他们麻木的心态。作者借此揭示,这些表现及细节背后所隐藏着的人的存在、人性的存在、人与人的关系的深度追问,特别是对现代中国人的生存困境的独特发现与理性认识。

鸡毛

汪曾祺

　　她是一个住在西南联大里的校外人，她又的确是西南联大的一个组成部分。【第三人称叙述视角，真实冷静。"西南联大"，交代故事背景。简短开篇，矛盾似表述，激发阅读兴趣。】

　　昆明大西门外有片荒地，联大盖新校舍，出几个钱，零星的几户人家便搬迁了。文嫂也是这里的住户，她不搬。可她的两间破草屋戳在宿舍旁，不成样子。联大主事的以为人家不愿搬，不能逼人家走。跟她商量，把两间草房拆了，就近给她盖一间，质料比原来的好。她同意了，只要求再给她盖个鸡窝。【"钉子户"，好在联大主事公道开明。承前，解说首段。】

　　宿舍旁住着这样一户人家，学生们没觉得奇怪，都叫她文嫂。她管这些学生叫"先生"。时间长了，分得出张先生、李先生……但没有一个先生知道文嫂的身世，只知道她是一个寡妇，有一个女儿。人老实，没文化，却洁身自好，不贪小便宜。【简洁直叙文嫂的身世与人品，为后文铺垫。】

　　她的屋门是敞开着的。她的所作所为，都在天日之下，人人可以看到。她靠给学生洗衣物、缝被窝维持生活，每天大盆大盆地洗。她在门前两棵半大的榆树之间拴了两根棕绳，拧成了麻花。洗得的衣服夹紧在两绳间，风把这些衣服吹得来回摆动。大太阳的天气，常见她坐在草地上（昆明的草多丰茸齐整而极干净）缝被窝，一针一针，专心致志。为避嫌疑，她从不送衣物到学生宿舍里去，让女儿隔着窗户喊："张先生，取衣服！""李先生，取被窝！"【承前，正面介绍文嫂做事与为人。】

　　文嫂养了二十来只鸡。青草里有虫儿种种活食，这些鸡都长得极肥大，肯下蛋。隔多半个月，文嫂就挎了半篮鸡蛋，领着女儿集市去卖。蛋大，红润好看，卖得也快。回来时，带了盐巴、辣子，有时还用马兰草提着一小块肉。【出现了"鸡"，但仍未出现文题"鸡毛"，进一步"诱"读者深入。】

　　文嫂的女儿长大了，经人介绍，嫁了一个司机。她觉得这女婿人好。他跑贵州、重庆，每趟回来看老丈母，会带点曲靖韭菜花、贵州盐酸菜，甚至宣威火腿。女婿答应养她一辈子。文嫂胖了。【情节再推进，女儿出嫁，女婿孝顺。】

　　文嫂生活在大学环境里，她不知道大学是什么，却隐约知道，这些先生们将来都是要做大事、赚大钱的，尽管先生们现在并没有赚大钱、做大事、好像

还越来越穷。【没文化的文嫂却能深明事理，也与下文的金昌焕形成对比。】

有个先生叫金昌焕，经济系的，算是例外。【金昌焕哪点"例外"？——他不穷。】他独占宿舍北边一个凹字形单元。他怪异处有三点：一是他所有的东西都挂着，二是从不买纸，三是每天吃块肉。他的床上拉了几根铁丝，什么都挂在铁丝上，领带、鞋袜、墨水瓶……每天就睡在这些丁丁当当东西的下面。【行状怪异。】再穷的学生也得买纸。金先生从不花这个钱。纸有的是！联大大门两侧墙上贴了许多壁报、学术演讲的通告、寻找失物的启事，形形色色。这些通告、启事总有空白处。他每天晚上带一把剪刀，把这些空白处剪下来，并把这些纸片，按纸质大小、颜色，分门别类，裁剪整齐，留作不同用处。也不顾文告是否过期。【贪小便宜。】他每晚都开夜班，这伤神，需要补一补，就如期买了肉，切成大小相等的块，借了文嫂的鼎罐（他用过鼎罐，洗都不洗就还给人家了），在学校茶炉上炖熟，密封在一个有盖的瓷坛里。【自私。】每夜用完功，打开坛盖，用一支一头削尖了的筷子，瞅准了，扎出一块，闭目而食之。然后，躺在丁丁当当的什物之下，酣然睡去。

到了四年级，他在聚兴诚银行里兼了职。晚上仍是开夜班，搜罗纸片，吃肉。自从当上了会计，他添了一样毛病，每天穿好衬衫，打好领带；又加一件衬衫，再打一条领带。同屋的人送给他一个外号："二十年目睹之怪现状"。【怪异。】金先生不在乎，他要毕业了，在重庆找好了差事，就要离开西南联大，上任去了。

这时，文嫂丢了三只鸡，一只笋壳鸡，一只黑母鸡，一只芦花鸡。这三只鸡不是一次丢的，隔一个星期丢一只。文嫂到处找过，找不着。她又不能像王婆骂鸡那样坐在门口骂——她知道这种泼辣做法在大学里不合适，便一个人叨叨："我的鸡呢？我的鸡呢？"【三只鸡的损失对文嫂来说很巨大，但她处理很理性，愈发衬托金某的人格低下。】

文嫂出嫁的女儿回来了。她吓了一跳：女儿戴得一头重孝。女婿从重庆回来，车过贵州十八盘，翻到山沟里了。母女俩顾不上抱头痛哭，女儿还得赶紧搭便车到十八盘去收尸。【母女俩命真苦。】

女儿走了，文嫂有点傻了。但她和女儿还得活下去，还得过日子。有很多先生毕业，要离开昆明，临走总得干干净净，来找文嫂洗衣服、拆被子的就多了。有的先生临走收拾好行李，总有一些带不了的破旧衣物，叫来文嫂，随她挑拣。然后她就替他们把宿舍打扫一下。【先生们不易，但临别时还尽可能地关照文嫂，善良朴实，与金某对比。】

金昌焕不声不响地走了。【对比，金走时"不声不响"。】同屋的朱先生叫文嫂过来看看，这位"怪现状"是不是也留下点值得一拣的东西。金先生把一根布丝都带走了，他的王国空空如也，只留下一个跟文嫂借用的鼎罐。文嫂照样替金先生打扫，她的笤帚扫到床下，失声惊叫了起来：床底下三堆鸡毛，一堆笋壳色的，一堆黑的，一堆芦花的！【金昌焕偷食三只鸡，阴暗，卑鄙。揭开"不声不响地走了"的原因。"鸡毛"回扣文题，解开悬念。】

文嫂把三堆鸡毛抱出来，一屁股坐在地下，大哭起来。"啊呀天哪，我寡妇无业几十年，风里来雨里去，你咋个要偷我的鸡呀！……你先生是要做大事、赚大钱的，你咋个要偷我的鸡呀！……我女婿死在贵州十八盘，连尸都还没有收，你咋个要偷我的鸡呀！"【卑鄙是卑鄙者的通行证。】

她哭得很伤心，很悲痛，好像把一辈子所受的委屈、不幸、孤苦和无告全都哭了出来。

一九八一年六月六日
（选自《汪曾祺经典小说》，有删改）

【总体鉴赏】

弱者战胜强者，常会赢得敬佩与喝彩；弱者欺负弱者，往往会获得怜悯与反思；唯有强者欺侮弱者，会激起人们的嘲讽与愤怒。与一生清苦的寡妇文嫂相比，金昌焕或应算作强者。然而，就是这样一位"先生"，却欺负寡妇文嫂。现实的"强"与"弱"的概念，在这里形成反差。题目"鸡毛"设置悬念，然后运用夸张式写法，通过对比衬托、细节刻画、讽刺夸张等，将金昌焕的自私自利、卑鄙猥琐、丑恶无聊的人品充分地表现出来。情节推进，不瘟不火，不急不躁，汪曾祺先生用他一贯的散文式笔调，慢慢展开情节，深刻揭示人性。

专题十　时代脉搏

当下社会进入了后工业化时代，首先是科技的发展，带来政治、经济、文化等诸多领域的较大变化，在此基础上，进一步推动生活方式、观念习俗、文化主题等的跃迁。而这一切，势必都会在文学作品中得到较多的书写。

对于当下的中国而言，自 1978 年 12 月党的十一届三中全会起，实行改革开放的基本国策，国家在政治、经济、思想、文化等各个领域，都发生了根本性的变化。由传统的农耕社会，快速进入到社会主义初级阶段，进而进入到当前两个一百年历史交汇期。这中间，体制改革、科技创新、城市化进程、脱贫攻坚、生育政策、环境理念等，众多的主题不断地呈现。对于整个世界而言，科技融合创新、大国强权外交、国际市场分配、资源开发利用、环境保护理念、军事博弈竞赛、人才培养模式、文化交流融合等等，是当前国际社会的热点主题。

既然小说反映当下生活，则这些热点现象、热点主题，就会或直接或间接地进入文学作品，成为小说的素材、题材乃至主题。小说家就社会发展中的某种现象与主题表达深度思考；作为读者，我们当然也可通过阅读这些紧扣时代的小说，观照生活，对社会予以深度的关注与思考。

彩虹
毕飞宇

老铁和虞积藻是大学老师，退休了。他们说不上有什么成就，但孩子争气。大儿子旧金山，二儿子温哥华，最小的是女儿，慕尼黑。【语言简省，透着人物的愉悦自豪，颇有韵味。】这丫头，虞积藻让她跟了自己，姓虞。可是，小棉袄六年前就姓了弗朗茨。

老头子说，退休后，什么都不干，就在"地球上走走"。【语言幽默，语意丰富。】可是，虞积藻摔了一跤，站不起来了。她躺在床上，脾气坏了，一天到晚叫嚣着要到"地球上去"。老铁关节不好，不能背她下五楼。【没有电梯。】虞积藻便开始叫三个孩子的名字。老铁是浪漫的，他买来四只石英钟，把时间分别拨到了北京、旧金山、温哥华和慕尼黑，挂在墙上。虞积藻盯着那些钟，动不动就说"吃午饭了""下班了""吃午饭了"。【母亲的牵挂。】老铁想，这样下去不是事。他拿起电话，拨通了慕尼黑、旧金山和温哥华，向全世界庄严宣布："都给我回来，给你妈买房子！"

　　虞积藻住上了新房，二十九层，有电梯，坐上电动轮椅，一个人都能下楼逛街。可虞积藻却不想动，一天到晚盯着外孙女的相片，并开始学起了德语。老铁有些不知所措，他习惯了虞积藻的折腾，她不折腾，老铁反而不自在，丹田失去了动力和活力。房子很高很大，老铁的不知所措被放大了，架在了高空。怎么办？老铁趴在阳台上，打量起脚底下的车水马龙。它们遥远，又深不可测。老铁有时想，这个世界和他已经没有什么关系了。他惟一能做的事情就是看看，站得高高的，远远的，看看。嗨，束之高阁喽。【"在地球上走走"成了空想。前面三分之一篇幅是铺叙，尚未进入"彩虹"故事核心处。】

　　一天，老铁发现，在阳台上能看到隔壁的窗户。【老铁意外发现隔壁的风景。】窗后有个小男孩，常趴在玻璃背后，朝远处看。老铁望着小男孩，有时会花上很长时间，但小家伙从没看老铁一眼。有一回小男孩似乎朝老铁这边看过一眼，老铁刚想把内心的喜悦搬运到脸上，可还是迟了，小家伙早把脑袋转了过去。【"小男孩"变成"小家伙"，透露出老铁对孩子的喜爱。】

　　老铁从超市带回一瓶泡泡液。他到阳台上，拉开玻璃，顶着炎热的气浪，吹起了肥皂泡。一串又一串的气泡在二十九层的高空飞扬起来。气泡漂亮极了，每一个气泡在午后的日光里都有自己的彩虹。【题目"彩虹"首次出现。】这是无声的喧嚣，节日一般热烈。小男孩果然转过脑袋，专心看着老铁这边。老铁很快乐。【老铁的目的达到了。】然而，快乐维持不到二十分钟。小男孩拉开窗门，站在椅子上也吹起了肥皂泡。这太危险了。【"危险"的突然出现，这是老铁没有想到的。使小说情节向深处发展。】

　　老铁来到隔壁，敲了半天门，防盗门终于打开了，也只是一道小小的缝隙。小男孩堵在门缝里，脖子上挂了把钥匙，机警地盯着老铁。"你是谁？"老铁笑笑，蹲下去说。"我就是隔壁阳台上的老爷爷。""你要干什么？"【小男孩很警惕。】老铁说："让我进去帮你把窗前的椅子挪开。""我妈说了，不许给陌生人开门。"老铁的目光越过小男孩，小男孩家境不错。"你叫什么字？""你叫什么名字？""铁树，钢铁的铁，树林的树。你呢？"小男孩招了招手，要过老铁的耳朵，轻声说：“我妈不让我告诉陌生人。”“你妈呢？”“出去了。”“你爸呢？”

“也出去了。”

“你怎么不出去呢？”

“我爸说了，我还没到挣钱的时候。”这孩子逗，老铁一下子就喜欢上了。【老铁内心第一次评价孩子。】

“一个人在家干什么？这总可以告诉我了吧。”

老铁一点都没意识到自己笑容里面充满了巴结和讨好，小男孩很不客气地看了他一眼，“咚”地一声，把门关死了，“干什么？有什么好干的？生活真没劲！”【小男孩“很不客气”的动作及回答，不是生老铁的气，而是“生活真没劲”。幼稚的“老成”，增添了阅读趣味，同时启人深思。】

电话来得突然，老铁的午觉只睡了一半。他拿起话筒，“喂”了好几声，没任何动静。这个中午，电话不停地响，就是没回音。响到第九遍，电话终于开口了：

“把你的泡泡液送给我吧。”

“你是谁？”

“你听不出来？”

“你怎么知道这个号码的？”

“我打 114 问的。”

这孩子聪明。【老铁内心第二次评价孩子。】老铁故意拉下脸，说：“你想干什么？”

“我的泡泡液用光了，把你的送给我。”

小男孩来了。老铁弓了身子，和他握手，拉他到虞积藻床前。【有“巴结和讨好”意。】虞积藻摸了摸小男孩的头，说：“上学没有？”“没有。”小男孩又补了一句，“我已经说英语了。”他挺起肚子，一口气，把二十六个字母全背出来了。虞积藻刚要鼓掌，小家伙已把学术问题引向了深入。也伸出食指，十分严肃地指出：“如果是拼音，要读成 aoe……”这孩子有意思。【老铁夫妇内心第三次评价孩子。】虞积藻痛痛快快地换了一口气，痛痛快快地呼了出去，无声地笑了，满脸的皱纹像一朵砰然绽放的菊花，她眼泪都出来了。虞积藻给小男孩鼓了掌，老铁也给小男孩鼓了掌。虽然躺在床上，可虞积藻觉得自己已经站起来了。她一把把小男孩搂了过来，抱在怀里，怀里实实在在的。实实在在的。【疼爱孩子，释放自己榻前空虚的失落。】小男孩把她推开了。虞积藻没有生气，她望着他。这小家伙真是个小太阳，他一来，屋子里顿时就亮堂了。虞积藻手忙脚乱了起来，她要找吃的，她要找玩的，她要把小家伙留在这里，她要看着

他，她要听见他说话。【心理描写。】

小男孩对老铁说："把泡泡液给我。"

"什么泡泡液？给他呀，还不快给。"

老铁走到虞积藻面前，耳语了几句。【说什么？估计是说小男孩爬椅子吹肥皂泡危险，要带他到楼下吹。】虞积藻来了劲，她要到轮椅上去，她要到地球上去。她要看老伴和小家伙一起吹泡泡，她要看泡泡们像气球一样飞上天，像鸽子一样飞上天。虞积藻在客厅大声宣布："我们到广场上去吹泡泡。"【虞积藻的兴奋与急切，也说明她平时的孤独与失落。】

小男孩脸阴沉下来了，说："我不下楼。爸爸说，外面危险。"【小男孩守规矩。】

"那我们吃西瓜？"

"吃冰激凌？"……【急切讨好，意在挽留。】

隔壁的门铃是这个时候响起来的。"老师来了，我要上英语课。"【怪不得前面孩子说生活真没劲。】

老铁和虞积藻被丢在了家里，屋子顿时安静下来。【一起吹肥皂泡的愿望破灭了。"丢"字好——"被丢"，显示主动权在小男孩。】虞积藻说："我们下楼去，吹泡泡。"还没出门，电话响了。虞积藻拿起电话，似乎只听了一两句话，那头电话就挂了。她看了一眼老铁，目光却从老铁的脸上挪开了，转移到卧室里，转移到墙上，最后，盯住了那一排石英钟。

"谁呀？"

"小男孩。"

"说什么了？"

"他说，我们家的时间坏了。"【结尾，出人意表，颇具匠心。】

(选自《北京文学》2005 年第 5 期，有删改。)

【总体鉴赏】

空巢老人已成为突出的社会现象。他们往往精神上极为孤独，小说中的老铁夫妇就是这样的人。作者在艺术情节上颇有讲究：把两老一少的两类人，悬置在"二十九楼"这样的封闭的高空，写出他们生活的孤独与无趣；前后设置两处有关"时钟"的情节设计，夸张式的手法，突出空巢老人内心的失落。叙述节奏舒缓，主体部分情节流转自然。人物对话语言精准，切合人物特点；文本叙述语言简洁幽默。主题表达含蓄深刻。

神迷路了

［西班牙］ 罗赫尔·卡拉维格

　　一个一身红衣的女孩正略显匆忙地走着。她一边走一边听音乐，还在想着将要见到的人。她边走边听边想，同时又感到喜悦、害怕和希望纠结在一起。这个红衣女孩是个美女，既有古典美的气韵，又不乏现代感。她没有年轻到天真的程度，也没有成熟到不相信世界。【女孩很时尚，也很理性。】她的未来正在不远处等着她。她一边走一边通过耳机听着手机里的音乐，现在播放的是霹雳弗兰德斯乐队的《神迷路了》。【女孩听着手机音乐，乐曲名点题。】

　　正播放着这首歌时，手机地图在她耳边提示：前方 50 米右转。这个红衣女孩边走路边听歌边想着她的未来，心中还纠结着各种情绪，尽管这样，她还是右转了。因为她是女人，能够同时做这一切。【手机导航，切合时代。】

　　在这个女孩向右转的 45 分钟之前，一个戴着粗框眼镜，穿着磨损的牛仔裤，身材高大有型的男孩通过 Whats App（社交软件）发送了一个音乐厅的位置。他是男人，认识路。他选择了最喜欢的那件 T 恤，一件胸前印着"霹雳弗兰德斯"的黑色 T 恤。最终，他出发去见那个唯一令他感兴趣的女孩，她是那种能够明白为什么那件黑色的"霹雳弗兰德斯"T 恤是他最爱的女孩。【男孩女孩，兴趣相通，心有灵犀。】虽然他出门有点晚，不过他住得近，确信自己能按时赶到。这个戴着粗框眼镜的高个男孩是个聪明的小伙子，聪明又有创造力，属于那种总得干点什么的人。他一边走路，一边注意着街道的名字，尽管差一点走过了，他还是在刚好的时刻拐了弯。因为他是男人，认识路。

　　穿红衣的女孩和穿磨损的牛仔裤的男孩迎面碰上了。她曾想象过 101 次和他的交谈。他也曾想象过 101 次和她的交谈。但是现在两人并肩走着，对方就在眼前，却都不知道该说点什么。面对屏幕时简单得多，但当彼此非常熟悉却不太认识的一个男孩和一个女孩相遇时，却是一片沉默。【受现代科技影响，他们似乎有了人际交往的障碍。】他们走着，不再听音乐也不再思考，因为彼此就在面前，在身边。现在他们不通过音乐，不必思考，也能强烈地感觉到对方的存在，无论是 iPhone 还是 iPad 都不需要了。手机地图已经不再跟她说应该从哪里走，因为没必要了，因为她跟着他。他们走着，两个人都未意识到自己已流露出了微笑，甚至他已经忘了他们要去哪里，因为他和她走在一起，其他的都不需要了。【描写了男孩女孩初次相识的微妙心理。】

从那次见面开始，男孩和女孩的关系亲密起来。他在 Twitter（网站）上展露他的才智。她在 Instagram（网站）上分享她的见闻。Facebook 则记录了他们的生活。白天他们在 WhatsApp（网站）上聊天，晚上各自回到家后，他们又通过 Skype（网络电话）煲电话粥。他们经常相互取笑。"你闭嘴吧，连上卫生间都要 Google（谷歌搜索）告诉你得走几步""得了吧，你呢？如果让你离开微信，你就连话都不会说了"……【双方真切交往的细节，也强调人们摆脱不了现代科技的绑架。】

于是，有一天她想到一个主意。自从三个月前他们第一次见面，就是他们在拐弯时相遇的那一次，她就想给他一个惊喜。到了那一天，她送给他一个用黑纸包着的盒子。盒子里是一台最新款的导航仪。她知道他不会喜欢，她只是想看看他那张脸，对他的气愤取乐一番。这个高大有型的男孩，不但聪明，还很真诚，他成功掩饰住了意外却没能掩饰住气愤。"一个导航仪？你在开玩笑，是吗？"他憎恶 GPS，因为他是男人，认识路，因为方向感就是他的地图。但是礼物其实并不是导航仪，而是两张在巴塞罗那举行的"霹雳弗兰德斯"音乐会的入场券，导航仪里保存的是音乐厅的地址。因为她是女人，把一切都想到了。【女孩的礼物，浪漫而贴心。】

他去接她。从马德里到巴塞罗那至少要六个小时。男孩习惯于在"汽车叭叭"软件上面发布自己的出行计划，看看能不能拼车，这样会便宜一点；但这一次是私密旅行，他决定亲自去接她，而她在说定的时间已经准备好了。上路了，他打开那台导航仪。但他是男人，这玩意儿让他头疼；他是为了她才这样做的，她笑了。导航仪开始说："你要去巴塞罗那奥恩音乐厅，在西尔瓦娜大街13号。你想选择以下哪条路线？最快的？生态环境最好的？最便宜的？"

两人互相看了看，微笑起来，异口同声地回答道："最长的。"【再次强调心有灵犀。】他把导航仪扔出车窗，因为迷路是最好的爱的方式。就这样，一个漂亮的女孩，像古典美人一样的漂亮女孩，和一个高大有型，聪明而有创造力的男孩，永远地迷路了。【男孩女孩摆脱对现代科技导航仪的依赖。】

【注】本文获得了弗恩特塔哈写作俱乐部于 2014 年举办的第二届"科技之神"短篇小说竞赛第一名，该竞赛的主题是"科技与日常生活"。

【总体鉴赏】

当下科技促进了人们生活品质的提升，但科技的双刃剑之弊端也随之显现出来：人们日常生活过度依赖科技产品，以致人原有的基本生存与交流能力也会逐步退化。《神迷路了》，这一多重内涵的标题，正是选择这一新鲜的社会现象作为写作题材，以恋爱中的男孩女孩使用与抛弃导航仪为具体的叙述材料，揭示了人不能被现代科技绑架的主题。小说题目设置悬念，调动阅读兴趣。情景的设置、人物的语言和心理等，描写具体而切合人物身份，真实而自然。